KB094428

남궁민 장현

선인을 1편과 행복했습니다
이 행복 잊지 않고 간직 하겠습니다
장현♡

안은진 길채

"연인"과 함께해주셔서
감사합니다.

유길채 × 안은진

김윤우 량음 _____

〈연인〉을 만나 행복했습니다 :)
이 행복 잊지 말고 간직하겠습니다 '3'

- 량음
김윤우 -

이학주 연준 _____

〈연인〉을 완나
행복했습나다 (-ㅡ)(_.) 거럭
이 행복 잊지
않고 간직하겠
습니다!

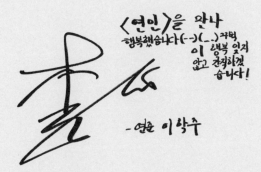

- 연준 이학주

이다인 은애 _____

Darin ♡
2002

- 은애. 이다인 -

연인을 만나 행복했습니다 :)
이 행복 잊지않고
간직하겠습니다 ♡

戀人

황진영 대본집
몹시 그리워하고 사랑한, **연인 2**

1판 1쇄 인쇄 2023. 12. 06.
1판 1쇄 발행 2023. 12. 22.

지은이 황진영

발행인 고세규
편집 김민경, 김은하 디자인 유상현 마케팅 김새로미 홍보 반재서
발행처 김영사
등록 1979년 5월 17일(제406-2003-036호)
주소 경기도 파주시 문발로 197(문발동) 우편번호 10881
전화 마케팅부 031)955-3100, 편집부 031)955-3200 | 팩스 031)955-3111

값은 뒤표지에 있습니다.
ISBN 978-89-349-4605-2 04810
     978-89-349-4607-6 (세트)

홈페이지 www.gimmyoung.com   블로그 blog.naver.com/gybook
인스타그램 instagram.com/gimmyoung   이메일 bestbook@gimmyoung.com

좋은 독자가 좋은 책을 만듭니다.
김영사는 독자 여러분의 의견에 항상 귀 기울이고 있습니다.

연인

몹시 그리워하고 사랑한 戀人

황진영 대본집

2

김영사

몹시 그리워하고 사랑한 戀人

13년 전, 어머니를 떠나보내고 꿈을 꾸었다. 차디찬 한기를 온몸
으로 느끼던 취업 시즌, 무슨 일을 해야 할지 몰라 방황하던 내게
어머니는, "성용아, 하고 싶은 거 해"라고 말씀하시곤 홀연히 떠나
셨다.

하고 싶은 일, 드라마 연출.

그토록 꿈꿨던, 하지만 손에 잡히지 않을 것만 같았던 그 일은 내
일이 되었다. 그리고 〈연인〉의 연출까지, 세 작품만 연출 타이틀에
이름을 걸어보고 싶었던 취준생의 꿈같은 소원은 영광스럽게도,
오늘 이루어졌다. 강인했던 내 어머니의 마지막 모성이 날 이 작품
까지 이끈 것이다. 기구했고 애달팠던, 하지만 그 누구보다 생명력
강했던 내 어미를 떠올리며 이 드라마를, 그리고 길채를 그렸다. 작

품 속 "욕먹는다고 안 죽어. 밥을 못 먹어야 죽는 거야"라는 길채의 대사에는 길채의 강인한 생명력과 삶을 바라보는 통찰이 드러난다. 이는 내 어머니의 그것과 닮았다.

수백 번도 넘게 '재밌다'를 외친 이 멋진 대본의 출간에 변변찮은 말을 조금이나마 보탤 수 있어 영광이다. 존경해 마지않는 황진영 작가님의 대본을 가장 먼저 받아 볼 수 있는 행운을 누려온 입장에서 이 재밌고 아름다운 대본을 독자분들 역시 받아 보고 기뻐할 생각을 하니 마음이 흐뭇해진다. 이 대본집을 펼쳐보는 모두가 그 시대를 살았고, 살았음직한 사람들의 이야기를 통해 삶의 가치를 온전히 느끼길 바라본다. 내가 드라마 연출을 꿈꿨던 이유처럼, 이 대본집이 많은 이들에게 위로와 지표가 되었으면 한다.

드라마 〈연인〉 연출 김성용.

병자호란의 병화 속으로 던져진 사랑
만남과 이별을 반복하며 닿을 듯 닿지 못한 연인들
그들이 몹시 그리워하고 사랑했던 시절의 이야기

내 인생에 사랑은 없다,
당당하게 비혼을 선언한 사내가
내 남자는 내 손으로 쟁취하리라,
야심 차게 선언한 여인을 만나 벼락같은 (짝)사랑에 빠진다.

하지만 때는 병자년,
조선이 청군의 말굽에 짓밟히는 병화를 겪으며
여자의 운명이 급류에 휘말려 떠밀려 가고,
흘러가는 여인 따라,
사내의 운명도 걷잡을 수 없이 휘청거린다.

세상 모든 일에 자신만만했으나
자신이 사랑에 빠지면 어떻게 변하는지
몰랐던 어리석은 사내,
세상 모든 사내의 마음을 사로잡고서도
자신이 진짜 연모하는 사람이 누군지
깨닫지 못했던 어리석은 여인.

사랑에 한없이 어리석었던 이 사내와 여인,
과연 사랑을 이룰 수 있을까?
아니, 살아남을 수 있을까?

• 이 책은 황진영 작가의 드라마 대본 집필 형식을 최대한 따라 편집하였습니다.
• 드라마 대사는 글말이 아닌 입말임을 감안하여, 한글맞춤법과 다른 부분이라 해
  도 그 표현을 살렸습니다.
• 띄어쓰기와 말줄임표는 다양하게 표현되어 있습니다. 이는 대사 시 호흡의 양을
  다양하게 하고자 한 작가의 의도를 반영한 것입니다.
• 쉼표, 느낌표, 마침표 등과 같은 구두점도 작가의 의도를 따랐습니다.
• 이 책은 작가의 최종 대본으로, 방송되지 않은 부분이 포함되어 있습니다.

연인 2

목
차

—

인 물 관 계 도

장현의 사람들

양천
(최무성)
의주 건달

구잠
(박강섭)
의주 건달

량음
(김윤우)
조선 최고 소리꾼

의형제

조선왕족과 신하들

표언겸
(양현민)
조선의 내관

소현세자
(김무준)
조선의 세자

강빈
(전혜원)
소현세자 비

인조
(김종태)
조선 16대 왕

길채의 주변인물

구원무
(지승현)
조선의 무관

종종이
(박정연)
길채의 몸종

방두네
(권소현)
은애의 몸종

몹시
그리워하고
사랑한

이장현
(남궁민)

유길채
(안은진)

길채의
첫사랑

절친

각화
(이청아)

남연준
(이학주)

정혼자

경은애
(이다인)

청나라 사람들

용골대
(최영우)
청의 무관

홍타이지
(김준원)
청나라 황제

이장현 ◇ 남궁민

어느 날 갑자기 능군리에 나타난 미스터리한 사내.

거죽은 양반인데, 대놓고 재물을 탐하는 것이 부끄러운 줄도 모르고, 되려 고귀한 선비들을 조롱하며 화를 돋우더니, 또 갑작스레 알 수 없는 슬픔에 잠겨 말문이 막히게 하는... 해서 진짜 본모습이 뭔지 자꾸만 헷갈리게 하는, 요상 복잡한 사내.

기실, 장현은 오래전 '그날' 이후, 인생사를 매우 간단하게 정리했다. 태어났으니 사는 것뿐, 인생의 그 어떤 것에도 집착하지 않게 된 것. 해서 장현은 삶의 목적이니 소명 따위, 진지한 유생들에게 던져주고, 자신은 그저 절친 량음과 농담 따먹기나 하고, 꿀 바른 대추나 주워 먹으며 쉬엄쉬엄 건성건성 인생을 살다 갈 생각이었다. 길채를 만나기 전까지.

"나의 벗 량음이 말하길, 지금 나의 마음속에 소용돌이치고 있는 이것이, 사랑이라 한다. 연모의 마음이라고 한다. 나처럼 무정한 사내에게도 누군가를 연모하는 고귀한 마음이 생길 수 있을까? 저런 철딱서니 없고 자기밖에 모르는 이기적인 여자를... 내가 정말 사랑하게 된 걸까?"

유길채 ◇ 안은진

낙향한 사대부 유교연의 첫째 딸.

자칭 능군리 서시이자 초선, 타칭 꼬리 아흔아홉 개 달린 상여우. 하지만 모든 사내를 쥐락펴락하던 길채도 정복하지 못한 사내가 있다.

길채는 오늘도 한탄한다. 왜 내 아버지는 연준 도령과 나를 정혼자로 맺어주지 않았던가... 하지만 언젠가 연준 역시 다른 사내들처럼 자신에게 정복당할 것이라 믿으며 성실하게 꼬리를 치던 와중에, 뜬금없이 한 사내가 끼어든다.

모든 것이 연준과 반대인 남자. 군자 따위는 개나 주라며 제멋대로 구는 주제에, 연준 대신 자신에게 오라고, 마치 시간 되면 잣 동동 띄운 수정과나 같이 마실까요...? 하듯 아무렇지도 않게 말하는 남자, 이장현. 도대체 저 인간은 뭐지?

남연준 ◇ 이학주

성균관 유생. 군자로 살기 위해 태어나고 자란 듯,
외모에서마저 고고한 학의 풍모가 느껴지는 길채의 첫사랑.

연준의 부모가 지병으로 일찍 죽자, 이후 연준을 키운 것은 능군리 사람들. 다행히도 능군리의 청정한 기운이 그대로 연준에게 전해져, 연준은 누가 보기에도 당당하고 올곧은 청년으로 성장한다.

남자라면, 사내라면... 어찌 길채를 보고 심장이 뛰지 않을 수 있을까? 하지만 연준은 길채의 미소 한 번에 정혼자를 내던지는 그런 흔한 사내가 아니다. 연준의 바람은 성인의 가르침을 깊이 새겨 진정한 군자, 인간다운 인간이 되는 것.

그런 연준 앞에 이장현이 나타난다. 사람들은 장현의 허허실실 시답잖은 농담에 속아 장현을 경멸하곤 하지만, 연준만은 알아본다. 장현이 누구보다 매서운 통찰과 직관, 기개와 능력을 지닌 자라는 사실을.

경은애 ◇ 이다인

연준의 정혼자, 길채의 친구. 경근직의 외동딸.

군자의 표본이 연준이라면, 조선이 원하는 현숙한 여인의 표본은 은애다. 세상이 길채와 연준에 대해 쑥덕거릴 때도 단 한 번도 연준을 의심하지도, 길채에 대한 우정을 저버리지도 않는다.

어쩌면 은애가 이토록 평정을 지킬 수 있는 것은 그녀의 통찰 덕분일지 모른다. 기실 연준에 대한 길채의 마음은 학창 시절 선생님을 향한 동경, 그 이상도 이하도 아니었던 것. 해서 그즈음 은애는, 어떻게 하면 장현과 길채가 서로의 마음을 깨닫게 할 수 있을까... 고민하는 재미가 쏠쏠했다.

은애가 훗날 회고하길, 능군리에서 보낸 그즈음이 은애 인생에서 가장 아름다운 시절이었으며, 이후에 닥친 시련은 참혹하여 차마 되새기기도 힘겨웠노라... 했다.

량음 ◇ 김윤우
조선 최고 소리꾼.

창백하리만치 하얀 얼굴, 애수로 가득한 눈빛, 거문고 뜯던 가늘고 긴 손가락으로 활과 조총까지 능숙하게 다루는, 묘하기도 신비롭기도 한 사내.

누가 봐도 여자 여럿 울렸겠구나... 싶을 만큼 잘생겼으나, 량음은 제 나이 열둘에 자신의 심장이 여인의 분향보다 사내의 땀 냄새에 반응한다는 사실을 깨닫는다. 이후 자랄수록 남색하는 사내들, 심지어 남색이 뭔지도 모르고 살던 사내들의 심장마저 흔들어 놓을 만큼 대단한 색기를 지닌 존재가 되고, 이후 노래를 풀어 세상을 매혹한다. 량음의 노래를 들은 사람들이 네 노래가 어찌 이리 마음을 울리느냐 물으면 빙그레 미소 지을 뿐이지만, 량음은 알고 있다. 이 아픈 가락이 어디서 시작되었는지.

이장현. 량음의 심장을 가진 사내. 하지만 장현은 량음과의 관계를 소중한 우정으로만 대할 뿐, 량음이 다른 마음을 품고 있는 것을 알지 못했고, 량음 역시 누구에게도 이 마음을 들키지 않겠다 마음먹는다. 자신이 속앓이를 하는 것을 알면 장현은 자신을 떠날 것이다. 그가 떠나게 할 수는 없다.

각화 ◇ 이청아
홍타이지의 딸. 청나라 공주.
유목민의 잔인하고 거침없는 기질을 그대로 이어받은 여인.

아버지가 황제였던 덕에, 세상 두려운 것도, 무서운 것도, 갖지 못하는 것도 없다. 해서 장현도 마음만 먹으면 제 맘대로 가지고 놀 수 있을 줄 알았다. 하지만 장현이 쉽게 제 것이 되지 않자, 놀라고 안달하다가 결국엔 집착하게 된다.

장현에겐 각화공주의 어떤 면이 과거의 길채를 떠올리게 하여, 각화를 볼 때, 가끔 장현의 마음이 아리곤 했는데, 그럴 때 장현의 눈빛이 각화를 착각하게 만들었을지도.

각화는 다짐한다. 반드시 이 사내를 내 것으로 만들 것이다. 하지만 곧, 사랑은 다짐으로 얻어낼 수 있는 것이 아니란 사실을 깨닫게 된다.

구잠 ◇ 박강섭

장현을 형님으로 모시는 의주 건달.

눈치가 빠르고 말재간이 있다. 어떨 때는 장현보다 더 냉소적이고 심지어 더 똘똘해 보일 지경. 장현의 헛발질이 한심하고 못마땅할 때마다 필터 없이 말을 내뱉는데, 그래도 어지간하면 장현이 하자는 대로 따라 준다. 장현 역시 구잠에게서 나오는 쓴소리만은 꾹 참는 편.

길채 때문에 장현이 속 끓는 것을 본 후로는 길채 그림자만 봐도 고개를 절레절레. 우리 형님은 멀쩡하게 생겨서 왜 이상한 것들과만 어울리는지, 곁에서 지켜보는 구잠 속은 매번 썩어 문드러진다. 내 눈엔 길챈지 잡챈지보다는, 종종이가 훨씬 이쁜데 말이지.

양천 ◇ 최무성

의주 건달.

의주 내로라하는 주먹들이 형님으로 모시는 형님들의 형님, 건달 중의 건달. 한때 의주는 물론 조선의 알 만한 건달들을 한 손에 쥐락펴락하던 인물이었으나, 이제 늙고 쇠락했다. 그럼에도 양천이 위세를 지키고 있는 비결은, 비범한 장현이 양천을 형님으로 모시고 있기 때문. 해서 양천은 장현이 자꾸 의주를 떠나는 것이 영 불안하고 못마땅하다.

인조 ◇ 김종태

조선 16대 왕. 반정으로 왕위에 올랐으나 백성도, 아들도 지켜내지 못한 임금.

용상에 오르고 십여 년이 지난 지금까지 인조의 마음속에는 몇 가지 궁금증이 있다. 이괄의 난이 일어났을 때, 왜 도성의 백성들이 반란군을 환영했는지, 지금도 시퍼렇게 눈을 뜨고 있는 광해에 대해 백성들이 어떻게 생각하고 있는지... 인조의 재위 시절은 그 의문을 풀기 위한 몸부림이었으며, 그 몸부림의 정점에서 아들 소현세자마저 잃는다.

소현세자 ◇ 김무준

조선의 세자.

본시 예민하고 성마르며 백성보다는 왕가의 안위만을 생각하던 강퍅한 성정. 하지만 아버지 인조를 향한 효심만은 진심이다. 이런 소현의 효심이 장현의 마음에 닿아, 이후 장현의 도움을 받게 된다. 처음에는 쓴소리도 마다하지 않던 장현을 경계했으나, 청에서의 혹독한 볼모 생활 동안 장현에게 큰 도움을 받으며, 인조의 아들 소현이 아니라 조선의 세자 소현으로 성장한다.

강빈 ◇ 전혜원

소현세자 비.

소현세자와 청나라 볼모 생활을 함께하며 모든 고초도 함께 겪는다. 그렇게 자신도 성장하고 소현세자가 성장하는 것도 지켜본, 조선의 세자빈 중 그 누구도 하지 못할 경험을 쌓고 축적한 여인. 심양 땅에서 농사짓는 일을 주관하며 경탄을 사기도 했으나, 소현세자의 죽음과 함께 모든 것을 잃고 만다.

표언겸 ◇ 양현민

조선의 내관. 소현세자의 충복으로 장현과 소현을 연결해 준 일등 공신.

언겸에게 가장 중요한 일은 소현세자를 잘 모시는 것으로, 병자호란이 일어났을 때 위험을 무릅쓰고 남한산성에 든 것도 소현세자 때문. 그뿐인가? 심양 가는 길이 죽을 길이라며 다들 저어했으나, 언겸은 소현이 가는 길이니 두 번도 고민하지 않고 따른다. 언겸이 생각하기에 먼 길 가는 소현에게 가장 필요한 것은 비단옷도 가죽신도 아니요, 물정에 밝고 유능한 장현이다. 해서 삼고초려 끝에 장현을 소현 곁에 붙여놓고 매번 뿌듯해하며 자신도 장현을 아끼고 의지한다.

최명길 ◇ 김태훈

조선의 문신.

임금이 남한산성에 고립된 40여 일 동안 일관되게 청과 화친을 맺을 것을 주장한다. 결국 임금이 최명길의 손을 들어주어 조선은 청과 군신 관계를 맺게 되었으나, 이로써 명길은 오래도록 대명 의리를 저버린 인간이란 평을 감수해야 할 처지가 된다. 명길은 욕을 먹더라도 조선을 살리는 길을 택했으나, 이 모든 노력은 소현에 대한 인조의 의심이 깊어지면서 뿌리부터 흔들리고, 이를 지켜보는 노신의 가슴에 깊은 골이 패이고 만다.

김상헌 ◇ 최종환

조선의 문신.

병자호란이 발발하자 60리 먼 곳에 있었으면서도 밤낮을 걸어 임금이 있는 남한산성으로 온 충성스러운 신하. 최명길의 반대편에서 청과 타협을 해서는 안 된다, 목에 피를 토하도록 간청을 올린 척화주의자. 때문에 원칙과 의리를 중시하는 사람들에게 김상헌은 등대처럼 밝은 빛이다.

신이립 ◇ 하경

효종 때의 지평.

오래전 기록된, 씻겨졌어야 할 사초 속 이름인 '이장현'에 의구심을 가지고 추적하다가, 이장현과 이장현의 사람들이 남긴 것들과 대면하게 된다.

구원무 ◇ 지승현

조선의 무관.

유서 깊은 무관 가문 출신으로 병자호란 때 오랑캐를 물리친 공을 세워, 젊은 나이에 종6품 종사관에 봉해진다. 말수 적고 우직하며 무엇이든 행동으로 보여주는 사내. 몸에 박힌 화살촉을 빼기 위해 생살을 찢을 때도 신음 한 번 흘리지 않은 용감무쌍한 무관이지만, 왜인지 길채 앞에서만은 작아진다. 예민해진다. 그리고 불안해진다. 때문에 대장간 야장들로부터 비아냥을 사지만, 원무는 이런 자신이 싫지 않다. 아니 이렇게 끌려다니더라도 길채가 곁에 머물러주길 바란다. 하지만 원무도 알고 있다. 길채의 마음속에 다른 사내가 있다는 것을, 아마도 자신은 그 사내를 이길 수 없으리라는 것을.

봉시 ◇ 정병철

내시부 종2품 상선尙膳.

인조가 가장 가까이 곁에 두고 쓰는 내관. 인조의 속내를 짐작하는 데 도가 튼 인물로, 인조의 수족이 되어 움직인다.

(청나라 사람들)

홍타이지 ◇ 김준원

청나라 황제.

아버지 누르하치가 이루지 못한 중원 정복을 위해 인생을 건 인물. 비상한 추진력과 판단력, 리더십으로 조선을 복속하고 중원 통일의 문턱까지 명나라를 추격한다. 부하들을 믿어주는 만큼 충성을 돌려받을 수 있다는 것을 알기에, 용골대 등의 신하에게 일을 맡긴 후에는 절대적인 믿음을 보여주며, 결정적인 순간에는 부하들의 손을 들어준다.

용골대 ◇ 최영우

청의 무관. 청 황제 홍타이지의 심복.

홍타이지가 무척 신임하여 조선에 관한 일은 거의 전권을 주어 맡긴 신하. 홍타이지가 원한다면 목숨이라도 내줄 만큼 충심이 깊지만, 슬쩍슬쩍, 부지런히 제 주머니를 챙기는 것도 잊지 않는 이중적인 인물. 장현은 그런 용골대의 이중성을 알아보고, 용골대 역시 자신의 딴 주머니를 채우는 데 장현의 능력이 요긴함을 알아본다. 해서 두 사람은 서로의 잇속을 위해 알고도 모른 척, 모르고도 아는 척 속고 속아주며 위태로운 평화를 유지한다.

정명수 ◇ 강길우

청나라 역관.

조선에서는 천예였으나, 청나라 역관이 된 후 용골대의 신임을 받으며
조선 당상관을 무릎 꿇릴 만한 위세를 떨치게 된 인물.

(능군리 사람들)

유교연 ◇ 오만석

길채의 아버지.

사람들은 길채가 저렇게 되바라지고 자기밖에 모르는 아이가 된 것은
다 아버지 유교연이 길채를 너무 오냐오냐 키웠기 때문이라고 한다. 하
지만 교연의 길채 사랑을 어찌 막을까? 교연은 길채가 너무 귀하고 아
까워, 불면 날아갈까 만지면 터질까... 애지중지 키워왔다. 교연에게 있
어 길채는 세상에서 가장 귀하고 소중한 보물. 하지만 병자호란이 몰고
온 거대한 비극, 조선의 사대부에게 강요된 엄격한 강상의 흐름 속에
서, 교연의 무한한 딸 사랑에도 균열이 생긴다.

종종이 ◇ 박정연

길채의 몸종. 이쁜 길채를 수발하는 것이 인생 최대의 기쁨.

길채가 이쁘게 꾸미고 나가 뽐내고 칭송받으면, 마치 자기가 칭찬 듣는
듯 기분이 좋다. 주인과 종의 관계지만 자매만큼 돈독하여, 길채와 어
디든 함께한다. 얼핏 어리숙하고 맹해 보이지만, 종종이는 알고 있다.
세상천지, 자신을 지키고 보호해 줄 수 있는 사람은 오직 길채뿐이라는
것을. 그래서 종종이는 길채에게 끝까지 충성한다. 아, 구잠이는 언제
나한테 고백할지 궁금하지만, 티를 내지 않으련다. 이게 다 길채 몸종

십수 년 동안 터득한 사내를 손에 쥐는 요령이다.

유영채 ◇ 박은우

길채의 철없는 여동생.
영채는 친구의 남자를 탐내고, 내외의 법도도 무시한 채 분향을 펄펄 풍기고 다니는 언니가 한심하고 창피하다. 하지만 결정적인 순간에는 언니 길채에게 모든 것을 의존한다.

경근직 ◇ 조승연

은애의 아버지.
유연한 교연과 달리 철저한 원칙주의자이지만, 근직 역시 융통성이 있는 자인지라, 교연이 유연하고 유쾌한 마음으로 한 결정들을 존중한다. 교연과 사돈을 맺고 싶었으나, 교연에게는 아들이 없었고, 대신 딸 은애가 길채를 오랜 벗으로 사귀며 좋아하니 그 또한 만족한다.

방두네 ◇ 권소현

은애의 몸종.
진중하게 생긴 외모와는 달리 잔소리가 심해 자신의 손을 거치지 않은 일은 제대로 되는 법이 없다며 수시로 한탄한다. 은애가 몇 번 주의를 주지만 고약한 버릇은 고쳐지지 않는다. 방두네에게 이 세상 선악의 구별은 매우 뚜렷하다. 은애는 선이요, 길채는 악이다. 하지만 전쟁이 세상을 요지경으로 만들었다. 악의 화신이 보살이 되어 날 보살펴 주다니!

박대 ◇ 박진우

방두네의 철없는 남편.

전쟁이 났을 때는 어디 가서 코빼기도 안 비쳐 방두네 혼자 몸을 풀게 했다가, 돌아와서는 사고만 친다. 그래도 부부 금슬이 좋아 방두네가 곁에 없으면 밤잠을 설친다나.

공순약 ◇ 박종욱

유생. 능군리 터줏대감 공만재의 외동아들.

글 읽기보다는 말타기 활쏘기를 좋아해 아버지로부터 꾸중도 많이 들었지만, 도무지 글공부에는 재주가 없다. 첫눈에 길채에게 반해 오랫동안 연모해 왔다. 하지만 길채같이 아름다운 여인이 자기처럼 공부 못하는 사내를 좋아할 리 없다 여겨, 병자호란이 일어나자 밑져야 본전이라는 심정으로 길채에게 청혼한다. 헌데 뜻밖에도 길채가 순약의 청혼을 받아들이고, 순약은 평생 길채를 위해 살 것을 다짐한다.

송추 ◇ 정한용

능군리에서 유일하게 전쟁을 겪어본 사람.

능군리 서원의 점사를 맡아 농사를 짓고 있다. 괴팍하고 무뚝뚝하지만 세상에서 딱 두 사람에게만 상냥하다. 60년 넘게 자신과 살아준 아내 이랑, 그리고 새로 사귄 친구, 장현.

이랑 ◇ 남기애

송추 할배가 애지중지하는 아내.

곱게 나이 든 태로 보아 젊은 시절의 미모를 짐작할 만하다. 말은 못 하지만, 송추와의 의사소통에는 아무 문제가 없다.

대오 ◇ 진건우

영채가 좋아하는 능군리 유생.

대오 역시 영채를 좋아하고, 미래를 기약할 마음도 있지만, 어쩐지 자꾸 영채의 언니 길채에게 뭔가 선물해 주고 싶고, 말이라도 걸어보고 싶고, 웃겨주고 싶다. 내 마음이 왜 이런지는 나도 모른다.

유화 ◇ 김가희

곱게 자란 능군리 애기씨.

준절 도령과 함께할 행복한 미래를 꿈꾼다. 길채 고년만 아니면 우리의 미래에 아무런 문제가 없을 것이다.

준절 ◇ 김은수

길채 바라기 하는 능군리 유생.

길채가 준절에게 명필이라며 칭찬해 준 이후로, 글 쓰는 것이 세상에서 제일 재미있는 일 중 하나가 된다.

임춘 ◇ 하규림

능군리 애기씨.

밝고 명랑한 성격이지만, 어쩐지 태성 도령 앞에만 서면, '네...' '네...'밖에 나오는 말이 없다. 답답하다.

태성 ◇ 남태훈

능군리 유생, 임춘의 짝.

평생 자신은 능군리를 벗어날 수 없을 것이라 여긴다. 한양에서 공부하는 연준이 부러우면서도 대리만족하기도 한다. 연준이 임금님을 보았는지, 임금님은 어찌 생겼는지 무척 궁금하다. 임금님 얼굴을 보기 위해 의병에 나갔다 해도 과언이 아니다.

정연 ◇ 최수견

능군리 애기씨.
순약 도령을 좋아한다. 순약 도령이 길채를 좋아하는 것을 어렴풋이 눈치채고 있지만, 그 마음을 돌리기 위해 무엇을, 어찌해야 할지 잘 모르겠다.

(그리고)───────────────────────────────

장철 ◇ 문성근

병자호란 이후, 혼란에 빠진 사림들의 여론을 수습한 은둔 거사.
누구보다 먼저 인조의 변질을 알아보고 염려하여 대책을 세우려 애쓰지만, 그 여정의 끝에 오래도록 외면했던 자신의 과거와 맞닥뜨리게 된다.

S#   장면(Scene)을 의미하는 것으로, 번호를 매겨 장
면의 순서를 표기한다.

(Ins.C) 인서트 Insert   화면의 특정 동작이나 상황을 강조하기 위해 삽
입한 화면으로 이 화면을 삽입함으로써 상황이
명확해지고 스토리가 강조되는 효과가 있다.

(E) 이펙트 Effect   효과음을 뜻하며, 보통 등장인물은 보이지 않고
소리만 나는 경우에 사용한다.

(N) 내레이션 Narration   등장인물 사이에 오가는 대사가 아닌 독백이나
시청자를 향한 설명을 뜻한다.

CUT TO   하나의 씬이 끝나고 다음 씬으로 넘어가는 장면
전환 효과를 뜻한다.

이야기 흐름에 의미 있는 변곡점이 되었거나, 등장인물의 캐릭터를 가
장 잘 보여주었던 대사와 장면들을 모았습니다.

제八부

S#5. **들판 일각 / 낮**

장현   ...저 가여운 아들의 운명이... 조금 궁금해서.

S#7. **산 일각 / 낮**

장현   정말 밉군. 도대체 연준 도령에게는 있고 내게는 없는 게
             뭐요?

S#10. **한양 연준집 마당 / 저녁**

길채   내게 연준 도련님은 그냥 사내가 아니야. 도련님을 떠올리
             면, 내가 한없이 고왔던 시절이 떠오르거든. 그 시절 나는...

넌, 니가 제일 고왔던 시절을 지워버릴 수 있니?

第九部

S#6. **심양 장현 여각 내실 / 낮**

랑음   그래. 너는 어디에도 속해 있지 않지. 그런데 나는... 너한테 속한 사람이야.

S#76. **한양 길채집 길채방 / 저녁**

길채   이젠 오지 마셔요. 난 이승에서 산해진미도 맛보고, 조선팔도 좋은 구경 다 하며 천수를 누리다 갈 생각이니... 우린 나중에... 아주 아주 먼 뒷날에... 다시 만납시다.

第十部

S#32. **한양 우심정 내실 / 밤**

장현   넌 몰라. 그 여자가 나한테 뭔지.

S#33. **들판 / 밤**

장현   이젠 상관없어. 마음속에 남연준을 숨겼든, 정혼할 사내가 있건... 아니, 당신 생각 따위도 상관없어. 당신... 내가 가져야겠어.

S#43. **한양 길채집 별채 마당 / 밤**

길채   평생 미워할 거야, 죽을 때까지 미워할 거야. 당신도 나처럼 울며 기다리다 시들어 버려!

장현   낭자가 주는 벌을 받고, 낭자 손에 죽겠어. 그러니 갑시다!

나와... 제발!!

S#82.　　나루터 / 낮

길채(N)　내가 미웠던 적이 있으시오... 하고 물으니, 답하셨지요. 그
대가 나를 영영 떠나던 날, 죽도록 미워 한참을 보았네. 헌
데 아무리 보아도, 미운 마음이 들지 않아... 외려 내가 미
웠어.

길채(N)　그리곤 제게 물으셨지요. 야속한 사람, 내 마음을 짐작이나
하였소...? 이제 말하건대... 차마 짐작지 못했습니다. 그저,
내 마음이 천 갈래 만 갈래 부서져, 님만은 나 같지 마시
라... 간절히 바랄 뿐.

제 十一 부

S#10.　　심광 역광 집무실 앞 / 밤

언겸　그래도 없으면 없는 대로 살아진다네. 없으면 못 사는 거?
그런 건 없어. 사람은 다 이렇게도 저렇게도 살아지는 게야.

S#26.　　한양 길채집 앞 / 낮

량음(N)　이상하지? 니가 떠난 한양에서, 너와 가장 가까운 것이 저
여자라는 사실이. 그래서 매일, 저 여자라도 보지 않으면...
견딜 수 없다는 사실이, 참... 이상하지?

S#45.　　강 인근 / 새벽

장현　개에 물리면, 니 몸 버렸다고 할 테냐? 미친놈한테 맞았다
고, 맞은 자리가 더러워졌다고 할 테야?

S#15. **다시 들판 / 낮**

길채   버텨, 버티는 거야!!

S#22. **포로시장 일각 / 낮**

장현   허면 조선의 전하께오선, 오랑캐에게 아홉 번이나 절하는 치욕을 겪고도... 어찌 살아계십니까? 왜 어떤 이의 치욕은 슬픔이고, 어떤 자의 치욕은 죽어 마땅한 죄입니까?

S#32. **길 일각 / 낮**

연준   난 말이지... 조선 땅에서 오랑캐의 흔적을 지울 수 있다면... 내 혼이라도 바치고 싶어.

S#35. **심관 정원 / 낮**

장현   저들은 살기를 선택한 자들입니다. 배고픔과 매질, 추위를 이겨내며 그 어느 때보다 기운차게 삶을 소망하고 있나이다. 저하께서, 이곳에서 저들의 비위를 맞추는 것 또한 의리를 지키는 일입니다. 저는 저하께, 저하께선 조선 백성에게, 의리를 지키는 것이지요.

S#59. **(길채의 꿈) 부후치 포로 처소 / 밤**

길채   여전히 열이 많은가 봐...

S#65.　　**포로시장 / 낮**

길채　　자꾸... 헛것이 보여...

장현　　왜... 왜!!!

제 十四 부

S#9.　　**부후치 여각 내실 + 마당 / 밤**

길채　　내게 은혜를 베풀어도 난 갚을 수가 없어요. 그러니... 아무
　　　　것도 해주지 마세요. 부담스럽단 말입니다!

장현　　이번 일은 당신 뜻대로 해줄 수 없어. 내 맘대로, 내 뜻대로
　　　　해야겠어.

S#17.　　**심양 황궁 정원 / 낮**

각화　　난 말이지, 차라리 사자에 찢겨 죽는 것을 볼지언정, 내가
　　　　갖고 싶은 사내를 다른 여인에게 뺏길 순 없어.

S#46.　　**심양 장현 여각 내실 / 낮**

장현　　후회라니? 니가 날 살렸는데. 부인이 잘못되면... 난 죽어.

S#55.　　**들판 / 낮**

장현　　부인... 부인!!

길채　　오지 마세요...

장현　　부인... 부인!!! 길채야!!!

장현　　길채야... 길채야!!

길채　　장현 도련님...

장현　　안 돼... 안 돼...! 안 돼... 길채야... 길채야!!!

길채	나리...
장현	내가 이겼어. 이젠... 됐어.
길채	...나리!!!

몹시 그리워하고 사랑한 戀人

戀人
——
제 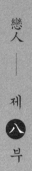 부

戀
人
─

S#1.　들판 / 낮

입맞춤을 마치고 서로를 바라보는 장현과 길채. 장현의 눈동자에
부드러우면서도 강렬한 빛이 떴고, 길채, 뭐라 할 말을 잊는데,

장현　　　　날 연모하진 않아도, 날 잊진 마시오.
　　　　　　오늘을... 나와 함께한 이 순간을, 절대... 잊으면 아니 되오.

길채를 보는 장현의 깊고, 조금은 슬프고, 애틋한 눈빛.

CUT TO

장현이 멀어지고 있다. 멍... 하니 장현의 뒷모습을 보는 길채. 그때,
바람이 불어 휘릭~ 장현의 도포자락이 흩날리고, 이 모습이 길채
꿈속 사내와 겹쳐진다.

(Ins.C)

길채의 꿈속, 바닷바람에 옷자락을 부대끼며 선 사내의 뒷모습.

길채(E)　　　나는 알아. 밤마다 내 꿈에서 만나는 도련님이...
　　　　　　장차 내 서방님 될 분이야.

장현의 뒷모습이 꿈속 사내와 꼭 닮은 것을 알고 얼어붙은 길채.
그런 길채의 마음을 짐작 못 한 채, 조금은 슬픈 얼굴이 되어 가는
장현.

타이틀 오른다.

〈몹시 그리워하고 사랑한 **연인**戀人〉

S#2.　　**한양 연준집 마당 / 아침**

마당 큰 나무 아래서 도란도란, 다정하게 대화 나누는 연준과 은애.
그리고 조금 떨어진 일각에 서서 그런 두 사람, 아니 연준의 뒷모
습을 보는 길채와 길채가 불안한 종종이.

종종이　　(주변 살피며) 에휴... 고만 보세요!
길채　　　(혼란스러운) 분명... 연준 도련님인 줄 알았는데...
종종이　　뭐가요?
길채　　　...아무래도 한 번 더 봐야겠어!(휙 몸 돌려 가면)
종종이　　누굴요? 또 어딜 가세요!!

S#3. 저자 마구 앞 / 낮

주인   (소스라치며) 아이고... 애기씨는 가마를 빌려 타시래 두요!

보면, 말이며 나귀, 수레 따위를 빌려주는 점포 앞에서 주인과 실랑 이하는 길채.

길채   가마로 가면 늦네. 난 난리 때 말수레도 몰아봤으니 말 을 빌려줘!

그때, 일각에서 말을 고르던 사내, 소요 소리에 돌아 봤다가 길채를 보곤 놀란다. 바로, 섬에서 만났던 군관 구원무다.

원무   길채... 낭자?

S#4. 길 일각 / 낮

원무의 낯빛이 상기되어 있다. 보면 원무, 뒤에 길채를 태운 채 말을 달리고 있다. 길채가 자신의 허리춤을 꼭 잡자, 더욱 붉어지는 원무 의 안색.

원무   무섭지 않으시오?

길채   하나두 안 무서워요. 그러니 빨리 가주세요, 빨리!!

원무   예, 낭자. 꼭 잡으십시오!(박차며 달리고)

S#5.   돌판 일자 / 낮

심양에 가는 세자의 행렬이 준비되었다. 나란히 선 도르곤과 소현 뒤로, 정뇌경, 심이웅 등 호송 신하들이 인조를 맞을 준비를 하고 섰고, 그 뒤에 선 장현, 언겸 등.

언겸 고맙네. 자네가 심양에 가준다니 내 마음이 든든해. 장 차 세자께서 보위에 오르시면 큰 상을 내리시고...

장현 (피실...)

언겸 ...관심 없지? 나도 해본 소리야. 해서 이상하단 말이지. 충심도 없다, 후일을 도모하고자 함도 아니다... 허면, 왜 위험한 심양길에 따라 나서는가? 그리운 여인을 남 겨둔 표정을 하고.

장현 무슨 소리요?

언겸 (능글) 왜? 내가 물건 없는 내시라고 남녀상열지사도 모를까봐? 내 물건이 없지, 마음이 없진 않네.

장현 (피실... 웃다가) 왜 떠나느냐? 글쎄요... 전 지금은 조선 에 있을 이유가 없습니다. 또한...

장현의 시선 끝, 초췌한 얼굴로 시립한 소현 보인다. 예민하고 유약 한 소현이 심양길을 앞두고 잔뜩 긴장해 있다. 마침, 인조가 다가 오면, 일시에 읍하는 소현과 대신들. 곧, 인조가 도르곤에게 세자에 대해 당부한다.

인조 세자는 궁궐에서만 자라 노숙에 익숙지 않으니... 가는 동안... 세자를 온돌에서 재워주실 수 있겠소?

소현	(그런 인조를 고맙고 애틋한 눈빛으로 보고)
인조	(이제 소현 보며) 심양에 가거든 지나치게 화를 내지 도... 가볍게 보이지도 말 것이며...(울컥하여 차마 말을 맺지 못하고)
소현	(부복하며) 이제 가면... 언제 다시 전하를 뵈오리까...

소현, 어깨가 들썩이면, 덩달아 부복하는 신하들과, 언겸 등. 인조, 심장이 쥐어지는 듯, 차마 더 보지 못하고 몸을 돌려 가다가 문득 돌아본다.

홍타이지(E)	그대는 아들을 인질로 보내라. 만일 그대에게 뜻하지 않은 일이 발생하면, 짐이 인질로 삼은 아들을 세워 왕 위를 계승하게 할 것이다.

아들에 대한 근심과, 알 수 없는 두려움이 섞여 복잡해진 인조의 눈빛. 그리고 그런 인조와 소현을 탐색하듯 보는 장현의 혼잣말.

장현	...저 가여운 아들의 운명이... 조금 궁금해서.

S#6. 들판 일각 / 낮

포로행렬의 선두에 도르곤과 청병들, 그 뒤로 소현세자가 탄 가마 행렬이 따른다. 소현세자와 빈궁의 가마, 이들을 수행하는 재신 심이응, 정뇌경이며 금군과 선전관, 내관들. 장현 등의 역관과 량음, 구잠 등 역관의 수행원들도 가장 끄드머리에서 따르는데, 끌려가는 포로들과 길 양옆으로 늘어선 백성들이 소현세자를 향해 애통하게 부르짖는다.

노인1 저하, 가지 마소서! 우리 백성들은 저하를 보낼 수 없사옵니다.

노인2 가지 마소서, 저하!!

그리고 아직까지 세자에 대한 믿음을 놓지 못하고 애원하는 몇몇 포로들.

포로 여인1 저하, 제가 포로로 끌려가면 제 자식들은 누가 봅니까? 절 보내주십시오.

포로 사내2 집에 저 말고 일할 사람이 없습니다. 농사를 못 지으면 다들 굶어죽을 것입니다. 저하는 보내주실 수 있지요? 제발 보내주십시오!

포로 여인1 아직 젖도 못 뗀 아이가 있습니다. 저하, 보내주십시오.

포로 사내2 저하께서 보내라 말만 한마디 해주시면 되지 않습니까? 저하, 보내주십시오, 저하!!

포로들 보내주십시오!!

소현, 속이 상하는지, 괴로운지 불편한 표정이 역력하더니, 결국 탁, 가마의 쪽창을 닫아버리고. 말을 타고 가던 장현, 그런 소현을 쓸쓸하게 보는데, 뒤편 끌려오는 포로들 사이에서 소란한 소리 들린다. 보면, 청병들이 포로로 잡힌 가족들에게 달려들며 애통해하는 백성들을 채찍을 휘두르며 몰아내고 있다. 이를 차갑게 보다가 문득, 눈 커지는 장현. 보면, 아우성치는 백성들 중 길채가 끼어서 장현을 찾고 있다.

청병7   (길채 보더니 눈짓) 저 년은 끌고 가자. 반반하니 돈이 되겠어.

결국 청병7, 길채에게 다가가 잡아끌려는 순간, 히힝... 말소리와 함께 누군가 고삐를 당겨 말의 앞발을 치켜들어 청병의 앞을 막아선다. 장현이다.

길채   (장현을 알아보며 놀라고) ...!!

장현   강화 이후에 사사로이 포로를 삼는 것은 폐하께서 금하셨소. 폐하의 명을 거스를 것인가?

S#7.   산 일각 / 낮

들판 옆 야트막한 야산 초입 일각. 장현, 앞에 길채를 태운 채 말을 걸려 일각에서 멈춘다. 장현에게 안긴 듯한 모양새가 어색해진 길채. 길채, 슬쩍 장현을 보면, 길채를 외면한 채 말에서 내리는 장현. 길채, 내리는 것을 도와달라는 듯 팔 뻗지만, 장현, 무시하곤 저편에 뒷짐을 지고 선다. 어쩐지 화가 난 듯한 장현의 뒷모습. 길채, 결국 우당탕... 말에서 내려 장현에게 다가가면,

장현   (차갑다) 도대체 낭자는 왜 항시 멋대로지? 그러다 끌려가기라도 하면...

길채	내가 할 말이에요! 사람이 어쩜 그렇게 멋대로예요?
장현	(돌아서며) 내가?
길채	예! 감히 함부로, 내 입술을! 그래놓고 멋대로 심양에 가고! 뭐? 주저할 섬?!! 그 망할 섬인지 쌈인지는 이렇게 멋대로 굴어도 된답니까?
장현	뭐에 화가 난 거요? 입술 쪽이요... 아님, 심양 쪽이요? 아니면 (피실...) 둘 다인가?
길채	좀 진지해질 순 없소? 도련님한텐 그저 다 장난이요?
장현	(잠시 가만... 길채의 눈을 들여다본다)
길채	(지지 않으려 마주 보는데)
장현	갑자기 왜 이러지? 나한테 없던 관심이라도 생겼소? 수일 전만 해도 연준 도령 때문에 울고불고 나는 안중에도 없더니. 낭자 혹시... 나와 입맞춤을 한 후 내게 반한 게요?
길채	(화들짝 얼굴 벌게지며) 무, 무슨 소리!!!
장현	이런... 내가 그 쪽에 소질이 있는 건 알았지만, 이 정도였던가...(스스로 과장되게 감탄하면)
길채	...내가 미쳤지. 깃털처럼 가벼운 자와 무슨...(하며 휙 돌아가려는데)
장현	(턱 잡으며) 왜 왔는지 말은 하고 가야지.

잠시 장현과 길채의 눈빛이 만나고. 길채, 꿈속 사내가 장현과 닮았다는 말을 하기가 민망해서 괜히 횡설수설 한다.

길채	...꿈을 믿으십니까?

장현	뭐?
길채	있잖아요... 꿈에 아끼던 실패가 막 굴러가서 쫓아가는데 길이 끝도 없구... 에휴, 산도 넘고 강도 건너고,(그즈음 벌써 '무슨 소리야...' 하는 표정 된 장현) 꽃신도 잃어버리고, 내가 제일 좋아하는 꽃신인데, 아무튼... 어떤 사람이, 그 사람이 누구냐 하면...(하는데)
장현	꽃신 부탁하러 왔소?
길채	(황당) 예?!!
장현	꽃신 욕심 많은 줄은 알았지만, 이거 원...(하는데)
길채	아니, 그게 아니라!!
구잠(E)	(저편에서 부르는 소리) 성님, 성니임!!
장현	가야겠군. 가는 길에 오랑캐 조심하라구!(하며 말에 다시 타려는데)
길채	(마음 몰라주는 장현이 원망스러워 보다가) 꽃신은 언제 줄 건가요?
장현	(보면)
길채	꽃신이요! 언제 주실 거냐구요!! 난 새 꽃신이 당장 필요하니, 이왕이면 빨리 가져다주면 좋겠어요.
장현	(어이없어) 아니, 심양 가는 내게 조선에서 신을 꽃신을...(하다 말고) 노력해보지. 헌데... 내가 꽃신을 주면, 낭자는 내게 뭘 줄 건가?
길채	뭘... 받고 싶은데요?
장현	알잖소. 내가 받고 싶은 거야 딱 한 가지뿐이지. 낭자의 마음. 오직 나만을 향한... 마음.
길채	흥, 꿈도 아무지십니다. 꽃신 하나로 내 마음을 얻겠다

니. 도련님은 항상 이런 식이에요. 매사에 농이고 장난이죠. 그런 도련님을 뭘 믿고 제 마음을 드립니까?

장현 내가 매사에 농이고 장난이다? 혹, 그렇게 믿고 싶은 건 아니고?

길채 ...?!!

장현 나 같은 사내에게 관심이 간다는 게 자존심 상할 테지. 어디서 굴러왔는지 근본도 모를, 닳고 닳은 사내. 내가 농이고 장난이어야, 연준 도령에 대한 마음을 오래오래 간직할 수 있겠지. 한 남자만을 지고지순 연모하는 낭자 모습도 썩 마음에 들 거구. 헌데 그거 아시오? 낭자는 절대 지고지순하지도 순정적이지도 않아. 임자 있는 사내에게 여지를 두는 낭자에게 깨끗하고 하얀 순정이 가당키나 한가? 그러니 낭자에겐 역시 나처럼 닳고 닳은 사내가 어울려.

순간 찰싹, 장현의 뺨을 올려붙이는 길채.

길채 (분해서 눈물까지 그렁... 맺혔고)

장현 (얼얼...)

길채 가세요! 가서 죽어버려요!!(하고 돌아서려는데)

장현 만약... 다시는 연준 도령 생각을 아니하겠다 말하면, 내, 지금이라도 심양 가는 길을 돌리리다.

길채 (...!)

장현 말뿐이라도 좋소. 심중에 연준 도령을 숨겨놓고 맘껏 꺼내보시오. 다만, 그저 말로만이라도 다짐해주면, 나

는...(하는데)

길채   (극심하게 흔들리는 눈빛. 결국 입을 여는데) ...그럴 순 없어요. 연준 도련님은... 그리 쉽게 지울 수 있는 분이 아니에요.

정적 흐른다. 상처받은 눈빛이 된 장현. 이윽고 장현, 길채의 얼굴을 두 손으로 감싸고 길채의 눈을 깊게 들여다본다. 그렇게 잠시 애틋하게, 혹은 원망스레 보다가,

장현   정말 밉군. 도대체 연준 도령에게는 있고 내게는 없는 게 뭐요?

이제껏 길채에게 보인 적 없는, 슬픈 장현의 눈빛. 길채, 그 눈빛에 얼어, 아무 말도 못 하는데, 저만치서 장현을 부르는 구잠의 음성.

구잠(E)   성니임!!
장현   (손 내려놓으며) 이젠, 정말 가봐야겠어. 꽃신 핑계로 날 배웅하러 왔다고 생각해도 될까?
길채   ....!
장현   (미소) 제일 고운 꽃신을 들고 오지.

장현, 말에 올라 뒤도 한 번 돌아보지 않고 가고. 길채, 아무 말도 못 한 채, 그저 뒷모습을 보며 섰는데.

S#8. **들판 일각 / 낮**

다시 심양 행렬에 합류한 장현. 장현 얼굴에 남은 벌건 손자국을 보고 놀란 구잠이 량음 보면, 량음, 상황을 대충 짐작하고 속이 상한 나머지 차가워졌다.

구잠 성님답지 않게 왜 글케 목을 매구 그러우? 어라? 비혼, 비혼 하더니 길채 애기씨가 혼인하자면 할 기세네.

장현 ...쉽게 지워지지 않는 사람은 또 뭐야? 그런 게 있기나 해?

량음 있고말고.

장현 (보면)

량음 어릴 적부터 같이 자란 갑돌이와 갑순이가 있었어. 두 사람은 당연히 서로에게 시집장가 가는 줄 알았지. 헌데 어디 그게 맘대로 되나. 갑순이는 부모님 뜻대로 옆 마을 부자 사내에게 시집갔어. 아들 넷, 딸 셋을 낳고 잘 살았대. 좋은 남편이었다나 봐. 그런데 갑순이가 늙어 죽게 되자, 남편 손을 꼭 잡고 말했다지. '갑돌아, 나 먼저 가서 기다릴 테니, 천천히 와.' 갑순이는 평생 갑돌이를 잊은 적 없었던 거야.

장현 ... (표정이 굳고)

량음 노력으로 어찌할 수 없는 거야. 아무도, 누구도 건들지 못해. 평생, 죽기까지.

장현 ...!!

그리고 먼발치에서 멀어지는 장현 일행을 보는 시선, 언덕 일각에

선 길채다. 길채의 눈빛에 원망과 안타까움이 가득하고.

S#9.　　산길 일각 / 낮

터덜터덜 말을 걸려 돌아오는 원무와 길채. 앞선 길채, 말이 없고, 뒤에서 말고삐를 잡고 따라오던 원무, 잠시 길채의 안색을 살피다가,

원무　　그 사내는... 누굽니까?

길채　　(원무 돌아보며 피식) 다 봐놓곤 뭘 물으세요?

원무　　...!!

원무, 얼굴이 붉어진 채 길채의 뒷모습 본다. 참 신기한 여자야... 하는 듯.

S#10.　　한양 연준집 마당 / 저녁

마당 일각, 큰 나무 아래 잔잔한 미소를 지으며 서성이는 연준. 그리고 그런 연준을 보는 시선, 전처럼 일각 기둥 뒤에 서서 지켜보는 길채. 종종이, 안쓰러운 마음으로 길채를 달랜다.

종종이　　이제 연준 도련님은 잊으세요...

길채　　내게 연준 도련님은 그냥 사내가 아니야. 도련님을 떠올리면, 내가 한없이 고왔던 시절이 떠오르거든. 그 시절 나는...(하고 자기 손을 들여다보다 피식...) 넌, 니가 제일 고왔던 시절을 지워버릴 수 있니?

그때, 은애가 연준에게 다가오고, 다음 순간, 길채에게 놀라고 당황한 눈빛 뜬다. 보면, 은애를 보며 환하게 미소 짓는 연준. 길채에겐 보인 적 없던 미소다. 은애를 보며 저런 미소라니! 어떤 깨달음이 길채를 덮치는데, 곧 연준의 다정한 음성 들린다.

연준　　　염치도 없지. 스승님이 돌아가시고, 세자께서 볼모로 끌려가신 마당에... 내 욕심만 채우려 하다니.

은애　　　욕심이라니요?

연준　　　나는 모자란 사람입니다. 헌데 이런 나를 곱게 봐준 이가 있어요. 그이와 함께 있으면 나도 퍽 괜찮은 사내가 된 것 같아.

은애　　　(무슨 말을 하려는 거지?)

연준　　　(진지한 눈빛으로 은애 본다) 낭자, 내 부인이 되어 주시겠소?

은애　　　...!!

이제 연준, 가만... 은애를 안으려는데, 뜻밖에 은애가 연준을 피한다.

은애　　　스승님 식사를 살핀다는 걸 깜빡했습니다.

하며 성급히 자리를 뜨고, 당황스레 남은 연준. 이를 지켜보던 길채 역시 당황스러운데.

S#11. *한양 연춘집 은애방 / 밤*

깊은 밤, 잠을 이루지 못하고 뒤척이는 은애.

(Ins.C) **4부 29씬**

현겸   이럴 때 여인들이 명심할 것은 오직 '절'을 지키는 일이
다. 여인이 오랑캐에게 욕을 당한 경우 죽는 것은 당연
하거니와, 잠시 적과 얼굴을 마주했다 해도... 살 수 있
겠느냐?

(Ins.C) **4부 53씬**

몽골군병, 왈칵 은애의 손목을 잡더니 옷 저고리를 확 잡아 뜯어버
리고, 순식간에 은애의 어깨가 드러난다.

(Ins.C) **마을 정자** (1부 19씬 확장. 혹은 따로 현겸 컷만 찍어도 됩니다!)

현겸   이씨는 남편의 시신을 고향으로 운구하다가 여각 주인
에게 다퉈 팔목을 잡히게 되었다. 이씨는 울면서 '하늘
이여! 나는 불행하게 남편을 잃었으나 이 손을 다른 남
자에게 잡혀서 되겠습니까?' 하곤 곧 칼로 자신의 팔목
을 잘라버렸으니, 절을 지키는 마음이 얼마나 마땅하
냐...

흠칫, 어깨를 만져보는 은애.

S#12.　**한양 연준집 마당 / 밤**

잠을 이루지 못한 채, 연준과 대화했던 나무 아래 선 은애. 근심이 더욱 깊어지는데, 그때, 기척. 보면, 길채가 다가오고 있다.

은애　　　(옅은 미소) 왜 자지 않구.

길채　　　응? 응...(잠시 망설이다) 연준 도련님이 청혼했니?

은애　　　...!!

길채　　　기쁘지 않은 거야? 넌 오래전부터...(하는데)

은애　　　난 자격 없어.

길채　　　...!!

은애　　　외간사내에게 속살을 보인 것만으로도 실절한 것이나
　　　　　마찬가진데, 난... 오랑캐에게 속살을 잡혔어. 헌데 연준
　　　　　도련님께 어떻게...

길채　　　(얼른 은애의 입을 막고 주변을 살핀다. 다행히 사방에
　　　　　정적. 다시금 은애를 본다. 조금 냉정해진 눈빛)

은애　　　못 하겠어. 난 자격이 없어, 난...(은애의 눈에 눈물이 고
　　　　　였고)

길채　　　(복잡한 눈빛으로 은애 보다가) 니가 무슨 소릴 하는지
　　　　　모르겠어. 잊었어? 그날... 우린 길을 잘못 들어 옷도 찢
　　　　　어지고 피도 났어. 그날 우리에겐 아무 일도 없었어.

은애　　　...!!

은애가 동요하는 사이, 연준이 은애에게 보인 환한 미소를 떠올리며 갈등하는 길채.

(Ins.C)   *8부 10씬*

은애를 보는 연준의 환한 미소.

길채	(이윽고 결심을 마친 표정 되어) 연준 도련님이 원하는 사람은 너야. 연준 도련님을 행복하게 해줄 사람도… 너야.
은애	길채야…
길채	그러니 연준 도련님 배필 될 자격을 가진 사람도… 너 뿐이야.
은애	…!!

S#13.   길채와 은애의 일상, 혼란스러운 길채
- 한양 연준집 마당 / 낮

소박하게 혼례를 치르는 연준과 은애. 합혼주로 입술을 적신 은애, 합혼주가 연준에게 넘어간 사이 저편에 선 길채를 본다. 다 잘 될 거라는 듯, 작게 고개 끄덕해 보이는 길채. 그 미소에, 은애에게도 옅은 미소가 뜨고. 이제 길채의 시선, 합혼주 마시는 연준에게 옮겨진다.

길채(N)	한 번도 의심한 적 없어. 내 꿈에 나오는 그분이 연준 도련님일 거라… 굳게 믿었어.

- 한양 연준집 은애방 / 밤

신방에 마주한 연준과 은애. 연준, 은애의 족두리를 조심스레 벗기면, 떨리는 은애의 눈동자.

은애 서방님, 오늘부터 저는 죽는 날까지... 서방님의 사람이
될 것입니다.

연준 아니지요. 내가... 오늘부터 부인의 사람입니다.

서로 벅차게 그리고 다정하게 포옹하는 연준과 은애.

길채(N) 언제나 다정하고 상냥한 분.

- 한양 연준집 은애방 / 아침

연준이 먼저 일어났다가, 이불 밖으로 은애의 발이 나와 있자 살포
시 이불을 덮어 은애의 발을 감싸준다.

길채(N) 멋스럽고 낭만적인 분.

- 한양 연준집 대청 마당 / 저녁

퇴청하는 연준, 마당 꽃나무에 꽃이 핀 것을 보고 꺾어 뒷짐에 숨
겼다가 마침 은애가 나와 연준을 맞이하자 건넨다. 방싯... 행복한
미소를 짓는 은애.

길채(N) 나 아닌 다른 여인에게 다정한 도련님을 보는 것도 나
쁘지 않았어. 세상에 그런 다정한 사내가 있다는 사실
이 기뻤을까?

먼발치에서 이를 보는 길채. 길채의 마음 속, 가득한 혼란스러움.

길채(N)   내 꿈속 도련님은 반드시 연준 도련님이어야 했어. 헌
          데... 연준 도련님이 나 아닌 은애를 연모한단 사실을
          깨닫고서도 그닥 슬프지 않아. 뭐가 사라진 걸까, 아니,
          내 맘에 무엇이 새로 돋아난 걸까?

S#14.   들판 일각 / 아침

길채의 자문에 답이라도 하듯, 화면 가득 등장하는 장현. 세자의 심
양 행군이 한창인데, 장현, 언겸 곁으로 다가온다.

장현   난 좀 뒤에 들어가겠소. 의주에 들를 데가 있거든.
언겸   의주에 들르다니!!
장현   그럼 심양에서 봅시다.(하곤 구잠과 량음 대동하고 가면)
언겸   이봐! 뭔데 저리 제멋대로야, 이봐!!

하지만 이미 멀어져 가는 장현 일행.

S#15.   의주 양천 안가 마당 / 낮

당황스런 눈빛이 되어 선 장현. 보면, 여기 저기 타고, 폐허가 된 구
양천의 안가 마당. 장현, 타다 만 의자를 들었다가 던지듯 내려놓으
면 파삭, 부서지고.

구잠	(문턱을 넘어 들어오며) 오랑캐 놈들이 덮치니까, 의주 사람들이 큰형님 밑으로 숨어들었답니다. 한바탕 피바람이 불어서선 다들 죽고 도망치고, 이후론...(절레)
랑음	...!!
장현	(대청에 앉아 폐허가 된 마당 보며) 노인네... 어디로 간 거야?

S#16. 포로들의 심양 행군 / 낮

- 들판 / 낮

한쪽엔 다 해진 가죽신, 다른 쪽은 맨발인 누군가가 절룩이며 걷고 있다. 발목에 묶인 차꼬가 살을 파고들어 피에 절어 굳은 채로 절룩이며 가는 이. 카메라 멀어지며 사내의 전신 드러난다. 산발한 머리, 채찍질로 너덜해진 옷, 얼어붙은 채 갈라져 발갛게 피가 비치는 손등, 하지만 눈빛만은 형형한 사내, 구양천이다.

카메라 멀어지면, 산등성이와 들판을 가득 메운 끝도 없이 늘어진 포로들. 포로들, 세 줄로 열을 세운 채 끌려가고 있고, 그 위로 장계를 보낸 심이웅의 음성.

| 심이웅(E) | 청나라 군사가 쳐들어왔을 때는 매우 빨랐으므로 황해도, 평안도에서 약탈한 것이 대단치 않았사온데, 회군하는 이때에는 곳곳에 머물러 노략하고 갈취하므로 그 피해가 막심하옵고, |

- 산길 / 낮

지쳐 주저앉는 말을 거칠게 끌고 가는 마부. 결국 말이 거품을 물며 쓰러지고.

심이웅(E)   저들이 청으로 돌아가는 길은 반드시 산등성이와 골짜기를 거치니 말들이 지쳐 절뚝거리고 죽어가므로 고난을 이루 말할 수가 없으며...

S#17.   조선 궁 편전 / 낮

최명길과 김류, 홍서봉, 강석기, 심기원 등의 대신들이 일벌했고, 심이웅이 보낸 장계를 읽는 인조. 편전 내에 감도는 무거운 기운.

심이웅(E)   농사철이 되어 바쁜 때에 모두 포로로 잡혀가 경작할 가망이 없어지니... 백성의 일이 참으로 비참하옵니다.

S#18.   심양 여각 내실 / 낮

심양 여각 내실로 들어선 장현과 량음, 등짐 진 구잠.

장현   (쓱... 둘러보며) 뭐, 쓸만하군.
구잠   (등짐 내려놓으며) 알아보니, 주인이 노름에 미쳐 조만간 이 여각을 내놓을 거랍니다.
장현   잘 됐군. 조만간 내가 이 여각을 꿀꺽... 삼키련다! 돈 많이 벌어 우심정 분점도 내야지!

구잠	(눈 번쩍) 엥? 참말로?
장현	(량을 보며) 넌 우리 세자 저하가 오랑캐를 어찌 상대 하는지 알아봐. 본시 장사란,(활활 부채질) 나랏일 하 는 사람들 꼬라지를 살펴야 하는 법이거든.

S#19. 심관 전경 / 낮

심양, 소현세자가 머무는 심관 전경. 북방의 칼바람이 마치, 심양생 활의 혹독함을 느끼게 하듯 매섭게 몰아치고 있다.

자막   **심관**(자막: 심양 세자관)

S#20. 소현의 심양 생활
- 심관 편전 / 낮

소현이 편전에 앉았고, 양옆에 일별한 정뇌경, 심이웅 등의 대신들. 그리고 아래 정명수를 대동하고 선 용골대. 용골대가 청나라 말로 뭐라 말하면, 곧 정명수가 이를 전하는데, 세자 앞에서 예를 갖추는 시늉은 했으나 그 눈빛이며 말투가 무척이나 방자하다.

정명수	황제 폐하의 뜻을 전하옵니다. 폐하께오선 도망한 조선 포로를 잡아 보내는 일을 무척 중하게 여기시는데, 어 찌 세자께선 이를 소홀이 여기십니까?
정뇌경	어느 안전이라고 눈을 희번덕거리느냐!!
심이웅	(정뇌경과 달리 조금 다독이며) 약속을 어기는 것이 아

니라 어쩔 도리가 없는 것이네. 지금 풀이 웃자라서 도
망한 사람들이 숨으면 찾을 길이 없어!

정명수　　내게 말하여도 소용없습니다. 지금 강을 건너 도망한
　　　　　포로가 수없이 많은데 아직 한 사람도 잡아 보내지 아
　　　　　니하였습니다!!

소현　　　(입술만 꾹... 깨물고)

- 심괄 고방 / 낮

홍시가 가득 뜬 궤짝들이 여럿 늘어서 있고, 그 궤짝에 손가락질
하며 뭐라 뭐라 심이웅 등을 추궁하는 정명수. 그리고 일각에서 서
서 이를 지켜보며 얼굴이 달아오른 소현. 추궁당하는 것은 심이웅
과 정뇌경 등 대신들이지만 세자가 혼나는 것 같은 느낌.

정명수　　폐하께서 조선의 국왕이 왜 홍시를 직접 바치지 않고 세
　　　　　자 저하를 통하셨는지 그 이유를 알아오라 하십니다.

소현　　　...!!

정명수　　조선 임금이 귀한 과일을 보고서 어찌 폐하보다 조선
　　　　　세자에게 먼저 보냈느냐며 노하셨단 말입니다!!

- 심괄 재신들 처소 / 낮

용골대가 지켜보는 가운데, 정명수가 부하들을 독촉하여 샅샅이
뒤지라는 지시하고, 청병들이 세간들의 서랍을 다 열어젖히고, 궁
녀며 내관들의 옷을 뒤지는 등, 심관을 발칵 뒤집어 놓고 있다. 놀
라 들어오는 소현과 강빈, 언겸, 민상궁 그리고 심이웅, 정뇌경 등
신하들 등.

소현	이게 무슨 짓이오!!
용골대	남초를 들이는 것을 폐하께서 금한 지 오래거늘, 또다시 남초를 들여오다니, 조선인들은 세자의 말도 듣지 않습니까? 나라에 기강이란 것이 없소?
소현	(부르르... 수치심에 떨고)
용골대	(눈짓하면)
정명수	남초가 적발된 사람에게 가죽 채찍 형벌 팔십 대를 내리고, 귀를 꿰어라!

- 심관 편전 마당 / 밤

용골대가 섰고, 그 앞에 소현과 정뇌경, 심이웅 등 대신들이 모두 부복했다.

용골대	황제의 명으로 말을 전하노니, 어찌 약속된 군병을 보내지 않으시오? 산성아래 맺은 군은 언약을 잊었는가, 배반하려 하는가? 세자와 대군은 조선으로 돌아갈 뜻이 없는가? 조선의 국왕은 세자와 대군을 이미 버린 것인가?
소현	...!!
용골대	만일 짐이 조선의 군병을 거절하는 때에 이르면, 세자의 명운 또한 장담치 못하리라.

용골대의 몰아치는 협박. 부복한 대신들의 안색이 하얗게 질렸는데, 다음 순간 소현, 고개를 들어 용골대를 노려본다. 분노를 숨기지 못한 채 이글거리는 소현의 눈빛.

용골대   ....!!

S#21.   홍타이지 침전 / 밤
홍타이지가 술과 고기를 먹고 있는데, 그 앞에 선 용골대.

홍타이지   그래?

용골대   예, 조선의 세자가 무척 빳빳합니다. 감히 폐하의 말씀
          을 전하는 중에 고개를 든 벌을 내리올까요?

홍타이지   (고기 씹으며 잠시 생각하더니) 세자가 끝내 우리와 화
          합하지 못하면 어쩔 수 없지.

용골대   ...?

홍타이지   심양엔 봉림대군이, 조선엔 세자의 아들이 있다. 세자
          하나쯤 심양에서 잘못되어도, 내 뜻을 받들어줄 자들은
          많아.

용골대   ...?!!

S#22.   심관 정자 / 낮
한순간, 몹시 지친 몰골 위로 주룩... 자기도 인지 못한 눈물을 흘리
는 소현.

정뇌경(E)   저하!!

보면, 소현이 서연(자막: 왕세자가 경서를 공부하는 자리)을 하는 자리. 정

뇌경과 심이웅 및 시강원 신하들이 입시해 세자에게 경전을 강독하는 사이 자기도 모르게 눈물을 흘린 것. 대신들, 소현의 눈물을 보고 당황스러워하고, 언겸 역시 놀라 소현의 눈물을 닦아주면,

심이웅 등　　(일제히 엎드리며) 저하...!!

덩달아 오열하는 대신들. 심이웅 등 노신들의 주름진 눈가로, 수염 위로 주책없이 눈물과 콧물이 진득하게 흐르고.

S#23. *조선 궁 편전 / 낮*

심이웅(E)　　저들이 군량과 도망한 포로 보내는 일을 독촉하며 세자 저하를 겁박하였으나 세자께오선 굳건히 맞서셨사옵니다. 이에 칸이 매우 불쾌해하며 사사건건 구박하니, 저하께서 서연 중에 눈물을 보이시곤...

심양에서 보낸 장계를 읽는 인조, 가라앉은 편전 안. 최명길과 강석기, 홍서봉, 김류, 심기원 그리고 뒤편의 간관인 연준 등 대신들 저마다 침통한 분위기. 인조가 장계를 덮는데, 인조 역시 눈물이 글썽해졌다.

인조　　저러다 세자가 부러질까 두려워...
대신들　　(일제히 부복하며) 전하...

S#24. 심양 여각 내실 / 낮

구잠, 장현에게 착 붙어 읍소하는 모양새.

구잠   우심정 분점 말이우... 남원 어떠우? 관리는 내가 하구. 호호호. 그런데 남원 분점을 차리면, 량음이가 일주일에 한 번은 와서 노래를 불러줘야 해!

장현   니가 말해.

구잠   아, 량음이 놈, 내 말은 안 들으니까 그러지!!(하는데)

량음   (마침 들어오고)

장현   알아봤어?

량음   응! 쉽지 않은가봐. 오랑캐들이 남초를 몰래 숨겨 들어온 사람들에게 가죽 채찍을 때리고, 세자를 겁박해서, 세자가 신하들 앞에서 울기까지 했대.

구잠   (놀라) 울어? 세자가?!!

장현   (그럴 줄 알았다는 듯 잠시 절레) 역시... 세자 저하는 이제 다시는 조선 땅을 밟지 못하고 예서 죽겠구나.

구잠   설마...

장현   누르하치가 원숭환과 명황제를 이간질해서 결국 원숭환을 죽게 만들었어. 칸이 그 누르하치의 아들이야. 그러니 오랑캐 놈들... 이번에도 조선 임금과 세자 사이를 교묘하게 이간질 하겠지.

구잠, 량음   ...!!

장현   그 와중에 세자가 매사에 저리 맨맨하게 구니... 죽고 싶은 게지.(훅, 털어내며) 뭐, 남 일이지! 나가자! 심양에 온 신짜 용 무는 따로 있으니까!

S#25. 심양 여각 / 낮

다 쓰러져가는 여각 안으로 들어서서 낡은 탁상에 자리 잡는 장현 과 랑음, 구잠. 랑음, 의아하여 두리번거리는 사이, 장현 드문드문 자리 잡은 사람들을 관찰한다.

장현   (저편 사내들 보며) 저기 저 사내는 남초 백 근을 백오 십 냥에 팔겠다 호객하지만, 속내는 백 냥에라도 팔 게 야.(다른 곳에 앉은 사내보며) 저기 저 놈은 삼백 냥에 남초 백 근을 사가겠다고 다짐했겠지만, 사실 삼백오 십 냥까진 어쩔 수 없다고 생각해. 내가 중간에서 다리 를 놓아, 이백오십에 사고팔게 해주고, 거간 값으로 오 십을 거두어도, 이편은 백 냥을 더 벌고, 저편은 오십 냥을 아끼는 셈이지. 이런 기막힌 수를 뭐라 불러야 할 꼬...

구잠   창조경제!

장현   (피식) 그러니 우리가 심관에서 구하지 못한 물건을 들 여오면, 큰 이문을 볼 수 있어.

랑음   하지만 밀매를 했다가 걸리면...

구잠   (랑음 툭 치며) 왜 이려? 의주해서 맨날 하던 짓인데.

장현   의주 때랑은 다르지. 이래봬도 내가 이제 조선의 청역 이야. 나와 거래를 트는 황실 사람들이 내 뒷배가 되어 줄 것이다.

S#26.　동장소 / 낮

서로 밀거래 시도하는 조선 상인과 청 상인. 조선 상인, 인삼 두어
뿌리가 든 작은 상자를 열어 보인다.

조선 상인　(어리숙한 만주어) 최상품!

청 상인　얼마나 가지고 있어?(하는데)

량음　(불쑥 끼어들며 만주어로) 이런 좋은 물건은 어디서 구
　　　　합니까?

청 상인　우린 장사하러 온 게 아니라, 술 마시러 온 거요!!(나가
　　　　버리면)

조선 상인　(역시 얼른 인삼 챙겨 가려는데)

량음　국경을 넘어 인삼을 캐도 죽고, 몰래 인삼을 거래해도
　　　　죽는다지요? 해서 이리 숨어서 파시는구만.

조선 상인　(마른 침 꿀꺽)

량음　청역과 거래하면 떳떳하지 않겠소? 물론 조금... 사례는
　　　　해 주셔야겠지만.

조선 상인　청...역이라니?

량음　저기.(하고 보면)

장현　(저편에서 술잔을 들어 보이며 눈인사하고)

S#27.　심양 여각 내실 / 낮

장현과 량음이 함에 든 남초의 품질 따위를 살펴보고 있는데,

구잠　(벌컥 문 열고 들어오며) 성님! 터졌수다! 지금 산이며

78　　　　　　　　　　　연인 2

남초 거래할 사람들이 죄다 여기로 몰려들고 있어요!!
우심정 남원분점아, 내가 간다!!!

장현   (씩... 부채질하며) 이제 번 돈을 어디다 뿌려볼꼬...

             (량음 보며) 오랑캐들이 좋아하는 큰 검을 좀 구해봐!

량음   응!

S#28.   심관 소현 침전 + 마당

- 소현 침전 / 낮

정명수   도르곤께서 큰 병이 나셨습니다!

보면, 소현 침전에 마주한 소현과 다급한 표정의 정명수. 하지만 소현, 그간 일들로 인해 정명수에 대한 감정이 좋지 않은 듯, 보던 서책에 시선을 둔 채, 정명수는 거들떠보지도 않고 있다.

정명수   조선의 죽력이 약효가 좋다 하던데 구해주실 수 있는 지요?

소현   (여전히 문서만 보며) 일전에도 죽력과 청죽을 급히 구해주었으나, 이번엔 글쎄... 죽력은 그리 급하게 구해지는 물건이 아니네.

정명수   ...!!

- 침전 마당 / 낮

밖에서 노심초사 안의 소리를 듣는 강빈과 덩달아 안절부절못하는 민상궁.

강빈	세자께서 정명수를 박대하시는구나. 허나 죽력을 구하지 못하면...
민상궁	조선 물자에 관한 일이라면... 그이에게 물어보소서. 그를 통하면 구하지 못할 물건이 없어 청나라 황족들도 그와 친하게 지내고 싶어 한다 합니다. 얼마 전엔 친왕들에게 큰 검도 구해다 주었답니다.
강빈	그자가 누군가?

S#29. 심양 여각 / 낮

장현이 인수한 이후, 전과 달리 탁상마다 거래하고 술 마시는 상인들로 북적거리는 여각. 장현과 구잠, 량음이 술 마시고, 거래하는 사람들과 눈인사하며 지나가는데,

구잠	왜놈이랑 오랑캐 상대로 장사 하는 건 똑같은데, 성님이 '청역' 이름을 다니, 괜시리 떳떳하고 당당하고, 돈도 갑절은 더 벌리구!!
장현	(씩... 웃으며 부채질하는데)
민상궁(E)	이가 장현이 누구인가?

보면, 일각에 선 민상궁. 장현, 의아한 눈빛 되어 민상궁을 보고.

S#30. 심관 강빈 처소 / 낮

강빈이 앉았고, 발 너머 윗목에 부복한 장현. 장현, 왜 자신을 찾았

는지 의아한데,

강빈 (가만... 장현을 보다가) 봉황성을 오가며 물자를 사 들
        인다 들었네. 자네, 사사로이 장사를 하는가?

장현 본시 청역이 오가는 비용은 스스로 장만해야 하니, 청
        역들이 인삼이며 남초를 거래하는 일은 허락되었는지
        라...

강빈 해서... 전하를 뫼시는 일보다 재물 장만하는 일을 우선
        했는가? 친왕들에게도 큰 검 따위를 구해주며 아부했
        다지?

고개를 들어 강빈을 보는 장현. 잠시 발 너머 강빈과 장현의 눈빛
이 쨍 만나면,

민상궁 감히 고개를 드느냐!!

장현 혹... 필요한 물건이 있으시옵니까? 잘 보여야 할 자가
        있으신지요?

민상궁 이, 이놈이 감히!!(하는데)

강빈 (뜨끔...했다가 결국) ... 도르곤이 죽력을 찾고 있어. 서
        둘러 구할 수 있겠는가?

S#31. **심양궁 일각 / 낮**

성큼 걷는 용골대, 그 옆에 착 붙어 따라 걷는 정명수.

용골대	도르곤께서 죽력을 구했다고?
정명수	예. 해서 그중 최상품을 폐하께 바치고 큰 칭찬을 들었다 합니다.
용골대	나도 구하지 못한 걸 어찌 구한 게야?
정명수	조선에서 데려온 청역 중에 아주 유능한 자가 있다 합니다.
용골대	청역? 내가 모르는 청역이 있던가?
정명수	조선관엔 별로 출입을 아니 하고, 주로 필요한 물산을 얻으러 봉황성을 드나들었던 모양입니다. 귀한 물산을 얻으려면 그자를 통하는 것이 가장 빠를 듯 하온데, 장군께서 직접 그자를 아래 두고 쓰심이 어떠신지요?
용골대	...!!

S#32. 심관 고방 / 낮

장현이 량음과 구잠을 대동하고 심관 고방에 죽력이며 생강, 백면지 따위, 들여온 물목을 체크하고 있는데,

구잠	돌겠구만. 명나라 땅에서만 나는 '연잎'을 우리더러 구해달라면 어째?
량음	(피식 웃다가 누군가의 기척에 돌아보곤 안색이 식는다)

그 기척에 돌아본 장현 역시 얼어붙고. 보면, 장현의 뒤에 선 사내, 용골대다.

용골대   너는...?!!

S#33.　심관 역관 집무실 / 낮

심관 역관 집무실에 마주한 장현과 용골대. 용골대, 벌게진 얼굴로 장현을 보지만, 장현, 차분히 용골대에게 술을 따라주고, 문 앞에서 서서 불안하게 지켜보는 량음.

장현   참으로 오랜만에 뵙습니다. 진즉에 인사 올린다는 것이...

용골대   마마에 걸려 죽은 줄 알았는데.

장현   죽을 뻔했지요. 갑사가 될 욕심에 섬 나가는 일에 자원했다가 조선군 포로가 됐지 뭡니까? 이제 죽겠구나... 했는데, 소인이 청나라 말을 곧잘 하니, 청역을 하면 살려준다기에 따라왔습니다. 헤헤...

용골대   (쓴 미소) 그 말을 믿으라고?

장현   (눈 끔뻑) 소인을 의심하십니까? 청에서 일하는 역관 최도리니, 막동이니 모두 포로로 잡혔다 청역이 되었다는데, 어찌 소인만은 믿지 못하십니까?

두 사람의 눈빛 쨍... 만나고. 이윽고 입을 여는 용골대.

용골대   (쓴 미소) 내가... 이대로 넘어갈 성싶은가?

장현   저를 간자라 의심하시는 모양이온데... 저는 절대 간자가 아니옵고, 또한 간자여서도 아니 되지요. 발톱 여섯

제八부　　83

개를 뽑고도 간자를 솎아내지 못한 것을 폐하께서 아시면, 장군께선 무사하시겠습니까?

순간, 벌떡 일어서서 허리춤 검 손잡이에 손을 대는 용골대. 뒤편 량음, 역시 당황하여 움찔하는데, 장현, 차분히 제 앞의 술을 마신다.

장현 만일 절 죽이시려면, 미리 말씀해 주십시오. 친왕들께 그간 황실에 대던 물건을 이제 드릴 수 없게 되었음을 알려 드려야 합니다.

용골대 (부들부들 떨면서 차마 검을 꺼내지 못하고. 결국 벌컥 술을 들이켜더니 쓰윽 입을 닦는다) 일전에 말한 하서국이란 간자가 어찌되었는지 말 했던가? 결국 발각되어 눈과 혀가 뽑히고, 발목이 잘려 죽었다. 내 언젠가... 반드시 너를 그렇게 죽일 것이다.

용골대, 성큼 나가버리면, 조심히 문을 닫곤 장현을 돌아보는 량음.

량음 괜찮을까?

장현 (쓴 얼굴, 조금은 불안한 표정으로 남은 술을 들이켜고)

S#34. 심관 편전 마당 + 편전 / 낮
- 편전 마당
장현이 편전 마당으로 들어서는데, 편전 밖에 서서 안절부절못하는 언겸.

언겸	(장현 보더니) 쉿!(편전 안 기색이 심상치 않다는 눈빛)
장현	...?!!

- 편전 안 + 밖

소현 아래로 일별한 심이응 등 대신들. 정뇌경, 격앙된 표정으로 소현에게 간하고 있다.

정뇌경	저하, 어제 청나라 관원이 정명수가 황제께 올릴 진상품을 착복한 정황이 있는지 물어보았나이다.
소현	....?!!
대신들	(술렁술렁)
정뇌경	이제 곧 용골대 장군이 진상을 밝히러 올 것인데, 이번 기회에 정명수가 그간 조선에서 보낸 은을 착복한 정황이며, 감과 배를 훔친 일을 낱낱이 고하는 것이 어떻겠습니까?
대신들	(서로 난감한 시선 교환하는데)
소현	그러고 보니, 일전에 정명수가 조선에서 보낸 홍시 만 개 중에 천 개를 따로 떼어놓고 가져가지 않기에, 어찌 가져가지 않느냐 물었었다. 헌데 정명수가 말하길, 때가 되면 알아서 가져갈 것이니 조선 세자는 신경 쓰지 말라했지.
정뇌경	고작 청역이 감히 조선의 전하께서 황제에게 보낸 진상품을 착복하다니요. 그뿐이옵니까? 정명수가 조선

사행 길에 병조좌랑에게 몽둥이질을 했다 하옵니다. 노
비가, 천한 노비가 말이옵니다!

소현   그래, 정명수 그자가 천예출신이라 했었지...

소현의 눈빛에 서늘한 한기가 스미고. 편전 밖에서 이 얘기를 듣던
장현의 표정이 굳는다.

장현   (언겸에게) 세자 저하를 뵙게 해주십시오.
언겸   ...!!

S#35.   심관 소현 침전 / 밤

소현과 장현이 마주했고, 소현은 듣기 싫어 외면하지만, 강빈이 애
써 달래는 눈치.

강빈   저하, 이청역의 말이라도 들어보심이...(하고 보면)
장현   지금이라도 늦지 않았사오니, 정명수를 고발치 못하게
           하소서. 또한 저하께오선 설사 아는 것이 있더라도 금
           시초문이다... 잡아 떼셔야 합니다.
소현   허면 정명수가 양국에서 쥐새끼같이 이문을 착복하는
           것을 보고만 있으라는 것이냐?
장현   쥐새끼 같은 자이니 위험하지요. 그 쥐새끼 같은 자가,
           빼돌린 은과 홍시를 누구와 나누었겠나이까? 그간 정
           명수를 가장 가까이 두고 쓴 자가 누구이옵니까?
소현   (순간 한 대 맞은 듯 얼얼한 표정 되어 보는데)

언겸(E)　　　(다급한 음성) 저하!!

S#36.　　심관 소현 침전 마당 / 밤

밤을 밝히는 횃불이 일렁인다. 소현이 벌컥 침전 문을 열고나서면,
이미 마당에 부복한 정뇌경, 심이웅을 비롯한 대신들 그리고 그 앞
에 선 용골대와 정명수 그리고 형부의 관원들.

정명수　　　황제 폐하의 뜻을 받드시오!

서둘러 마당으로 내려와 부복하는 소현과 강빈 그리고 장현. 용골
대, 장현을 보자 묘한 미소가 뜨더니, 황제의 서한을 펼쳐 든다.

용골대　　　정뇌경이 거짓으로 정명수를 모함한 진상이 드러났다.
　　　　　　이제 조선 백성은 곧 나의 백성이니, 나의 법으로 다스
　　　　　　리겠노라.(하고 눈짓하면)

곧, 형부 관원들이 우르르 정뇌경에게 다가가 손을 뒤로 묶어 포박
시킨다.

소현　　　　장군!
장현　　　　(올 것이 왔구나... 질끈 눈을 감고)
용골대　　　세자께서도 이 일에 연루되셨습니까?
소현　　　　...!!
강빈　　　　(숨이 턱 막혀 자기도 모르게 옷자락을 꾹 쥐고)

용골대	저하. 조선의 일은 폐하께서 내게 온전히 맡기셨습니다. 황제께 올리는 진상품이 착복되었다 정명수를 고변한 것은, 곧 나를 해치려 한 것이고 나를 해치고자 한 정뇌경을 돕는 것은 필시 나의 살코기를 먹고자 하는 것이니... 세자께서 만약 이번 음모에 가담하지 않은 것이 분명하다면, 정뇌경과 함께 일을 도모한 자를 모두... (하며 자리에 선 심이웅이며, 언겸 등의 대신, 내관 등을 두루... 둘러보다가 장현에게서 시선 멈춘다. 장현을 똑바로 쳐다보며) ...죽이셔야겠습니다.
장현	...!!!

S#37.   한양 연춘집 길채방 / 낮

서안에 엎드려 잠이 든 길채. 문득 미간이 찌푸려진다. 꿈을 꾸는 모양.

(Ins.C)   길채의 꿈

평소와 같은 꿈, 길채의 눈앞 도포자락을 펄럭이며 선 사내. 길채가 용기 내어 한 걸음 다가간다.

길채	오늘은 기필코 얼굴을 봐야겠어요. 그러니 당장...

다음 순간 길채의 얼굴이 사색이 된다. 보면, 사내의 등허리에서부터 길게 그어지는 핏길, 도포가 검붉은 피로 물들어가고.

길채 (벌떡 일어나며) 안 돼!!

은애 (마침 소반에 다과 따위를 받쳐들고 들어오다 놀라 보고)

S#38. 동장소 / 낮

길채가 냉수를 벌컥 들이켜면, 은애, 곁에서 근심스런 표정으로 보다가,

은애 니 꿈에 나오던 도련님이 피를 흘렸다구?

길채 (고개 끄덕. 불안하다) 한 번도 그런 적이 없었는데...

은애 아무래도 심양이 죽을 길이라니, 니가 걱정이 돼서 그런 꿈을 꾼 모양이야.

길채 응, 그런 것 같아...(하다가 화들짝) 심양하고 나하고 무슨 상관이야!

은애 (능청스레) 어디보자. 지금 심양에 간 분은... 장현 도련님...

길채 (발끈) 아니라구! 아직 내 꿈에 나오는 도련님 얼굴도 못 봤어! 장현 도령이 아니란 말이야!!

은애 어머! 아직 꿈에 나온 도련님 얼굴도 못 봤어? 그럼... 다음 번 꿈엔 반드시 그분 얼굴을 확인해야지!

길채 꿈이 내 맘대로 되니?

은애 (곰곰 생각하는 표정) 내게 방법이 있는데...

길채 ...!!

S#39.　　동장소 / 저녁

잠자리 채비를 마친 길채. 뭔가를 내려보는 표정이 비장하다. 보면, 길채와 마주한, 역시 비장한 표정의 은애. 길채와 은애 사이, 붉은 비단에 싸인 뭔가가 있고, 방두네, 잔뜩 궁금한 표정인데.

은애	신령한 기운이 깃든 돌멩이야. 이걸 아침 첫 물에 씻어서, 홍색 비단으로 싼 후에 품에 꼭 안고 자면, 꿈에 그 도련님 얼굴이 반드시 보일 거야. 헌데 명심해. 절대, 이 돌멩이가 바닥에 닿아서는 안 돼.
길채	(흥!) 넌 그런 미신을 믿니?
은애	그럼 도로 가져갈까? 방두네…(하며 건네면)
방두네	예, 예!(하며 얼른 받으려는데)
길채	(화들짝) 아우 무겁게 뭘 또 옮겨. 그냥 거기 던져둬, 구석에.
은애	그를까? 구석에 던져놓을까?(끙… 하며 멀찌감치 놓으면)
길채	(눈 새촘, 가늘게 뜨고 돌멩이 보고)

S#40.　　동장소 / 밤

이제 잠자리에 누운 길채. 보면, 비장한 얼굴로, 혹여 돌멩이를 떨어뜨릴까 꼭.. 껴안고 잠을 청한다. 몰래 문틈으로 이를 보는 은애와 방두네. 은애, 돌멩이를 꼭 껴안은 길채 보며 빙긋, 미소 짓고 가만... 문 닫으면,

방두네	(속삭) 참말로 저게 신성한 기운이 깃든 돌멩이예요?

은애   (피실...) 그런 게 어딨나?

보면, 화단 가득 길채에게 준 것과 비슷한 돌멩이들.

방두네   (고개 절레) 암튼 알고 보면 더 거시기 해, 더...

S#41.   한양 연준집 은애방 / 밤

퇴청한 연준의 옷을 받아주는 은애. 연준, 옷이며 갓을 넘기다가,
은애가 문득 풋... 웃는 것을 본다.

연준   (미소) 뭐 좋은 일이라도 있습니까?

은애   잠시 길채 생각을 좀 하느라고.(그제야 연준 안색 살피
          며) 헌데 무슨 일이라도 있으셨어요? 어찌 안색이...

연준   아... 전하께서 박행선을 유배 보내라 명하신 일로, 대간
          들이 합사(자막: 임금에게 극간할 때 사헌부와 사간원의 모든 벼
          슬아치가 나가던 일)를 하고 있어요. 전하께선 박행선이 거
          짓말을 하고 있다고 생각하십니다.

은애   헌데 참으로 박행선이 병이 있어 관직을 사양했습니까?

연준   (후... 한숨 쉬곤 자리에 앉으며) 모르지. 요즘 선비들은
          오랑캐에게 허리를 굽힌 조정에서 일하는 것을 부끄럽
          게 여기거든.

은애   ...!!

연준   지조 있는 선비는 골짜기에 몸을 맡겨 세상에 나오지
          말라... 한다지. 해서 전하께서 박행선 등을 의심하시는

겁니다.

은애   (조심스레) 제 생각을 말씀드려도 될까요? 산속에 들
        어가 나랏일을 모른 척하는 것은 쉬운 일입니다. 진정
        충신이라면, 이런 때에 더욱 조정에 들어 나라 일을 살
        펴야지요.

연준   (곰곰 생각하는 얼굴이 되고)

S#42.   동장소 / 밤

은애는 모로 누워 이미 잠들었는데, 천장을 보고 누운 채 잠들지
못한 연준.

연준   부인, 주무시오?

은애   ...

연준   병자년에 말이지... 난 부인이 피난길에 고생하는 걸 알
        면서도 부인에게 가지 않고 전하를 구하러갔지.(피식)
        나 따위가 무슨 수로 전하를 구하겠느냐마는... 죽더라
        도 전하께 가야 했어. 왠지 아시오? 부모 잃은 날, 능군
        리 어르신들께서 키워주시지 않았습니까? 항시 고마웠
        지. 해서...

은애   (자는 줄 알았던 은애, 스르르... 눈을 뜬다)

연준   단 하루도 마음 편한 적이 없었어.

은애   ...(마음이 아파지고)

연준   보답하고 싶었어. 아버지 없이도 얼마나 올곧게 자랐는
        지... 보여드리고 싶었어.

은애	...
연준	이젠 됐어. 내겐 전하가 있지 않습니까? 내가 전하께서 성군이 되시도록 도우면... 능군리 어르신들께서 얼마나 뿌듯해 하시겠소?(미소) 부인, 난 전하께 충성할 겁니다. 전하께서 성군이 되도록 내 모든 힘을 다할 겁니다.
은애	(가만... 연준의 고백을 듣고 있고)

S#43.　조선 궁 편전 / 낮

인조 아래, 최명길과 김류, 홍서봉, 강석기, 심기원 등의 대신들과 연준 등 간관들이 일벌했고, 인조의 서안 위엔 유생들의 상소문들이 가득 쌓였다. 잔뜩 예민해진, 분노를 꾹... 누른 얼굴로 쌓인 상소문들을 보는 인조.

간관1	저하, 박행선을 유배 보내란 명을 거두어주소서! 간관을 쉽게 벌주시오면 언로가 막힐 것이옵니다!!
연준 등	언로가 막힐 것이옵니다!
인조	(싸늘하다) 거두어 달라? 허면 답해보라. 근자에 대간들이 병을 핑계 대며 사직하는 일이 잦은데 그 이유가 무엇인가? 과인을 업신여기는 것인가? 오랑캐에게 허리를 굽힌 조정이라... 더럽게 여기는 것이냐?

다소 격한 인조의 발언. 최명길과 강석기 등, 인조의 분노를 묵묵히 듣고, 간관들, 난처한 표정 나누는데,

연준	전하, 세자 저하께서 볼모로 가신 후, 백성들의 눈물이 그칠 날이 없사옵니다.
인조	(세자가 거론되자 순간, 눈 아래가 꿈틀... 반응하고)
최명길	(역시 예민해져서 연준 쪽을 본다)

이제 모두의 시선, 연준에게 집중되면,

연준	온 백성이 세자 저하가 돌아오시어 이 나라 사직이 온전해지기만을 바라고 있사옵니다. 헌데 전하께오선 귀에 거슬리는 말을 듣기 싫어하는 기색이 대번에 드러나시며, 한쪽으로 치우치는 사심을 떨쳐버리지 못할뿐더러, 남을 이기기 좋아하는 습관을 다스리지도 못하시오니, 어찌 큰일을 이룰 수 있겠나이까?
인조	...!
연준	하오니, 전하! 간관들이 사직하는 뜻을 의심하시기보다, 오직 스스로 돌아보고 되새겨 옳은 길, 바른 길로 나아가소서. 임금이 백성을 사랑하는 일, 간관이 임금에게 간하는 일, 임금이 간관의 말을 경청하는 일이 옳은 일이오니, 그리하여야 오랑캐가 교화되고 천지가 감복하여 세자 저하가 돌아올 수 있나이다!

당차게 편전 안을 울리는 연준의 음성, 연준에게 동조하여 끄덕이는 젊은 간관들. 인조의 심사가 소리 없이 뒤틀리고 있다.

S#44.   조선 궁 일각 / 낮

연준이 동료 간관1 등과 담소 나누며 가고 있는데, 뒤에서 연준을 부르는 음성.

최명길(E)   이보게, 남수찬.

연준, 돌아보면 최명길이다. 다른 간관들이 읍하고 사라지면 최명길과 연준만 남는다.

연준   (읍하여 예를 갖추는데)

최명길   근래 논의가 과하지 않은가? 젊은 자들은 항시 이게 문제야. 순정하고 뜨거우나, 인간을 모르거든.

연준   ...?

최명길   인간 말일세. 먹고 자고 싸고, 울고 웃는 인간. 인간을 모르고 나랏일을 논할 수 있을 듯싶은가?

연준   ...?!!

최명길   전하를 가까이서 뫼시는 우리 대신들은 알고 있지. 전하 역시 우리와 다르지 않은 인간일 뿐임을.

연준   (놀라 눈 커지며) 대감!!

최명길   그럼에도 백성들이 전하를 천명을 받은 이로 여기도록 하여, 그 뜻을 하나로 모으는 것이 바로 신하된 도리일세. 나는 이것을... 충심이라 부르네. 그러니...(한 걸음 다가간다) 볼모로 간 세자 저하에 대해선 함부로 입에 올리지 말게. 적에게 자식을 내어준 아비의 심정을... 자네가 아는가?(가려는데)

연준	전하께오서 어좌에 앉은 이상, 그저 인간이 아니지요.
최명길	(돌아보면)
연준	또한 전하께선 만백성의 아버지시니 사사로운 마음에 머물러 계셔선 아니 되지요. 소인은 전하께서 성인의 길을 가도록, 힘써 길을 밝힐 뿐입니다.(정중히 읍하고 가면)
최명길	(멀어지는 연준을 불안하게 보는데)

S#45. 조선 궁 편전 / 낮

인조와 연준만 마주한 편전. 부복한 연준 위로 쿨럭쿨럭 인조의 기침 소리. 연준, 슬몃 고개 들어보면, 마침 인조에게 탕약을 바치는 내관 봉시.

인조	(탕약 다 마시고 봉시에게 빈 그릇 넘기며) 그래, 남수찬의 말이 맞다. 과인이 바로 서야겠지.
연준	(...!!) 망극하옵니다!
인조	그대의 용기에 크게 감복했구나. 하여, 중임을 맡기고자 해. 조만간 청에 서장관을 보내 칸에게 안부 인사를 해야 할 터인데, 오랑캐에게 조선의 곧은 절개를 보일 이는 자네뿐일세.
연준	...?!!

S#46.   한양 연준집 마당 / 낮

은애가 화단에 호미질을 하며 꽃을 심고 있고, 그 옆에 쪼그리고
앉은 길채.

길채   (뾰루퉁) 그 돌멩이 효험 있는 건 맞니? 보이긴 무슨 얼
           굴이 보인다는 거야?
은애   제대로 꼭 안고 잤어? 자다가 놓친 건 아니구?
길채   (눈 꿈뻑. 또 속는다) 꼭 안고 잔 거 같긴 한데...

그때, 영채와 대오가 숨이 턱에 차 마당으로 뛰어 들어오며,

대오   소식 들었습니까? 남, 남수찬이..
은애   ...?!!
영채   옥에 갇혔대요!!
길채   (벌떡 일어서면)
대오   전하께서 남수찬을 서장관에 임명하셨는데, 남수찬이
           청나라에 문안 인사 가는 일은 할 수 없다며 거절하자,
           전하께서 크게 노하시어 대불경죄(자막: 조선시대에 대명
           률에 정한 열 가지 큰 죄 중 하나)로...

S#47.   옥 / 낮

넋이 나간 듯 멍한 얼굴로 옥에 앉은 연준. 그 위로,

군관(E)   불경대죄인 남연준의 가산을 몰수하라!

S#48.   추락한 길채와 은애 가족

- 한양 연준집 마당 / 낮

군졸들이 우르르... 은애의 집 안으로 몰려들어, 세간을 끌어낸다. 영채와 대오, 방두네와 박대를 비롯한 다른 시종들이 황망한 와중에, 군병들을 보고 놀란 교연, 제남과 대복이를 품에 안고 고래고래 소리 지른다.

교연   오랑캐다, 오랑캐가 쳐들어왔다! 오랑캐다!!

- 초가집 마당 / 낮

바릿짐 진 박대를 앞세우고, 허름한 두 칸짜리 초가집 마당으로 들어서는 길채 가족과 은애, 방두네 일족. 결국 울음을 터트리는 영채, 달래는 종종이. 아직도 기력을 차리지 못한 채 방두네에 의지한 은애. 그리고 이 모든 상황이 막막한 길채.

교연   여긴 어디냐? 능군리로 가야지!!

속없는 제남이는 대복이 손을 잡고 마당을 뛰며 놀고.

- 옥 / 낮

은애와 길채가 연준을 면회 왔다. 환약을 물에 개어 연준에게 내미는 은애, 조금 떨어져서 지켜보는 길채.

은애   제발 한 술만 떠보셔요.
연준   (역시나 입을 굳게 다물고 있으면)

길채	(홱 은애에게서 대접 뺏어서 들곤) 이 약을 짓느라고 은애가 가진 패물을 다 팔았습니다. 그러니까 먹어요. 당장 들이키시란 말입니다!!
은애	(가만... 길채의 손목을 잡으며 말리고)

- 길 일각 / 낮

방두네의 부축을 받으며 겨우 걷는 은애. 길채, 이 모습을 답답하게 보는데,

은애	(겨우 입 열어 길채 보며) 길채야, 서방님껜 시간이 필요해. 그러니... 너무 다그치지 말아.
길채	(그런 은애를 보며 심장이 터질 듯 답답하고)

S#49. **길채 초가 안 / 낮**

길채와 영채, 방두네 등이 모여서 세간들을 늘어놓고 팔만한 물건을 정리중인데,

방두네	(털 조끼 들며) 이것도 팔면 꽤나 돈이 되겠어요.(하는데)

(Ins.C)　**5부 추가 컷** *(5부 7~8씬 사이 한 지점)*

잠든 길채에게 조끼를 벗어 덮어주는 장현.

길채	안 돼!(뺏는데)
종종이	(막 뛰어 들어오며) 소식 들으셨어요? 심양에서 사람

들이 돌아온대요!

길채 뭐?

종종이 나라 제사 때문에 심양에서 사람을 보내는데, 그 편에 아주 돌아오는 사람도 있답니다. 옆 마을 심대감댁 마나님 아시지요? 대감께서 심양 가신 후로 죽네 사네 하시더니, 대감님 오신다는 소식 듣고 기운이 펄펄 나신대요!

길채 허면...

종종이 이번에 장현 도련님도 오실지 몰라요!

길채 ...!!

S#50. 동장소 / 낮

콧노래 부르는 길채. 간만에 길채를 꾸미는 종종이도 신났고, 그 곁에서 길채의 연지며 백분을 가지고 자기도 여기저기 발라보는 영채.

종종이 간만에 애기씨 꾸며드리니 신이 나 죽겠습니다!

길채 입이 쩍 벌어지게 꾸며야 한다.

종종이 걱정 마셔요. 저 능군리 종종이에요!

길채, 종종이, 간만에 둘이 꺄르르... 좋아 죽는데,

영채 (끌끌 절레절레) 언제는 연준 도령만 찾더니. 장현 도령이 이번에 안 오면 어쩌려고?

종종이 안 오긴 왜 안와요? 장현 도련님이 길채 애기씨라면 끔

뻑 죽어요.

길채 (괜히 툭 치며) 그런 얘긴 뭐하러 해...

종종이 (의기양양) 꽃신 사들고 오실 겁니다! 장현 도련님이
보통 부잔가요? 이제 우리 고생도 끝이에요.

영채 (끌끌...) 이러다 안 오면 큰일 나지... 근데 연지 색 아
니다. 이걸로 해. 요새 우리가 고기를 못 먹어서 피부가
칙칙하잖아. 이 색은 안 받더라구.

길채 (깜짝 놀라 얼른 두 손으로 볼 감싸고 종종이 보며) 정
말?

종종이 예, 이 색이 좋겠습니다.

언제 투닥였냐는 듯, 다시 머리 맞대고 화장품 상의하는 길채, 영
채, 종종이.

S#51. 길 일각 / 낮

길 양편에 서서 심양의 조문 행렬을 기다리는 사람들. 그중에 쓰개
치마를 쓰고 곱게 단장한 길채, 그 옆에 서서 덩달아 설레는 종종이.
다들 길채처럼 서성이며, 설레하며 기다리는데, 일각에서 태평소 소
리 길게 울리더니, 말을 걸려 오는 사신 행렬의 앞 꽁무니가 보이기
시작하고, 그중엔 심양에서 소현을 뫼시던 재신 심이웅도 있다. 마
침 길가에서 심이웅을 기다리던 아내가 뛰쳐나가 맞는다.

심이웅 아내 아이구 대감!

심이웅 (체면 따위 잊고 눈물콧물... 말에서 우당탕 내려) 부인!!!

덩달아 여기저기서 사람들이 상봉하는 사이, 길채, 쓰개치마 벗고 목을 빼어 보지만, 장현은 보이지 않는다.

종종이　　늦으시려나?

S#52.　심양 옥 / 낮

초췌한 몰골로 옥에 갇힌 장현. 장현과 같은 옥 안에 정뇌경, 그리고 같은 일로 연루된 사내들 서넛. 정뇌경, 여전히 지지 않는, 이글거리는 눈빛으로 앉았고.

장현　　(못마땅한 듯 정뇌경 보다가) 그르게... 왜 일을 이리 키우십니까?

정뇌경　　(착 노려보면)

사내1　　어딜 감히!!

장현　　예, 예... 역관 나부랭이가 뭘 알겠습니까마는... 그래도 담부터 오랑캐 일이라면 역관 나부랭이한테 물어도 보고 그러십시오. 거 딱 보면 모르시겠습니까? 정명수는 그저 용골대 놈 손발인데...

사내2　　(얼른 장현에게 붙더니) 허면, 우리가 살겠는가 죽겠는가?

장현　　설마하니 죽이기야 하겠습니까. 살고 싶으시면 지금이라도 정명수니 용골대에게 뇌물을 넉넉히 줘서...(하는데)

벌컥 옥 문 열리더니, 청병들이 징뇌경을 끌고 나간다. 장현, 조금 당황하여 정뇌경이 끌려가는 모습 보고.

S#53. 심양 역관 집무실 / 낮

심양 역관들의 집무실 안. 역관1, 2를 비롯한 역관들이 벽에 붙어 잔뜩 긴장했고, 역시 일각에 서서 창백해진 량음과 안절부절 구잠. 보면, 정명수가 수하 두엇을 데리고 와 집무실을 뒤지고, 다른 한편으론 함에 장현의 물건을 수습하고 있다. 함 속에 들어가는 장현의 부채, 댕기 등등.

량음	이역관은 나리를 모함하지 않았습니다!
구잠	예! 우리 성님은... 남 일엔 관심도 없어요!
량음	용골대 장군이 나리를 가장 신임하는 것을 알고 있는데 어찌 모함했겠습니까? 믿어주십시오!
정명수	그래? 나도 이장현이 날 발고할 만큼 멍청하다 생각하진 않는다. 허나...(쓴 미소) 조선의 세자께서 어마한 금을 뇌물로 바쳐 정뇌경을 살리려하였으나 결국 실패하셨지. 이런 판국에 그깟 청역 따위...(함을 탁 닫으며) 정뇌경과 앞으로 참수당할 자들의 물건들을 수습해서 조선에 보내라는 명이다. 이런 명이 떨어진 것을 보니, 이장현이 참으로 죽겠구나.
량음, 구잠	...?!!

S#54. 심양성문앞 / 낮

황량한 바람소리 휘잉~ 심양 성문 밖 모래밭 형장. 용골대가 싸늘한 눈빛으로 어딘가를 보고 있다. 보면, 저만치서 조선을 향해 네 번 절하는 정뇌경. 그리고 역시 옅은 승리의 미소를 띤 채 정뇌경을 보는 정명수와, 그 조금 뒤에서 겁에 질린 채 선 조선 대신들. 그리고 더 먼 곳에서 량음과 구잠이 지켜보고 있다.

곧, 용골대가 눈짓하면, 용골대의 부하가 양쪽에서 정뇌경의 목에 끈을 감아 목 졸라 죽인다. 서서히 목이 졸려가며 얼굴이 벌게지고 눈에 실핏줄이 터지는 정뇌경.

정뇌경　　전하... 전....(하다가 그대로 혀를 빼문 채 숨을 거두고)

풀썩 쓰러진 정뇌경 위로 휘잉... 더욱 몰아치는 심양의 마른 바람소리.

(Ins.C)　　**심양 옥 / 같은 시간**

옥 구석에 앉은 장현, 예상치 못한 정뇌경의 죽음에 놀라며 두려워지고.

(Ins.C)　　**소현 침전 / 같은 시간**

분노로 떠는, 하지만 무기력감에 절망하여 부르르... 주먹만 쥐는 소현.

그리고 같은 시간, 죽어가는 정뇌경을 보며 장현의 죽음이 가깝게 느껴져 하얗게 질리는 구잠과 량음. 한순간, 량음의 눈에 비장한 결기가 선다.

S#55.   심양 황궁 일각 / 낮
정뇌경을 처형한 후, 만족스런 표정의 용골대와 정명수가 작게 담소 나누며 이동하고 있는데, 어디선가 가느다랗게 들리는 노랫소리. 만주족의 자장가, 량음이다! 용골대, 곧 안색이 식고.

S#56.   심양 황궁 일각 / 낮
황궁 일각을 가던 홍타이지, 문득 멈춰 선다. 오래전 들은 적이 있던 음율!

S#57.   심양 궁 일각 / 낮
궁 정원 일각에서 노래를 부르는 량음. 마침 헐레벌떡 뛰어온 용골대, 발끈하여 량음의 노래를 멈추게 하려는데,

환관(E)   황제 폐하 납시오!

화들짝 놀라 부복하는 용골대. 노래를 부르다 돌아보곤 놀라는 량음.

홍타이지   너는...?!!
량음   (얼른 부복하며) 폐하!!

S#58.   홍타이지 침전 / 낮

홍타이지의 침전 아래 량음이 바싹 부복했고, 옆에 선 채 식은땀을 흘리는 용골대. 홍타이지가 가죽 채찍을 들고 착착 다른 손바닥에 부딪혀가며 생각에 잠긴 사이, 장현이 들어온다. 량음이 부복한 것을 보고 놀란 장현.

홍타이지   (장현과 량음을 가만... 살피더니, 량음 보며) 너는 물러가.

장현   ...!!

CUT TO

이제 홍타이지 아래 부복한 장현, 그리고 그 옆에 서서 얼어붙은 용골대.

홍타이지   (착착 규칙적인 가죽 채찍 소리) 포로로 잡혔다가 청역이 되었다?

장현   예, 폐하, 천인이 이곳에 온 사정은 이미 용골대 장군께 모두 아뢰었나이다!

용골대   (식은땀을 흘리고)

홍타이지   (쓱 묻는 얼굴로 용골대 보면)

용골대   예, 포로된 자들이 청역을 하는 일은 흔한지라...

홍타이지   그렇지. 헌데... 조선에서 청군에게 마마가 돌았다는 헛소문이 퍼진 적이 있어.

용골대의 주먹 쥔 손이 벌벌 떨리고. 장현, 천천히 고개를 들면 홍타이지와 장현의 시선이 만나는데.

홍타이지 그 소문을 퍼트린 자가...(착, 가죽 채찍 소리 멈춘다. 미
소 띤, 하지만 집요하고 잔인한 눈빛) 혹... 너인가?

예상치 못한 홍타이지의 질문에 숨이 턱, 막히는 용골대. 장현과 홍
타이지 사이, 마치 죽음과도 같은 막막한 정적이 흐르는데.

S#59. 심이웅 집 대문 앞 / 낮

심이웅의 집 대문 앞에서 쓰개치마를 쓰고 초조하게 서성이는 길
채 그리고 그 옆 종종이. 곧 안에서 심이웅이 나오면,

길채   (얼른 읍하고)
심이웅 심양 간 청역을 찾고 있다고? 이름이?
길채   이가 장현입니다.
심이웅 글쎄... 청역이 한둘이어야지. 이장현이라... 정뇌경이
죽을 때 같이 죽은 청역 이름 같기도 하고...
길채   죽어요...?!!
심이웅 관에 가면 심양에서 죽은 자들의 유품이 있을 게야. 유
품을 보냈다면 죽은 것이 확실하네.
길채   ...!!

S#60. 관아 마당 / 낮

종종이를 대동하고 관아로 들어서는 길채. 저편 마당에 유품을 담
은 상자들이 여럿이고, 이미 유품 상자들을 열어보고 오열하는 가

족들의 울음 소리로 가득하다. 떨리는 마음으로 다가가 상자들을
하나하나 열어보는 길채, 다행히 모르는 물건들뿐.

길채   (안도하며) 없어, 그럼 그렇지. 장현 도령이 어디 가서
           죽고 그럴 위인이니?(하다가 안색 식는다)

보면, 막 열어본 상자 안 장현의 부채. 그리고 길채의 붉은 댕기가
놓인 함.

(Ins.C)   **7부 54씬**
장현   *해서... 내 죽기 전까진 이 댕기를 놓지 않을 작정이야.*

S#61.   **길채 초가 안 / 밤 ~ 새벽**

어둑한 밤. 길채의 방 안으로 희미하게 들어오는 달빛. 구석에 오도
카니 앉은 형체, 길채다. 길채의 앞에 놓인 댕기와 부채. 길채, 물끄
러미 댕기와 부채를 보다가, 반닫이를 열어 안에서 장현의 털 조끼
를 꺼낸다.

CUT TO

장현의 조끼를 입은 채로, 은애가 준 돌덩이를 꼭 안고 잠든 길채.

(Ins.C)   **길채의 꿈**

저만치, 붉은 바다를 면하고 선 사내. 길채가 사내에게 다가가고,
이윽고 사내가 돌아본다. 역시 역광에 사내의 얼굴이 보이지 않지

만, 한 걸음, 한 걸음 다가가는 길채. 곧 서서히 사내의 얼굴이 또렷해진다. 의심할 여지없는 장현이다.

이토록 선명한 장현을 대하며 울컥, 눈물이 맺히는 길채. 길채, 가만... 장현을 안으면, 길채의 눈물이 흘러, 그대로 장현의 옷자락을 적셔 번지고.

모로 누워 눈을 감은 길채에게서 주룩... 눈물이 흐르고.

S#62. 산 일각 / 저녁

붉고 푸른 노을로 가득한 해 질 녘 산 일각에 위태롭게 선 길채. 손에는 장현의 털 조끼가 들려있다. 바람에 부대끼는 길채의 옷깃. 그리고 조금 떨어진 뒤편에 선 은애와 종종이, 방두네.

길채 고인이 생전 입었던 옷을 들고 세 번 외쳐 부르면... 다시 살아 돌아올 수도 있다던데...(털 조끼를 들고 북쪽을 향해 흔들며 장현을 불러본다) 장현 도령, 돌아오시오!! 돌아오면 내 다시는... 매몰차게 굴지 않으리다.

이를 보며 함께 눈시울 붉어지는 은애와 방두네 그리고 종종이.

길채 장현 도련님... 다시 돌아오시오. 아직 못 한 말이 있습니다. 그러니... 제발 돌아오시오. 장현 도령... 도련님... 도련님......(목이 메어 말을 잇지 못하고)

- 홍타이지와 마주한 장현.
- 산 일각, 목이 터져라 장현의 이름을 부는 길채. 두 사람에서.

- 8부 끝

몹시 그리워하고 사랑한 戀人

戀人 —— 제 九 부

S#1. **(길채의 꿈) 산 일각 / 낮** (8부 7씬 재구성)

장현   알잖소. 내가 받고 싶은 거야 딱 한 가지뿐이지. 오직
        나만을 향한... 낭자의 마음. 말로만이라도 다짐해주면,
        당장 심양 가는 길을 돌리리다.

길채   ...!!

장현   (쓸쓸해지며) 역시 안 되겠지...(하고 돌아서는데)

길채   드릴게요, 내 마음 다 가져요. 그러니... 가지 마요!(왈
        칵 뒤에서 껴안으며 간절하게) 가지 마요, 나랑 있어요.

장현   (빙그르... 미소 지으며 돌아서선 다정하게 길채의 얼
        굴을 감싸 보고)

길채   (벅찬 마음으로 마주 보는데)

S#2.　　(다시 현재) 길채 초가 안 / 새벽

퍼뜩 눈 뜨는 길채. 빈 초가 방 안, 벽을 보고 누워 잠들었던 길채. 이루지 못할 꿈을 꾼 길채, 장현 없는 현실에 눈물이 그렁... 맺히는데.

S#3.　　홍타이지 침전 / 낮 (8부 58씬 연결)

홍타이지　조선에서 청군에게 마마가 돌았다는 헛소문이 퍼진 적이 있어. 그 소문을 퍼트린 자가...(착, 가죽 채찍 소리 멈춘다. 미소 띤, 하지만 집요하고 잔인한 눈빛) 혹... 너인가?

예상치 못한 홍타이지의 질문에 숨이 턱, 막히는 용골대. 마치 죽음과도 같은 막막한 정적.

장현　(떨리는 음성) 처, 천인은...(대답 하려는데)

홍타이지　아니지. 니 대답은 필요 없다.(용골대 보며) 타타라 잉굴다이, 니가 말해. 이 자가 하서국과 같은 쥐새끼인 것이냐, 아니면, 전쟁 와중에 길을 잃은 불쌍한 백성이냐?

용골대　...!!

S#4.　　홍타이지 침전 안 + 마당 / 낮
- 침전 밖 마당
침전 밖 바닥에 부복한 채 처분을 기다리는 장현. 일이 어찌 될지 몰라 점점 불안해진다. 장현이 떨고 있다.

- 침전 안 / 낮

식은땀을 펄펄 흘리며 홍타이지 앞에 선 용골대. 홍타이지, 착착 가죽 채찍을 손바닥에 두드리며 용골대를 보면, 용골대, 그 꿰뚫는 듯한 눈빛에 결국 무너지듯 바싹 부복한다.

용골대	폐하. 저놈은 간자를 할 깜냥도 되지 않는 자이옵니다. 소신이 어찌 간자를 구분하지 못했겠나이까?(눈의 실핏줄이 터질 지경인데)
홍타이지	(그런 용골대를 보다 잠시 골똘... 생각에 잠기더니) 유능한 반간은 매우 귀하다. 명나라 원숭환을 제거한 것도 반간계(자막: 적의 간첩을 잡아서 역이용하는 일) 덕이었지.
용골대	... 하, 하오면?

- 침전 밖 / 낮

장현, 왠지 점점 더 불안해지는데, 이윽고 침전 문이 열리더니 넋이 나간 용골대가 나온다. 그제야 살았구나...! 장현에게 안도의 미소가 뜬 순간,

용골대	(왈칵 장현의 멱살을 잡아 세우며) 이... 교활한 놈!
장현	(컥 목이 막혀서도 기분 좋다) 이제 소인은 장군께서 보장한 몸이니, 아무리 미워도 함부로 죽이시면 아니 됩니다.
용골대	(더 목을 죄면)

장현	(커커컥... 얼굴 벌게지는데)
용골대	(탁 뿌리치더니) 그래, 잠시 니 놈 목숨은 살려두마. 허나... 니가 쥐새끼가 아닌 것은 증명해야겠지?
장현	...?

S#5. 심양 장현 여각 앞 / 낮

용골대 앞에선 객기를 부렸으나, 장현 역시 혼이 탈탈 털렸다. 장현, 몹시 지쳐 여각으로 향하다가 문득 멈춰 선다. 보면, 여각 앞에서 초조하게 서성이며 기다리던 량음. 량음, 무사한 장현을 보자 울컥 눈물이 맺히고.

장현	(다가가 다독이듯 꼭 안아주며) 고맙다.
량음	(어쩔 수 없이 눈물이 흐르고)
장현	(더욱 꼭 안아주면)
량음	(밀쳐낸다) 씻어. 냄새나.
장현	(킁킁... 제 냄새 맡으며 웃고)

S#6. 심양 장현 여각 내실 / 낮

량음이 자리를 봐주는 사이, 장현이 수건으로 목 따위를 닦으며 들어오면,

량음	(벽장에서 베개 따위 꺼내며) 뭐라고 했는데 널 보내준 거야? 응? 말 좀 자세히 해봐.

장현   (대꾸 없이 벌러덩 누워 천장 본다. 용골대와의 대화 떠
          오른다)

(Ins.C)   *9부 4씬 연결*
용골대   *앞으로 도망한 조선 포로는 니가 직접 잡아 바쳐라.*

장현   (심란해져서) 내가 그렇지 뭐. 이쪽도 저쪽도 아닌 놈
          이지, 나는.

량음이, 베개를 들고 돌아서면, 그 사이 잠든 장현. 량음, 자는 모습
을 잠시 보다가 장현의 팔을 베개 삼아 곁에 눕는다.

량음   그래. 너는 어디에도 속해 있지 않지. 그런데 나는... 너
          한테 속한 사람이야.

S#7.   심양 장현 여각 마당 / 밤

깊은 밤, 마당 일각. 탁탁... 곰방대에 남초잎이라도 채우면서 곰곰
생각에 잠긴 장현.

장현   쥐새끼가 아닌 것을 증명해라...?

장현, 피실... 쓴웃음이 도는데.

S#8. 길채 초가 안 / 낮

버석해진 얼굴로 여전히 벽만 보고 누운 길채. 길채, 또 눈물이 날 것만 같은데, 뒤편에서 뭔가 오물거리는 소리 들린다. 돌아보면, 동그랗게 등을 보이고 앉은 제남과 대복이 썩은 마 따위를 먹고 있다.

길채	(뺏어서 보더니 날선 표정으로 방두네 보며) 이딴 걸 먹여?
방두네	아, 그게...(얼른 눈치 보며 대복의 것도 뺏으면)
제남	줘...!! 내놔!!
대복	(덩달아 안 주려 저항하는데)

보면, 구석에 앉은 교연도 입에 오물오물 썩은 마를 물고 있다. 방두네, 얼른 교연에게서 마를 뺏어버리면, 교연, 제남이나 대복이처럼 저항도 못 하고 닭똥 같은 눈물만 후두둑. 마음이 저며지는 길채, 결국 입술을 깨물다 박차고 나가버리고.

S#9. 길채 초가 마당 / 낮

길채, 화난 얼굴로 마루로 나서는데, 마당 구석, 웬 낯선 여인과 영채의 대화 소리.

영채	민망해라... 됐어요!
아낙	그럼 보리쌀로 반 되 더 드릴게요.
영채	(멈칫, 주춤 돌아서더니) ...뭐에다 쓰려구요?
아낙	(화들짝 반기며) 처녀 개짐(자막: 생리대)을 얻어오면 아

들을 낳는다구, 우리 마님이 하두 구해 오라 닦달해서.
좋은 일 한다 생각하구...

길채(E)	뭐하는 짓이야!!
영채	(화들짝)
길채	(성큼 다가오며) 뭘 팔어?
영채	(수치스러워 말도 못 하고 울며 뛰쳐나가면)
길채	(욱하여 쫓아나가려는데)
은애(E)	영채 혼내지 마.

보면, 역시 초췌해서 누렇게 뜬 은애가 저고리를 들고 온다.

길채	이건... 네 어머니 유품이잖아.
은애	팔자. 우린 버틸 수 있지만, 이러다 제남이랑 대복이... 굶어죽겠어.
길채	...!!

S#10. 저자 쌀 점포 / 낮

역시 초췌해진, 궁기가 완연해진 종종이가 저자 쌀집 앞에 섰고, 길채, 조금 떨어진 곳에 서서 흥정하는 종종이를 지켜본다. 종종이가 주인 앞에 보자기를 펼치면, 비단 저고리 한 장.

주인	저고리뿐인가? 치마는?
종종이	(고개 저으며) 저고리밖에 없어요.
주인	(끌끌... 하며 종종이가 가져온 주머니에 보리쌀 두 홉

정도 부어주면)

종종이   두 홉이 뭐예요? 이게 얼마나 귀한 저고린데...

주인   치마도 없이 저고리만 가져와서 무슨!

길채   (창피하여) 가자! 종종아.(하며 끌고 가는데 뒤통수에 꽂히는 소리)

주인   저고리까지 파는 형편에 양반이라고 종은 데리고 다니나 부네.

종종이   (욱하여 돌아보려 하지만)

길채   (꾹... 종종이의 손을 잡아끌며 수치심을 감내하고)

S#11.   저자 일각 / 낮

저자를 가로질러 가는데, 꼬르륵... 소리 나는 종종이. 종종이, 민망해서 괜히 배 감싸는데, 마침 길채도 꼬르륵! 서로 민망해진 길채, 종종이. 그때, 문득 길채의 시선이 저편 뭔가에 멈춘다. 보면, 대장간에서 야장들과 뭐라 뭐라 대화하다 나오는 사내, 구원무다. 판술 등 야장들이 원무에게 사정하지만 원무는 난처해하며 거절하는 모양새.

종종이   저분은... 섬에서 우릴 구해준 군관 나리 아닙니까?

길채   ...!!

원무   (역시 길채 보고 놀라) 낭자!

길채   (초라한 자신의 행색에 반갑지 않았으나 고개 까닥) 오랜만입니다.

원무   여긴 어쩐 일로...(했다가 종종이가 든 쌀 주머니 보고)

길채	(조금 창피한 기분이 되어) 그럼...(하고 가려다가 문득) 이 대장간이... 나리의 것입니까?
원무	예? 예...(하는데)
길채	(또 꼬르륵...)...!!
원무	...?!!

S#12.　　국밥집 / 낮

저편에서 종종이가 허겁지겁 국밥을 먹고 있고, 이편 평상에 마주한 길채와 원무. 길채, 앞에 놓인 국밥을 보니 절로 입안에 침이 돈다.

원무	어서 드시오...(하고 시선 내리깔아 안 보는 척해주면)
길채	(조심스레 수저 드는가 싶더니, 입안 가득 국밥을 먹고)

길채, 품위를 지키려 애쓰면서도 배가 너무 고파, 다급히 먹는 모양새, 원무, 그런 길채를 조금 안쓰럽게 보다가, 수육 접시를 슬쩍 길채 앞으로 밀어주는데,

길채	(열심히 국밥 먹다가 잠시 후, 체면 차리고 입 닦아가며) 그 대장간이 나리 것이라 하셨지요?
원무	예. 오래전부터 우리 가문에서 운영해 온 대장간입니다. 본시 무관은 검이며 화살 등등을 스스로 마련해야하기에...
길채	(잠시 생각하는 얼굴 되었다가) 헌데 야장들이 일은 안 하구, 가마도 놀리고 있던데...

원무	전쟁도 끝났고, 청에서 조선이 무기 만드는 일을 금하기도 하여, 이젠 야장들에게 시킬 일이 없소.
길채	무기 말고 다른 것을 만들면 되지요. 난리통에 가마솥이며 그릇 도둑맞은 집이 한둘인가요? 불탄 집 문짝이라도 달려면 못이니 경첩도 필요하고...
원무	글쎄요... 예전엔 내 대장간에서 유기그릇이며 농기구들을 만들기도 했다지만, 난 그런 물건은 만들어본 적도 없고...
길채	(곰곰... 하다가) 제가 나리 일을 도와드리면 어떻겠습니까?
원무	(눈이 동그래졌다가 곧 어이없어하는 실소) 그 무슨 말도 안 되는... 거친 야장들 다루는 일을, 낭자가 어찌...(허허... 허허허 하는데)
길채	할 수 있어요!
원무	(웃음 뚝)
길채	할 수... 있습니다...

길채, 절박한 표정으로 원무를 보면, 원무, 당황스러워 눈 꿈벅이는데.

S#13.　저자 / 낮

종종이가 '아우 왜 저래...' 하는 표정으로 종종... 쫓아간다. 보면, 당황하는 원무를 따라가며 집요하게 설득하는 길채.

원무	(절레) 사내도 쉬이 못 하는 일입니다.
길채	사내처럼이야 못 하지요. 하지만 저는 저대로 야장들을 다룰 방도가 있습니다.
원무	(못 들었다는 듯 잰걸음으로 가면)
길채	(종종 따라잡으며) 한 번만 기회를 주세요. 어림없으면 그때 내치십시오. 또 압니까? 나리, 나리!!
원무	(멈칫 선다, 이거 참... 난감한 표정)

S#14.   대장간 / 낮

대장장이들 예닐곱이 '무슨 일인가...' 하는 표정으로 서로 시선 교환하며 서 있다. 술렁거리는 야장들. 그중 나이 지긋한 판술이 묻는다.

판술	뭘 만드실 생각이신지요?
길채	보니 유기그릇 틀이 있던데 예전엔 여기서 유기도 만들었다지?
판술	예, 본시 이곳에선 유기그릇도 만들고 농기구 잡물도 만들었사온데, 정묘년 오랑캐 난을 겪은 후엔, 주로 무기만 만들어 왔습니다. 해서...
길채	(환해지더니) 그거 잘됐구만. 유기그릇을 다시 만드시게!
판술	... 그릇을 만들래두, 구리가 있어야지요.
길채	...?!!

S#15.　　대장간 집무실 / 낮

원무와 마주한 길채. 원무, 잔뜩 미안해져선,

원무　　　남은 주석은 있으나 섞어 쓸 구리가 다 동나서 그릇을
　　　　　만들 수가 없습니다. 내, 면포를 융통해 드릴 터이니 당
　　　　　분간 식솔들 호구라도 하십시오.

길채　　　(실망스럽고)

S#16.　　저자 / 낮

길채, 기운 없이 걷고, 그 뒤를 신난 얼굴로 따르는 종종이. 보면, 뒤
편에 원무의 시종이 면포가 든 함을 지게에 지고 따르고 있다.

종종이　　아유 세상에, 귀한 면포를 열 필이나 융통해주시다니.
　　　　　이거면 석 달, 석 달이 뭐야, 하루 한 끼만 먹으면 일 년
　　　　　도 살겠습니다!

길채　　　일 년 후엔? 또 종사관님께 가서 꿔달라고 해?

종종이　　그거야 그때 되면...

그사이, 길채와 종종이가 쌀 점포 앞에 섰는데, 손님과 주인이 실랑
이 중이다. 쌀과 동전(조선통보)을 교환하려는 모양.

손님　　　이게 다섯 문(文)이라구! 본시 일 문에 쌀 한 되인 걸 몰
　　　　　라?

주인　　　(어이없어하며) 언제 적 애길하슈? 난리 끝에 쌀값이

금값인데, 통보(자막: 조선 세종대와 인조대에 유통된 주화) 열 문을 가져와도 보리쌀 반 되 값도 안 돼!!!

종종이 (이를 보며 고개 절레절레) 딱하긴. 통보가 똥값 된 게 언젠데.

길채 그르게, 차라리 저걸로 그릇이나 만들지...(했다가 멈 칫. 눈 커져서 종종이 보면)

종종이 ....?!!

S#17. 길채 초가 마당 / 낮

길채가 초가 마당에 종종이, 방두네, 박대를 불러 모았다. 앞에 놓 인 원무가 준 포목.

길채 이걸로 저자 돌면서 동전들을 무조건 다 사 모아. 잘 흥 정하면 헐값에 살 수 있어.

박대 (당황) 이 귀한 면포를 똥값 된 통보로 바꾸란 말씀이 십니까?

방두네 (구시렁) 이거면 우리 제남 도련님 고깃국 먹이고, 그 와중에 우리 대복이도 고기 냄새 좀 맡고...

길채 시키는 대루 해!! 고기 한 번 먹고 말 거야, 매 끼니 고 깃국 먹을 거야?

일동 ...!!

S#18.　　저자 + 대장간 고방

저자 곳곳을 다니면서 면포로 동전을 사 모으는 박대와 종종이, 방
두네 스케치.

- 저자 / 낮

저자를 다니다가 일각에서 통보를 들고 쌀을 사려고 실랑이하는
행인1에게 다가가 쓱... 뭐라 뭐라 말하는 박대. '통보 삽니다... 값을
두 배는 쳐줄 수 있는데...' 박대의 말을 듣고 눈이 커지는 행인1.

- 저자 / 낮

역시 방두네가 저자를 돌아다니다가, 통보가 가득 든 주머니를 어
깨에 메고 돌아다니는 행인2에게 다가가 뭐라 뭐라 말하고.

방두네　　무겁게 뭘 들고 다녀. 이리 오슈. 당장 팔아줄 테니.

- 길 일각 / 낮

저자 외진 일각, 행인1과 2를 비롯, 통보를 든 사람들 대여섯이 줄
을 서 있다. 보면, 면포와 가위를 들고 선 종종이. 길채가 통보의 무
게를 재더니 종종이에게 눈짓하면 종종이가 가위로 한 자, 혹은 서
너 자를 재서 나눠주고.

CUT TO

통보를 파는 사람의 줄이 더 길게 늘어졌다. 사방에서 통보를 들고
와서 바꿔 달라고 성화고.

박대　　줄을 서시오!!

길채 옆, 점점 쌓이는 동전들. 일각에서 제남이와 대복이가 동전으로 팽이 장난을 하며 꺄르르... 웃고.

S#19.　**대장간 고방 / 낮**

길채가 원무와 야장들을 고방에 모두 불렀다. 보면 부대에 동전이 가득하다.

원무　　(당황) 이게 다 뭐요? 면포를 팔아 이 쓸모없는 동전을 사 모았단 말입니까?

야장들, 키득거리며 웃고, 염태의 눈엔 경멸스러운 표정까지 떴는데, 오직 판술만이 그 속이 궁금하다는 듯 길채를 보면,

길채　　이걸 녹여서 그릇을 만드세요. 동전은 쓸모없지만, 유기그릇은 지금 없어서 못 파니까.

원무　　(화들짝 얼른 길채를 구석으로 데리고 가선) 통보를 녹여 다른 물건을 만드는 건 나라에서 금하는 일이오!

길채　　종사관님! 지금 통보 백 문을 줘도 면포 한 필을 못 삽니다. 헌데, 통보를 녹여 유기그릇을 만들면...

원무　　요즘 같은 난리 끝에 어떤 집에서 값비싼 유기를 사겠소?

길채　　나리도 종손이시니 양가 댁 여인들이 제사 받드는 일

128　　　　　　　연인 2

을 목숨보다 귀하게 여기는 건 아시지요? 대갓집에선 난리통에 유기그릇을 모두 뺏기고 표주박 그릇으로 제사를 올린다면서 얼마나 한탄하는지 모릅니다. 두고 보세요. 피난길에 보니 여인들이 옥가락지, 금붙이 하나쯤은 지니고 다녔지요. 유기그릇을 살 수만 있다면 그걸 내놓을 겁니다.

원무　　　...?!!

그 위로 쏴아~~ 갈대들끼리 부대끼며 물결치는 소리.

S#20.　**들판 / 낮**

황량한 심양의 빈 들판. 높은 갈대가 바람 따라 한쪽으로 쏠려가며 부스스... 소리를 내고. 보면 일각, 낮게 포복한 장현과 량음, 구잠 보인다. 무심하게 저편을 보는 장현과 달리, 못마땅한 티가 역력한 구잠과 역시 조금 불편한 표정으로 장현 보는 량음.

구잠　　　(구시렁) 목숨 걸고 도망쳤는데, 같은 조선 사람이 포로들을 도로 잡아서 오랑캐한테 넘겨줘?

량음　　　(조심스레) 나도... 이번 일은 내키질 않아. 꼭 해야겠어?

장현　　　(대꾸도 없이 저편만 보고 있는데)

그때 저편, 부스럭 소리. 보면, 장현처럼 포로들을 사냥하러 온 다른 포로 사냥꾼 무리들 보인다.

구잠 저놈들도 다 도망친 포로 잡아다 팔아 묵는 놈들이오! 어디 할 짓이 없어서 저런 놈들하고 같이...(하는데)

저편 포로 사냥꾼들 중, 우두머리로 보이는 파란 복면이 이편을 본다. 잠시, 장현과 파란 복면의 눈빛이 만나고. 그때, 저 멀리서부터 부스스 부스스... 갈대가 움직이기 시작한다.

스스스 스스스... 움직이며 점점 가까워지는 저편 움직임. 보면, 저편 들판에서 이편으로 이동하는 포로들 십수 명. 포로들, 이편에 사냥꾼이 있는 것을 짐작도 못 하고 양껏 숨을 죽이며 천천히 이동하고 있다. 그리고 그 십수 명 포로 중, 등에 젖먹이를 업고 양손에 다른 꼬맹이들 손을 잡은 채, 절룩이며 걷는 이, 구양천이다!

이제 포로들이 사냥꾼의 사정거리 안에 들어오기 직전, 구양천, 뭔가 불길한 기운을 느낀다. 멈칫 서는 구양천. 갈대 소리만 고요한 정적 속, 서로의 기운을 팽팽하게 느끼는 장현과 구양천. 그리고 다음 순간,

양천 (고개 젓더니 뒷걸음질친다)

양천 따르던 꼬맹이와 다른 포로들 의아한 얼굴로 양천을 보면, 양천, 고개 절레하며 뒤로 가라는 수신호. 이윽고 양천 무리는 점점 뒤로, 이를 알지 못한 다른 포로들은 점점 사냥꾼들 쪽으로 가까워지고.

장현   (고요히 틈을 노리다가) 싫음 말어, 혼자라도 할 테니까!

장현, 튀어나가면, 거의 동시에 저편 파란 복면 쪽 갈대밭에서도 사냥꾼들이 뛰쳐나가고. 결국 하는 수 없이, 장현을 뒤따르는 구잠과 량음.

그사이 구양천, 반대편으로 빠르게 도망친다. 필사적으로 도망치다 문득, 뒤를 돌아보는 양천. 하지만 장현과 양천, 서로를 보지 못하고.

한편 장현, 빠른 속도로 내달려 포로들을 추월한다. 포로들, 추격하는 장현을 느끼며 겁에 질렸으나, 장현의 속도를 감당하지 못하고. 이윽고 장현, 포로들 앞에 이르더니 단숨에 검을 빼어, 포로들 앞의 갈대를 마치, 사람의 목을 참수하듯 단숨에 휘익~ 베어버린다!

삽시간에 공기 중에 날리는 갈대들, 그리고 단호하게 포로들 앞을 막아선 장현. 동찬 등 포로들, 서슬에 놀라 그대로 뒤로 주저앉고 만다. 여인들은 서로 붙들고, 사내들도 놀라 식은땀을 흐르며, 사, 살려주십시오... 눈물범벅이 되었는데, 장현, 이들의 두려움 따위 상관치 않겠다는 듯, 냉혹한 표정이고. 마침 당도한 구잠과 량음, 이런 장현에 위화감을 느끼며 불편한 눈빛을 나누는데.

S#21.   들판 / 저녁

심양 해 질 녘 들판. 잡은 포로들 열 명 남짓을 묶어 끌고 가는 장현과 량음, 구잠 일행. 끌려가며 쏟아 붓는 동찬.

동찬　　니가 그러고도 조선 사람이냐, 부끄럽지도 않으냐!!

량음과 구잠의 표정이 굳어지지만, 장현에게선 별반 감정이 느껴지지 않는데.

S#22.　심양 성 문 밖 / 낮

심양 성 문 밖, 용골대가 장현이 잡아온 동찬을 비롯한 포로들 십수 명을 흡족하게 보고 있다. 용골대 옆에 선 장현과, 장현 뒤편 구잠과 량음.

용골대　　(부하들에게) 발뒤축 한 쪽씩 베어낸 후에 주인에게
　　　　　　보내.

큰 칼을 찬 용골대의 부하들이 포로들을 결박하여 뒤꿈치 벨 채비를 하고, 동찬 등 겁에 질려 울부짖으며 저항한다. 뒤편에 선 량음, 이를 보며 창백해지는데,

용골대　　(장현 쪽... 보며) 꽤나 많이 잡았어. 쓸 만하군. 도망 포
　　　　　　로 잡는 일은 우리 폐하께서 아주 중히 여기시거든.
장현　　　(미소) 제가 말씀드리지 않았습니까? 쓸모 있는 놈이
　　　　　　되겠습니다.
용골대　　(이놈 봐라... 하듯 보면)

장현   (마주 씩... 미소)

이제 구잠과 량음, 이런 장현이 낯설기까지 하고.

S#23.   대장간 - 동전을 녹여 그릇 만드는
야장들 스케치

- 동전 한 무더기가 솥에 들어가면, 동전들이 불에 녹기 시작하고.
- 유기 틀에 녹인 쇳물을 붓는 야장들.
- 네핌질 하는 야장들. 네 명이 한 조가 되어 망치질 하고.
- 그릇이 감수물에 담가지는 소리 치이익...!
- 이윽고 잿더미에서 열을 식힌 후, 모습을 드러내는 시꺼먼 유기
  그릇.

판술   (막 만들어진, 아직 새까만 유기그릇을 길채에게 보이
            며) 가질을 하면 윤이 날 것입니다...
길채   (판술에게서 뺏듯이 가져와 지푸라기로 마구 닦으면)
종종이   (화들짝 뺏으며) 애기씨가 이런 걸 하면 사람들이 흉봐
            요!!(하는데)
길채   (뿌리치며) 빨리 보고 싶어서 그래!(하며 벅벅 닦자, 서
            서히 유기그릇의 속살이 비치기 시작한다. 설핏 미소
            뜨는데)

CUT TO

이윽고 광채를 드러낸 유기그릇. 그사이 길채의 손이며 얼굴에 검

댕이 묻어 까매졌다. 그러거나 말거나, 막 완성된 첫 유기그릇을 두 손으로 받들며 감격하는 길채.

길채   이것들 보시게, 유기그릇이네! 쓸모없던 동전이 귀한 유기그릇이 됐어!!

곧 종종이, 방두네, 박대, 판술, 이번만은 염태도 기뻐 시선 교환하고. 너무 좋은지, 눈물마저 그렁해서 유기그릇을 꼭 껴안는 길채. 그리고 조금 떨어진 곳에서 그런 길채를 보는 원무. 원무에게도 빙 그레... 미소가 떴다.

S#24.   길채 초가 마당 / 낮

방두네와 박대가 어깨라도 토닥이며 들어오는데, 준엄한 음성.

은애(E)   어딜 다녀오는가?

방두네, 박대   (화들짝 놀라 보면)

은애   (끙... 마루에서 일어서며 눈빛으로 추궁하고)

박대   (속없이 헤헤 웃으며) 예, 길채 애기씨를 도와...(하는데)

방두네   (퍽, 옆구리 찌르고)

은애   헌데 왜 숨겨? 필시... 떳떳하지 못한 일을 하는 게지? 앞장서게!

방두네, 박대   ...!!

S#25.   대장간 마당 / 낮

길채에게 한바탕 꾸지람을 듣는 염태.

길채   왜 도리미(자막: 네뀜질 할 때 쓰는 도구) 수선을 미리 안 해
         놨는가? 이제껏 이리 일했어? 종사관 나리는 봐주셨을
         지 몰라도, 나는 그리 못 해!

염태   예, 예...(끙... 일어나며 바닥에 퉤! 침을 뱉는다. 마치 들
         으라는 듯)

길채   (휙 돌아보면)

염태   (느적... 도리미 들고)

길채   (뭔가 말하려다가 말고, 또 다른 야장들에게 잔소리하
         는데)

염태   (흘긋 그런 길채 보며) 이문의 절반을 나눈다 했겠다?
         안 주기만 해, 조동이를 납작하게 두드려줄 테니.

야장1   쑵... 듣겠다. 그래도 양반인데.

염태   양반? 흥... 오죽 가난하면 양반 계집이 돈을 벌려고 집
         밖으로 나서? 그런 주제에 툭하면 이래라저래라 꼴사
         납게.(하는데)

일각에 서서 이 모든 소리를 듣고 만 은애. 저, 저놈이!! 하며 은애
안색 살피는 박대와 방두네. 은애의 안색이 창백해졌는데, 마침 은
애를 보고 멈칫, 서는 길채.

은애   (여기저기 검댕이 묻은 길채를 보곤, 눈물이 그렁...)

길채   그게...(뭔가 설명이라도 하려는데)

은애	(얼른 지푸라기를 집어 자기도 벅벅 그릇을 닦기 시작하고)
길채	...!!

S#26.　　대장간 앞마당 / 낮

대장간 마당에 선 길채와 은애, 방두네, 종종이... 그리고 야장들. 이윽고 길채가 평상 위에 덮어진 천을 젖히면, 모습을 드러내는 열세 벌 유기그릇들. 저마다 만족스런 탄성을 지르는 판술 등 야장들과 역시 뿌듯한 표정으로 종종이, 방두네, 박대 등과 시선 교환하는 은애. 길채, 오후의 햇살을 받아 은근한 광이 나는 유기그릇들을 보며 벅찬 심정 되는데.

S#27.　　심양 장현 여각 내실 / 밤

장현이 안으로 들어서면, 좌우에 청나라 기녀들을 끼고 앉은 용골대. 하지만 여전히 경계를 풀지 못한 채, 그저 술만 점잖게 마시는 모양새. 취한 기색도 없다.

장현	(미소 지으며 읍한다) 부족한 것은 없으십니까?
용골대	건방진 놈. 부족하다면 니가 채울 수 있느냐?
장현	할 수 있는 것이라면, 무엇이든 채워 드려야지요.
용골대	(곰곰 술잔 돌리더니) ...내, 웃전에 뇌물로 쓸 돈이 필요한데...(손가락 다섯 개 보이면)
장현	지삼 거래할 수 있는 문을 열어주시면, 다섯에 다섯을

더해 드리지요.

용골대   (저놈을 믿을 수 있나... 눈 가늘게 뜨고 보는데)

장현   헌데 어찌 이리 재미없게 노십니까. 술에 독이라도 탔을까봐?

용골대   뭐?

장현   본시, 술도 여자도 즐기지 않는 사내와는 거래를 틀 수 없는 법인데...(하더니 옆의 기녀를 확 끌어안더니 치마 속에 손을 넣으며 희롱하고)

기녀1   (꺄르르... 웃음 터지면)

용골대   ...!!

S#28.   심양 장현 여각 내실 + 마당 / 밤

- 여각 내실

앞섶이 풀어진 채, 양쪽에 기녀를 안고 우르르... 안으로 들어서는 장현. 장현이 기녀의 옷고름을 벗기려 하면 도망가는 기녀, 왈칵 다른 기녀의 허리를 잡아 껴안았다가 기녀가 도망가자 쫓아가는 장현. 장현, 두 여인을 희롱하는 사이, 틈틈이 병째 술을 들이켜고.

- 여각 마당

마당에 선 용골대. 안에서 장현과 기녀들이 서로 희롱하는 소리 들더니,

용골대   저놈도 빤하구만...(씩... 웃으면)

곁에 있던 기녀3, 용골대를 잡아끌고, 못 이기는 척 끌려가는 용골대.

- 여각 내실

장현, 여인들을 잡았다 놓쳤다 해가며 계속 시시덕거리는 듯하더니, 한순간 털썩 자리에 앉는다.

장현   (멍... 뭔가 잃어버린 사람 같은 표정이 되어) 재미없어.

기녀들, 서로 당황한 시선 나누더니, 그중 기녀1, 장현 앞에 앉아 살핀다. 장현, 또 벌컥 술을 들이켜는데, 취기가 오르자, 문득 눈앞의 기녀가 길채로 보인다.

장현   (가만 길채 보다가) 왜? 몰랐어? 난 원래 이렇게 노는 놈이야.
길채   (고개 갸웃... 왜 이러실까... 하듯)

다시 벌컥, 술을 들이켜고 보는 장현. 하지만 여전히 눈앞엔, 길채.

장현   (조금 슬퍼져서) 알아. 넌 가짜야... 넌 여기 있을 리가 없어.

가짜인 것을 알면서도 어쩐지 간절해진 장현의 마음. 결국 장현, 길채의 볼을 애틋하게 어루만지더니, 목을 끌어 입을 맞추려 다가가다가 그대로 풀썩... 술에 취에 스러지고. 그 위로,

소현(E)   이장현을 들라 해!!

S#29.   심관 소현 침전 마당 / 밤

마당에 시립한 채 사색이 된 언겸. 곧 벌컥 문 열리며 소현이 나오면,

강빈   (화급히 쫓아 나와 말리며) 저하, 그것이 아니오라...
소현   (뿌리치더니 언겸 보며 버럭) 당장 이장현을 들라 해,
            어서!!
언겸   ...!!

S#30.   심관 소현 침전 마당 / 밤

포로를 잡아들였을 때처럼 속을 알 수 없는, 조금은 냉정한 얼굴로
마당을 가로질러 소현 침전으로 향하는 장현.

S#31.   심관 소현 침전 + 마당 / 밤
- 소현 침전

장현이 들어서면, 소현 홀로 앉아있다. 방 안 가득 싸늘한 분위기.
장현, 읍하면,

소현   그간 니가 나 몰래 도르곤이며 황실에 죽력 따위를 대
            왔다지? 그 덕에 용골대의 환심을 사서 목숨을 부지했
            는가? 니가 감히 조선의 세자를, 저들에게 아부하는 사

람으로 만들어?!!

장현 ...아부한 것이 아니라, 도움을 베푸신 것입니다.

소현 누가 그리 생각하겠느냐, 누가?!! 그래, 너는 처음부터 그랬어. 나를, 내 아버지를, 조선의 조정을 무시했어! 너뿐 아니지. 지금 조선 선비들이 더러운 조정에서 일할 수 없다며 관직을 마다하고 산으로 들어간다지? 허나... 내, 너희들이 모르는 것을 알려줄까?

장현 (보면)

소현 오랑캐들이 위협하자, 내탕고를 풀어 각 성에 식량을 들이라 명한 것도, 언관들이 최명길을 공격할 때 명길을 보존한 것도, 김류가 강화도로 피하시라 권했을 때, 늙고 병든 사람을 먼저 보내라고 하신 것도 전하시다. 헌데 아무도 모르지, 아무도 몰라!!

장현 (묵묵히 듣고)

소현 한켠에선 전하께서 오랑캐의 비위를 맞추지 못해 침략을 당했다 욕하고, 다른 쪽에선 오랑캐의 비위를 맞추느라 허리를 굽혔다 손가락질한다. 대관절 어찌해야 저들이 전하를 능멸하는 것을 그만두겠는가? 어찌해야!!

장현 헌데 저하께오선 왜 이리 화가 나신 것입니까? 혹... 저하야말로 적을 막아내지 못한 전하를 무능하다 여기시옵니까?

소현 (서안을 쾅... 내리치며) 닥쳐!!!

- 소현 침전 마당

언겸, 민상궁 등의 심장도 쿵쿵 뛰며 창백해졌고.

장현   아니옵니다, 저하. 전하께오서 무능하여 저들이 조선을 침략한 것이 아니옵니다.

소현   ...?

장현   소인, 오랫동안 저들과 장사를 하며 느낀 바로, 저들은 명과의 결전이 다가올수록 후방의 조선을 견제하고 조선의 식량과 병사 얻기를 원했으니, 이를 위해서라면 어떤 핑계를 대서라도 조선을 침략했을 것입니다. 조선 임금과 조정이 안이하고 무능해서 전쟁이 일어났다는 말들은... 그저 전쟁의 책임을 조선에 떠넘기려는 저들의 술책일 뿐입니다. 저하마저도 저들의 간교한 술책에 넘어가시렵니까?

소현   ...?!!

장현   하오나 저하, 칸은 누구보다 교활하고 치밀한 자입니다. 칸은 친형제들과의 아귀다툼 속에 성장했지요. 아버지 누르하치가 큰형님을 죽이는 것도 목격했습니다. 하여 칸이 된 후 가장 먼저 한 일 역시, 자신의 정적이 될 도르곤의 어머니를 순장시킨 일이었지요.

소현   ...!!

장현   저하가 상대하는 자들은 살기 위해 모든 것을 던지는 이들이옵니다. 저들은 살기 위해 아들도, 형제의 생모도 죽일 만큼 절박한 자들이옵니다. 그런 자들에게... 저하의 목숨 값이 어떻겠나이까?

소현   ...!!

S#32. 강빈 침전 / 밤

장현과의 설전 이후, 현실을 직시하게 된 소현이 기운 없이 강빈 처소로 들어서면, 강빈이 침의 차림으로 침구에 앉아있다가, 이불을 펼친다.

강빈   오셔요.

소현, 울 것 같은 얼굴로 강빈을 보다가 강빈의 품으로 파고들면, 강빈, 이불로 소현을 포옥... 감싸고 토닥토닥 소현을 다독여준다. 소현, 아이처럼 강빈의 품에 안겨, 주룩... 눈물을 흘리고.

S#33. 심광 편전 / 낮

소현과 마주한 용골대와 그 옆 정명수. 대신들이 좌우로 시립해 있고, 또다시 긴장된 분위기. 저편에 다른 역관1, 2등과 함께 선 장현, 긴장된 공기를 느낀다.

용골대   어찌 조선에서 약조한 군병과 군량이 아직 당도하지 않았습니까? 공미 오천 석을 지금 한꺼번에 날라 보내되 먼저 급히 봉황성으로 날라 보낼 것을 서둘러 장계 하십시오!

소현   (다그치는 말투에 평소처럼 욱했으나, 문득 장현과의 대화 떠오른다)

심관 소현 침전 마당 *(9부 25씬 확장)*

장현   오랑캐와 싸워 진 이후로, 조선의 선비들은 이제 조선

      백성이 할 수 있는 일은 떳떳하게 죽거나 비굴하게 사

      는 일뿐이라 했었지요. 저하께오서도 그리 생각하시옵

      니까?

소현   허면... 다른 길이 있단 말이냐?

장현   예. 더 큰 용기가 필요한 길이지요.

소현   ...!!

장현   (소현과 눈을 맞춘다) 오랑캐를 직시하고, 담대하게 살

      아 내는 길입니다. 비굴할 틈도, 죽을 새도 없습니다.

      살아야지요. 잘 살아서... 장차 좋은 날을 보셔야지요.

소현, 잠시 숨을 고르곤 애써 안색을 고치더니 부드럽게 답한다.

소현   용장, 군량을 보내고 싶은 마음은 간절하나, 오천 석의

      쌀을 한꺼번에 갖추기는 어려우니 좁쌀을 섞는 것이

      어떠할는지 모르겠습니다. 용장의 생각은 어떠하시오?

장현   ...!! (놀란 빛이 뜬 장현, 슬쩍 고개 들어 소현 보고)

역시 세자의 부드러운 어조에 당황하는 대신들과 정명수 그리고
용골대.

용골대   (당황하더니 얼른 표정 고치며) 흠흠... 쌀과 좁쌀을 섞

      어도 무방하나... 긴급한 일이니 늦추지 마십시오!

용골대 황급히 읍하고 나가면, 소현, 문득 문가의 장현과 눈이 마주친다. 소현, 흠흠... 어색한지 시선을 피하는데, 장현에겐 엷은 미소가 뜨고.

S#34.   조선 궁 편전 / 낮

인조 아래로 최명길과 강석기, 김류, 홍서봉, 심기원, 심이웅 등의 대신들이 밝은 낮으로 일벌했는데, 어쩐지 인조만은 안색이 애매하다.

인조	세자가 좁쌀을 섞어 넣어 군량미를 하게 하였다?
최명길	(환한 미소) 예, 전하. 쌀 오천 석을 한꺼번에 세공하기가 참으로 힘들었사온데, 세자께서 이리 하시니, 우리 백성의 수고가 준 것은 물론이요, 청인들 또한 크게 만족하였다 하옵니다.
강석기 등	(서로 흐뭇한 표정 교환하며 작게 술렁이는데)
인조	잘 되었군. 헌데... 들자하니 세자가 만문(자막: 만주어 문자)을 익히고 칸을 따라서 완렴(자막: 도가에서 모시는 신위에 지내는 제사)에도 참예했다지? 세자가 아침 일찍 완렴에 참예하니, 칸이 무척이나 기쁘게 여겼다지?

마치 찬물을 끼얹는 듯한 인조의 말. 강석기, 인조의 물음이 무엇을 의미하는지 알 수 없어 당황하다 명길 보면, 명길 역시, 어쩐지 불길한 느낌을 지울 수 없는데.

S#35.　대장간 집무실 / 낮

유기그릇을 포장하고 있는 길채와 은애, 방두네, 영채, 종종이 등. 깨끗한 지푸라기에 곱게 싸서 함에 차곡차곡 넣는 사이, 이제 은애가 남은 그릇 한 벌도 마저 싸려는데 막는 길채.

길채	이건 스승님 제사에 쓸 거야.
은애	...?!!
길채	(박대 보며) 잘 부탁하네. 맘 같아선 내가 직접 팔고 싶지만...
종종이	애기씨! 양가 댁 규수가 사내들 부리며 일하는 것도 수군거리는데, 직접 물건을 팔다뇨! 그것만은 제 눈에 흙이 들어오기 전엔 안 돼요!!
길채	(피실) 장차 니 눈에 흙 여러 번 들어가겠구나.(박대 보며) 무조건 큰 기와집만 돌면서 유기그릇 필요한지 물어보게. 자네만 믿네!
방두네	걱정 마세요! 이이가 다른 건 몰라도 흥정 하나는 기가 막혀요.
박대	(번쩍 함을 등에 지고 일어서며) 반나절 안에 다 팔고 오겠습니다!!

길채, 설레는 표정으로 보면, 은애, 그간 고생했다는 듯 길채의 손을 꼭... 잡아주고.

S#36.　옥사 / 낮

연준의 놀란 얼굴. 보면, 은애가 연준을 면회 왔다.

연준　대장간에서 유기그릇을 만들어?

은애　(가져온 음식 보자기를 풀며) 예, 그중 한 벌은 아버지 제사에 쓰라며 남겨주었어요. 길채가 얼마나 수완이 좋은지 몰라요.

연준　(무거워진다) 여인들을 밖으로 돌게 하다니... 내 탓입니다.

은애　(아차! 달랜다) 우리 모두 잘 지내고 있으니 근심하지 마시라고 알려드린 것이에요. 그보다... 서방님이 유배 가지 않을 방도가 있습니다.

연준　...?!!

은애　(바싹 다가가며) 사림들의 여론을 움직이는 분이 있답니다. 그분이 이번엔 청나라에 굽히지 않아서 옥에 갇힌 사람들을 신원하고자 하신다지요. 오래도록 산림에 묻혀 계셨는데...

연준　...?!!

S#37.　장철집 마당 / 낮

은애가 시종의 안내를 받아 들어가면, 마침 마당에서 빗자루질 하는 사내 서넛.

은애(E)　병자년에 의병을 모아 오랑캐와 맞서 싸우시며 세상에 모습을 드러내셨다지요. 이미 학문이 높은 경지에 올라, 조선에도 '성인(聖人)'이 나셨다고들 한답니다.

은애, 누가 주인인지 가늠할 수 없어 당혹스러운데, 그중 종들과 다름없이 소박한 복장을 한 노인이 끙... 허리를 일으킨다. 강직한 인상에 너른 어깨, 노인답지 않게 당당한 풍채를 지닌 장철이다. 장철과 은애의 눈빛이 만나고.

S#38. **장철집 사랑채 / 낮**

장철이 세숫대야에 손을 씻고, 시종이 내민 수건에 손을 닦으며 아래 앉은 은애를 본다. 그사이, 시종이 대야를 들고 나가면,

장철	전 수찬 남연준의 안사람이십니까?
은애	혹, 제 서방님을 아십니까?
장철	서장관으로 가기를 거절하여 파직된, 강직한 간관 남연준. 어찌 그 이름을 모르겠습니까?
은애	(반색하며) 어르신께서 제 서방님 같은 이들을 위해 뜻을 모으고 계신다 들었습니다. 하여...(하는데)
장철	남수찬이 부인을 내게 보내었소?
은애	(화들짝) 아닙니다. 제가 어르신의 명성을 듣고 찾아뵌 것입니다!
장철	나는 궁벽한 곳에서 글이나 읽는 노인입니다. 내게 무슨 힘이 있겠습니까? 또한... 이 일은 내가 아니라 부군께 달린 일이오.

은애   ...?!!

장철   부군께선 서장관으로 가지 않아 전하의 총애를 잃은
          일에 대해... 지금은 어찌 생각하고 있습니까?

S#39.   산 일각 / 낮

유기 등짐을 지고 산 넘던 박대. 일각에서 소피를 보는데, 곁에 쓱...
붙어 나란히 소피보는 한 사내.

장사꾼1   뭘 파슈?

박대   응, 나는 유기그릇.

장사꾼1   이야... 귀한 유기그릇을. 큰돈 버시겠소.

박대   마님 물건이지, 내 물건인가? 뭐... 나도, 대폿값 정돈 쳐
          주시겠지. 허허허허!

장사꾼1   유기라면 꽤나 무거울 텐데, 기운이 좋으시네!

박대   내가 왕년에 씨름으로 송아지도 받은 몸이요!

장사꾼1   장사로구만!!

박대   (우쭐해서) 헌데 북촌 가는 지름길이 이 웃길 맞지?

장사꾼1   에헤... 그리로 가면 한참을 돌아야 해. 날 따라오시오.
          나도 마침 북촌 가는 길이니!(하며 뒤편 보면)

뒤편에서 설렁설렁... 따라오는 장사꾼1의 무리들, 서넛. 사내들, 박
대의 등짐을 주시하고 있다. 그것도 모르고 박대, 기운차게 장사꾼1
을 따라 걷고.

S#40.   대장간 외경 / 저녁

방두네의 찢어질 듯한 목청. 이 화상, 이 등신!!!

S#41.   대장간 집무실 / 저녁

잔뜩 쥐어터진 얼굴이 된 박대가 펄펄 울며 고개를 푹... 숙이고 무릎을 꿇고 있고, 박대의 등허리를 퍽퍽 때리며 구박하는 방두네. 그리고 망연해진 길채와 은애, 종종이 등.

방두네　　내가 못 살아! 그게 어떤 그릇인데!!

은애　　(역시 어쩔 줄 몰라) 대관절 어쩌다가!!

박대　　(눈물콧물) 그게.. 웬 놈이 북촌 가는 길을 알려준대서 따라갔는데, 이놈이 애시당초 저를 노리고, 지놈들 패거리랑...(바싹 부복) 아이고 애기씨, 이놈을 죽여주십시오, 아이고...

방두네　　(등을 퍽퍽 치며) 뭐 하러 기어들어와! 죽더라도 그릇 찾아와야지!!

박대도 울고, 방두네도 울고, 덩달아 방두네 옆에 앉은 대복이도 울고, 은애와 종종이 역시 어쩔 줄 몰라 하는데. 망연자실하게 듣고 있던 길채, 한순간 눈에 불이 일어 주변을 두리번거리더니 대장간 벽에 걸린, 오래전에 만든 듯한 도끼를 번쩍 집어 든다.

종종이　　애기씨!!

길채　　어디야? 그놈들 어디로 갔어, 앞장 서!!!

S#42. 산 일각 / 저녁 ~ 깊은 밤

그사이 날이 더욱 어두워졌고, 지쳐서 흐물거리는 종종이와 방두네, 박대. 길채만 여전히 콧김을 뿜으며 앞장서는데, 앞섰던 길채가 홱 몸을 숨긴다. 보면, 저만치 불을 피워놓고 장물을 펼쳐놓은 무리들. 박대에게 접근했던 장사꾼을 가장한 도적들이다! 그중에 박대의 등짐도, 다른 이들의 등짐도 있다. 눈에 불이 이는 길채, 성큼 무리들에게 달려가면,

박대　　　(놀라) 애기씨! 안 됩니다, 안 돼요, 애기씨!!

S#43. 산 일각 / 밤

자기들끼리 등짐의 물건을 나누며 시시덕거리는 도적들. 그때,

길채(E)　　　내 그릇 내놔!

도적들 돌아보면, 홀로 도끼를 들고 선 젊은 여인. 도적들, 어이없어 실소 터진다.

도적1(장사꾼1) 혼자 왔슈?
길채　　　내 그릇 내놓으라고!!
도적1　　　아... 그 유기그릇 찾으러 오셨구만.(등짐 뚜껑을 탁 닫더니) 와서 가져가시우!
길채　　　박대야!!

하고 뒤를 보면, 박대가 없다. 저만치 숨어서 덜덜 떠는 박대. 방두네가 얼른 가라고 밀치지만, 꿈쩍도 않고. 결국 종종이가 내쳐 길채에게 가려고 하면, 방두네, 종종이 잡으면서 다시 박대 밀어낸다. 그래도 덜덜 떨면서 차마 오지 못하는 박대. 길채, 박대가 오질 않자 당황했으나, 도끼로 도적들을 경계하며 천천히 유기 등짐 쪽으로 걸음 옮기는데, 뒤편에서 서서히 길채를 포위하며 다가오는 도적들.

도적1　　오늘 저녁거리가 시시하더니, 맛난 것이 굴러 들어왔네 이...

하며 지들끼리 키들거리며 웃는 사이, 길채, 벌컥 등짐을 여는데, 안에 그릇이 고작 한 벌밖에 없다. 킬킬 웃는 도적들.

길채　　내 그릇...!!
도적1　　진즉 엿 바꿔 먹었재, 여즉 가지고 있겠소?

그사이 도적2가 뒤에서 길채를 확 껴안으려는 순간, 픽, 뒤로 넘어진다. 원무다! 곧 도적들과 원무의 싸움이 시작되고, 단숨에 도적들을 일망타진해버리는 원무. 도적들이 뒷걸음질치다가 삼삼오오 도망가고, 원무, 그제야 길채를 본다.

원무　　낭자!!

하지만 저편, 그릇만 가만... 보고 있는 길채. 길채, 조심히 그릇을 꺼내더니 다음 순간, 후두둑... 눈물을 떨군다.

길채   한 벌밖에 안 남았어. 내 그릇이... 한 벌밖에...

급기야 그릇을 껴안은 채 체면 따위 잊고 펑펑 우는 길채. 이 모습에
종종이와 방두네, 박대 그리고 원무도 당황스러워 어쩔 줄 모르고.

S#44.   대장간 집무실 / 낮

여전히 박대는 죽일 놈이 되어 고개를 푹 숙이고 있고, 길채 앞에
덩그러니 남은 유기그릇 한 벌. 길채, 그 그릇을 멍... 보고 있으면,

원무   이제 다... 그만 둡시다. 이러다 낭자가 상할까 걱정이
          오...(하는데)
길채   아직 한 벌 남았으니, 이걸 팔아서 이문을 남기겠어요.
          이번엔 내가 직접 팔 거예요.
원무   낭자!!(하는데)
은애   (길채 앞으로 유기 한 벌 내놓으며) 이제 두 벌이야.
길채   (잠시 고마운 눈빛으로 은애 보더니, 유기 두 벌을 야무
          지게 보자기에 싼다. 종종이 보며) 따라와!
종종이   ...!!

S#45.   대장간 마당 / 낮

벌컥 문이 열리자, 당장이라도 덤빌 듯 떠들던 야장들이 일순 조용

해진다. 보면 안에서 나오는 길채와, 그 뒤로 유기그릇 싼 보자기를 들고 따르는 종종이. 야장들 숨죽인 듯 있는가 싶더니, 염태가 길채 앞을 가로막는다.

염태   약조한 쌀은 어찌 하실 거요!!

길채   아직 일이 끝난 게 아니네. 그러니 길을 열어!

당당하게 호통 치는 길채. 그 기세에 염태, 자기도 모르게 길을 열면, 길채, 고개를 빳빳이 들고 나선다. 종종이, 어쩌시려구... 하는 표정으로 뒤를 따르고.

S#46.   산 일각 / 낮

저편을 노리는 장현의 매서운 눈빛. 보면 심양 숲 일각, 장현이 저편에 과녁을 놓고 활 쏘는 연습을 하고 있다. 곧, 구잠이 기분 좋은 얼굴로 다가와 소식을 전한다.

구잠   지삼 거래가 아주 잘~~ 됐습니다. 오천 냥을 남겼어요!!

장현   (끄덕 다시 화살 재며) 오백 냥은 백면지로 바꿔서 친왕들에게 나누고, 오백 냥은 비단으로 바꿔서 황가 여인들에게 보내. 용골대 장군에겐 내가 직접 전하지.

구잠   그런데... 성님. 돈 버는 건 좋은데, 오랑캐 놈들한테 너무 친한 척하는 거 아니우?

장현   (피식... 활 쏘며) 나한테 필요한 놈들... 비위 좀 맞춰주는 게 어때서?

구잠   너무 그러면, 우린 조선 가서 사람대접 못 받아요!!

장현   (피식) 잊었어? 애초에 난...(집중하더니 쏜다) 잡놈이다.

다시 슈웅~ 날아가 이번엔 정중앙에 꽂히는 화살.

S#47.   심양 여각 내실 / 밤

용골대와 마부대를 비롯한 장수들 서넛이 술상을 앞에 두고 이전
과 달리 훨씬 풀어진 모습으로 술을 마시고 있다. 부어라 마셔라,
서로 맘껏 즐기는 모양새. 그때, 문이 열리더니 청인 기녀들이 각자
소반에 단지 하나씩 들고 들어와 용골대 등 앞에 놓는다. 마지막으
로 들어와 읍하는 장현.

장현   최상품 죽력입니다. 도르곤께서도 쉽게 손에 넣을 수
        없는 물건이지만... 오직 여기 계신 분들께만 올립니다.

하곤 뒤편 휘장을 젖히면 장군들 수대로 장만된 궤짝 안, 그득그득
죽력 단지! (단지는 특별한 장식 없이 그냥 꿀단지 같은 소품이면 충분합니다)
용골대와 마부대, 눈이 동그래지고. 이를 보며 빙그레... 미소 짓는
장현.

S#48.   대갓집 안방 / 낮

중년의 양가 댁 마님과 마주한 길채. 그 가운데 넝그러니 놓인 유

기그릇 두 벌. 양가 댁 마님, 그릇을 들어 찬찬히 살펴보는데, 길채, 그사이 쓱... 주변을 둘러본다. 한때는 부요했을, 하지만 전쟁의 상흔이 남아있는 방 안 모습. 불에 그을린 목가구들이며, 찢어진 부분을 붙여놓은 창호, 소맷단이 닳은 부인의 옷.

부인	유기는 필요하지만... 지금 유기 값을 처줄 쌀도 면목도 없소.
길채	쌀 말고, 가진 장신구는 있으시지요? 그걸로 대신하셔도 됩니다.
부인	...?
길채	조상님께 제사를 잘 드려야 자손이 번창하고 바깥분 일도 잘 풀리지요. 그래야 다시 가문을 일으킬 것 아닙니까?

부인이 갈등하는 사이, 드륵... 문이 열리더니, 구순은 되어 보이는 시모가 여종의 부축을 받아 덜덜 떨면서 들어오더니, 품에서 작은 주머니를 꺼낸다. 주머니를 열어보면, 은가락지 한 쌍.

길채	최상품 유기 두 벌입니다. 이것으론 부족하지요.

결국 부인, 자신의 쪽머리에 꽂혀있던 은비녀와 옥가락지를 내놓고. 그제야 배실... 미소 짓는 길채.

S#49.　대갓집 대문 앞 / 낮

대갓집을 나서는 길채와 종종이. 종종이, 주머니 안을 들여다보며
흥분했다.

종종이	애기씨, 그릇 두 벌로 족히 네 벌 가격을 받으셨어요!! 그런데... 요새 같은 때 옥가락지, 은비녀를 누가 살까요...
길채	기방에 갈 거야. 이걸 사줄 사람들은 기녀들밖에 없으니까.
종종이	(기겁하며) 에그머니, 애기씨가 무슨 기방 출입이에요!! 이번엔 진짜로 제 눈에 흙이 들어가기 전까진...

S#50.　기방을 전전하는 길채와 종종이
- 기방 대청 / 낮

손으로 눈을 벅벅 비비는 종종이. 보면, 종종이의 뾰로통한 시선
끝, 기방 대청에 길채와 기녀1이 마주하고 있다. 길채가 비단 헝겊
을 펼쳐 은비녀와 옥가락지를 보이면,

기녀1	옥비녀, 은가락지야 우리한텐 흔한데 뭘...
길채	흔해도 이건 양가 댁 마님이 직접 쓰시던 물건이라네. 세공이 남달라.
기녀1	양반이 쓰던 거면, 은가락지가 금가락지라도 된다던가?(하며 비웃고)

- 다른 기방 마당 평상 / 낮

길채, 직접 은비녀를 머리에 꽂아 시범을 보이면,

기녀2	(놀리듯 다른 기녀들과 눈빛 교환하더니) 허면... 그걸 꽂고 우리 기녀들처럼 춤을 좀 춰보시면 어떻겠습니까? 어울리는지 봐야지요.
종종이	(욱하여) 미쳤(어!! 하려는데)
길채	그럴까?

하더니 길채, 가락지 끼고, 비녀를 꽂고 어색하게 일어선다. 잠시 주춤주춤하더니 어색하나마 춤추는 시늉해 보이며,

길채	어떤가? 반짝반짝 빛이 나지?(아예 내쳐 예전 량음이 부르던 노래까지 흥얼거리며 춤추고)

그 모습에 킬킬거리며 웃는 기녀들. 종종이, 이런 길채가 창피하고 안쓰러워 차마 볼 수가 없는데, 마침 일각을 지나던 기녀 애란이 이런 길채를 본다.

S#51.   대장간 마당 / 낮

대장간 마당 구석에 쪼그리고 앉아 남초라도 태우며 수군거리는 판술과 염태 등.

염태	양반댁 규수가 세상에... 기녀들 비위를 맞춘다지 않아.

내가 뭐랬어? 겉만 번지르르하지 볼 장 다 본 양반이라 했지?

야장1 허긴 소문에 함도 한 번 받은 적 있다더군.(하는데)

박대 (갑자기 어디서 튀어나와선) 말 다했냐!!

염태 ...!!

박대 (염태에게 배치기를 해대며) 방금 뭐라고 했어? 어! 어!!

염태 이, 이놈이! 유기 등짐 잃어버린 주제에 어디서 발광이야!

박대 뭐어!!

이제 서로 멱살 잡고 싸우기 시작하면, 판술, 야장1, 방두네 등 달려들어 말리는데.

S#52. **기방 마루 / 낮**
길채의 은비녀와 은가락지 따위를 만지작거리는 애란.

애란 살 생각도 없으면서 양반 애기씨를 놀려먹는 걸 모르셨습니까? 얼마나 궁하면 애기씨가 직접 팔겠다 나오셨을고? 제가 사지요. 얼마를 쳐 드리면 좋으시겠소?

길채 물건 값보다, 이 기방에 청나라 사신들이 자주 행차한다지? 혹, 들은 얘기는 없는가?

애란 조선 청역들이 떠드는 소릴 듣긴 했는데... 그런 얘길 입 밖에 냈다가 무슨 치도곤을 당하려고.

| 길채 | (가락지 쥐여주며) 절대 자네한테 해가 되지 않게 하겠네. 그저 이번에 사고자 하는 물목이 뭔지, 그것만 알려주게. |

S#53.　　**기방 대문 앞 / 낮**

길채와 종종이가 기방을 나서는데, 종종이, 답답한지 길채에게 다그쳐 묻는다.

종종이	애기씨 이게 뭐예요. 빈손이잖아요. 왜 쌀이랑 면목으로 안 바꾸시고. 엉뚱하게 청 사신 얘기를 물어봐요?
길채	은가락지, 옥비녀 팔아봤자 쌀 한 가마니를 만들 수 없으니까. 대신 귀한 정보를 들었잖아. 가자.
종종이	또 어디루요!!

S#54.　　**밭 일각 / 낮**

생강 밭 앞에 선 길채. 길채에게 떠오른 장현의 말.

(Ins.C)　　*저자거리 / 낮 (2부 21씬 연결)*

저자를 걸으며 나눈 장현과 길채의 대화.

길채	오랑캐 상대로 장사하는 게 그리 이문이 큽니까?
장현	크지. 물론... 작은 노력은 해야겠지만.
길채	작은... 노력이요?

| 장현 | 일단... 일꾼 못 구해서 발 동동 구르는 밭주인들을 찾아서 미리 선점을 하는 거지. 주인은 농작물을 썩히지 않아서 좋고, 난 물건을 싸게 사서 좋고... |

장현의 말을 떠올리며 곰곰... 생각하는 길채. 그때, 다가온 늙고 구부정한 노인.

길채	지금 캐지 않으면 생강이 다 썩겠습니다. 왜 생강을 캐지 않으시오?
밭주인	난리통에 자식들이 다 죽었소. 일꾼을 부릴 수도 없어 다 썩어갑니다. 생강은 필요한 만큼 캐가고 알아서 값을 치러주십시오...(하고 기운 없이 가려는데)
길채	저희 일꾼들이 수확해 드리지요. 생강 값도 쳐 드리겠습니다. 대신 이 밭에 있는 생강을 다 파십시오.
밭주인	...?!!

S#55. 대장간 고방 / 낮

염태 등, 야장들이 막 캐낸 생강을 고방에 나르며 저편에 서서 지켜보는 길채를 한 번씩은 째려보고 있다. 길채와 원무 앞, 포대 가득 생강들이 쌓여가고.

| 은애 | 아니, 이 많은 생강을 다 어쩌려고.... |
| 길채 | 조만간 청나라에서 온 사람들이 생강을 사 들일 거야. 그때 팔면 두 배로 이문을 남길 수 있어. |

원무　　　　...?!!

S#56.　**저자 / 낮**

청인으로 보이는 사내와 통역이 저자로 들어선다. 근처 일각에 서
서 이들을 보며 잔뜩 기대하는 길채와 종종이.

종종이　　　정말 생강을 살까요?

길채　　　　(두근거리는 마음으로 보는데)

청인, 남초 점포 앞에서 주인에게 뭔가 묻고 답한다. 실망하는 길채
와 종종이.

종종이　　　남초를 구하는 모양입니다. 생강은 안 사려나 봐요...

S#57.　**대장간 마당 / 낮**

생강을 펴서 말리는 방두네, 종종이와 은애 등. 이미 상한 생강은
버리는데, 한 포대 가득이다.

방두네　　　이게 며칠 째여. 이러다 생강 다 상하겠네.

은애　　　　(역시 걱정이고)

저편에서 염태를 비롯한 야장들, 역시 못마땅한 눈으로 수군거리
고. 판술 역시 이번만은 무척 걱정되는 눈치.

S#58.　대장간 집무실 / 낮

밖에서 불평 가득한 야장들 소리가 두런두런 들리고, 이를 꾹 감내하며 있는 길채. 은애가 길채를 설득한다.

은애　　남은 생강이라도 팔자. 저러다 다 썩어버리면...(하는데)

길채　　(갈등 하다가) 안 돼, 조금만... 더 기다려 보자. 남은 생강으로 생강청 좀 만들어 놓으라고 해.

은애　　길채야!

S#59.　저자 / 낮

종종이를 데리고 저자에 나선 길채. 저편에서 청인들이 나타나자 역시 기대하며 보는데, 청인들, 약재상 앞을 지나쳐 이번엔 비단을 파는 점포에서 흥정을 한다.

종종이　　고 기생년이 헛소리를 한 게 분명해요. 무슨 생강 따위를 세 배나 비싸게 사가겠어요. 반값이라두 쳐주면 팔아버려요.

결국 설득당하고 만 길채, 풀이 죽어 약재상 앞에 선다.

약재상　　뭘 사시려우.

길채　　말린 생강을...

약재상　　없어요, 없어!

길채　　...팔려고...

약재상	(눈 번쩍) 판다고?(애써 기색 감추며) 뭐 비싸게 쳐 줄 순 있나... 그래, 얼마에 파시려우?
길채	(시무룩... 했다가 문득 좌판에 널린 약재들 보고 고개 갸웃...) 일전엔 여기 말린 생강이 가득했는데, 왜 오늘은 하나도 안 보입니까?

그때 박대, 저편에서 뛰어 들어오며,

박대	애기씨!! 청인들이 생강을 사고 있습니다. 저자 생강이 다 팔려서 이젠 부르는 게 값이랍니다! 세 배, 아니 다섯 배를 불러도 산답니다!!
길채	...!!!

S#60. 대장간 마당 / 낮

청인에게 생강을 보여주는 길채. 생강을 들어 냄새를 맡아보고 요리조리 살피는 청인과 그 옆 통역하는 청인의 시종. 길채, 긴장한 표정으로 청인을 보는데,

길채	청에선 생강으로 약을 만든다지요? 자, 보세요. 이 생강으로 만든 생강청입니다. 상품이지요?
청인	(생강청을 찍어 먹더니 시종에게 눈빛)
시종	얼마를 받고 싶소?
길채	...!!

CUT TO

큰 수레에서 쌀 세 가마니가 내려진다. 이를 보고 놀란 표정 교환
하는 판술과 염태 그리고 다른 야장들.

판술   싸... 쌀이다, 쌀이야!!!

S#61.   **동장소 / 낮**

야장들이 죽 늘어섰고, 길채가 앞에 섰다.

길채   애초에 각기 쌀 반 가마니는 벌게 하겠다 약조했으나,
                내가 잘못하여 겨우 세 가마니를 벌었으니 약조한 반절
                이 아니라 이 세 가마니를 모두 그대들과 나누겠습니다.

곧, 일꾼들이 설레는 표정으로 서면, 박대가 쌀 포대에서 나누어준다.

CUT TO

마지막 야장들까지 나누어주면 겨우 바닥에 한 줌이나 될까 남은 쌀.

박대   (쩝 입맛 다시며 방두네 보면)

방두네   (역시 쩝... 아쉬운 눈빛)

길채   유기그릇 두 벌을 불려 쌀 세 가마니를 만들었소. 물론
                처음 약조한 것과는 다르지만... 한 번만 더 내 수완을
                믿고 나와 함께 일할 생각이 없습니까?

염태   (구시렁) 은제는 쌀 반 가마니씩은 빌 거라고 큰소리

치더니... 겨우 이걸루 생색은...(하는데)

판술　(앞으로 나서며) 이리 하얀 쌀 구경해본 지가 얼마만인지 모르겠습니다. 써주시면 열심히 일하겠습니다.

곧, 판술을 시작으로 여기저기 나서는 야장1, 2, 3 등. 일하겠습니다, 써 주십시오, 저도 하겠습니다!! 이를 보며 당황하던 염태, 어쩔 수 없이 같이 나서서 샐쭉하니 서고.

길채　(벅차올라) 고맙소. 고맙습니다!

S#62.　집안을 일으켜 세우는 길채, 변하는 계절 고차
- 대장간 / 낮

각종 장도를 만드는 판술과 염태 등 야장들.

- 대갓집 안방 / 낮

촤르륵... 비단 위에 펼쳐진 반짝거리는 다양한 크기와 문양이 새겨진 장도들. 보면, 길채가 처음 유기를 팔았던 대갓집 안방에 이제 다른 양가 댁 규수들이 여럿 모였고, 길채가 대장간에서 만든 장도를 늘어놓고 설명하고 있다. 장도를 들어 살피는 양가 댁 여인들. 옷섶에 매어 보기도 하고, 열어 보기도 하고, 반짝한 빛을 살피기도 하고.

CUT TO

자기의 귀중품을 내놓고 장도를 고르는 여인들. 각종 가락지, 노리개, 머리 꽂이 따위가 쌓이고. 이를 챙기며 함박 미소가 뜨는 종종이, 흐뭇한 길채.

- 기방 / 낮

촤르륵... 보자기를 열면 각종 양가 댁 여인들의 귀중품들. 기녀들 둘러 앉아 신나서 구경하는데, 길채, 그중 애란에게 가장 고급스러운 장도를 내민다. 환하게 웃으며 받는 애란.

- 대장간 고방 / 낮

고방으로 쌀이며 면포가 쌓이기 시작한다. 목청 높이며 지휘하는 박대. 그 쌀은 저기, 이 면포는 요기!! 야장들이 신나 하며 쌀이며 면포를 고방 그득그득 쌓고.

- 대장간 마당 / 낮

박대의 지휘 아래, 판술과 야장들이 줄을 서서 쌀 반 가마니씩을 받아가며 신이 나서 어쩔 줄 몰라 한다. 연신 길채에게 허리 굽혀 절하는 야장들. 염태도 이번엔 기분이 좋고.

- 초가집 마당 / 낮

마당 마루에 한상 가득 쌀밥에 고기반찬. 놀란 교연과 영채, 신난 제남 등.

길채	아버지 드셔요. 제남이 많이 먹어라.
종종이	(신나게 밥 푸며) 두 그릇 드세요. 밥 많아요.

저편, 마당 평상에선 방두네, 박대와 대복이도 신나게 밥을 먹는다.

방두네   아이고 잘 먹네, 아이고 내 새끼!

이 모습을 흐뭇하게 보던 은애, 문득 길채와 눈빛 만난다.

은애   (자기도 한 수저 크게 떠서 넣으면)
길채   (역시 한술 크게 떠먹으며 마주보고 미소)

- 대장간 마당 / 낮

야장들이 분주히 일하고 있고, 마당 일각에 선 길채와 원무. 길채가 새로 나온 장도를 보이며 원무에게 이모저모 설명하는데, 문득, 벚꽃이 떨어져 길채의 머리카락에 붙었다. 원무는 길채에게 붙은 벚꽃잎을 떼 주어야 하나 마나, 손만 움찔거리고. 마침 용기를 내서 손을 뻗으려 했을 때, 훌쩍 날아가는 벚꽃잎, 아쉬워진 원무.

S#63.   장철집 사랑채 / 낮

다시 장철과 은애가 마주했는데, 이번엔 은애 곁에 길채도 있다.

은애   (장철 앞으로 서한 내밀며) 제 서방님의 답입니다.
장철   (서한 열면)

(Ins.C)   옥 / 낮

옥에 앉아 목탄으로 글을 쓰는 연준.

연준   *다시 서장관으로 가서 오랑캐에게 허리를 굽히라 하시*

면 또다시 거절할 것입니다. 전하께 옳은 길 바른 길 만이 조선을 구할 수 있다 아뢰었는데, 내 일신을 위해 오랑캐에게 굽힌다면, 누구의 마음을 감복시켜 세상을 바꿀 수 있겠습니까? 이는 전하를 거역한 것이 아니라 더 큰 의리를 따르는 것이니, 차라리 유배지에서 큰 의리의 때, '성인의 시절'이 오기를 기다리겠습니다.

장철	성인의 시절이라...(곰곰 생각에 잠긴 사이)
길채	어르신, 서원에서 공부하는 분들에게 먹과 종이를 대고 싶습니다. 받아주시겠습니까?
장철	(쓴 미소) 재물로 내 환심을 사려는 것입니까?
길채	그럴 리가 있겠습니까? 예전 제 아버지와 은애의 아버지가 작은 서원을 세워 학동들을 가르치셨습니다. 남수찬 나리도 그곳에서 공부하셨지요. 난리 중에 은애 아버지는 돌아가시고, 제 아버지는 정신이 온전치 못하십니다. 이제 다시는 학동들을 가르치던 두 분의 낭랑한 음성을 들을 수가 없지요.
은애	(눈물 그렁...)
길채	이곳에서 공부하는 젊은 학동들과 어르신을 보니 예전 제 아버님을 보는 듯 반가웠습니다. 종이와 벼루는... 제 아버지에 대한 마음입니다. 받아주십시오.

잠시 장철과 길채의 눈빛이 만나고.

S#64.   조선 궁 인조 침전 / 낮

인조 앞에 쌓인 상소들. 인조가 찬 눈이 되어 그 서한들을 보면, 내관 봉시, 어쩔 줄 몰라 안절부절.

인조   이게 다... 남연준을 풀어달라는 상소란 말이지. 어찌 갑자기 팔도에서 물밀 듯 탄원하는 글이 올라온단 말인가?

봉시   그것이...

인조   (꿍...) 이번에도 장철인가?

봉시   (입 꾹... 닫고 눈치만 살피면)

인조   (꿍...) 사림들이 나는 오랑캐에게 조아린 임금이라 침을 뱉고, 장철은 오랑캐를 굳게 거절한 인간이라 칭송하니... 내가 장철의 뜻을 외면하면, 필시...(싸늘해지며) 세상이 더러워 의인이 뜻을 펼치지 못한다 하겠지...

S#65.   옥 앞 / 낮

낙엽이 떨어지는 가을. 옥 문 앞을 서성이며 초조하게 기다리는 은애. 역시 설레는 마음이 된 길채. 서성이는 은애의 발밑으로 바스라지는 낙엽들. 그때, 찌익... 문 소리와 함께 옥을 나서는 연준.

은애, 보고서도 믿을 수 없어 주춤... 다가갔다 결국, 연준 앞에서 터지고 만다. 그런 은애를 꼭 안아주는 연준, 저편에서 이를 지켜보는 길채. 연준, 은애를 안은 채, 길채에게 고마운 마음을 눈빛으로 전하면, 길채에게 옅은 미소가 뜬다.

S#66.   대장간 / 낮

이글거리는 가마 불길 앞에 선 길채. 보면, 대장간에서 야장들이 쇠를 달구고 물로 식히고, 두드려 연단하고 있다. 그리고 일각, 가마에 오르는 불길을 보고 선 길채. 길채의 눈빛이 전보다 조금 성숙해졌고, 조금 단단해졌으며, 어쩐지 슬픔이 깃들었다. 그때, 저벅 발소리와 함께 길채의 곁에 선 사내의 환영, 바로 장현이다!

장현　　　내 말했지? 비실한 유생들 몇보다... 낭자 하나가 훨씬 듬직하다고.

길채　　　(울컥... 해서 보다가) 예, 이제 보십시오. 내가 내 사람들을 어찌 먹이고 입히는지.

그 위로 타이틀 오른다.

〈몹시 그리워하고 사랑한 **연인**戀人〉

순간, 아스라이 사라져버리는 장현의 환영. 결국, 안타까이 장현을 보내는 길채.

길채　　　(겨우 마음을 수습하고 목청 높인다) 오늘 중으로 단도 열 벌과, 쇠스랑 스무 자루를 만들어야 하네. 술 두 동이랑, 닭 열 마리 삶아놓으라 일렀으니, 일 끝나면 배부르게 먹고 마시세!

저만치서 방두네가 양손에 닭을 움켜쥐고 지나가고, 박대가 끙끙... 술동이를 옮긴다. 이를 보며, 군침이 돌고 화색이 도는 판술과 염태 등 야장들.

S#67. 심양 장현 여각 내실 / 낮

장현이 들어와 읍하면, 장부 등을 보며 눈길도 주지 않는 용골대.
용골대, 술자리에서와 달리 이제 도로 단정해졌다.

장현　　(공손히 함을 내민다) 살펴주신 덕분에 큰 이문을 보았
　　　　습니다.

용골대　(함을 열어 은덩이 확인하곤 장현 올려보며, 묘한 미
　　　　소) 난 알아. 아직도 니놈은 쥐새끼야.

장현　　(속을 알 수 없는 미소로 마주 보면)

용골대　다만... 일단은 쓸모가 있으니 곁에 두지. 니놈이 제일
　　　　듣고 싶어 했던 소식을 알려줄까. 폐하께서 조만간 세
　　　　자가 조선에 다녀오는 것을 허락하실 게야. 내가 힘쓴
　　　　것을 잊으면 안 돼, 알겠어?

장현　　...!!

S#68. 심관 정원 일각 / 낮

저편을 흐뭇하게 보는 장현의 시선. 보면, 심관 정원 일각 소현과 강
빈이 역시 놀란 얼굴로 서 있다. 막 언겸이 전한 소식을 들은 모양.

소현　　(믿어지지 않는다) 참으로... 칸이 조선에 다녀오는 것
　　　　을 허락했는가? 아바마마를 직접 뵙고 병문안을 올릴

수 있는가?

언겸　　그렇사옵니다. 전하!!(하며 벅차오르고)

강빈　　(울컥... 목이 메어 소현 보며) 저하...!

그 위로,

인조(E)　　칸이 세자가 조선에 오는 것을 허락해?

S#69.　　**조선 궁 편전 / 낮**

인조 아래, 최명길, 강석기, 김류, 홍서봉, 심기원, 심이웅 등이 일별했고, 기쁜 소식에 만면 가득 미소 짓는 대신들.

강석기　　전하의 환후가 깊다는 소식을 듣고 병문안을 보내 달라 간곡히 청하니, 그 마음에 청인이 감격하였다 합니다.

최명길 등　　(끄덕끄덕 벅찬 미소 짓는데)

인조　　내, 세자가 병문안 오는 것이 번거로우니 청하지 말라 그리 일렀거늘... 세자가 오면, 원손이 세자 대신 심양에 가게 될 터인데, 어린 원손이 험한 길을 어찌 버티느냔 말이야!!(하다 격하게 쿨럭쿨럭)

순간, 철퇴로 뒷머리를 맞은 듯 충격을 받는 강석기, 역시 당황한 표정을 숨기지 못하는 최명길. 최명길, 새삼 인조를 올려 본다. 인조의 눈빛이 불안하게 떨리고 있다.

S#70.   심양 장현 여각 내실 / 낮

량음이 웃는 낯으로 안으로 들어서면, 막 벽장에 뭔가를 넣는 장현의 뒷모습.

량음   세자께서 조선에 가신다고? 우리도 가는 거지? 그럼 나 먼저 가 있을게.

장현   (벽장문 닫으며) 왜?

량음   (안에 뭐가 들었는지 궁금하지만) 한양 우심정 비워둔 지가 오래됐어. 청소도 하고, 먹거리도 미리 준비하고...

장현   뭘 준비해? 별스럽긴.

량음   (욱해서) 음식 시원찮으면 젓가락 갈 데 없다고 투정할 거면서! 뚝딱 나오는 줄 알아?

장현   (피식...) 그럼 간 김에 길채 낭자한테 이장현이 곧 온다 전해줘. 요란하게 꾸미는 걸 좋아하니, 미리 단장할 시간은 줘야지.(씩... 웃으며 나가면)

량음, 마주 미소를 지어 보였다가 차게 식는다. 그리곤 장현이 뭔가를 넣었던 벽장을 보는 량음, 저 안에 뭐가 있지? 벽장문을 열어보는 량음, 곧, 안색 굳는다. 보면 벽장 가득, 그동안 장현이 모았던 수십 켤레의 꽃신들.

S#71. 저자 국밥집 / 낮

(Ins.c) *구운 고기며 막걸리 따위를 파는 주막 외경.*

평상에 앉아 고기를 구워 먹는 길채와 원무. 길채, 맛있게 먹으면 원무 보람 있다는 듯 연신 화로에 고기를 구워 앞에 놓는데, 이런 두 사람을 본 다른 손님들, 작게 수군거리며 길채와 원무를 흘긋거리고,

원무   (문득 수군거리는 사람들 의식하더니) 사람들이 우리 보고 뭐라는 줄 아시오?(조금 볼 붉어지며) 우리가 자주 같이 붙어 있으니... 둘이 무슨 사이냐... 그런 소릴...(하면서 슬쩍 눈치 살피면)

길채   (피식...) 남들이 뭐라 하든 무슨 상관이에요? 주모! 여기 고기 좀 싸주시오!

S#72. 한양 길채집 길채방 / 낮

호화롭고 널찍한 길채방. 길채가 교연 앞에 가져온 고기를 놓고 '드세요, 아버지...' 해가며 대접하고, 제남이가 앉아서 길채에게 고기를 받아먹고 있다. 마침 들어서던 영채, 고기를 보더니 안색 굳는다.

영채   또 그 종사관이랑 국밥 먹었어? 정말 챙피해...!!(박차고 나가면)

길채   쟤가 왜 저래...

교연   (영채 뒤에 대고) 오랑캐 조심해라!!(하곤 다시 머리고

기를 먹는다)

예전 덕스럽고 총기 있던 모습은 사라지고, 입이며 손에 번들하게 고기 기름을 묻히며 먹는 교연. 길채, 새삼스레 가만... 교연을 본다.

길채 아버지, 예전 능군리 살 때 생각나세요? 제가 천지분간 못 하고 동리를 들쑤시고 다니다 구설에 올라도 아버진 허허... 우리 애 성정이 활달한 걸 어찌하겠소... 웃고 마셨지요? 요란하게 치장하다 손가락질 받으면, 우리 아이에게 어울리지 않습니까... 하시구, 아버지께 대들어도 너는 할 말은 하고 사니, 장차 억울한 일은 당하지 않고 잘 살 것이다... 하며 미워하지 않으셨지요.

교연 (그저 먹기만 하는데)

길채 이제... 제가 아버지 지켜드릴게요. 영채랑 제남이도 잘 거둘게요.

교연 (먹다 말고 문득 멀뚱히 보면)

길채 제남이는 비단옷에 가죽신 신겨서 서당 보내 급제 시키구... 영채는 오동나무 함이 미어지게 혼수 채워 시집 보낼 거예요.

나간 줄 알았던 영채가 문 옆에 서서 이런 길채의 말을 가만... 듣고.

S#73. **한양 길채집 길채방 / 밤**
침의 차림 길채가 잘 준비를 하고 있는데, 베개 안고 빼꼼... 들어오는 영채.

길채	뭐야?
영채	(쪼르르... 이불 속으로 쏙 들어가며) 언니, 정말 나 오동나무 궤짝에 비단 꾹꾹 채워서 시집보낼 거야?
길채	흥... 챙피한 언니 도움 받아도 되겠어?
영채	아이 참... 그거야 사람들이 수군거리니까 그러지.
길채	수군거리라고 해. 욕먹는다고 안 죽어. 밥을 못 먹어야 죽는 거야, 알았어?
영채	알지...(잠시 틈) 근데 언니는 종사관 나리 별로야? 종사관 나리는 언니 좋아하는 것 같던데.
길채	또...(하는데)
영채	...아직도 그 사람 생각해?
길채	(안색 굳으면)
영채	죽은 사람 생각 그만 해.

CUT TO

그새 영채는 대자로 뻗어 잠 들었고, 잠들지 못한 길채, 쪽창 앞에 앉아 창밖 달을 올려보고 있다. 맑은 밤, 둥실... 뜬 달. 문득 떠오르는 장현의 음성.

(Ins.C) **8부 7씬**

장현	*(미소) 제일 고운 꽃신을 들고 오지.*
길채	(쓸쓸한 눈빛으로 달을 보며) 거짓말쟁이...

S#74.　국밥집 / 낮

국밥집에 마주한 길채와 원무.

길채　　본보기로 만들어 본 것입니다. 이 장도엔 젓가락이나, 귀이개나 작은 가위도 넣을 수 있어요. 과일도 깎아 먹고, 약초도 캐 먹고, 밤도 까먹고...

원무　　순... 먹는 데 쓰는 건가?

길채　　...!! (눈 꿈뻑꿈뻑)

원무　　그래, 나야 여인들 물건을 아나...(어쩐지 초조한 기색) 국밥을 한 그릇 더 먹어야겠다. 주모, 여기 국밥 한 그릇 더! 많이 먹어야 속이 든든하고, 또 속이 든든해야 마음도 당당해지고, 마음이 당당해지면...(길채, 과묵하던 원무가 쓸데없이 말이 길어지자 왜 저러지? 하면서도 장도만 살피는데) 해야 할 말을 할 수 있고... 해서 말인데... 낭자, 나와 혼인해 주시오.

길채　　(그제야 고개 들어 원무 보면)

잠시 만나는 두 사람의 눈빛. 떨리는 원무의 눈동자. 원무, 귀까지 벌게졌는데, 다음 순간,

길채　　(풉...! 웃음이 터지자 얼른 수습) 어머... 미안합니다.(했다가 다시 풉... 결국 깔깔 웃어버리고)

원무　　(창피하고 당황하여 더욱 얼굴이 벌게지면)

길채　　미안해요. 미안합니다. 에휴...(하고 은장도를 주머니에 넣고 원무 보더니) 오랜만에 들으니 참 반갑습니다.

원무	...?!!
길채	예전엔... 사내들이 날 보기만 하면 혼인해 달라 졸랐지요. 그랬던 능군리 도련님들... 전쟁 중에 죽고 다치고, 더러는 능군리를 떠나고... 지금은 어디서 어찌 살고 있는지...
원무	낭자! 나는...
길채	오늘 말은 안 들은 것으로 할 테니 너무 창피해 마셔요. (하며 자리를 뜨려 하는데)
원무	그 사람은 이미 죽지 않았습니까?
길채	(싸악... 안색이 식은 채 멈춰 서고)

S#75. 길 일각 / 낮

길가에 삼삼오오 설레는 얼굴로 모인 사람들. 그때,

행인1	세자, 세자 저하께서 오신다!!!

보면, 저만치서 소현 행렬의 선두 깃발이 보이기 시작한다. 일제히 부복하여 맞는 행인들. 저하, 세자 저하!!! 이윽고 모습을 드러내는 소현. 소현이 등장하자, 감동해서 바닥을 치며 우는 늙고 젊은 유생들이며, 백성들. 소현, 이를 보며 울컥해지고, 그리고 행렬의 끄트머리 쯤 역시 미소를 지으며 따르는 장현. 그리고 장현이 탄 말 옆 수레에 놓인 커다란 함. 꽃신이 든 함이다.

장현	길채 낭자... 이장현이 왔소이다.(하고 씩... 미소)

S#76. *한양 길채집 길채방 / 저녁*

함진아비가 희롱하는 소리가 고스란히 들려오는 길채의 방 안. 길채가 면경 앞에 앉았다. 면경을 들여다보며 장현과의 추억을 떠올리는 길채.

(Ins. C) *2부 23씬 – 길채의 시선에서 본 장현.*

길채, 머리를 꼬아 올리다가 문득, 면경에 비친 장현을 본다. 뒤편 구석, 한쪽 무릎 위에 손을 괴곤 지그시 길채를 보는 장현. 깊고 그윽한 장현의 눈빛에 순간, 두근 설레었던 길채.

그리고 그 깊은 눈빛 그대로, 저만치, 뒤편에 앉은 장현의 환영.

길채　　(환영을 애틋하게 보다가) 이젠 오지 마셔요.(애써 쾌활) 난 이승에서 산해진미도 맛보고, 조선팔도 좋은 구경 다 하며 천수를 누리다 갈 생각이니... 우린 나중에... 아주 아주 먼 뒷날에... 다시 만납시다.(하는데)

곧, 종종이 쿵쿵 발소리 내며 들어와 벌컥 문 열면, 사라지는 장현의 환영.

종종이　　에휴 함진애비가 엄청 꼬장거립니다.

길채　　(탁 면경 닫더니) 내, 저 사람들을!!(씩씩거리며 나가고)

S#77. 길 일각 / 저녁

장현과 구잠이 길채집 근처 골목으로 들어섰다. 약도 그려진 종이 라도 들고 길채 사는 집을 찾는 구잠과, 그 뒤로 걷는 장현.

구잠 이 근처 어디라고 했는데... 혹 그사이에 시집이라도 간 거 아녀?

장현 (피식) 연준 도령이면 모를까... 다른 사내에게 벌써 맘 이 갔을 리가 없다.

구잠 아니... 길채 애기씨 말구, 종종이요.

장현 (착 째려봤다가 만족스러운 듯 활활 부채질) 남수찬에 겐 안된 일이지만, 차라리 잘되었다! 그간 길채 낭자도 고생스레 살며 돈 많은 이장현 생각을 얼마나 자주 했 겠느냐? 이제 내가 나타나면, 버선발로 뛰어와 안기고 싶어질걸...(흐흐흐... 요란하게 부채질하는데)

그때, 저만치서 함 사시오, 함 살 사람 없소!! 하며 숯으로 검은 칠 을 한 함진아비의 소리. 구경꾼들이 몰려들었고, 일각에서 수군거 리는 구경꾼들의 수다.

행인1 혼례도 올리기 전에 '야합(자막: 부부가 아닌 남녀가 서로 정 을 통함)' 했다지?

행인2 슷... 새색시 성미가 보통이 아니라던데 입조심해.(하면 서도 실실)

행인1 새색시는 무슨? 이미 혼담 한 번 오간 처자라던데. 헌 색시지, 헌색시!! 그러니 야합을 하고두 뻔뻔하게...

이를 본 구잠, 흥미 돋는다.

구잠   어디 함 들어가나 보우. 내 뭐랬수, 난리통에두 할 놈들
은 다 하구 산다구 했지? 그저 우리만 거시기에 쉰내
나도록...(하는데)

그때, 함재비 앞으로 작은 술상을 들고 와 대접하는 이, 방두네다!

방두네   한잔 쭈욱... 드시고 어여 들어갑시다.
구잠   어라... 방두네 아녀?
장현   ...?!!

방두네를 보며 뭔가 불길한 예감에 휩싸인 장현. 함재비가 또 목청
을 높인다.

함재비   함 못 들여간대도! 색시 얼굴을 보여주면 또 모를까...

구경꾼들, 우하하, 터지는데, 곧, 카랑카랑하고 익숙한 음성 들린다.

길채(E)   색시 여기 왔소!!(함재비 앞으로 나서면)
방두네   (화들짝 말리며) 에휴, 새색시가 어딜 나와요!
장현   ...!!
길채   (방두네 밀치며) 이제 색시 얼굴 봤으니까 당장 들어와요!

이제 서서히 식어가는 장현의 얼굴. 그때, 종종이가 쫓아 나와 길채

를 말리고, 종종이를 본 구잠의 입이 터진다.

구잠   종종아!!

길채, 어쩐지 익숙한 음성에 소리 나는 곳을 봤다가 그대로 얼어붙는다. 저기, 그리워했던 사내가 서 있다. 도저히 이 상황을 이해할 수 없다는 듯, 혼란스러운 표정으로 길채에게서 시선을 떼지 못한 채.

얼어붙은 길채와, 역시나 온몸이 굳은 채 길채를 보는 장현, 두 사람에서.

– 9부 끝

몹시 그리워하고 사랑한 戀人

戀人 —— 제 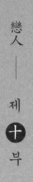 부

戀
人
—

S#1.　　　**국밥집 / 낮** (9부 74씬 연결)

원무　　　그 사람은 이미 죽지 않았습니까?

순간, 싸악... 안색이 굳은 채 멈춰선 길채. 원무, 그런 길채를 간절
한 눈빛으로 올려본다.

길채　　　(돌아보며 미소) 내가 좋으셔요? 언제부터요?
원무　　　낭자를 처음 봤을 때부터.

(Ins.C)　　*6부 59씬*
길채　　　우리 모두 안 태우면 애기씨도 못 태웁니다!

원무　　　(술 벌컥 들이켜며) 대단했지. 살겠다고...

186　　　　　　　　　연인 2

길채	(잠시 그 순간이 떠오르는 듯 쓸쓸해졌다가) 우리 인연 도 참 질깁니다. 헌데... 종사관님, 종사관님과 저는 사 내와 여인으로 맺어질 인연은 아니에요.

길채, 차분한 미소를 지어 보이고 가면, 원무, 아픈 표정으로 그 뒷 모습 보고.

S#2.   한양 길채집 마당 / 밤

길채가 장현 생각에 가라앉은 표정으로 안으로 들어서는데, 어쩐 지 소란스럽다. 보면, 황망한 기색으로 선 연준과 은애, 영채, 방두 네, 박대 등.

길채	무슨 일이야?
은애	스승님이 사라지셨어!

S#3.   길을 잃은 고연 + 고연을 찾는 길채 가족

- 거리 일각 / 밤

광인처럼 밤거리를 헤매며 길채를 찾는 고연.

고연	길채야... 길채야...

- 거리 일각 / 밤

고연을 찾는 길채와 은애, 연준, 영채, 방두네, 종종이, 박대 등.

| 길채 | 아버지... 아버지!!! |
| 은애 | 스승님!!! |

갈림길에 이르자 길채와 영채, 종종이 박대가 이편으로, 은애와 연준, 방두네 등등이 저편으로 흩어져 교연을 찾고.

- 거리 일각 / 밤

| 교연 | (지나던 사람을 붙잡고) 이보시오! 우리 길채를 못 보셨소? 오랑캐가 우리 길채를 잡아갔소!! |
| 행인 | (뭐야... 하며 뿌리치며 가고) |

- 거리 일각 / 밤

벌써부터 영채는 울고, 길채 역시 아버지를 잃어버릴까 두려워진다.

| 영채 | 아버지... 아버지... |
| 박대 | 아이고, 나리!! |

- 길 일각 / 밤

| 교연 | 우리 길채 못 보셨소? 오랑캐가 우리 길채를...(하며 붙들면) |
| 행인1 | 에이... 미친놈 아니야. |

하고 밀치는데, 순간, 교연의 눈에 행인1이 오랑캐로 보인다. 눈에 불길이 일더니, 바닥의 돌을 집어 드는 교연.

교연   오랑캐, 오랑캐다! 니놈이 우리 길채를 끌고 갔구나!!

하면서 퍽, 행인1의 뒤통수를 치려하면, 겨우 피하는 행인1. 곧, 화가 난 행인1이 교연을 밀쳐 넘어뜨리지만, 끈덕지게 행인1의 발을 잡아 물고 늘어지는 교연. 결국 행인1 등이 다른 발로 교연을 내리찍으려는 순간, 누군가 턱, 행인1을 잡는다. 원무다.

- 길 일각 / 밤

길채 일행, 애타게 교연을 찾지만 종적이 없다. 저편에서 흩어졌던 은애와 연준 등이 오는데, 역시 교연을 찾지 못한 듯, 고개 젓는다.

영채   아버지...(눈물 바람 되면)
길채   (역시 두려워지는데)

그때 저만치에서 저벅저벅 발소리와 함께 보이는 실루엣. 구름이 비껴가고 달빛이 환해지면 그제야 형상의 정체 드러난다. 교연을 등에 업은 원무다.

길채   ...!!

S#4.   한양 길채집 교연방 / 밤

교연이 옅게 앓는 소리를 내며 잠들었고, 곁에 앉아 이를 지켜보는 길채. 길채 뒤편엔 원무도 앉았는데, 교연, 갑자기 눈을 번쩍 뜨더니 또 헛소리를 시작한다.

교연	우리 길채를 못 보셨소? 오랑캐가 길채를 잡아갔소이다!
길채	아버지... 저예요, 길채예요.
교연	(멍하니 보다가 또 퍼뜩 알아보곤) 길채야... 오랑캐가 온다!! 오랑캐가 널 잡아가고 제남이 머리를 부수어 죽일 것이다. 어서 가자, 능군리로 가야해!!

교연, 겁에 질려 어쩔 줄 모르며 허우적거리면 길채, 교연을 진정시키려 애를 먹는데, 그때, 교연의 손을 잡는 원무.

원무	어르신, 보십시오.(자신의 허리춤에 찬 검을 보여주며) 오랑캐 백 명은 족히 베어낸 검입니다. 그러니 오랑캐가 또 오면 제가 이 검으로 오랑캐를 베어 버리겠습니다.
교연	이 검으로 오랑캐를... 그리 많이 베었는가?
원무	물론이지요. 길채 낭자도, 제남이도 모두 걱정 없습니다.
교연	(검을 보다가 검을 잡은 원무의 단단한 손을 만져본다. 순간, 믿음이 생긴 듯 표정 환해지더니) 그래, 다행이야... 자네가 있어서 참으로 다행이야...

진정된 교연과, 다정한 미소를 지어 보이며 교연을 다독여주는 원무. 길채, 그런 원무를 새삼스레 보면, 행인들과의 다툼으로 원무의 옷이 찢겨졌고, 등허리엔 핏물이 베어났다.

S#5. *한양 길채집 마당 / 밤*
잠든 교연을 뒤로하고 방을 나서는 원무. 길채, 그 뒤로 따라 나오며,

길채	고맙습니다.
원무	돕게 해주어... 내가 고맙지.(잠시 틈) 낭자, 앞으로도 내가 도울 수 있소. 아니, 내가 돕게 해주시오!(하는데)
길채	또 저와 연분 맺잔 말씀을 하시는 거라면, 전 더 할 말이 없습니다.(하고 돌아서 가려는데)
원무	대체, 나에겐 없고 그 사내에게 있는 건 뭡니까?
길채	...!!

(Ins.C)	**8부 7씬**
장현	정말 밉군. 도대체 연준 도령에게는 있고 내게는 없는 게 뭐요?

길채, 과거 장현의 말이 겹쳐지며 동요하고. 복잡해진 길채의 눈빛,
다음 씬으로 연결.

S#6.　　**대장간 마당 / 낮**

간밤의 동요가 마음에 남은 듯, 대장간의 불꽃을 보는 길채의 눈빛
이 복잡하다. 이른 아침부터 대장간은 장도를 만들고, 농기구 잡물
을 수선하느라 분주한데,

원무(E)	...밤사이, 어르신껜 별일 없었지요?

길채, 퍼뜩 깨어나며 돌아보면, 원무는 어색한지 조금 떨어져 서
있다.

길채	다친 곳은 어떠세요? 상처에 바를 약을 지어왔습니다.
원무	(의아...) 날 위해 약을 지었습니까. 낭자가 직접...?

원무, 놀랍고 반가워 성큼 다가오다가 실수로 숯 바구니를 엎어버리고, 그 와중에 불꽃이 원무의 옷깃에 튀어 불이 붙는다. 놀라 화급히 불꽃을 터는 원무. 하지만 쉬이 잡히지 않자, 당황한 길채, 곁물통 물을 촤악~~ 원무에게 부어버린다.

순식간에 흠뻑 젖고 만 원무. 길채, 그 모습에 당황했다가 곧 깔깔깔 웃음이 터지고, 원무도 덩달아 너털웃음을 웃고 마는데.

S#7. 대장간 집무실 / 낮

원무가 젖은 옷을 벗고, 등허리에 약을 바르려는데 손이 닿지 않는다. 막, 길채가 옷을 들고 들어오며,

길채	급한 대로 옷을 한 벌 가져왔(습니다, 하려다 얼른 몸을 모로 돌린다)

보면 웃통을 벗은 원무의 사내답고 건장한 몸.

원무	고, 고맙소.(하고 서둘러 옷을 입으려 하면)
길채	주세요.(원무에게서 연고를 받은 길채가 원무의 등에 연고를 바르면)
원무	(잔뜩 긴장하는데)

길채	(연고 바르다 문득 원무 등허리에 길게 난 흉을 보며) 이 흉은... 일전 섬에서 우릴 구해주다 생기신 겁니까?
원무	응?(당황...) 아...
길채	헌데 왜 나리가 우릴 구한 게 아니라고 하셨어요?
원무	그야...(갈등했으나 결국 거짓말을 하고 만다) 그냥 쑥 스러워서.
길채	(새삼 고마워진 눈빛. 곧 옷을 걸쳐주고 돌아서려는데)
원무	(턱, 길채의 손목을 잡는다) ...난, 낭자가 몸소 험한 일에 나서는 것이 항시 마음이 아팠어. 낭자가 나와 혼인한다면 다시는 이런 험한 일을 하지 않게...(하는데)
길채	(미소 지으며, 하지만 단호하게 손 떼어내며) 사내들은 제가 웃으면 상냥한 아내가 될 거라 여기고, 제가 다정하면 조신한 며느리가 될 것이라 짐작하지요. 지금은 잠시 앙큼해도, 아내가 되고 며느리가 되면 달라질 것이라 여깁니다. 하지만 전 달라지지 않아요.
원무	...
길채	제 웃는 얼굴을 좋아하는 사내는 많아도, 제 고약한 모습까지 좋아하는 사람은 없지요. 하지만 나리, 전 제가 가진 것 중 이것은 가져가고, 저것은 남겨둘 수는 없답니다. 그러니 종사관님도 제게 미련을 버리세요.(하고 돌아서려는데)
원무	허면 그 사내에 대한 마음도 가지고 오시오.(이제 돌아서서 길채를 똑바로 보며) 어차피 죽은 사람... 나는 상관없소.
길채	...?!!

S#8.　**한양 우심정 부엌 / 낮**

아낙들 서넛을 대동해서 음식 준비가 한창인 량음. 솥에 사골 육수를 내고, 큰 생선을 다듬고, 고기를 다지고 등등 분주하고, 량음, 이를 흐뭇하게 보는데, 문득 밖에서 사람들이 웅성웅성 소란한 소리.

량음　　...!!

S#9.　**한양 우심정 마당 / 낮**

량음이 마당으로 나서면, 량음이 왔구만, 참으로 량음일세!! 하고 소란스럽게 반가워하는 사내들. 오래전 량음의 우심정 단골들인 모양. 량음 미소 지으며 마당으로 나서는데, 손님들 중, 우심정이 처음인 듯 두리번거리는 사내도 있다. 원무다!

량음　　(미소 지으며 읍하며) 오셨습니까?

사내1　심양에 갔었다지? 어찌 이리 갑자기 온 것이야?

원무　　(량음을 신기한 듯 보다가) 이 사람이 그 유명한 량음인가?

량음　　(누군가... 하고 봤다가 원무에게 읍하며) 소리꾼 량음 인사 올립니다.

원무　　나는 훈련도감 종사관 구원무라고 하네. 다름 아니라... 내가 곧 혼인을 할 터인데 내 혼롓날 와서 노래 한 곡 불러줄 수 없겠는가? 내 안사람 될 이가 오래전에 들은 자네 노랠 잊지 못하겠다 해서 그러니, 부탁함세.

량음　　(의아하여) 제 노랠 들은 적이 있으시다구요? 우심정

을 비운 지가 꽤 되었는데 어디서...(하는데)

원무   능군리 살 적에 들었다던데.

랑음   (순간 안색 굳으며) 능...군리요?

S#10.   국밥집 / 낮

원무와 길채가 국밥을 먹으며 담소를 나누고 있는데, 길채의 입가
에 뭔가 묻었는지, 원무가 사방을 살피곤 얼른 길채의 입가를 손으
로 닦아준다. 싱긋 웃는 길채.

그리고 멀리서 이를 지켜보는 시선, 랑음이다. 원무에게 미소를 지
어주는 길채를 보며 차갑게 식는 랑음의 눈빛. 이윽고 랑음이 돌아
서 가는데, 그제야 뭔가 묘한 기운에 고개 드는 길채. 익숙한 뒤태,
랑음이다!

길채   (벌떡 일어서면)

원무   왜 그러시오?

길채   (대꾸도 없이 랑음이 사라진 쪽으로 달려 나가고)

S#11.   길 일각 / 낮

랑음이 골목길을 돌아 사라지면, 그 뒤를 다급하게 쫓는 길채.

길채   이보게, 이보게, 랑음!!

그제야 어쩔 수 없다는 표정으로 멈춰선 량음, 돌아선다. 결국 마주
한 길채와 량음.

길채	맞지? 량음... 만고절창 량음! (너무 반가워) 그렇지?
량음	길채 애기씨가 아닙니까? (미소 지으며 읍하면)
길채	오랜만이야. 심양에... 갔다고 들었는데.
량음	잠시 조선에 왔습니다.
길채	(고개 *끄덕끄덕*. 잠시 벅차고 복잡한 표정으로 량음 보다가) 그렇지 않아도 요즘 자꾸 량음 노래 듣던 생각이 나더니.
량음	그러셨습니까? (말은 예의 바르나 눈빛은 차가운데)
길채	장현 도령은 어찌...(말 막혀 헤매다가) 어쩌다 그리되셨소?
량음	...?!!
길채	대관절 무슨 큰 죄를 지었기에...(꾹 누르며) 갈 때... 많이 고통스럽지는 않았겠지?

눈물까지 그렁해진 길채를 보며 놀라는 량음. 량음의 눈빛이 격하
게 흔들리고.

S#12. *길 일각 / 낮*

길가에 삼삼오오 설레는 얼굴로 모인 사람들. 그때,

행인1	세자, 세자 저하께서 오신다!!!

보면, 저만치서 소현 행렬의 선두 깃발이 보이기 시작한다. 일제히 부복하여 맞는 행인들. 저하, 세자 저하!!! 이윽고 모습을 드러내는 소현. 소현이 등장하자, 감동해서 바닥을 치며 우는 늙고 젊은 유생들이며, 백성들. 소현, 이를 보며 울컥해지고. 그리고 행렬의 끄트머리 쯤, 역시 미소를 지으며 따르는 장현. 장현이 탄 말 옆 수레에 놓인 커다란 함. 꽃신이 든 함이다.

장현 길채 낭자... 이장현이 왔소이다.(하고 씩... 미소)

S#13.   조선 궁 인조 침전 / 낮

인조가 침전에 비스듬히 누워 눈을 감고 있으면, 화로에 구운 돌멩이를 비단에 싸서 찜질하듯 안마해주는 후궁 조씨.

조씨 이제 곧 세자가 당도한다 합니다.(하며 안색 살피면)

인조 설마 칸이 세자를 조선으로 보내고, 대신 날 청으로 불러들이려는 건 아니겠지?

조씨 (놀라) 전하!!(왈칵 안기며) 어딜 가시든 신첩을 데려가 주서요...(하며 흐느끼면)

인조 (다독이며) 아니다, 아니야. 세자는 내 병문안을 하곤 돌아갈 게야. 다만... 이상해. 저들이 처음엔 세자를 박하게 대해 내 맘을 아프게 하더니, 이젠 어찌 저리 후대하는가... 용골대가 동궁이 심양을 떠날 때 대홍망룡의를 권했다지?

조씨 에그머니! 그것은 임금님만 입는, 용이 수놓아진 옷이 아닙니까?

인조   광해가 세상에서 제일 무서워한 것이 무엇인지 아느
냐? 역모다. 역모의 기미만 있으면 직접 친국하는 것도
마다하지 않았지. 살이 타고, 뼈가 부러지는 광경을 매
번 이글거리는 눈으로 보곤 했어. 독하기도 하지... 광해
는 그때 이미 인심을 잃은 게야. 헌데 그토록 역모를 두
려워하던 광해가 정작 나, 능양군이 역모를 일으킬 것
이란 소문이 돌았을 땐, 믿지 않았어. 그때에... 기민한
자들은 이미 내가 왕이 된 양, 나를 달리 대했지.

조씨   ...

인조   요즈음... 이 나라 백관들이 세자를 그리 대한단 말이지.
평안감사는 세자에게 보낼 월삭물선을 정해진 물량보
다 넘치게 보냈다지...

S#14.   조선 궁 편전 / 낮

인조의 의심이 그대로 이어지고 있다. 아래 일별한 대신들의 표정
을 하나하나 살피는 인조. 최명길을 시작으로 김류, 홍서봉, 심기원
등등의 대신들, 수년 만에 조국에 온 세자가 반가운지 서로 눈빛
교환하며 작게 소곤거리는데, 인조, 그들의 입가에 걸린 옅은 미소
자락을 예민하게 본다. 이윽고 인조의 시선, 세자의 장인 강석기에
멈추는데,

민진익   전하, 세자 저하께서 당도하셨나이다!!

들뜨며 술렁이는 대신들의 분위기. 강석기, 조심스레 인조의 안색을 살핀다. 경직된 인조의 표정.

홍서봉　　(명길에게 작게 소곤) 오늘 세자께서 문후 올릴 때, 박대하시는 것은 아닌지...(맞은편 강석기를 보며) 우상대감이 빈궁마마의 아버지 된 몸으로 근심이 크시겠소.

최명길　　(역시 근심스러운데)

곧, 밖에서 환관 궁녀들 소리. 세자 저하!!! 저하!!!

S#15.　　조선 궁 편전 밖 / 낮

내관, 궁녀들이 일제히 엎드러지며 세자를 맞고, 그중엔 흑흑 눈물마저 흘리는 이들도 있다. 역시 감개무량한 얼굴로 그 사이를 가로질러 편전 앞에 선 소현. 세자의 뒤로 언겸을 비롯, 심양에서부터 호송한 재신들이 일별했고, 가장 끄트머리에 장현을 비롯한 역관들이 자리했다. 문득 장현 쪽을 돌아보는 언겸. 장현과의 대화를 떠올린다.

(Ins.C)　　심관 고방 / 낮

장현이 장부를 보며 고방의 물목을 체크하고, 언겸도 곁에 섰는데,

언겸　　전하께 올릴 물목이니 빠짐없이 챙겨야 하네.(하는데)

장현　　(무심히) 전하께서... 세자 저하를 조선에 보내달라 청한 사신에게 크게 화를 내시곤, 유배까지 보내셨다지요?

언겸   그, 그건... 원손께서 심양길에 고생하실까 하여...

장현   (역시 지나가는 말처럼) 세자 저하의 고생도 아셔야 할
      터인데...

언겸, 그때를 떠올리며 세자 보면, 세자, 입술은 부르터 있고, 손등
도 얼어 거칠어졌고, 의관도 낡았다.

소현   전하, 소자 아바마마께 문후 올립니다.

S#16.   조선 궁 편전 + 편전 밖 / 낮
- 편전

긴장된 기운이 편전에 팽팽하고, 이윽고 입을 여는 인조.

인조   들어오라.

이윽고 문이 열리고 소현이 들어온다. 그 한 걸음, 한 걸음을 벅찬
얼굴로 보며, 눈시울이 붉어진 강석기. 김류와 홍서봉 등의 감격도
다르지 않다. 하지만 명길, 그 와중에 불안하게 인조의 기색을 살피
는데, 이윽고 어좌 아래 당도한 소현, 크게 절하며 부복한다.

소현   아바마마... 하늘이 소자를 버리지 않아, 전하를 다시 뵈
      옵는 복을 누리나이다!!

하며 눈물이 그렁... 해서 고개를 드는데, 여행길의 고생 때문인지

볼은 발갛게 얼었으며, 입술은 버석하게 말라 있다. 이를 보더니 순간 울컥... 하는 인조.

인조   얼굴이... 어찌 그리 상했느냐?
소현   아니옵니다. 소자, 아바마마께오서 옥체 미령하신 것만이 근심으로...
인조   그래, 이 애비가 너를 먼 곳에 보내고 밤잠을 이루지 못해 병을 얻었다. 허나 오늘... 너를 다시 보니 모든 병이 낫겠구나.(성큼 어좌에서 내려와 왈칵 소현의 두 손 잡으며) 동궁... 내 아들...!

인조 펑펑 눈물 흘리자, 그제야 크게 안도의 한숨 내쉬며 기쁜 눈물 고이는 강석기. 역시 안도하여 서로를 보며 마주 미소 짓는 최명길과 김류, 홍서봉 등.

최명길   (부복하며) 하늘의 크나큰 돌보심이옵니다.
강석기 일동   크나큰 돌보심이옵니다!!

대신들, 일제히 부복하여 흐느끼거나 혹은 벅차하며 인조 부자의 해후를 기뻐하고.

- 편전 밖
인조(E)   동궁, 내 아들!!

순간, 안도하며 큰 한숨을 내쉬는 언겸. 그 소리에 반응하듯, 심양에서 소현을 호송하여 온 신하들 일제히 부복한다.

신하 일동   크나큰 돌보심이옵니다!!

언겸, 크게 안도하며 기뻐하면, 뒤편에서 그런 언겸을 보며 흐뭇해지는 장현.

S#17.   조선 궁 일각 / 낮

한결 홀가분해진 얼굴이 된 언겸과 장현이 궁 일각을 걸으며 한담을 나눈다.

언겸   한시름 놓았네. 암... 아무리 오랑캐들이 이간질한다 한들 부자의 천륜을 끊겠는가?

장현   (미소) 그러게 말입니다. 전 세자께서 이제 다시는 조선 땅을 밟지 못하실 줄 알았습니다.

언겸   흥, 자네 짐작이 다 맞는 줄 아는가?

장현   예, 제 짐작이 틀리면 저도 좋지요... 그나저나 (주변 휘익~ 둘러보며) 남수찬이 보이질 않습니다.

S#18.   한양 우심정 내실 / 낮

커다란 바리함 안의 꽃신들을 하나씩 꺼내 뿌듯하게 보는 장현. 괜히 콧노래가 흥얼흥얼 나온다. 량음이 부르던 노래다. 길채가 기뻐하는 광경을 상상이라도 하는 걸까?

S#19.   (장현의 상상) 한양 우심정 대청 / 낮

우심정 대청에 들어섰다가 눈이 땡그래지는 길채. 보면, 섬돌까지 길게 늘어선 꽃신 수십 여벌.

길채   이게 전부... 제 것이라구요?!!
장현   (활활 부채질하며) 아마도!

길채, 꽃신들 보며 좋아 어쩔 줄 몰라 하며, 뭘 먼저 신어볼까 고심 고심한다.

길채   이거? 아니, 아니... 이거, 아니야, 이거 먼저!!

장현, 부채질하며 이 모습을 흐뭇... 하게 보는데, 그사이 꽃신 하나를 고른 길채, 신고 있던 신은 냅다 팽개치곤 새 꽃신을 신으려 서두르다, 갸우뚱!

장현   거거...(하며 다가가 길채 발치에 앉아 직접 신을 신겨
           준다. 길채의 하얀 버선발을 한 손으로 잡고, 다른 손으
           로 꽃신에 길채의 발을 담으면)
길채   (장현에게 발이 잡혀 조금 긴장하고)
장현   (새 꽃신 신은 길채의 발을 만족스레 보다) 이제 이 신
           신고, 내게 오시오.
길채   어머! 날 뭘로 보구. 내가 아무리 꽃신이 좋아두...(하는
           데)
장현   이제 그만 합시다. 밀고 당기고... 그만 할 때도 되었어.

연준 도령이 장가를 갔으니 이젠 알았겠지? 낭자 곁에
끝까지 남을 사내가 누군지, 낭자를 행복하게 해줄 사
내가 누군지.

길채   ...?

장현   연준 도령은 낭자가 꽃신을 탐내면 사치하지 말라 타
이를 위인이야. 비단옷을 입고 싶다 하면 백성의 고초
를 먼저 생각하라 쓴소리나 하겠지.

길채   (대체나... 그럴 것 같기도...)

장현   하지만 낭자, 난 달라요. 나 이장현은... 낭자가 꽃신을
원한다면 세상에서 제일 고운 꽃신을 가져다주고, 낭자
가 비단옷을 탐낸다면, 황후의 것보다 더 귀한 비단옷
을 구해주는 사람이야.

길채   정말...루요?

장현   암! 그러니 이제 낭자에게 어울리는 짝은, 낭자가 원하는
걸 모두 해줄 수 있는, 나, 이장현이라고 말해!(하는데)

구잠(E)   (불쑥) 뭔 혼잣말을 그리 해.

S#20.   **(다시 현재) 한양 우심정 내실 / 낮**

두 손에 꽃신을 들고 행복한 상상에 빠졌다가 퍼뜩 깨어나는 장현.
보면, 구잠이 뒤에 섰다.

장현   (화들짝) 거 기척을... 해라, 기척을!

구잠   (되레 버럭) 했잖아요, 기척!!

장현   (흠흠...) ...그래, 알아는 봤고?

구잠	그게... 남수찬 나리 댁이 쫄딱 망했답니다.
장현	뭐?!!

S#21. 길 일각 / 저녁

장현과 구잠이 길채집 근처 골목으로 들어섰다. 약도 그려진 종이
라도 들고 길채 사는 집을 찾는 구잠과, 그 뒤로 걷는 장현.

구잠	이 근처 어디라고 했는데... 혹 그사이에 시집이라도 간 거 아녀?
장현	(피실) 연준 도령이면 모를까... 다른 사내에게 벌써 맘이 갔을 리가 없다.
구잠	아니... 길채 애기씨 말구, 종종이요.
장현	(착 째려봤다가 만족스러운 듯 활활 부채질) 남수찬에겐 안된 일이지만, 차라리 잘되었다! 그간 길채 낭자도 고생스레 살며 돈 많은 이장현 생각을 얼마나 자주 했겠느냐? 이제 내가 나타나면, 버선발로 뛰어와 안기고 싶어질걸...(흐흐흐... 요란하게 부채질하는데)

그때, 저만치서 함 사시오, 함 살 사람 없소!! 하며 숯으로 검은 칠
을 한 함진아비의 소리와 둘러싼 구경꾼들. 이를 본 구잠, 흥미 돋
는다.

구잠	어디 함 들어가나 보우. 내 뭐랬수, 난리통에두 할 놈들은 다 하구 산다구 했지? 그저 우리만 거시기에 쉰내

나도록...(하는데)

함진아비 앞으로 작은 술상을 들고 와 대접하는 이, 방두네다!

방두네　　한잔 쭈욱... 드시고 어여 들어갑시다.
구잠　　　어라... 방두네 아녀?

장현, 방두네를 보며 뭔가 불길한 예감에 휩싸이는데,

함진아비　함 못 들어간대도! 색시 얼굴을 보여주면 또 모를까...

구경꾼들, 우하하, 터지는데, 곧, 카랑카랑하고 익숙한 음성 들린다.

길채(E)　　색시 여기 왔소!!(함진아비 앞으로 나서면)
방두네　　(화들짝 말리며) 에휴, 새색시가 어딜 나와요!
장현　　　...!!
길채　　　(방두네 밀치며) 이제 색시 얼굴 봤으니까 당장 들어와
　　　　　　요!

이제 서서히 식어가는 장현의 얼굴. 그때, 종종이가 쫓아 나와 길채
를 말리고, 종종이를 본 구잠의 입이 터진다.

구잠　　　종종아!!

길채, 어쩐지 익숙한 음성에 소리 나는 곳을 봤다가 그대로 얼어붙

는다. 저기, 그리워했던 사내가 서 있다. 도저히 이 상황을 이해할 수 없다는 듯, 혼란스러운 표정으로 길채에게서 시선을 떼지 못한 채.

그 위로 타이틀 오른다.

〈몹시 그리워하고 사랑한 **연인**戀人〉

길채, 저기 선 장현이 정말 실제인지 아닌지조차 가늠할 수 없고. 서로에게 시선을 고정하곤 얼음장처럼 굳은 길채와 장현. 길채, 마치 죽은 사람을 보듯 멍... 장현을 보다가, 한 걸음... 장현 쪽으로 내딛는데, 한순간 장현의 얼굴에 서서히 분노가 스미는가 싶더니, 성큼 몸을 돌려 떠나버린다. 길채, 넋이 빠져나간 얼굴로 위태롭게 멀어지는 장현의 뒷모습을 보기만 하는데.

S#22.   **한양 우심정 마당 / 저녁**
량음이 대청에 음식이 장만된 큰 상을 놓고, 장현이 오길 기다리며 마당을 서성이고 있는데, 문소리 들린다. 드디어 장현이 왔다.

량음   (환해지며) 왔구나. 먼 길 오느라 고생 많았지?(하는데)

장현, 량음을 보지도 않고 가로질러 안으로 가버리고. 구잠, 난처한 기색으로 량음 보더니 분주히 장현 따라가면, 량음, 설마... 하는 얼굴로 뒤따르는데.

S#23.　**한양 길채집 길채방 / 저녁**

불 꺼진 방에 멍... 하니 앉은 길채. 자기가 본 것을 믿을 수 없다. 곧, 조심스레 문이 열리며 종종이 들어와,

종종이	애기씨...(하는데)
길채	너도 봤지? 분명 ....그 사람이지?
종종이	(뭐라 말해야 할지 몰라 눈동자 흔들렸으나 고개 끄덕) 예...
길채	(설핏 옅은 미소) 살아 있었어...!!(곧 결심 선 얼굴로 벌떡 일어서면)
종종이	함 들어왔는데 어딜 가세요!

종종이, 의지를 담아 길채를 강하게 잡는다. 나가선 안 돼요, 애기씨!

길채	(잠시 갈등했으나 박차고 나가고)
종종이	애기씨!

S#24.　**한양 우심정 뒷마당 / 밤**

우심정 뒤뜰 일각, 꽃신이 활활 타고 있다. 보면, 꽃신들을 장작불에 던지는 장현. 장현, 마지막 꽃신 하나마저 던지려다 차마 못 하고 망설이는데,

길채(E)	계세요... 안에, 계십니까?
장현	...!!

S#25. 한양 우심정 별채 마당 / 밤

드디어 마주한 길채와 장현. 길채, 등을 보이고 선 장현에게 천천히 다가간다. 이윽고 장현의 숨소리도 들릴 만큼 가까워지자, 길채, 장현의 등에 가만... 손을 대본다. 손바닥을 통해 전해지는 장현의 온기. 환영도, 헛것도 아님을 확인한 길채의 얼굴에 벅찬 미소가 뜬다.

길채 참으로 도련님이 맞습니다. 참으로 살아 계셨...(울컥하는데)

장현 (뼛속까지 냉정한) 단 하루도, 사내 없인 살 수가 없소?

장현, 그제야 길채를 향해 돌아서는데, 이제껏 길채에게 보인 적 없는 차가운 얼굴이다.

길채 ...!!

장현 묻지 않습니까? 단 하루도 사내 없인 못살겠소? 해서... 그 새를 못 참고 또 혼인을 하려는 게요?

길채 (안색 굳는다. 밉고 원망스럽다) 예, 바로 보셨습니다. 전 단 하루도, 사내 없인 살 수가 없습니다. 사내 없이는, 몸도 마음도 외로워서 견딜 수가 없지요. 왜? 그것이 잘못되었소?

장현 (비아냥) 그리 사내가 좋으면, 내 차례도 한 번쯤 왔어야지. 그저 누구든, 사내가 필요한 거라면, 내게도 한 번쯤 오지 그랬소?

길채 (더욱 상처받아 이젠 완전히 싸늘해져) 다른 사내는 다 되어도 도련님은 안 되지요. 진심이라곤 한 톨도 없는 위인과는 아무것도 나눌 수 없습니다.

하고, 몸 돌려 가버리고, 길채가 눈앞에서 사라지자, 장현, 심장이
툭 떨어져 질끈... 눈을 감고 마는데.

S#26.   한양 길채집 마당 / 밤

달빛을 받은 나뭇가지 그늘이 밤바람에 위태롭게 흔들거린다. 이
를 멍...하니 보고 선 길채. 그때, 원무의 음성이 길채를 깨운다.

원무(E)　　이제 며칠 후면, 부부가 되겠습니다.

길채　　　(퍼뜩 상념에서 깨어 보면)

원무　　　(미소 지으며 다가오더니) 해서 말인데, 혼례 전 낭자
　　　　　얼굴을 남겨두고 싶어. 환쟁이를 불러서 낭자 초상을
　　　　　그려도 될까?(하고 보면 길채의 안색이 어둡다) 어찌
　　　　　안색이...?

길채　　　손님 치르느라 좀 피곤했던 모양이에요.(하고 미소 지
　　　　　어주면)

원무　　　(가만... 길채의 웃는 얼굴을 보다가) 웃으니 좋아. 낭자
　　　　　가 웃으면, 세상 만물도 같이 웃는 것 같거든.

길채　　　(복잡한 표정으로 원무 보고)

S#27.   한양 길채집 앞 / 밤

길채가 원무를 배웅하면, 원무, 헤어지기 아쉬운지 연신 돌아보다

가고. 원무가 완전히 멀어지자, 길채, 기운 없이 몸을 돌리는데, 어둠 속에서 모습을 드러내는 이, 장현이다.

길채   ...!!

S#28.   마을 정자 / 밤

인적 없는 마을 정자. 길채, 속을 감춘, 조금 차가운 얼굴로 장현을 외면하고 섰는데,

장현   그 사람이요? 혼인할 사내가. ...착해 보이더군.
길채   좋은 분이에요. 생명의 은인이기도 하고.
장현   (은인? 그제야 퍼뜩, 일전 섬에서 보았던 원무의 얼굴이 스친다)

(Ins.C)   **7부 3씬**

길채(E)   *우릴 구해주셨군요!*

피투성이가 된 채 쓰러진 장현의 시선 끝, 길채 앞에 선, 원무!

그제야, 길채의 상대가 그 사내임을 알아보며 잠시 핑... 현기증이 이는 장현.

장현   (겨우... 입 열어) 그래서 혼인한다는 게요? 그 사내가 낭잘 구해줘서? 낭자... 내 이제 말하건대, 그날 오랑캐

를 처리한 건... 그 사내가 아니라... 납니다!

길채 일전에 내가 물었을 땐, 섬에 간 적도 없다더니... 이제, 날 구한 게 도련님이다?

장현 (다급해져서 장현답지 않게 구구절절 쏟아진다) 내가 그때 아니라 말한 이유는... 내 말을 믿고 강화까지 간 낭자가 죽을 뻔했단 사실이 너무 미안해서... 부끄러워서...(하는데)

길채 (잠시 보다가 곧 피실... 크크크큭... 웃어버린다) 다른 여인들에게도 이리 얕은 수를 쓰십니까?

장현 ...!!

길채 (다시 싸늘해지며) 어리석게도 도련님을 믿었지요. 잊지 말라던 그 말을, 기억해 달라던 그 말을... 믿었습니다. 헌데... 왜 저를 잊으셨습니까? 심양 여인은 조선 여인과 다른 재미가 있더이까? 해서 그 여인들과 수작 부리느라 나를 까맣게 잊었소?

장현 잊은 적 없소. 난 단 한 번도...

길채 그럼 말을 하셨어야지요. 나 따위는 잊은 지 오래니... 기다리지도, 그리워하지도, 사무치지도 말라고... 말을 하셨어야지요! 난, 그것도 모르고 도련님이 죽은 줄로만 알고...

장현 (놀라) 죽...어?

길채 예! 나는 도련님이 죽은 줄 알았소!! 두 번 다시는... 살아생전, 두 번 다시 볼 수 없을 줄 알았습니다!!

길채, 가버리면, 장현, 얼얼한 표정으로 남는데.

212

S#29.　한양 우심정 마당 / 밤
장현 앞에 종종이와 구잠이 섰다.

구잠	(종종이 툭 치며) 말씀드려!
종종이	그때, 우리 애기씨가 얼마나 울었는지 모릅니다. 털 조끼를 들고서 도련님 이름을 얼마나 부르셨다구요. 다시 돌아오라고, 제발 돌아오라고...(그때 생각에 또 눈물 찍고) 애기씨 그리 우는 건, 저도 처음 봤습니다.
장현	(미칠 것 같은 심정 되어 듣고만 있으면)
종종이	게다가 다른 사람도 아니고, 량음이 분명 도련님이 죽었다고 했다는데, 애기씨가 어찌 의심했겠습니까?
장현	...?!!

S#30.　한양 우심정 내실 / 밤
량음이 넋 놓은 얼굴로 앉아있고.

S#31.　(량음의 회상) 길 일각 / 낮 (10부 11씬 연결)

길채	대관절 무슨 큰 죄를 지었기에...(꾹 누르며) 갈 때... 많이 고통스럽지는 않았겠지?

눈물까지 그렁해진 길채를 보며 놀라는 량음.

량음	(한 순간 극심히 갈등했으나) 예. 다행히.
길채	(눈물진 채로 다행스런 미소) 그래, 그래... 혹, 내게 남긴 말은... 없었는가?
량음	(잠시 갈등하는 눈빛으로 본다)
길채	(간절해지고)
량음	(고개 절레) 없었습니다. 사실 저는 잘 모르겠습니다. 심양에선 장현 되련님을 뫼시던 여인이 따로 있었는지라...
길채	...?!!

S#32. (다시 현재) 한양 우심정 내실 / 밤

량음, 멍하니 앉았는데, 이윽고 드르륵... 문이 열리고, 장현이 들어오는 기척.

장현	(터질 듯한 분노를 꾹... 누른 눈빛으로 량음 보면)
량음	길채 애기씨를 만났을 땐, 이미 다른 사내와 혼인을 약속한 후였어. 그때라도 니가 죽은 게 아니라고 말해줘야 했겠지만... 그러기 싫었어.
장현	...!!
량음	그 여자, 불길해. 차라리 다른 여잘 만나.
장현	뭐?
량음	그 여자 때문에... 너 죽을 뻔했어. 그 여잔... 너한테 상처주고, 결국 널 비참하게 할 사람이야. 이번에도 봐. 그 새를 못 참고 다른 사내랑...(하는데)

순간 장현, 왈칵 량음의 멱살을 잡더니 쿵 소리가 나도록 벽에 밀치며,

장현 너... 도대체 넌...(하며 멱살 쥔 손에 점점 힘이 가면)

량음 후회 안 해. 다시 돌아가도 똑같이 할 거야.

장현 으으... 으으으...!!!

장현, 차마 량음을 때리진 못하고, 퍽...! 량음 옆 벽을 주먹으로 찍는다. 단번에 장현의 손이 뭉개져 피가 흐르고, 장현, 또다시 주먹으로 벽을 치려하자, 놀라 그 손을 잡는 량음.

량음 하지 마, 그만... 형님!!(왈칵 장현을 안았다가 스르르... 무너지며 장현의 다리를 껴안아 붙든다) 잘못했어... 난 그냥... 그 여자 옆에 있으면, 형님이 불행해질 것 같아서... 그래서 그랬어.

장현 ... 불행해져? 넌 몰라. 그 여자가 나한테 뭔지.

량음 ...?!!

장현 (량음 뿌리치며 나가버리고)

S#33. 들판 / 밤

일전 장현과 길채가 입을 맞추었던 들판. 이젠 화사한 꽃 대신, 은근한 달빛이 나리고 있고. 길채, 망연한 표정으로 저만치, 한때, 두 사람이 입을 맞추었던 어디 즈음을 보고 섰는데, 바스락, 기척. 보면, 초췌하고 창백한 얼굴이 된 장현이다.

장현	심양에 일이 있었어. 해서... 일찍 오고 싶었지만 오지 못했어.
길채	일? (피식) 도련님께 전 언제나 뒷전이지요. 내 온전한 마음을 원한다면서, 정작 도련님은 항시 다른 일이 우선이지 않습니까? 하긴... 기다린 제가 모자란 사람입니다. 언제 온다 약조도 없이 간 분 아닙니까?
장현	그러는 낭자는! 낭자는... 내게 한없이 당당한가? 내 분명 말하지 않았소? 그저 말이라도 연준 도령을 잊겠다고만 해주면, 떠나지 않겠다고, 낭자 곁에 있겠다고! 그런 내게, 그리 매몰차게 굴더니... 연준 도령도 아닌 다른 사내와,
길채	...그것이 우리의 운명인 게지요.
장현	...!!
길채	어긋났어요. 이미 늦었습니다. 함이 왔으니 혼인이 성사된 것이나 마찬가집니다.(하고 가려는데)
장현	(턱 잡으며) 이젠 상관없어. 마음속에 남연준을 숨겼든, 정혼할 사내가 있건... 아니, 당신 생각 따위도 상관없어. 당신... 내가 가져야겠어.
길채	(피식, 찬 미소) 이게 이장현이지. 뭐든, 언제든... 제멋대로인 인간.(뿌리치고 가려는데)
장현	(와락 뒤에서 껴안으며) 한 번만... 내게 기회를 주시오. 내... 다시는 그대를 두고 떠나지 않으리다. 다시는 그대를 기다리게 하지 않으리다. 그러니 제발 한 번만... 내게도 기회를... 제발...
길채	...!!

S#34.　**한양 길채집 길채방 / 밤**

촛불도 켜지 않은 캄캄한 방에, 희미한 달빛만 스며있고, 길채가 넋 놓은 얼굴로 가만... 앉았다.

(Ins.C)　　**10부 33씬 연결**

길채　　(장현에게 안긴 채 격하게 동요하는 눈빛)

장현　　(길채 돌려 세워 눈 맞추며) 배편을 준비하리다. 나와 함께 떠납시다.

장현과의 대화를 떠올리며 미동도 없이 앉은 길채. 서서히 여명이 스며들고 있다.

S#35.　**한양 길채집 길채방 + 마당 / 낮**

후두둑... 눈물을 흘리는 길채, 그 옆에서 놀란 얼굴이 된 은애.

은애　　장현 도령이... 살아 있었어?

길채　　나랑 떠나재. 꿈도 야무지지. 이젠 강화에 우릴 구하러 왔었다고 거짓말까지 하더라. 하지만 늦었어. 이제껏 제멋대로 몇 번이고 훌쩍 떠나버린 사람이야. 헌데 뭘 믿고 따라가? 안 가, 절대 안 가!

그리고 언제 왔는지 마당에 서서(혹은 문 앞에서) 두 사람의 대화를 듣는 이, 연준이다.

연준   (충격 받은 표정이 되었고)

S#36.   한양 우심정 앞 / 낮

장현이 우심정으로 들어서려는데, 누군가의 기척. 장현, 돌아보면,
반갑고 안타까운 여러 감정이 섞인 얼굴로 선 연준.

연준   살아... 계셨습니다!

S#37.   한양 우심정 마당 / 낮

우심정 마당 일각에 장현과 연준이 마주했다.

연준   우리 모두 장현 도령이 죽은 줄로만 알았습니다. 이리
            살아계시다니 참으로 다행...(하는데)

장현   왜 오셨소?(하고 보면)

연준   ... 길채 낭자와 떠나자 하셨습니까?

장현   (낯선 얼굴로 보면)

연준   내가 아는 이장현은 바람 같은 사내지요. 지금 길채 낭
            자에게 머문다 한들, 또 맘 가는 곳으로 떠나버리면, 길
            채 낭자는 어찌해야 합니까?

장현   뭐?

연준   그대는 길채 낭자에 대해 아무것도 모르십니다. 길채
            낭자는... 누구보다 책임감이 강한 여인이요. 모든 것을
            버리고 연모하는 이를 쫓아간다 해서 행복할 수 있는

성정이 아닙니다. 길채 낭자를 흔들어 가족들을 슬프게 하면, 그건 곧 길채 낭자를 불행하게 하는 일입니다.

장현 혹, 길채 낭자가 온전히 내 사람이 될까... 두려운 건가?

연준 (당황) ...무슨...?

장현 자네도 알고 있었지? 길채 낭자가 그댈 연모했었다는 걸.

연준 ...!!

장현 자네는 그런 길채 낭자를 외면하고 은애 낭자와 혼인했어. 왜? 길채 낭자 같은 여인을 감당할 자신이 없었거든. 하지만 여전히... 길채 낭자의 마음 한켠엔 자네가 있을 것이라 기대하고 있었던 게 아닌가? 그러니 뻔뻔하게 아직까지 길채 낭자 근처에서 얼쩡거리면서...

순간 장현에게 주먹을 날리는 연준.

연준 (주먹 쥔 손을 부르르... 떨며 분을 삭이고)

장현 (피실... 입가 닦으며) 호오... 주먹도 쓸 줄 아시오?

연준 그동안 어디 있다 이제 나타나서, 길채 낭자를 가족들로부터 떼어놓으려 하시오?

장현 (끙... 일어서며) 그래서 그 죗값을 치르는 중이야.

연준 ...!

장현 나도 한때는 길채 낭자 마음에서 자넬 온전히 몰아내고 난 후에, 내 사람을 만들겠다 욕심 부린 적이 있어. 하지만 안 되겠어. 이젠 반쪽짜리든 반의 반쪽짜리든... 길채 낭자를 내 곁에 둬야겠어.

장현과 연준의 눈빛이 쨍, 만나고.

S#38.   한양 길채집 마당 / 밤

혼례식 전날, 호롱불을 환히 밝힌 채, 대청이며, 마당 곳곳에 손님을 치르며 북적거리는 길채의 집. 교연과 길채, 원무, 연준, 은애, 영채, 대오, 방두네, 박대 등등 모두 모여서 술 마시며 즐기고, 길채, 분위기 맞추며 담소 나누면서도 언뜻언뜻 수심이 비친다. 연준과 은애, 그런 길채를 조금 근심하는 표정으로 보는데, 결국, 잠시 자리를 뜨는 길채.

S#39.   한양 길채집 별채 마당 / 밤

왁자하게 떠드는 소리가 멀게 들리는 별채 마당. 길채, 마당 일각에 서서 달을 올려본다. 이 혼란스러운 마음을 어찌해야 할지... 그러다 작게 고개를 저으며 이제 끊어내야 해, 하고 돌아가려는데,

장현(E)	하나만 묻지.

화들짝 돌아보면, 장현이다!

길채	(놀라) 무슨 짓입니까?
장현	(한 걸음 다가오며) 날... 모른 척 살아갈 수 있소?
길채	...!!

S#40.　한양 길채집 마당 / 밤

여전히 왁자하게 술이 오가고, 교연이 흥이 나는지 덩실덩실 춤을 추고, 제남이도 꺄르르... 손뼉 치며 노는데, 원무 웃다가 문득, 길채가 늦어지는 듯하여 별채 쪽을 본다. 일어서는 원무. 은애, 이런 원무가 조금 불안하고.

S#41.　한양 길채집 별채 마당 / 밤 (10씬 39씬 연결)

장현	그대가 다른 사내와 행복할 수 있다면 돌아가리다. 나 아닌 다른 사내를 원한다면... 다시는 미련 두지 않겠소. 하지만 그게 아니라면...(손 내밀며) 나와 갑시다.
길채	...!!
장현	지금 이 손을 잡지 않으면 내 낭자를 떠나... 다시는... (목소리가 떨린다) 낭자 앞에 나타나지 않겠어.

S#42.　한양 길채집 일각 / 밤

길채를 찾아 나선 원무. 별채 마당 쪽에서 뭔가 소리를 듣고 별채 쪽으로 향한다. 원무를 뒤따라 온 은애, 원무가 사라진 쪽으로 따라가고.

S#43.　한양 길채집 별채 마당 / 밤 (10부 41씬 연결)

장현의 도발. 하지만 길채, 잠시 장현을 보다가 깔깔깔 웃어버린다.

장현	...?!!
길채	여전하십니다. 도련님을 못 본다 하면 내가 겁이라도 낼 줄 알았습니까? 도련님은 항시 이렇지요.
장현	...!!!
길채	그 잘난 혀로 날 희롱하며, 안절부절못하게 하고, 기다리게 하고, 애태웠어요. 그때마다 내 기분이 어땠는지... 생각은 해 봤습니까?
장현	아니... 날 기다리게 한 건 낭자야. 난 낭자를 알아. 무엇이든 손에 쥐면 시시해하는 여인이지. 낭자가 연준 도령을 오래 품은 이유가 무엇인가? 잡히지 않는 사내라서였어. 아닌가?
길채	...!!
장현	나 역시 쉽게 잡히면 금방 시시해할 거라 여겼어. 해서... 결심했지. 낭자에게 잡히지 않는 사내가 되겠다고 말이야.
길채	그래서 피난길에 날 버려두고 떠났습니까? 다정하게 입 맞추고 내동댕이쳤습니까?
장현	버린 게 아니야, 밀쳐낸 게 아니야...
길채	(울컥) 난... 여기 있었어요. 한시도 떠나지 않고 여기!! 매일같이 도련님을 기다리고 그리워하면서...
장현	(먹먹...) 참으로 나를... 기다렸소? 날... 그리워했소?
길채	아니, 이젠 아니야. 기다리지도 그리워하지도 않아. 평생 미워할 거야, 죽을 때까지 미워할 거야. 당신도 나처럼 울며 기다리다 시들어 버려!
장현	(미칠 듯한 심정이 되어 왈칵 길채를 안고)

길채	(쓱... 눈물 훔치며 밀쳐낸다) 가요. 뒤도 돌아보지 말고 가세요. 그게 도련님이 가장 잘하는 일이지요. 이젠 속 지 않아. 다시는, 두 번 다신...!
장현	낭자가 주는 벌을 받고, 낭자 손에 죽겠어. 그러니 갑시 다! 나와... 제발!!

어찌 못할 격정에 휩싸이는 장현과 길채. 그때, 바스락 소리. 길채, 놀라서 홱 보면,

S#44. **한양 길채집 별채 / 밤**
원무가 별채의 문턱을 넘으려는 순간,

은애(E)	종사관 나리!!
원무	(돌아보면)
은애	다들 찾습니다.
원무	예.(하고 은애에게 가려다가 문득 다시 돌아보는데)

보면, 텅 빈 별채 마당 일각, 길채의 신 한 짝이 떨어져 있다.

원무	낭자...!

그 위로 말 달리는 소리.

S#45. 길 일각 / 밤

장현이 앞에 길채를 태우고 달리고 있다. 신 한 짝만 신은 채, 장현의 앞에 탄 길채.

S#46. 한양 길채집 대청 / 밤

횃불들이 훤하게 길채의 대청 앞마당을 밝혔고, 길채의 집이 발칵 뒤집혔다.

교연	오랑캐구나, 오랑캐가 우리 길채를 잡아갔어!!!
제남	누님... 누님!!! (엉엉 울고)
대복	(제남이 울자 따라 울고)

역시 창백해진 은애와 연준 등. 곧, 원무가 부하들을 대동하고 바삐 들어와 묻는다.

원무	아직입니까?
연준	(고개 끄덕)
원무	필시... 무슨 일이 생긴 것입니다. 근자에 부녀자를 납치하는 일이 혼하지 않습니까?
은애	...!
원무	다시 집 주변을 샅샅이 뒤져라!!
부하들	예!!

곧 원무가 부하들을 우르르... 끌고 나가고, 은애와 연준, 종종이 등,

이를 보며 불안해지는데.

S#47. 도주하는 장현과 길채, 추격하는 원무의 부하들
- 길 일각 / 밤
길채를 앞에 태우고 말을 달리는 장현.

- 길 일각 / 밤
역시 말을 달려 추격하는 원무와 부하들.

- 길 일각 / 밤
달리는 길채와 장현. 길채, 문득 돌아보면, 사뭇 긴장한 장현. 하지만 길채에겐 옅은, 행복한 미소가 떴다.

- 길 일각 / 밤
원무와 부하들, 일각에 멈춰 서서 행인들에게 말을 묻고.

- 길채집 마당 / 밤
초조하게 기다리는 은애와 방두네 등. 그리고 뒤편 종종이, 슬슬... 눈치를 살피다가 뒤로 빠져 사라진다.

S#48. 마을 정자 / 밤
주변을 살피며 정자로 온 종종이, 저편에서 초조하게 기다리던 구잠이 벌떡 일어난다.

종종이	구잠아!
구잠	얘기 길게 못 해. 난 지금 삼강 나루터로 간다. 늬 애기 씨도 그리로 올 거야.
종종이	...!!
구잠	그러니까 이왕이면 너도... 같이 가자.
종종이	어, 어떻게 그래...
구잠	뭐가 어떻게! 와라, 꼭 같이 와!(하고 가다가 돌아오더니, 쪽, 종종이 이마에 입 맞춘다) 약속한 거야!!(다시 바삐 가면)
종종이	...!!

S#49. 주막 / 밤

주막 앞에 선 길채와 장현. 길채를 뒤로하고, 장현이 안으로 들어서면, 막 부엌에서 나오며 맞는 주인.

장현	방 있는가?
주인	봉놋방은 있으나...(하고 눈을 가늘게 뜨고 뒤편 길채를 보면)
길채	(쓰개치마도 없어 몸을 외로 돌리고 섰는데, 신 한 짝만 신고 있다)
장현	다른 자들과 방을 쓸 순 없소.(하고 돈을 두둑이 챙겨주면)
주인	허면 우리 쓰는 방을 비워드려야지요!(문 열고) 방 비워, 귀한 손님 오셨어! 이쪽으로 드십시오!!

S#50.　주막 방 안 / 밤

장현이 들어와, 방의 지저분한 것들을 치우는 사이, 곧 문이 조심히 열리더니 길채가 들어온다. 장현, 얼른 방석을 털어 길채 앞에 놓는데, 천하 두려울 것 없던 이장현이 어쩐지 조금 긴장하고 있다.

길채, 장현이 놓아준 방석 위에 앉으면, 조금 떨어져 마주 앉는 장현. 작은 방 안에 단둘만 덩그러니 있다. 두 사람, 새삼 어색한데, 불쑥 문이 열리더니, 주인이 빼꼼 얼굴을 내민다.

주인	보아하니 귀한 댁 애기씨 같은데 쓰개치마두 아니 쓰시구... 혹... 몰래 야반도주라도 하시는 건가...(떠보면)
길채	야반도주라니? 내 서방님일세!!
주인	그렇지요? 헤헤...(나가면)

길채, 후... 안도하고 장현 봤다가 당황한다. 보면, 장현이 빙그르... 웃고 있다.

길채	왜 웃습니까?
장현	아니... 그냥.(하며 실실)
길채	왜 웃으시냐구요!!
장현	(괜히 웃기만 하고)

S#51.　동장소 / 밤

불 꺼진 주막 방 안. 길채가 안쪽에 벽을 보고 장현에게 등을 보인

채 모로 누워있고, 문 앞 쪽 벽에 기대어 앉은 장현. 장현, 요동도 없는 길채의 뒷모습을 보다가,

장현	자리가 불편하지? 잠시 여기서 눈만 붙이시오. 구잠이가 나루터에서 우릴 기다리고 있어. 그러니 날이 밝으면...(주절주절 했으나, 길채가 자는 듯하자 말을 멈추곤) 잘 자시오.
길채	(잠이 들었는지 조용...하고)
장현	(그제야 길채의 새까매진 한쪽 버선이 눈에 들어온다)

S#52. 주막 마당 / 밤

주막 마당, 타고 온 말에 메어놓았던 함을 여는 장현. 그 안에 길채에게 줄 꽃신이 들어있다.

S#53. 주막 방 안 / 밤

여전히 길채는 고요히 누웠고, 장현이 들어와 조심히 길채의 발치로 간다. 길채의 발에 가만... 꽃신을 대어보는 장현. 발에 꼭 맞는 듯하자, 흐뭇해지는데, 문득 시선을 느끼고 보면, 뜻밖에 길채가 눈을 땡그랗게 뜨고 보고 있다.

장현	(...!!)
길채	제 서방이 되실 겁니까?
장현	(흠흠... 앉으며) ...하는 것 봐서. ...이제 잡은 물고기니,

내 맘이지.

길채   (욱해서 벌떡 일어나며) 뭐라구요?!!(하는데)

장현   (길채의 허리를 잡아 왈칵 당겨 안으며) 서방이라니...
가당치도 않지.

길채   ...?

장현   난 이제 낭자의 종이 될 테요. 내 몸도 낭자의 것, 내 마
음도 낭자의 것, 내 심장도 낭자의 것.

길채   (벅차고 행복한 미소가 뜨는데 그때)

은애(E)   길채야...

화들짝 놀라 보는 장현과 길채.

S#54. 주막 마당 / 밤

길채가 나와 보면, 마당에 은애와 종종이다!

길채   ...!!

종종이   애기씨...!

은애, 길채를 보고 크게 안도하는데, 길채 뒤로 모습을 보이는 이,
장현이다!

은애   ...!!

S#55.   한양 길채집 마당 / 밤

길채를 찾던 원무의 부하들이 우르르... 들어오고, 잠시 후, 원무가 이끌던 다른 부하들도 우르르... 들어와 부하들에게 묻는다.

원무　　아직, 못 찾은 것이냐!!

부하들, 고개 저으면 원무, 불안하여 어쩔 줄 몰라 하는데, 그때, 부하들 중, 일전에 함진아비를 했던 부하1, 잠시 망설이다 나선다.

부하1　　헌데 일전 함 보내던 날... 이상한 일이 있었습니다.

원무　　이상한 일이라니?

부하1　　신부가 어떤 사내를 알아보곤 크게 놀랐습니다. 무슨 사연이 있는 듯하여...

원무　　뭐? (하는데)

부하1　　(주변을 둘러보다가 박대를 알아보고 끌어낸다) 너도 봤지? 분명 신부가 웬 사내를 보고 놀라 뻣뻣해지지 않았는가?

박대　　저, 저는 모르는 일입니다.

원무　　아는 대로 고하게.

박대　　참으로 모른다니까요! 죽었다 살아왔다구 말만 들었지, 보지도 못했고! (하는데)

방두네　　(화들짝 입이라도 틀어막고)

연준(E)　　(벼락같은 호통) 박대야!!!

보면, 연준이 이제껏 보지 못했던 노기에 찬 얼굴로 호통을 치며 들어온다.

연준   네 이놈, 무슨 헛소리를 하는 게야!!

순간, 원무와 연준의 눈빛이 쨍! 만난다. 충격을 받고 온몸으로 진위를 묻는 원무와, 그런 원무의 반응이 두려워 흔들리는 연준의 눈빛에서.

S#56.   주막 방 안 / 밤
주막 방 안에 마주한 길채와 은애.

길채   어떻게 알았어?

은애   종종이가 구잠이한테 들은 게 있대서. 혹시나 했는데... 다행이야. 구종사관이 사람들을 풀어서 널 찾고 있어. 그러니... 삼강 나루터 쪽으론 가면 안 돼.

길채   그냥... 욕해도 돼.

은애   (깊게 본다) 내가 널 어떻게 나무래.

길채   (눈물 그렁해지면)

은애   (손으로 길채의 눈물을 닦아주며) 걱정 마. 뒷수습은 나한테 맡겨.

그렁그렁해진 눈으로 길채를 보는 은애와 속울음을 참는 길채의 눈빛이 만나고.

S#57. 주막 마당 / 밤

마당에서 초조하게 서성이는 장현. 이윽고 은애가 나오면,

장현　　　(조금 두려운 얼굴로 보고)

은애　　　(복잡한 표정으로 장현을 마주 보는데)

S#58. 주막 방안 / 밤

곧 문이 열리며 퉁퉁 눈이 부운 종종이가 봇짐을 가지고 들어온다.
종종이 눈물 꾹 참으며 봇짐을 챙겨준다.

종종이　　장현 도련님 또 훌쩍 딴 데로 가버리면 어쩌시려고 이
　　　　　　리 무모하게...

길채　　　...

종종이　　애기씨 아끼는 옷 몇 벌 챙겨 왔어요. 쓰개치마도 못 챙
　　　　　　기셨죠?

길채　　　... 자리 잡히면 데리러 올게. 지금은...

종종이　　(눈물 꾹... 참으며 고개 절레) 아니에요. 저까지 따라가
　　　　　　면 애기씨 소문만 고약해지죠 뭐.(했다가 결국 눈물 터
　　　　　　진다) 꼭 데리러 오셔야 돼요. 시집도 안 가고 기다릴
　　　　　　거예요!!

길채　　　(종종이를 꼭... 안아주면)

종종이　　(엉엉 눈물 터지며) 애기씨...

S#59. 한양 길채집 사랑채 / 밤

사랑채 안에 마주한 연준과 원무. 두 사람 사이 무거운 침묵. 이윽고 원무가 입을 연다.

원무	죽었다던 그 사내가... 정말 살아 돌아왔습니까?
연준	... 설마하니 길채 낭자가 그자를 따라갔을 리가 있겠습니까?
원무	아시지요? 본시 나라법에 남편이 간통한 부인과 사내를 죽이는 것은 죄가 아니오.
연준	...?!! (원무의 살기를 느끼며 얼어붙고)
원무	(벌떡 일어서며) 이미 함이 갔으니 길채 낭자는 내 부인이나 마찬가집니다. 만약 길채 낭자가 그자를 따라간 것이 사실이라면, 내, 그자는 죽여 본을 보이고, 반드시 낭자를...
연준	(화급히 잡고 매달리며) 구종사관!!
원무	(연준을 뿌리치고 나가고)

S#60. 길 일각 / 밤

초롱을 든 종종이가 앞장서고, 그 뒤로 걷는 은애와 장현. 장현이 은애와 종종이를 배웅하고 있다. 이윽고 길 일각에 이르러,

은애	이제 그만 돌아가세요.
장현	미안합니다. 이런 모습으로 길채 낭자를 데려가고 싶진 않았는데... (하는데)

| 은애 | 길채가 얼마나 도련님을 그리워했는지, 제가 제일 잘 압니다. 그러니 오늘은 좋은 날이지요.(그렁...) 우리 길채, 행복하게 해주세요! |

S#61. 한양 길채집 앞 / 밤

은애를 기다리며 초조하게 서성이는 연준. 마침, 저편에서 길채를 만나고 돌아오는 은애와 종종이 온다. 연준, 얼른 다가가면, 퉁퉁 부은 얼굴로 연준 보는 은애.

연준	부인!
은애	(연준을 보곤 참던 울음이 터져 안긴다) 서방님...
연준	(은애를 안아주며) 허면...?
은애	예. 이제 길채는 장현 도련님과...(말을 맺지 못하고 울면)
연준	(...!!) 결국... 그리 되었습니까?
은애	(끄덕이며 더욱 서럽게 우는데)
연준	잘된... 일입니다. 길채 낭자가 원하는 것이니...

하면서도 연준의 표정이 복잡해진다. 예상치 못한 상실감에 당혹스러워지는 연준.

S#62. 주막 방 안 / 새벽

새벽 동이 어스름하게 밝아오고, 나갈 채비를 하는 장현.

장현	삼강 나루터는 아니 된다니, 진못길로 가서 배와 사공을 구해보겠소.
길채	(종종이가 준 쓰개치마 챙기며) 같이 가요.
장현	새벽바람이 찹니다. 여기 있어요.(하고 나가려는데)
길채	보세요.(장현이 돌아보자) 난 함까지 받은 여자예요. 나중에 세상 사람들이 저보구 헌 여자라고 손가락질하면 어쩌나요?
장현	...두렵소?
길채	별루. 난 못 본 척할 수 있어요. 하지만 나중에 도련님이 뻔뻔하다구... 내가 미워지면 어쩌지요? 그래서 또 훌쩍 떠나버리면...
장현	(곧 진지해진 표정으로 다가와 길채 앞에 앉는다) 뭘 모르는군. 난... 낭자가 뻔뻔해서 좋아.
길채	...?!!
장현	(잠시 애틋하게 보다가) 그럼 다녀오리다!(하고 경쾌하게 나가고)

CUT TO

조금 혼란스러운 표정으로, 장현이 떠난 방에 앉아 장현을 기다리는 길채. 문득 일각에 놓인 새 꽃신을 신어본다. 길채의 발에 꼭 들어맞는 꽃신. 길채, 절로 빙그레... 미소가 뜨는데,

(Ins.C) **주막 방 안 / 밤** (10부 58씬 연결)

종종이와 마주한 길채.

길채	아버지는?
종종이	에휴, 마님이야 오랑캐가 애기씨 잡아갔다고 또 난리 나셨죠. 걱정 마세요. 방두네가 잘 지키고 있을 거예요.

S#63.   동장소 / 아침

장현이 밝은 얼굴로 벌컥 문을 여는데, 뜻밖에 길채는 없고 서한만 놓여 있다. 놀라, 서한을 펴는 장현.

길채(E)	아버지께 인사를 드리고 오겠으니, 먼저 나루터에 가 계세요.
장현	...!!

S#64.   길 일각 / 낮

장현이 선물한 꽃신을 신은 발이 종종거리며 서성인다. 길채다. 보면, 저편에서 또 전처럼 헤매며 길채를 애타게 찾는 교연. 눈물범벅에 머리까지 산발하여 참으로 못 볼 꼴이 되어있다.

교연	길채야... 길채야... 우리 길채를 찾아주시오. 오랑캐가 우리 길채를 잡아갔소이다. 이놈 오랑캐야, 우리 길채를 내놓아라!!

교연이 행인들을 붙들며 귀찮게 하자, 행인들 교연을 밀치고, 나동그라지는 교연. 길채, 안타까워 애가 타는데, 교연, 끙... 일어서더니,

또 길채를 부르며 떠난다. 길채, 그 뒤를 조심히 밟는다.

S#65.　　산 일각 / 낮

인적이 없는 산 일각에 들어선 교연, 길채를 애타게 부르다 가파른 길에 가까워진다.

교연	길채야... 길채야!!!(하다 발을 헛디뎌 넘어지려는 찰나)
길채	아버지!!

얼른 교연을 붙드는 길채. 눈물범벅된 교연이 눈을 꿈뻑... 하며 길채를 보고.

S#66.　　개울가 일각 / 낮

개울물에 교연의 얼굴을 닦아주는 길채. 교연, 아이처럼 헤헤... 웃으며 길채가 세수 시켜주는 것을 받는데, 길채, 손수건을 꺼내 얼굴을 닦아주며,

길채	아버지, 전 오랑캐에게 잡혀가지 않아요. 헌데 잠시 다녀올 곳이 있어요. 그러니 제 걱정은 마시고... 밥은, 밥을 꼭... 드셔야 해요.
교연	밥?
길채	예, 밥! 밥 안 드시면 저 안 올 거예요.
교연	(끄...덕)

길채	그리고... 이젠 저 찾으러 혼자 돌아다니시면 안 돼요. 집에 계셔야 해요.
교연	집... 능군리 가는 거냐?
길채	(보다가) 예, 능군리에 다녀올 거예요. 그러니... 집에서 기다리세요!

그때, 저편에서 교연을 찾는 시종들의 소리. 어르신... 어르신!!

길채	(화급히 일어서려는데)
교연	(틱, 잡으며) 길채야...
길채	...?!!

S#67. 나루터 / 낮

작은 배와 늙은 사공이 있는 나루터. 구잠이 사공에게 값을 치르며 뭐라 뭐라 하는 사이, 일각에서 설레는, 하지만 조금은 불안한 마음으로 서성이며 저편을 보는 장현. 그사이, 다른 이들이 배에 올라 출발하고.

S#68. 길 일각 / 낮

장현의 꽃신을 신은 길채가 장현이 기다리고 있는 나루터로 잰걸음을 걷는다. 주변을 살피고, 쓰개치마를 더욱 푹 눌러 쓰고.

S#69.　　나루터 / 저녁

날이 저물고 있다. 이제 나루터에 사람이 거의 없고, 앉아서 조는
사공. 하지만 장현, 여전히 길채를 기다리며 서성이는데 저편 등걸
에 앉아 나뭇가지 따위를 똑똑 분지르는 구잠. 구잠, 몹시 속이 상
한 표정.

장현	거 좀... 조용! 조용히 있을 수 없겠냐?
구잠	다시 올 것 같아요?
장현	뭐?!!
구잠	날 텄어요, 날 텄어!(절레절레) 헛똑똑이라니까. 저래
	순진해서...
장현	...?!!

장현, 불안해서 저 편을 보고.

S#70.　　길 일각 / 저녁

구잠의 장담과 달리 길채, 부지런히 장현과 약속한 나루터로 가고
있다. 길채의 잰걸음이 점점 빨라지는데.

S#71.　　한양 길채집 사랑채 / 저녁

눈물이 그렁... 맺힌 채, 길채의 화상을 보는 원무. 그림 속 길채는
마냥 잔잔한 미소를 띠고 있고.

S#72.   (원무 회상) 한양 길채집 마당 / 낮

교연이 길채를 찾으러 간다고 몸부림을 치면 방두네와 박대가 '아이구 마님!!' 하고 잡으며 애를 쓰는데, 곧 원무가 부하들을 데리고 들어온다.

원무   (눈짓하면 방두네 읍하고 사라지고 이제 부하들이 교
        연을 붙드는데, 원무, 가만... 교연 보다가 혼잣말처럼)
        어쩌면... 길채 낭자가 아버님은 한번 뵈러 올지도 모르
        겠습니다.

원무, 눈짓하자 부하들이 교연 잡은 손을 놓고. 교연, 곧, '길채야!!'
하며 밖으로 뛰쳐나간다.

S#73.   (원무 회상) 산 일각 / 낮 (10부 66씬 연결)

교연과 마주한 길채, 저편에서 원무의 시종들이 '어르신!' 부르는
소리에 벌떡 일어선다. 헌데 서둘러 쓰개치마 쓰고 돌아서려던 길
채의 안색이 한순간 창백해진다. 보면 저만치... 길채를 보는 이, 원
무다!

길채   ...!!
원무   (한 걸음 길채에게)
길채   (뒤로 한 걸음 물러서며 고개 젓는다. 오지 마세요... 하
        는 듯)
원무   (...!!)

길채	(원무에게 시선을 둔 채, 다시 한 걸음 뒤로)
원무	(충격을 받아 온몸이 굳고)
길채	(그대로 한 걸음, 한 걸음 뒤로 물러나더니 곧 완전히 몸을 돌려 빠른 걸음으로 가버리고)

차마, 더 움직이지 못하는 원무, 피눈물을 삼키며 그대로 굳어버리는데.

S#74.   (다시 현재) 길 일각 / 저녁

잰걸음으로 걸으며 원무와의 짧은 만남을 떠올리는 길채. 이미 길채의 마음에 시작된 균열. 하지만 길채, 절대 무너지지 않겠다는 듯 더욱 걷는 속도를 올리는데.

S#75.   (길채의 회상) 산 일각 / 낮 (10부 66씬 연결)

'어르신' 찾는 소리에, 벌떡 일어서는 길채. 길채, 몸 돌려 가려는데, 턱, 잡는 교연.

길채	(...!! 의아하여 보면)
교연	(한순간 완연히 치매기가 사라진 예전의 교연 되어) 우리 길채... 그간 고생 많았지? 이제 애비 걱정은 말거라...
길채	...!!

S#76.   (다시 현재) 길 일각 / 밤

잰걸음으로 걷다가 결국 멈춰 서고 만 길채, 먹먹한 표정이 되었다.
한참을 그렇게 섰는가 싶더니, 다음 순간 후두둑... 눈물이 흐르고.

S#77.   나루터 / 새벽

서서히 동이 트고 있다. 장현, 절망스런, 하지만 희망을 버리지 못
한 마음으로 저편을 보는데, 구잠, 그런 장현을 더는 못 보겠다는
듯 고개 저으며 배 안으로 들어가 버리고.

S#78.   한양 길채집 마당 / 새벽

길채집 마당으로 들어서는 사내의 발, 원무다. 원무, 이제는 이곳에
없는 길채를 생각하며 길채의 방을 하염없이 보는데, 뜻밖에 섬돌
위에 놓인 길채의 신. 원무, 의아해한 순간, 문이 드륵... 열리더니,
길채가 머리를 매만지며 나온다.

원무   (멍... 해져 보면)

잠시, 얼어붙은 원무와 역시 많은 말들을 품은 길채의 눈빛이 만나
고. 곧 길채가 정적을 깨고 아무렇지도 않게 말 건다.

길채   일찍부터 어쩐 일이셔요? 오신 김에 아침 드시고 가세
           요.(싱긋 웃으며 부엌 쪽으로 가고)

원무   (...!! 곧 울컥, 눈물 고인 미소가 뜨는데)

S#79. 한양 길채집 부엌 / 새벽

종종이가 눈물을 찍으며 부뚜막에 쪼그리고 앉아 멍하니 타는 불을 보고 있는데, 누군가 다가와 솥뚜껑을 여는 기척, 길채다.

길채   곰국 좋네.(하는데)

종종이   (스르르... 일어나) 애기씨...

다음 순간, 왈칵 길채를 안으며 펑펑 우는 종종이. 길채, 종종이를 토닥여주는데, 마침, 부엌에 들어선 은애가 길채를 보고 놀란다. 길채와 은애의 눈빛이 만나고,

은애   (입 모양으로 '왜...?' 하고 물으면)

길채   (작게 고개 젓는다. 도저히 갈 수 없었다는 듯)

길채의 선택을 이해한 은애, 왠지 눈물이 고이는데.

S#80. 한양 길채집 마당 / 낮

전을 부치고, 고기를 삶는 등, 혼례 잔치 준비로 들썩이는 길채의 집 마당. 교연은 다시 덩실덩실, 제남이 대복이와 놀아주며 웃고. 길채, 그런 제남과 교연을 보다가 은애와 담소를 나누면, 조금 떨어진 곳에서 이 모습을 보며 덩달아 행복해진 원무. 원무가 길채 곁으로 다가와 뭐라 말 걸자, 길채 역시 미소로 응대하고, 길채의 자연스런 미소에 원무의 안색이 환해지는데, 멀리서 이런 길채를 지켜보는 시선이 있다. 장현이다.

장현, 원무를 향한 길채의 싱그러운 미소를 하염없이 본다. 저 여인은 진실로 나를 버리는가, 내게 오지 않는 것인가... 하며.

그리고 웃으며 집 안 사람들이 들썩들썩 흥겨워하는 것을 보다가, 뒤편 어딘가에서 자신을 지켜보고 있는 장현을 느끼는 길채. 길채, 목울대가 울컥... 맺히지만, 돌아보지 않는다.

이윽고 장현이 몸을 돌려 돌아서고, 그제야 돌아보는 길채. 저만치 장현이 위태로운 뒷모습을 하고 멀어지고 있다.

S#81.　길 일각 / 낮

넋이라도 놓은 듯한 얼굴이 된 장현이 가고 있는데, 장현을 부르는 음성.

종종이　　도련님! 장현 도련님.

장현, 돌아보면, 종종이가 미안한 표정으로 품에서 비단 주머니를 내민다.

종종이　　애기씨께서...

S#82.　나루터 / 낮

장현이 탄 배가 드디어 물 위에 떴다. 일각에 서서 일렁이는 물결을 보는 장현. 그 손에 들린 길채의 서한과 길채가 돌려보낸 꽃신. 이미 서한을 읽은 후인 듯, 가늠할 수 없는 장현의 표정. 슬픈 건지, 화난 건지...

길채(E)　　잠시 흔들린 것은 사실이나, 저는 모든 것을 버리고 도련님을 따를 만큼 도련님을 믿지도, 연모하지도 않습니다. 혹여, 짧은 정이라도 남아있다면, 저에 관한 것은 다 잊어주십시오.

결국 장현, 꽃신과 서한을 바다에 툭, 떨궈 버린다. 잠시 떠 있는가 싶더니 그대로 물결에 휩쓸려 저만치 멀어지는 꽃신. 이제 장현, 상처 입은 차가운 눈빛이 되어 꽃신과 서한이 가라앉는 모양을 본다.

그리고 일각, 점점이 멀어지는 장현의 배를 지켜보는 다른 시선, 길채다. 장현에게 냉정하게 서한 보낸 것과는 달리, 애절한 길채의 속마음.

길채(N)　　내가 미웠던 적이 있으시오... 하고 물으니, 답하셨지요. 그대가 나를 영영 떠나던 날, 죽도록 미워 한참을 보았네. 헌데 아무리 보아도, 미운 마음이 들지 않아... 외려 내가 미웠어.

강바람에 부대끼는 길채의 치맛자락. 덩달아, 주체할 수 없이 요동하는 길채의 마음.

길채(N) 그리곤 제게 물으셨지요. 야속한 사람, 내 마음을 짐작
이나 하였소...? 이제 말하건대... 차마 짐작지 못했습니
다. 그저, 내 마음이 천 갈래 만 갈래 부서져, 님만은 나
같지 마시라... 간절히 바랄 뿐.

멀어지는 장현을 태운 배, 이를 지켜보며 두 눈 가득 눈물이 고인
길채.

그리고 다른 일각, 멀어지는 장현을 보는 또 다른 시선 있다. 량음
이다. 울 것 같은, 하지만 차마 눈물도 흘리지 못한 채, 버림받은 아
이 같은 얼굴로 선 량음.

(Ins.C)　**(량음의 회상) 한양 우심정 내실 / 낮** *(10부 80~81 씬 사이 시점)*
떠날 채비를 마친 장현이 옷매무새를 만지고 있으면, 마치 처분을
기다리는 사람처럼, 장현의 갓을 들고 선 량음.

량음 심양에...*(하는데)*

장현 *(량음에게서 갓 가져와 쓰며)* 넌, 조선에 남고 싶다면...
남아도 좋아.*(짧게, 하지만 냉정한 눈빛으로 잠시 량음
보더니 나가버리고)*

구잠 ...뭐, 뭔 일이야...*(난처하게 량음 봤다가 장현 따라 나
가고)*

량음 *(얼얼해진다. 결국, 날... 버리는 건가...)*

량음, 두 눈 가득 그렁해진 눈물이 막 쏟아질 찰나, 뭔가를 보고 안

색 식는다. 보면 저편, 자신처럼 애틋하게 장현을 떠나보내는 길채. 길채를 보는 순간, 싸늘해지는 량음. 장현과의 이별이 마치 길채 때문이라는 듯, 스멀스멀 피어오르는 분노. 그 위로, 마른 들판을 달리는 말발굽 소리.

S#83. 심양 들판 / 낮

뜨거운 땡볕 아래 말을 달리는 사람들. 보면 저편, 필사적으로 도망치는 포로들. (12부 66씬 재구성. 길채가 도망치는 장면이지만, 10부에서 길채는 보이지 않습니다)

포로들 뒤로 흙먼지를 뿌옇게 날리며 쫓는 포로 사냥꾼들. 그중, 파란 복면 쓴 누군가, 저편 포로들을 향해 정신을 집중하여 활을 겨눈다. 파란 복면, 이제 활시위를 놓으려는 순간, 불쑥, 튀어나오는 음성. 장현이다!

장현　　　오랜만이요!

파란 복면　　(순간 활시위가 엇나가고)

파란 복면, 분한 얼굴로 장현을 노려보면, 장현, 실실... 웃으며 파란 복면 곁을 달리고. 보면 장현, 포로를 잡는 척하며 마치 실수인 척, 포로 사냥꾼들을 방해하고 있다. 오랏줄을 화살로 쏴서 끊어지게 한다든가, 활을 쏘려는 사람 옆을 쌩 지나가 화살이 빗나가게 한다든가.

장현 때문에 포로를 놓친 것이 분한 파란 복면, 다시 포로를 향해 조준하며 화살을 쏘려 하자, 장현, 복면을 방해하려 파란 복면의 말 바로 앞에 화살을 쏘고. 이에 놀란 말이 두 발을 치켜세우며 흥분하여 파란 복면이 위험해지자, 장현, 몸을 날려 파란 복면을 안아서 떨어진다.

파란 복면과 엎어진 장현. 두 사람의 거친 숨소리가 엉키고. 그렇게 서로 노려보는 장현과 파란 복면. 쨍... 격돌하는 두 사람의 눈빛에서.

- 10부 끝

몹시 그리워하고 사랑한 戀人

戀人 ——

제

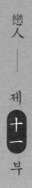

부

戀
人
│

S#1.　들판 일각 / 낮

챙챙! 무기들이 격돌하는 첫소리. 보면 장현이 산적으로 보이는 덩치 큰 사내와 싸우고 있다. 장현, 내리꽂히는 도끼를 막는데, 퍼뜩 떠오르는 길채와의 순간.

(Ins.C)　봉놋방 / 밤 (10부 53씬 확장)
숨결이 닿을 듯 바싹 마주 붙어 앉은 장현과 길채. 능글맞은 장현의 미소, 긴장한 길채의 눈빛.

이제 장현, 산적을 발로 밀쳐내고 검으로 찍으려는데, 몸을 피한 산적이 뒤에서 공격하면 장현이 다시 막아내는 순간,

(Ins.C)　봉놋방 / 밤 (10부 53씬 확장)
장현이 길채에게 서서히 다가가면 눈 감는 길채.

하지만 이번엔 장현, 산적의 힘에 밀려 넘어지고, 이윽고 산적이 기운을 모아 장현을 내리치려는데, 그 순간! 뜻밖에도 장현, 검을 쥔 손에 힘을 풀고 만다. 그리곤 멍... 무방비 상태로 산적을 보면, 퍽, 산적을 막아내는 구잠의 방망이.

구잠　　미쳤어요!!

결국, 구잠의 방해로 뒤로 밀렸던 산적이 구잠을 베려하자, 장현, 몸을 날려 검으로 산적을 베어 무릎 꿇린다. 풀썩, 넘어가는 산적. 보면 주변에, 장현과 구잠에게 당해 끙끙... 앓는 산적과 동료 산적들 예닐곱. 그리고 구석, 십수 명 유랑민들이 바싹 붙어 덜덜 떨면서 보고 있다.

구잠　　아니, (복장 터진다) 지름길 두고, 왜, 도적들 나오는 이
　　　　　길로 가는 건데? 대체 왜!!
장현　　(대꾸도 없이 끙... 일어서서 저편을 보면)
구잠　　(한숨) 길챈지 잡챈지... 잊어요. 날 봐, 아무렇지도 않
　　　　　잖아. 뭐, 종종이말곤 여자가 없어? 널린 게 종종이야!

구잠이 떠드는 사이, 어느새 붉어진 장현의 눈시울. 장현, 산적과 싸우면서도 끊이지 않았던 길채와의 추억을 떠올린다.

S#2.　　(장현 회상) 봉놋방 / 밤
장현이 길채의 허리를 감아 안은 채, 봉놋방에 바싹 붙어 앉았다.

능글한 장현과 긴장한 길채가 빚어내는 묘한 공기.

장현	헌데... 내 몸도 마음도... 다 낭자의 것인데, 낭자의 것 중에... 내 것은 없나?
길채	(가깝게 붙은 것이 긴장되어 마른침 꿀꺽...) 그거야...(뭐라 말 하려는데)
장현	(이마에 쪽) 이거, (볼에 쪽 입 맞추며) 요거, (반대쪽 볼에 쪽) 요거, 또... (마지막으로 입술에 쪽) 여기!
길채	(순식간에 이어진 입맞춤에 정신을 못 차리고 눈 땡글해지면)

그런 길채를 보는 장현의 눈빛에 담뿍 사랑이 스미고, 이윽고 길채에게 다가가는 장현. 이제 두 사람의 입맞춤이 깊어지는데.

S#3. (다시 현재) 들판 / 낮
더욱 뜨거워진 장현의 눈시울. 장현, 목전에서 놓친 사랑에 대한 회한이 사무쳐, 도무지 마음을 주체할 수 없고.

그 위로 타이틀 오른다.

〈몹시 그리워하고 사랑한 **연인**戀人〉

S#4.   한양 길채집 길채방 / 밤
신랑, 신부 혼례복 차림의 길채와 원무가 마주했다. 곧 방두네와 종

종이가 주안상을 받들고 오는데, 길채, 다소곳이 앉았는가 싶더니,
곧, 활옷을 팔락거리며 벗으며,

길채　　　이리 가져온! 배고파 죽는 줄 알았다.

종종이　　(난처해서 원무 눈치 보며) 애기씨... 아니, 마님...

길채　　　자네는 이만 나가게. 종종이 너도 얼른 나가.

방두네　　(끙... 일어서며 들릴 듯 말 듯 구시렁) 새색시가 부끄럼
　　　　　도 안타구...

방두네, 종종이 나가면 이제 길채와 원무만 남았다. 원무, 조심히
족두리 벗기려는데,

길채　　　(족두리를 마저 벗어버리며 식혜 들이켜면)

원무　　　내, 내가...(하며 서운해지는데)

길채　　　(술 따라주며 싱긋 진심을 담은 눈빛) 좋은 안사람이
　　　　　되겠습니다. 믿어주세요.

길채의 미소에, 기분 좋아 벌컥 술 들이켜는 원무. 길채, 그 입에 정
과 하나를 쏙 넣어주고. 원무, 기분 좋아 또 술잔을 단숨에 비우는
데, 그 모습을 흐뭇하게 보던 길채, 문득, 쪽창 밖, 덩실 뜬 달을 본
다. 무슨 마음인지, 길채의 표정이 읽혀지지 않는다.

S#5.　　**한양 우심정 마당 / 낮**

장현을 보낸 후 속이 비어버린 심정 그대로 마당 일각에 선 량음.

툭, 건들면 또 눈물이 날 것 같은 얼굴인데, 누군가 가만... 량음을 뒤에서 안는다. 보면, 앳된 미모의 어린 여인, 소야.

소야	(량음의 등에 얼굴을 기대며) 무슨 생각을 그리 하십니까?
량음	(애써 미소 지으며 소야의 손 위에 자신의 손을 포개면)
소야	(더욱 꼭... 량음 안으며 행복한 미소)

이윽고 슬픈 기색을 지우고 돌아보는 량음. 량음, 소야를 다정하게 내려보더니, 이마에 입을 맞추고. 그 위로, 용골대의 벼락같은 음성.

용골대(E)	이장현은 아직입니까?

S#6. 심관 편전 / 낮

소현과 용골대가 마주했고, 용골대 옆에 선 정명수가 부지런히 통역하는 모양새.

용골대	저하, 지금 해결해야 할 일이 산더미처럼 쌓여 있는데 어찌 이리 지체됩니까? 일을 잘 아는 자를...(끙... 하다가) 이장현을 빨리 불러들이십시오!
정명수	(난처) ... 이장현을 빨리 불러들이시랍니다.
소현	(역시 난감) 장현은 백면지를 구해 온다며 조선에 남았는데, 아직 소식이 없다네. 나도 이역관을 기다리고 있소.
정명수	(장부를 들어) 수달피, 청서피와 거세한 말 한 필, 수달 쓸개, 왜도와 청밀, 왜적 호피(자막: 일본에서 나는 붉은여우

가죽)... (등등 물목을 읊는데)

소현   (그사이 상념에 젖는다)

S#7.   (소현 회상) 조선 궁 인조 침전 / 낮

인조와 소현이 마주했고, 이제 다시 길 떠날 채비를 갖춘 소현이
눈물 그렁해서 인조 앞에 앉았다.

인조   (소현의 손을 잡고 손등을 토닥이며) 이제 가면 또 언
            제 볼꼬.

소현   소자, 기필코 조선으로 돌아와 불효를 씻겠나이다!

인조   (토닥토닥) 헌데... 용골대가 동궁에게 '대홍망룡의'를
            권했다지?

소현   (화들짝) 저들이 미개하고 어리석어 그리 한 것이지요.
            용이 수놓아진 옷은 전하 외엔 누구도 입을 수 없다 알
            려주었나이다.

인조   그 말을 듣고 뭐라 하더냐?

소현   알아듣는 듯했습니다. 저들이 뜻밖에도 조선의 신하가
            굳은 충절을 보이는 것, 여인들이 절개를 지키는 것을
            좋아합니다. 장차 청에서도 배워야 한다 여기는 듯했습
            니다.

인조   좋아했다...?(잠시 틈) 동궁이 잡곡을 섞어 군량을 하니
            그 또한 좋아했다지?

소현   (인조가 칭찬해주는 것이라 여겨 신나서) 급하게 독촉
            하기에 잡곡을 섞으면 기일에 맞출 수 있다 타일렀더

	니 말이 통했나이다. 조선에 있던 시절, 궁에 앉아 전해
	지는 소리를 듣는 것과는 달랐나이다. 직접 겪어보니,
	말이 아주 통하지 않는 것도 아니었습니다. 하여 소자...
인조	동궁은 이 아비가 궁궐에 앉아 눈멀고, 귀먹었다 여기
	는가?
소현	(...!!)
인조	청 황제가 내게 밀서를 보냈다. 대신들이 볼모로 친자식
	이 아니라 양자를 보낸 일로 과인을 질책했어. 저들과
	말이 통한다? 헌데 일이 이에 이르도록 동궁은 심양에
	서 무얼 했는가?(하며 소현과 잡았던 손을 떼어내고)
소현	...!! (빈손이 움찔)

S#8. (다시 현재) 심관 편전 / 낮

소현, 속이 답답하고 아픈 듯, 주먹으로 심장께를 문지르다가 쿵쿵
심장을 때리면,

정명수	(나불나불하다가, 나 때문인가?!! 당황하여 입 다물고)
용골대	(역시 의아한데)
언겸	(바삐 들어오더니) 저하, 청역 이장현이 들었나이다!
소현	...!!

S#9. 심관 편전 마당 / 낮

소현, 반가운 얼굴로 뛰듯이 마당으로 내려왔다가 곧, 체통을 갖추

곤 아닌 척한다. 보면, 마당에 서서 읍하는 장현.

장현 　　저하, 문후 올리옵니다. 그간 강녕...(하는데)

소현 　　(짐짓 화내는 듯) 어찌 이리 늦었는가?

그리고 뒤편, 편전 문 즈음에 서서 장현이 온 것을 확인하곤 씩... 웃는 용골대.

용골대 　　(혼잣말) 그럼 그렇지, 지 놈이 어딜 가?

S#10.　심관 역관 집무실 앞 / 밤

심관 역관 집무실 앞, 마당. 둥실 뜬 달을 보고 선 장현. 무슨 생각을 하는 걸까? 그때,

언겸(E) 　　조선에서 무슨 일이 있었는가?(장현 옆에 서며) 어째 이번엔 그리운 여인을 잃은 얼굴이 됐어?

장현 　　이런 능구렁이 하고는... 예, 잃었습니다. 이번엔 영영... 잃었지요.

언겸 　　(어깨 으쓱...) 나도 잃었지.(아랫도리 보며) 내 물건을 영영...

장현 　　(어이없어 피식)

언겸 　　(마주 피실 웃다가) 그래도 없으면 없는 대로 살아진다네. 없으면 못 사는 거? 그런 건 없어. 사람은 다 이렇게도 저렇게도 살아지는 게야.

장현   (피식... 헛웃음 끝, 더욱 쓸쓸해지는데)

S#11. 심양 장현 여각 내실 / 아침

아무렇게나 엎드려 잠들었던 장현이 왈칵 밀려드는 햇살에 눈살을
찌푸린다. 곧, 쿵쿵거리며 들어와 벌컥 쪽창을 열어젖히는 구잠. 보
면, 장현 앞에 빈 술병들 댓 개가 널브러져 있다. 장현, 손을 더듬어
술병을 들어 탈탈 털어보지만 겨우 한 방울 나올까...

구잠   꼴 좋아. 내 언제고 여자한테 크게 디일 줄 알았다니까.
          비혼이니 뭐니 애기씨들 희롱할 땐 좋았겠지. 이래서
          지은 인연의 과보는...(괜히 음률 붙여서 놀린다) 아무
          리 깊은 물, 높은 산에 숨어도 피~할 수~가 없더라~
장현   (구잠에게 빈병 던지면)
구잠   (날렵하게 피하며) 술 먹고 자빠진 김에 계속 누워 계
          실 거지? 잘 됐수. 량음이도 없고, 이제 그 일도 그만 합
          시다.(나가려는데)
장현   (끙... 일어나 벅벅 마른세수하며) 가야지!
구잠   거 참!!!

S#12. 벌판 일각 / 낮

햇살이 쨍... 내리 쬐는 한낮, 갈대가 빽빽한 들판. 보면, 들판 일각
에 낮게 포복한 장현과 구잠.

구잠	(구시렁) 량음이도 없는데, 우리끼리 이 짓을 또 해?
장현	또 량음이 얘기. 그렇게 량음이 보고 싶냐?
구잠	누가 보고 싶대!
장현	연통이라도 넣거라. 죽을 만큼 보고 싶다구.
구잠	아니라니까!!(하는데)

그때, 저벽 저편에서 부스럭 소리. 보면, 파란 복면이 역시 부하들과 함께 자리를 잡다가 장현을 발견한다. 잠시 서로를 보는 장현과 파란 복면.

파란 복면	날 따라다니나?
구잠	(순간 놀라, 복화술 하듯 장현에게) 여자예요...!
장현	(역시 조금 놀랐으나 곧 씩... 각화 보며) 설마! 혹시... 그쪽이 날 따라왔나?
파란 복면	(못마땅한 듯 보다가) 누가 더 많이 잡나 보자구.(하며 가면)

장현, 파란 복면의 뒷모습을 흥미롭다는 듯 보는데.

S#13. 동장소 / 낮

한낮의 해가 더욱 이글거리고, 여전히 포로의 기척은 없는데, 문득 저편에서 소란스러운 소리 들리더니, 마치 토끼몰이 당하듯 쫓겨 오는 포로들 십수 명. 일부는 이미 오랏줄에 끌려가고, 화살에 맞아 쓰러지는 등 아비규환.

그리고 일각, 등에 갓난 아기 하나, 옆구리에 하나, 손엔 또 다른 아이까지, 세 명이나 되는 아이들을 건사하며 뛰는 사내 보인다. 사내, 이미 발꿈치 하나가 깎인 채 절룩이면서도 필사적이고. 파란 복면이 사내의 뒤를 쫓자, 이를 본 장현의 눈에 번뜩 불이 들어온다. 파란 복면의 뒤를 쫓아 사내에게 향하는 장현. 장현, 파란 복면의 수하들을 하나, 둘 따돌리더니 결국 파란 복면마저 추월한다.

이제 오직 장현과 구잠만이 사내를 쫓고, 결국 막다른 길에 몰린 사내와 아이들. 더 이상 갈 곳이 없다. 사내의 등에 업힌 아기가 벼락같이 울고, 겁에 질려 울며 사내 품으로 숨어드는 아이들, 이제 끝났음을 직감한 사내의 절망스런 뒤태.

장현과 구잠, 사내에게 천천히 다가가면, 사내, 결심한 듯, 안춤에서 날카롭게 벼린 나무 조각을 빼들고 비장한 표정으로 돌아서는데, 순간, 장현의 안색이 굳는다.

구잠   (역시 싸악...안색 굳으며) 성님...

보면, 아이들을 데리고 도망치던 포로 사내, 양천이다! 양천, 역시 장현과 구잠을 보고 얼어붙고. 그리고 그제야 당도한 파란 복면, 뭔가 심상치 않은 기색을 느끼는데.

S#14.   **벌판 일각 / 낮**
파란 복면과 부하들이 잡은 포로들을 끌고 가다가, 파란 복면, 문득 저편 장현 쪽을 보려는데, 슥, 시야를 막으며 나타난 장현.

장현　　오늘 못 본 걸로 해주시오. ...부탁입니다.
파란 복면　(가만... 보다가) 너... 포로 잡아서 파는 거 아니지?

잠시 파란 복면과 장현의 눈빛이 쨍... 만나고.

S#15.　　**벌판 일각 / 낮**

다른 사냥꾼들 눈을 의식하며 양천과 아이들을 포박시켜둔 구잠.
저편에서 파란 복면과 대화를 마친 장현이 돌아와 고개 끄덕, 구잠,
알아듣고 화들짝 양천 묶은 손 푼다.

구잠　　아이고, 성님... 아이고...!!

손이 풀린 양천, 고개를 들어 장현을 올려다본다. 역시 먹먹한 표정
으로 양천을 내려보는 장현. 이윽고 양천이 손을 내밀면, 목울음을
삼키며 그 손을 잡는 장현. 양천이 왈칵 일어나 장현을 껴안고, 양
천, 그간의 고통을 쏟아내듯 뜨거운 속울음을 쏟아내는데.

S#16.　　**벌판 일각 / 낮**

구잠이 주머니에서 주먹밥이며, 말린 고기 따위를 건네주자 받는
족족 허겁지겁 먹는 양천과 대여섯 살쯤 넛남, 옆구리에 끼고 달렸
던 서너 살 짱이, 그리고 양천이 주먹밥 먹어가며, 품에 안고 맹물

로 입을 축여주는 이는 백일 아가 땡땡. 장현과 구잠, 양천의 몰골을 보며 말문이 막힌다. 잘려진 발꿈치 뒤축, 밧줄에 쓸려 아예 패여 버린 손목, 발목이며, 찢어진 귀 등. 구잠, 망가진 양천의 몰골에 말문이 막혀 펄펄 눈물이 흐른다.

구잠	(꿀쩍, 눈물을 소매로 쓱... 닦으면)
장현	(역시 속상하여) 어찌된 거요? 도대체 어쩌다가...!
넛남	(자기들에게 화내는 줄 알고 놀라 눈 똥그랗게 뜨며 주눅 들면)
구잠	아녀아녀, 묵어, 많이 묵어. 아 참말로... 애 놀라게!
양천	헤헤... 이번에 잽히면 죽는다... 생각했어. 헌데 니놈들을 예서 다 보고... 이 구양천이 죽으라는 법은 없구나!
구잠	(남초를 만들어 건네면)
양천	(뻐끔... 피우더니) 난리통에... 오랑캐 놈들이 덮치니까네 의주 사람들이 우리 품으로 숨어들었다. 구양천이 체면이 있디, 모른 척할 수 있나.

한순간, 아무도 모르는, 뭔가 고통스러운 기억을 더듬는 듯한 양천의 눈빛.

(Ins.C) *의주 거리 일각*

오랑캐들과 의주 건달들의 한바탕 접전이 벌어지고 있다. 양천이 장창을 휘두르고, 그 주위로 특재, 닝구친 등 의주 건달들이 청병들을 상대하며 뒤편으로 도망치는 의주 피난민들에게 시간을 벌어주고 있는데, 그때, 막 닝구친을 내리찍는 청병의 도끼.

닝구친, 이제 죽는구나! 했던 찰나, 챙! 뭔가에 도끼가 막혔다. 양천의 장창이다. 그 와중에 양천의 어깨에 도끼날이 박혔으나, 양천, 다른 손으로 도끼를 뽑더니, 장창으로 청병을 찔러 벽에 꽂아 버리고. 이를 보며 덜덜 떨던 닝구친, 엉덩이 걸음으로 물러나다 도망가 버린다. 양천, 다시금 들이닥치는 오랑캐에게 장창을 휘두르는데.

양천	다 죽었다, 다! 닝구친 놈은 도망갔는데... 죽었겠지, 뭐. (곧 상념 털어내며) 기린데... 니들은 어쩌다 포로 잡아 파는 쌍놈이 된 거이네?
구잠	우릴 뭘로 보고!!
양천	...?!! (장현 보면)
장현	(어깨 으쓱...)

S#17.　(과거) 심양 성 문 밖 / 낮 <small>(9부 22씬 연결)</small>

용골대	(부하들에게) 발뒤꿈치 한 쪽씩 쳐낸 후에 주인에게 보내.

큰 칼을 찬 용골대의 부하들이 포로들을 결박하여 뒤꿈치 자를 채비를 하고, 포로들, 울부짖으며 저항하면, 이를 본 량음의 얼굴이 창백해진다. 이윽고 동찬이 끌려 나오며 울부짖자,

량음	(더욱 간절하게 장현을 보며) 형님...
장현	(모르쇠를 놓으려 했으나 결국 따가운 량음의 눈빛을

버티지 못하고) 뒤꿈치를 자르면 값어치가 떨어질 것
인데 참 아깝습니다. 잘하면 서른 냥에 팔 수도 있을
텐데.

용골대 저런 부실한 놈들을 서른 냥에? (피실...) 어림없지!

장현 제가 데리고 있으면서 밥술 좀 먹여 살을 찌운 후에 팔
면 팔 수 있을 것도 같은데...

용골대 (어라? 해서 보면)

장현 대신 제게도 석 냥만 주십시오. 저도 남는 게 있어야 수
고를 하지요.

곧, 용골대의 부하가 동찬의 뒤꿈치를 베어내려 도끼를 치켜들고,
동찬, 절규하는 순간,

용골대 잠깐!

동찬 (울다 범벅이 된 얼굴로 놀라 고개 들고)

용골대 (눈 가늘게 뜨고 장현 본다. 이놈 말을 들어 말어? 하고
보다가) 날 속이면 니놈 발꿈치를 잘라주마!(하며 부하
에게 눈짓)

이제 부하들이 동찬 등을 풀어주면, '고맙습니다, 고맙습니다!!' 감
격하는 동찬 등.

랑음 (장현 보며 담뿍 미소) 고마워. 도와줘서...

장현 저자들을 도운 게 아니라! (끙...) ...니 부탁을 들어준 거야.

구잠 (착 붙어 속삭) 헌데 이 포로들을 정말로 서른 냥에 팔

수 있수?

장현   (한심하단 듯) 넌...

구잠   아, 그러니까, 서른 냥에 어떻게 팔 거냐구요.

장현   이 멍텅구리가!!!

S#18.   (과거) 심양 여각 내실 + 여각 마당 / 낮

흐뭇한 미소를 지으며 여각 내실 벽장에서 은덩이를 꺼내 야무지게 함에 차곡차곡 넣는 량음. 그 앞에서 쩝... 아까운 얼굴로 보는 장현과 어이없어 구시렁거리는 구잠.

구잠   기가 맥히고 코가 맥혀서 원. 그럼, 우리 돈 헐어 준다
          는 말이었수?

장현   허면, 내가 무슨 장사의 신이라도 되는 줄 아느냐? 저
          런...

하고 밖을 보면, 마당, 이가 빠진 채, 머리털이 깎인 채, 손가락이 잘린 채... 밥을 먹으면서 기뻐하는 동찬을 비롯한 포로들.

장현   ... 저, 저런 분들을... 무슨 수로 서른 냥에 팔아! 또 모르
          지...(눈 가늘게 뜨고 동찬 등 포로들을 유심히 보며 잔머
          리 굴려본다) 살이 오르면... 다섯 냥에는 팔 수 있을까...

량음   (은덩이 넣다 말고 발끈) 이봐!!

장현   알았어. 안 팔아, 안 판다고!!

S#19.   (과거) 포로 도와주는 장현과 량음, 구잠

- 용골대 집무실 / 낮

장현, 용골대 앞에 량음이 은자를 담았던 함을 내민다.

용골대   (열어보고 눈이 휘둥그레) 참으로 그놈들을 서른 냥에
         판 것이냐?

장현   (용골대 품으로 사라지는 은자를 보며 쩝... 아까운 입
         맛 다시며) 예...

용골대   역시 니놈 수완이 보통이 넘는구나. 허면... 들여보내!

곧, 문이 열리며 용골대의 부하가 데리고 들어오는 조선 포로들 예
닐곱. 보면, 더욱 마르고, 비루먹은 포로들이다.

용골대   이놈들도 팔아줄 수 있지?

- 들판 / 낮

도망치는 포로들. 그 뒤를 쫓는 량음. 량음, 곧 한 포로 여인의 어깨
를 획 잡아 돌리는데, 배가 불룩 솟은 임산부다!

인옥   (배를 감싸며) 제발, 살려... 살려주세요...

량음   ...!!

- 심양 장현 여각 내실 / 낮

량음이 인옥을 안으로 안내한다. 마침 구잠과 대화 나누다가 량음
이 데려오는 인옥을 보는 장현.

랑음	(자애로운 미소) 여기서 몸을 푸세요. 여기는 안전합니다.(장현 보며) 이분이 지키고 보호해주십니다.
장현	(울컥) 내가 언제...!!
구잠	(작게 종알) 첩첩산중, 점입가경, 설상가상...

- 용골대 집무실 / 낮

정인을 비롯한 포로 꼬맹이들이 쪼로록... 용골대 앞에 섰고.

용골대	아이들은... 어른의 절반이니까 열닷 냥이라고 치면...
장현	(이제 될 대로 되라... 는 표정) 열두 명, 백팔십 냥.
용골대	(껄껄껄) 그렇지, 백팔십 냥!!

- 들판 / 낮

비명을 지르며 도망치는 정희와 여인들. 이번엔 구잠이 추격하고 있다.

구잠	우리한테 잽히는 게 낫대니까, 우리한테 잽히는 게 장땡이라고!!!

- 장현 여각 뒤채 마당 / 낮

구잠에게 잡힌 정희 등 포로들이 여각 뒤채 마당으로 들어서면, 놀다가 멈춰서 보는 아이들과 마루에 앉았던 인옥. 정희 등 포로들, 여기가 어딘가... 당황스레 보는데, 일각의 정인이 정희에게 달려든다.

정인	누님!!
정희	정인아!!!

꺼안고 펑펑 우는 정희와 정인, 이를 보고 놀라는 량음.

량음	(감격하여 눈물이 그렁 맺히면)
장현	얘는 너무 감성적이지 않니?(하고 동의 구하듯 구잠 보면)
구잠	(역시 눈물 쿨쩍, 소맷단으로 찍어내고 있고)
장현	(쩝...)

- 심양 장현 여각 내실 / 밤

벽장을 여는 구잠. 보면, 이젠 벽장에 쌓아두었던 은덩이가 절반 넘게 줄었다. 착, 뒤편에 선 장현과 량음을 노려보는 구잠. 부채질하며 모르쇠를 놓는 장현, 역시 조금 미안해져서 헤... 웃는 량음.

구잠	나 우심정 남원 분점 내준다고 약속했소, 안 했소? 헌데 돈을 이리 다 써서 어느 세월에...(하는데)

쿵쿵... 대문 두드리는 소리.

- 심양 장현 여각 대문 앞 / 밤

장현이 문을 여는데, 쓱.... 누군가, 장현의 목에 칼을 들이댄다. 보면, 거지꼴을 한 사내 한석. 한 번 잡혀서 귀가 잘렸는지, 한쪽 귀 절반이 떨어져 나간 채, 악만 남은 눈빛으로 장현을 겁박한다.

한석	다 듣고 왔어. 나도 조선에 보내줘.
장현	날 죽이면 못 보내지.
한석	(스르르... 손 내리더니 풀썩 엎드린다) 살려주십시오. 받아주지 않으면 우린 모두 죽습니다!

보면, 한석 뒤로 십수 명의 포로들!

S#20.   (다시 현재) 심양 장현 여각 뒤채 마당 / 낮

구양천이 장현의 심양 여각 마당에 들어섰다가 곧 놀란 표정이 된다. 보면, 한석을 포함, 그간 장현이 살려주었던 포로들이 전부 여각 마당에서 짐을 나르든가, 남초나 죽력 따위를 포장하든가 하며 일을 하고 있고, 그 사이를 뛰어다니며 노는 정인과 아이들. 그리고 마루에서 배냇저고리 꿰매다 뉴페이스 양천을 의아하게 보는 인옥.

구잠	(부글부글) 이게 다 량음이 놈 때문이오!(장현 노려보며) 가만 보면 량음이 말엔 꼼짝을 못 해. 하긴 그 넘이 멀건 얼굴로 그렁그렁 해가지구 요렇...게 보면 못 당한다니까. 요사스럽기가...
장현	자자... 우리 이럴 게 아니라, 신나게 한 판 놀아야지!

S#21.   심양 장현 여각 내실 / 밤

거하게 한 상 차려놓고 한바탕 술자리를 벌이는 장현과 양천, 구잠.

장현	(양천에게 술 따르며) 이제 우리 다 모였으니 의주에서 처럼 크게 벌어 봅시다!
양천	(풀이 꺾였다) 내래 이 꼬라지를 해서 무슨...
장현	에헤... 형님이 은제는 발뒤꿈치로 돈 벌었소? 형님은 그저 이리해라 저리해라 땅땅 말만 하십시오! 한몫 크게 챙겨서 구잠이 넌 남원에 우심정 분점 내고, 그래, 의주에 전보다 더 큰 여각을 지읍시다!
양천	(피실... 기운 없이 술잔 들면)
구잠	(신나서) 하이고 간만에 장현 성님 사람꼴 보네. 길채 애기씨 놓치고 상사병 걸려 죽는 중 알았더니...
양천	(길채? 의아한 얼굴로 보면)
장현	(버럭) 나 이장현이야!! 고작 여자 하나 때문에 질질 짜고, 울고 불고, 신세 한탄하는 똥멍청인 줄 알아?
구잠	(샐쭉 술잔 비우며 작게 구시렁) 알긴 아네...
장현	오냐! 내 간만에 심양 여인들과도 정분을 쌓아봐야겠다. 들어오너라!!!

곧, 예닐곱 명의 아리따운 청인 기녀들 들어오면, 구잠, 눈 땡글, 양천도 마른침 꿀꺽.

CUT TO

윗목에선 여인들이 춤추고, 다른 기녀들은 각각 양천과 장현, 구잠 곁에서 시중을 들고 있다. 그새 알싸하게 취한 양천과 구잠, 장현. 구잠의 볼이 발그레해졌고, 양천 역시 기녀들 시중이 싫지 않은 눈치.

기녀1	(양천에게 술 따르며) 오늘 소녀랑 먼 길 가셔야 하니 흠뻑 취하셔요.
양천	(청나라 말 못 알아듣고) 머라는 거야?
장현	밤새도록 놀아보재.
양천	<u>흐흐</u> ... <u>흐흐흐흐</u>
장현	(기녀1에게 눈짓하면)
기녀1	(부드럽게 양천 일으키며) 이제 가셔요.
장현	좋은 꿈 꾸슈...(실실)
양천	(<u>흐흐흐</u> ... 하며 가고)

이제 장현, 구잠 보는데, 구잠 모시던 기녀2, 짜증난 표정. 보면, 구잠, 벌써 술에 곯아떨어져 잠꼬대.

구잠	종종아, 남원 우심정은 내꺼야...
장현	(피실...)
기녀3	(장현에게 술 따르며 은근한 눈빛) 저는 어르신을 뫼실까요?
장현	좋지.
기녀3	허면 자리를 옮길까요?
장현	좋지.(하면서 꿈쩍도 않고)
기녀3	그저 술이나 따를까요?
장현	좋지.
기녀3	...?
장현	... 좋지.
기녀3	(뭐야... 하는 얼굴 되는데)

장현   (잠시 술잔 보다가) 나한테 못생긴 돌덩어리라고 해보
    련? 이 못생긴 돌덩어리야!!(하다가 피실...) 아니야, 아
    니...

S#22.   심양 장현 여각 내실 / 밤

기녀1은 잠이 들었고, 그 옆에 웃통 벗은 채 누운 양천. 하지만 양
천, 깊게 잠들지 못하고 식은땀을 흘리며 뒤채다가 벌떡 일어난다.
헉헉, 식은땀으로 흥건해진 채 숨을 고르는 양천.

S#23.   심양 장현 여각 마당 / 밤

마당에 나와 쪼그리고 앉는 양천. 또다시 어딘가 먼 곳, 고통스러운
순간을 떠올리는 듯한 눈빛. 곧 양천, 덜덜 떨리는 손으로 주머니를
뒤져 남초를 만들다가 손이 떨려 바닥에 남초잎이 다 떨궈지는데,
어느샌가 장현이 다가와 남초 주머니를 받아든다.

장현   (대신 남초를 만들어주며) 의주에 갔었수. 헌데 그땐
    이미 성님이 끌려간 후였어. 내가 너무... 늦었지?

양천   일 없다.(말 돌리며) ...여자가 있었어? 이쁘네?

장현   이쁘긴 뭘.

양천   이쁘지도 않은 에미나이한테 왜 안달복달해?

장현   (피실 했다가 진지해진다) 그냥... 멋있는 사람. 형님처럼.

양천   (보면)

장현   고맙수... 살아 있어줘서.

양천　　　(한순간 눈가가 조금 붉어지자 얼른 외면하며) 니놈
　　　　　　이... 전생에 나한테 죄를 많이 진 모양이야. 기래서... 이
　　　　　　번 생에 나한테 이리 은인인 게야, 그렇디?

장현의 눈시울도 붉어졌다. 다시 만나서 벅차고, 한편으로 슬퍼서
끈끈한 눈빛으로 마주 보는 장현과 양천. 그 위로 꺄르르... 소야의
맑은 웃음소리.

S#24.　　한양 우심정 내실 / 낮

하얀 침의 차림 소야가 치마폭을 활짝 펼치고 앉았다. 보면, 역시 저
고리섶이 조금 풀어진 느슨한 차림의 량음이 소야의 너른 치마에
난초를 그려주고 있다. 소야, 제게 그림 그려주는 량음을 행복하게
보다가 가만... 량음의 머리에 손을 댄다. 하지만 량음, 방해하지 말
라는 듯 소야의 손을 잡아 내리면, 량음에게 손이 잡힌 것이 또 좋
은 소야, 마주 량음의 손을 꼭, 잡는데, 그사이 완성된 난초 그림.

량음　　　(붓 놓으면)
소야　　　(일어나 치맛단을 펼쳐들고 빙그르... 돌며) 꽃이 필 것
　　　　　　같습니다.
량음　　　(피식)
소야　　　(빙그르... 돌다가) 어마...!(하며 량음 쪽으로 쓰러지고)

량음이 얼른 소야를 안아주면, 량음의 품에서 발그레해진 소야. 잠
시 서로에게 머무는 량음과 소야의 눈빛.

소야	(진지한 표정 되어) 나 말고 따로 좋아하는 여인이 있지요?
량음	(아니라곤 못 하고)
소야	다 압니다. 그래도 오늘은...(하더니 자신의 옷고름을 량음의 손에 쥐여주곤 떨리는 눈빛으로 보면)

잠시 갈등하던 량음. 결국 소야의 옷고름을 천천히 풀고, 툭, 열리는 소야의 옷고름. 이제 량음, 소야에 입을 맞추려고 다가가고, 곧, 소야도 량음의 저고리를 젖히는데 그 와중에 량음의 윗가슴에 인두로 지진 듯한 화상이 드러난다. 하지만 화상을 보지 못한 소야의 손이 화상에 닿고, 순간, 입을 맞추려다 멈추는 량음. 안색 굳으며 차가워진다.

량음, 곧 거칠게 옷 저고리를 간수하더니, 술을 벌컥 들이켜곤 밖으로 나가버리고. 소야, 황망한 표정으로 남는데.

S#25.   후궁 조씨 침전 안 / 낮

발 너머, 아랫목 저편의 누군가를 보는 길채. 보면, 후궁 조씨가 길채의 은장도들을 하나씩 들어 살펴보고 있고, 그 옆에 앉아 시중드는 납생.

길채	마음에 드는 게 있으십니까?
조씨	글쎄... 헌데 어쩌다 사족 여인이 장사에 손을 대게 된 게야?

조씨는 은장도를, 길채는 그런 조씨를 찬찬히 보는데.

S#26.　한양 길채집 앞 / 낮

어딘가를 보는 량음의 슬픈 눈빛. 보면, 량음이 길채의 집 앞 일각에서 길채의 대문을 보고 섰다. 잠시 후, 가마에서 길채가 내리면, 마침 안에서 나와 길채를 맞는 원무.

원무　기분이 좋은 걸 보니, 큰돈이라도 번 모양이요.

길채　글쎄, 궁에서 사람이 나와서 우리 장도를 찾지 뭐예요?

원무　궁에서? 누가?

길채　후궁 조씨요! 나보구 어쩌다 장사를 하게 됐냐길래...

량음, 원무와 담소 나누며 들어가는 길채의 모습을 오래 지켜본다.

량음(N)　이상하지? 니가 떠난 한양에서, 너와 가장 가까운 것이
　　　　저 여자라는 사실이. 그래서 매일, 저 여자라도 보지 않
　　　　으면... 견딜 수 없다는 사실이, 참... 이상하지?

S#27.　윤친왕 시녀 처소 후원 / 낮

윤친왕의 시녀가 된 조선 포로 여인들이 윤친왕 시녀 처소 마당에 덜덜 떨며 섰는데, 곧, 이제 열서너 살이나 되었을 어린 여자아이, 향이가 포로들 쪽으로 던져진다. 놀라 비명 지르는 십수 명 조선 포로 소녀들. 그중의 영랑! 보면, 일각 커다란 솥단지에서 물이 펄

펄 끓고 있고, 윤친왕의 애첩 화유가 노기탱천한 얼굴로 소녀들을 겁박하고 있다.

화유   왕야(자막: 왕에 봉해진 이를 높여 부르는 호칭) 앞에서 감히 꼬리를 쳐?

포로 소녀들 겁에 질려 떠는 사이, 조심스레 항이에게 다가가는 영랑.

영랑   정신 차려... 정신...!!

영랑, 조심스레 항이의 손을 감싼 피투성이 천을 열었다 얼어붙는 다. 손가락이 세 개나 잘렸다. 흐읍, 소녀들의 숨죽인 비명들. 왈칵 눈물 고이는 영랑.

그사이 화유, 쓱... 다른 포로들을 보다가 수향에 시선 꽂힌다. 화유 가 눈짓하자, 시종들이 수향을 솥단지 쪽으로 끌고 가고. 수향, '살 려주세요, 살려주세요' 외치며 끓는 물속에 들어가길 필사적으로 저항하는데.

S#28.   **윤친왕 처소 내실 / 낮**

윤친왕 손님 접대용 내실에 장현과 윤친왕의 시종 맹탄이 마주했다.

맹탄   왕야께서 질 좋은 호피를 원하시네.

장현   호피는 구하기가 쉽지 않습니다만...

맹탄	자네밖에 부탁할 사람이 없어서 그래.(하는데)

밖에서 가느다랗게 들리는 비명 소리. 살려주세요... 살려주세요!!

맹탄	(절레) 또또... 아무튼 샘이 많아서 큰일이야.
장현	무슨 일입니까?(하며 나가 보려 하면)
맹탄	어허, 후원은 함부로 들여다봐선 안 돼!

S#29.   윤친왕 처소 마당 + 후원 / 낮

장현과 맹탄이 내실에서 나와 서로 인사하고 헤어진다. 하지만 장현, 가는 척하다가 맹탄이 사라지자 얼른 비명이 들리는 쪽으로 간다.

후원에 가까워질수록 점점 크게 들리는 비명 소리. 곧, 후원이 보이는 일각에 다다른 장현의 눈이 커진다. 보면 화유, 바가지로 펄펄 끓는 물을 퍼 그대로 수향에게 퍼부어 버리고. 이를 보고 비명 지르는 소녀들, 그리고 그중 영랑!!

장현	...!!

S#30.   윤친왕 시녀 처소 / 밤

온몸에 화상을 입은 채 앓는 수향. 상처에선 진물이 나고, 열이 펄펄 끓는다. 수향이 끙끙 앓는 소릴 내자, 옆자리에 누운 다른 청인 시종들, 시끄러워 죽겠네, 잠 좀 자자 등등 역정을 내고, 일각의 항이, 이불을 꾹 움켜쥔 채 새삼 질린 표정.

영랑   (눈치 보며 찬 물수건으로 진물만 닦아내다가 소곤) 수
              건 갈아올게.

수향   (영랑의 치맛단 잡으며) 가지마...

영랑   금방 와.

CUT TO

영랑이 새 수건을 들고 수향을 돌려 눕히려는데, 수향이 눈을 뜬
채 죽어 있다.

S#31.   심양 장현 여각 주점 / 낮

구잠   (눈이 땡그래져서) 영랑이를... 봤어요?

보면, 아직 손님이 들지 않은 여각 탁상에 마주한 장현과 구잠.

장현   (끄덕) 해서 말인데...

구잠   해서, 뭐?(곧 알아듣고 히익... 놀라더니 다급한 손사
              레) 못 해요, 안 돼요! 도망치던 포로들 구해준 적은 있
              지만, 왕부에서 사람을 빼와? 꿈도 꾸지 마시우!

장현   ... 싫음 넌 빠져.(일어서려는데)

양천   구잠이 말이 맞다.

보면, 언제 왔는지 땡땡이를 업고 뒤에 선 양천.

양천   이미 오랑캐 놈들한테 몸 베린 계집들 아니네? 조선에
         가면 누가 사람 취급해준다고 목숨 걸고 도망시켜? 쓸
         데없는 짓 하디 말라.(하고 가고)

장현   ...?!!

S#32.   심양 장현 여각 뒤채 / 낮

양천이 벼락같이 우는 땡땡이를 안고 어쩔 줄 몰라 하고 있다. 멀
건 미음을 수저로 떠서 먹여보지만 뱉어내며 우는 땡땡. 양천, 어
찌할 바를 몰라 어색하게 둥둥거리고, 저편 마루에서 아이에게 젖
을 먹이고 막 재우던 인옥이 이를 보더니,

인옥   애기.... 이리 줘보세요.(하는데)

양천   (보더니 확, 인상 굳히며) 일 없다! 에이... 오랑캐랑 붙
         어먹은 계집이 어딜...(하고 가버리면)

인옥   (수치심에 얼굴이 벌게지고)

그리고 조금 떨어진 곳에서 이런 양천과 인옥을 보는 장현.

S#33.   심양 장현 여각 마루 / 낮

겨우 잠든 땡땡. 양천, 그제야 한숨을 돌리곤 마루에 내려놓는데,
누군가 다가오는 기척, 장현이다. 장현, 말없이 땡땡 위에 덮은 이

불만 치켜주면, 양천, 왜 장현이 왔는지 알 것 같다.

양천   (안춤에서 남초 주머니를 꺼내며) 나랑 끗쇠랑 같이 잽
혔어.

장현   ...?!!

(Ins.C)   **8부 16씬**

*끌려가는 양천. 카메라 조금 더 멀어지며, 그때 보이지 않았던 다른
이의 모습 보인다. 끗쇠다! 다른 포로들이 울며불며 지친 몰골로
가는 사이, 여기저기 찢긴 상처를 하고서도, 실실... 쪼개며 위풍당
당, 느긋하게 걷는 끗쇠.*

양천   니도 알다? 끗쇠 그놈이 그물 메던 놈이라 덩치가 태산
만티 좋았다. 헌데 그놈이 도망치다 잽히구, 또 도망치
다 잽히구...

(Ins.C)   **들판 / 낮**

귀가 뚫린 채, 도망치다 사방에서 동그랗게 포위당하는 끗쇠.

양천   (목울대가 울린다. 점점 목소리가 떨리고 있다) 첨엔
귀가 뚫리구, 담엔 뒤축이 잘리구...

(Ins.C)   **들판 / 낮**

뒤축을 잘린 끗쇠의 비명.

양천　　　　마지막 잡혀왔을 때는... 그 좋던 등치는 다 어데루 가
　　　　　고, 눈알만 빙그르... 돌리는 뼈다귀가 됐다.

(Ins.C)　　포로 처소 안 / 밤

처참한 몰골로 멍... 눈만 꿈벅이는 끗쇠. 다음 순간, 눈을 뜬 채 그
대로 숨을 거둔다.

양천　　　　내래... 나쁜 짓도 많이 하구, 벼라별 잡놈들도 많이 봤
　　　　　디만, 오랑캐는 달라.(잠시 깊은 곳에서 시작된 떨림을
　　　　　느끼며) ...치가 떨려. 그러니 오랑캐랑 붙어먹은 계집
　　　　　들 구하느라 쓸데없이 명줄 재촉하디 말라.(탁 곰방대
　　　　　털고 일어나는데)
장현　　　　모르겠고... 영랑이가 도망가고 싶다면 도망시켜줘야
　　　　　겠소.
양천　　　　뭐?
장현　　　　영랑이잖수.(하고 가버리면)
양천　　　　...!!

S#34.　　윤친왕 처소 내실 / 낮

장현이 가져온 호피를 보며 매우 만족한 윤친왕과 그 옆에 앉은
맹탄.

윤친왕　　　(호피 쓸어보며 감탄) 고맙네, 고마워!!
맹탄　　　　(역시 덩달아 뿌듯해지고)

장현	(잠시 윤친왕의 안색 살피더니) 혹 데리고 있는 조선
	포로를 팔 생각은 없으신지요? 소인이 좋은 값에 거래
	해서 큰 이문을 보게 해 드리겠습니다.(하는데)
윤친왕	흠흠...(마땅치 않은 기색)
장현	...?

CUT TO

윤친왕은 나가고, 이제 장현과 맹탄만 남았다.

맹탄	지금 데리고 있는 조선 여종들은 전부 왕야의 잠자리
	시중을 들 아이들인지라, 아무리 돈을 많이 주어도 속
	환시키지 않네.
장현	..!!

S#35.   윤친왕 쳐소 마당 / 밤

시녀들이 열을 지어 이동하는데, 가장 끝에 선 영랑. 그때, 누군가 영랑의 입을 막고 끌어 벽에 붙여 세운다. 놀라 눈 커지는 영랑. 보면, 장현이다!

장현	영롱초롱 영랑이...
영랑	(순간 울컥 눈시울 뜨거워지며) 장현... 오라버니...?!!
장현	(슬쩍 주변을 살피더니) 예서 도망치지 않으련? 원한
	다면... 도와주마.
영랑	....?!!

S#36.   영랑을 구하기 위해 준비하는 장현과 구잠
- 강 일각 / 저녁
강 일각. 낮게 몸을 숨긴 장현과 구잠. 그리고 뒤편, 장현이 구해준 한석을 비롯한 포로들.

구잠   말도 드릅게 안들어...(종알대는 사이)

장현   가끔 이 근처로 포로 사냥꾼들이 나타나니 조심해야 돼.

한석   조선에 보내만 주십시오!(울먹) 색시가 저만 기다리고 있습니다...

그리고 일각에 서서 이를 보는 양천, 끝까지 말을 안 듣고... 하듯, 고개 절레... 하더니 발을 절룩이며 가버리고.

- 윤친왕 처소 일각 / 낮
윤친왕 처소 일각을 청소하며 작게 속말 나누는 영랑과 항이 등 포로들.

영랑   너희도 데려가 주신대.(저편에서 오는 화유와 양쓰 보고 섰...)

포로들   (바싹 고개 숙인 채, 서로 벅찬 얼굴로 보고)

항이   (하지만 불안한 표정)

- 심양 장현 여각 내실 / 낮
마루에 누여진 땡땡이가 또 벼락같이 운다. 양천, 미음 탄 걸 훌훌 불며 다급하게 땡땡이에게 가려는데, 아이를 업은 인옥, 주변을 두리번... 양천이 없는 걸 확인하더니, 제 젖을 땡땡이에게 물린다. 울음을 뚝, 그치며 젖을 빠는 땡땡이. 인옥, 그런 땡땡이를 보며 옅게 미소 짓고. 들어섰다가 이를 목격하곤 그 자리에 얼어붙는 양천.

- 윤친왕 처소 일각 / 낮

장현이 지나가면 맞은편에서 영랑을 비롯한 시녀들도 지나가는데, 장현, 슬쩍 영랑의 손에 뭔가를 쥐어준다. 보면, 하얀 종이에 싼 무언가.

S#37.   윤친왕 시녀 숙소 / 저녁 ~ 밤

(Ins.C)

하얀 종이 안에 들었던 가루약을 물 주전자에 타는 영랑의 손.

곧, 왁자하게 시녀들이 들어오는 소리에 얼른 몸을 돌려 일각으로 가는 영랑. 곧, 청인 시녀들 수다를 떨며, 주전자 물을 따라 마시고. 이를 보며 눈빛 교환하는 영랑과 조선 포로들.

CUT TO

밤이 깊었다. 윤친왕 시녀 처소의 모든 시종들이 잠들었는데, 반짝 눈을 뜨는 영랑. 영랑, 옆자리 청인 시녀의 위로 손을 휘저어본다. 죽은 듯 잠든 청인 시녀. 여기저기 조심히 눈을 뜨고 일어나는 조선 포로들, 서로 눈빛을 교환하고. 곧, 영랑을 비롯한 조선 포로들이 방을 나가려는데, 영랑이 항이를 챙긴다.

영랑	항이야, 어서!(하는데)
항이	(고개를 절레... 하며 벽에 붙는다) 아무래도 난 안되겠 어. 다음엔 내 손을 잘라버린다고 했어...

시간이 촉박해진 영랑, 결국 항이를 남겨두고 떠나면, 항이, 구석에
몸을 붙인 채 덜덜 떨며 눈물만 그렁.

S#38. 윤친왕 처소 일각 / 새벽

영랑 등이 뛰어 도착한 곳에 구잠과 사내들 서넛 그리고 수레 두
대가 대기하고 있고, 곧, 영랑 등, 수레 속으로 들어가 누우면, 구잠
과 사내들, 그 위에 널빤지, 그 위를 백면지로 덮고.

S#39. 윤친왕 처소 일각 / 새벽

구잠과 시종들이 수레를 끌고 나오면, 저만치서 장현과 맹탄이 대
화를 나누고 있다. 장현, 구잠과 작게 눈빛 나누더니,

장현	조선 백면지는 아주 인기가 좋지요.
맹탄	자네만 믿네!!

수레 안, 숨도 쉬지 못하고 두려움에 떠는 영랑과 다른 포로들.

S#40. 성문 / 새벽

어스름한 새벽. 장현과 구잠이 수레와 시종들을 끌고 나서면, 성 문 지키던 청병1이 장현을 막는다.

장현　　　조선에서 온 백면지를 팔러 가는 길입니다.

청병1, 백면지를 보고 끄덕하고 돌아서는 듯했으나, 문득 다시 돌 아본다.

장현, 구잠　(긴장하고)
청병1　　　(갑자기 홱, 백면지를 들어 젖히는데)

보면, 백면지 아래, 영랑 등이 숨어있던 자리엔 아무것도 없다. 결 국 물러나는 청병1. 유유히 성 문을 나서는 장현과 구잠, 그리고 남 자 시종으로 위장한 영랑과 조선 포로들.

S#41. 강 인근 / 새벽

새벽 물안개가 자욱한 강 인근. 한석과 다른 포로 사내들이 몸을 숨기고 있는데, 저편에서 스스스 기척! 보면, 포로 사냥꾼들이 어슬 렁거리며 나타났다. 포로들, 어쩔 줄 몰라 당황하는데, 곧, 결심한 표정 된 한석.

한석　　　내가 유인한다!(하며 저편으로 뛰고)
사냥꾼들　포로다!!!

S#42.   강 인근 / 새벽

한석, 일각으로 뛰다가 함정 파놓은 곳을 훌쩍 뛰어넘는다. 하지만 이를 알지 못한 사냥꾼들, 한석을 쫓다가 우르르... 구덩이에 빠지고. 한석, 안도하는데, 뒤편에서 온 포로 사냥꾼1, 훌쩍 구덩이를 뛰어넘는다. 한석이 놀라 주춤하는 사이, 사냥꾼1, 철퇴로 한석을 치려는데, 그전에 자기가 먼저 쓰러지고 만다. 보면, 나무 막대기 끝에 단도를 단단하게 묶은 장창을 든 양천이다!

양천   (한석 앞을 막아서며) 가라!
한석   ...!!
양천   어서!!

곧, 한석이 저편으로 뛰면, 이제 저편에서 다른 포로 사냥꾼들이 훌쩍 구덩이를 넘어 오고, 양천, 장창 쥔 손을 고쳐 쥐더니, 곧 필사적으로 사냥꾼들을 막아 싸운다. 한때 의주 건달들을 겁에 질리게 했던 구양천의 본색이 드러나는가... 했으나, 절룩이는 한쪽 발 때문에 약점이 노출되고, 이를 감지한 사냥꾼이 양천의 다리를 공격하자 여지없이 풀썩, 무릎이 풀리고.

S#43.   강 인근 / 새벽

장현과 구잠, 동찬 등이 영랑 등을 데리고 강 인근으로 당도했는데, 저편, 구양천이 싸우는 소리!

장현   ...!!

S#44.　**강 인근 / 새벽** (42씬 연결)

이제 피투성이가 된 채 휘청하다 쓰러지는 양천. 양천에게 마지막 타격이 가해지려는데, 양천, 사냥꾼1의 아킬레스건을 이로 잡아 뜯어 버린다. 아아악!!! 비명을 지르며 쓰러지는 사냥꾼1. 사냥꾼1, 이제 단도를 빼들어 양천을 베려는 순간, 사냥꾼1을 쳐내는 이, 장현이다!

장현　　(얼른 양천 일으켜 세우며) 노인네, 여긴 왜 왔어!!

장현이 오자, 없던 기운이라도 나는 듯 다시금 끙... 일어서는 양천. 장현이 양손에 단검을 들고, 양천은 장창을 고쳐 쥔다. 다시금 사냥꾼들이 달려들면, 장현과 양천의 협공에 사냥꾼들이 하나둘 쓰러지고. 그렇게 모든 사냥꾼들을 제압하는 데 성공한 장현과 양천.

양천　　(결국 기진해서 풀썩 드러눕더니, 입가의 피 쓱... 닦으며) 구양천이 아직 안 죽었다... 그 말이야. 헤헤...!
장현　　(헉헉거리면서도 그런 양천을 보며 웃음이 새고)

S#45.　**강 인근 / 새벽**

강 인근 낮게 포복한 구잠, 영랑 등. 지편에선 한석 등이 뗏목을 끌어오는데 장현은 아직이다.

구잠　　왜 안 와...
영랑　　(역시 장현 걱정에 안절부절인데)

그때, 지친 몸으로 이편으로 오는 장현과 양천.

구잠　(양천 보고 놀라) 성님!!

양천　서둘러라!

하며 양천, 한석 등에게 합류하여 뗏목 끌어내고, 이에 구잠도 얼른
가서 돕는다. 그사이, 낮게 포복하여 영랑 곁에 붙은 장현.

영랑　오라버니!

장현　(주변 살피며) 니가 도망한 게 알려지면, 눈에 불을 켜
고 찾을 게야. 그러니, 반드시 오늘 강을 건너야 한다.
마음 단단히 먹어.(하며 저편 주시하는데)

영랑　(문득 장현 보더니) 오라버니, 아랫도리 병은 고치셨세
요?

장현　(발끈) 너 또...!!

영랑　(피실... 했다가 잠시 침묵) 이제 오라버닌... 저 별루죠?
몸 베린 기집 따위... 싫으시죠?

장현　...몸을 버리다니?

영랑　피... 다 알면서. 전 오랑캐한테 이미...(하는데)

장현　(잠시 영랑 보다가) 개에 물리면, 니 몸 버렸다고 할 테
냐? 미친놈한테 맞았다고, 맞은 자리가 더러워졌다고
할 테야?

영랑　...!!

장현　정신 제대로 박힌 놈은 그런 일로 니 몸 버렸단 생각 안
한다. 조선에 가거든 그런 멀쩡한 놈 만날 생각을 해.

나 같은 고자 말고.

영랑 (피식... 웃음 끝에 눈물 고이며) 오라버니...

장현 큰형님이 널 조선에 보내려고 목숨 걸고 싸웠어. 그 정성을 생각해서라도 꼭... 잘 살아야 한다.

그때, 저편에서 양천이 손을 번쩍 들어 이편에 신호를 보내고, 이제 동찬의 뒤를 따라가는 영랑과 다른 조선 포로들. 이윽고 영랑 등이 준비된 뗏목에 올라 출발하고, 짙은 안개에 속으로 사라지며 점점 장현의 시야에서 멀어져가는 뗏목.

장현 (간절한 마음을 담아 혼잣말) 부디... 무사히...

S#46. 조선 궁 편전 / 낮
(Ins.C) 조선 궁 외경.

근심과 두려움이 가득한 인조의 얼굴이 화면 가득. 인조 아래로 일렬한 최명길과 강석기, 김류, 심기원 등의 대신들. 특히 최명길과 강석기, 인조의 표정이 심상치 않음을 느끼며 덩달아 심각해지는데, 이윽고 인조의 입이 열린다.

인조 이번에 온 칙사가 말하길... 조선 임금이 도망한 포로를 잡아 돌려보내는 일에 소홀하니, 반드시 직접 청나라의 황제께 죄를 고해야 한다... 했다. 나를... 청으로 불러들이려 하고 있어.

순간 술렁이는 대신들, 놀라 눈 커지는 강석기. 최명길 역시 당황한 기색이 역력하고.

김류   저들이 도망한 포로를 쇄환하지 못한 것을 빌미로 불측한 일을 노리고 있나이다.

심기원   필시 이 나라 사직을 또 한 번 망하게 하려는 것입니다!

김류, 심기원과 대신들 동요하더니, 일부는 흑흑 흐느끼기까지 하고,

최명길   (우는 자들을 보며) 경거망동하지 마시오! 이 말이 누설되면 반드시 인심이 동요할 것이니, 가벼이 누설해서는 안 됩니다!!

명길의 호통에 대신들, 속으로 삭인 소리 되는데.

인조   ... 이상하지. 세자가 만문까지 익혀가며 칸의 비위를 맞추는데, 어찌 청에선 아직까지도 도망한 포로 잡아 보내는 일을 독촉하는가? 세자는 과인이 시달리는 것을 모르는 것인가?(잠시 틈) 세자는 혹... 저들의 눈치를 보며, 일신의 안위만을 꾀하는 것인가?

강석기   ...!!

여지없이 드러나는 인조의 속마음. 최명길과 강석기, 김류 등 놀랍고 두려운 마음을 감출 수 없다. 하지만 명길, 애써 침착하게 입을 연다.

최명길	전하, 일단 도망한 포로를 잡아 보내는 일에 성의를 보이시어 저들을 다독이소서!
인조	(흐음... 괴로운 날숨) 그래. 도망한 포로를 다시 잡아 보내는 일은 참으로 안타까우나... 어찌 피할 수 있겠는가?(잠시 틈) 도망한 포로를 서둘러 잡아, 돌아가는 칙사의 편에 함께 보내도록 해!

S#47.　도망한 포로를 쇄환시키는 조선 조정
- 길 일각 / 낮

행인들이 방문을 보며 두런거린다.

'주회인들은 자복하라. 자복하지 않는 자와, 주회인을 숨겨 주는 자는 같은 률로 엄히 다스릴 것이나, 이들을 관에 고하는 자들에게는 크게 포상할 것이다. 포로로 잡혀간 자들은 오직 속환가를 내고서만 돌아올 수 있으니...'

사내1	정말 도망한 포로들을 신고하면 포상금을 주는가?
여인1	목숨 걸고 도망한 사람들을 돈 몇 푼 벌자고 일러바쳐!
사내1	누가 일러바친대? 그냥 궁금하다는 거지!!

그 위로 인조의 유시문.

인조(N)	이번 도망한 포로를 쇄송하는 일로, 또다시 온 나라가 놀라움에 떨고 있다. 우리 백성들이 죽음을 무릅쓰고

도망하여 돌아왔으나...

그리고 행인들 속, 쓰개치마를 잡은 손이 덜덜 떨리는 여인, 영랑이
다! 영랑, 두려운 눈으로 주변을 살피더니 행인들 속을 빠져나가고.
영랑과 엇갈려 줄을 지어 이동하는 포졸들. 길가에 서서, 공권력이
이동하는 광경을 두려운 마음으로 지켜보는 백성들.

인조(N)　　　...남한산성의 조약이 엄중하다는 것을 어찌 알았겠는가.

- 초가 안 / 낮
방 안, 포로 사내1이 비장하게 도끼로 자신의 손목을 내리치려고
하는데, 벌컥 문 열고 들어와 말리는 노모, 뿌리치는 포로 사내1.
그때, 포졸들이 들이닥치더니 포로 사내1을 끌고 나간다. 아들을
잡는 노모와 밀쳐내려는 포졸들의 한바탕 아비규환.

인조(N)　　　도망한 백성을 결박하여 보내기를 도적들을 대하듯 하
　　　　　　　니, 스스로 목 메어 죽기도 하고, 일부러 굶어 죽기도 하
　　　　　　　며, 심지어는 수족을 잘라 이별을 미루려는 자도 있다.

- 길 일각 / 낮
포졸들이 사내2를 끌고 가면, 격하게 저항하는 사내2.

사내2　　　난 포로가 아니오. 내 형님이 포로로 잡혔다 도망했는
　　　　　　데, 왜 나를 잡아갑니까?

인조(N)　게다가 관리들이 엄한 독촉에 쫓겨 친척을 거짓으로 잡아가고, 심지어 여행하는 사람을 강제로 붙들어 보내는 일도 있었다. 그러나 조정에서는 일일이 판별할 수도 없어 원통함을 안은 채 사지로 끌려가고 있는 실정이다.

- 산 일각 / 낮

한 여인이 음식 보자기를 들고 주변을 살피더니 산속 동굴로 들어간다. 포졸들이 그 뒤를 은밀히 쫓고. 동굴에서 여인을 기다리던 이, 뜻밖에 장현이 도망시켜 주었던 '한석'이다!

한석　(환하게 웃는 얼굴로 아내를 맞았다가 곧 안색 굳는다)

보면, 아내의 뒤편으로 따라 들어온 포졸들, 놀라 한석을 몸으로 막는 아내.

인조(N)　아, 이번 일을 당한 백성들이 아무리 나를 꾸짖고 원망한다 해도 이는 나의 죄이니 어찌 피할 수 있겠는가.

- 길 일각 / 낮

끌려가는 한석과 다른 포로들. 그 뒤로 울며 따르는 포로의 가족들. 그리고 일각에서 이를 지켜보는 이, 연준이다.

인조(N)　그러나 나의 본심을 알아주어 흩어지거나 명을 어길 생각을 품지 말고, 우리 이백 년 종묘사직이 한 가닥 명

맥이나마 이을 수 있도록 하라. 이것이 나의 소원이다.

나라에 대한 근심으로 어두워진 연준의 안색.

그리고 또 다른 일각, 어린 꼬마 아이 손을 잡고, 머릿수건을 둘러
쓴 한 노인, 덕출. 끌려가는 포로들을 보는 덕출의 눈빛이 불안하게
흔들리고, 다섯 살 다짐, 속 모르고 손가락을 쪽쪽 빨며 할아버지의
손을 꼭 잡고 섰는데.

S#48. 한양 길채집 길채방 / 아침

원무가 침상에서 눈을 뜨곤 어딘가를 보더니 미소를 짓는다. 보면,
면경을 보며 단장하는 길채의 단아한 뒷모습. 원무, 저 여자가 참으
로 내 것이란 말이지... 하듯 뿌듯한 표정으로 잠시 길채를 감상하
는데, 길채, 기척을 느끼더니 상냥한 미소를 지으며 원무에게 다가
온다.

길채	일어나셨어요?(하며 미리 준비해 둔 꿀물 건네면)
원무	(일어나서 꿀물 들이켜고 내려놓더니 길채를 잡아끌며) 오늘은 나랑 쉽시다.(하는데)
길채	어머머, 머리 망가져요!(밀어내며 미소) 오늘도 궁에 들어 간다구요. 후궁 조씨가 새 장도가 나오기만 하면 보여 달라구 성화예요. 이게 다... 종사관 나리 출세를 위해섭니다.
원무	내가 출세하면?

길채	더 부자가 되지요.
원무	더 부자가 되면?
길채	부자 되면 좋지 왜 그러세요?
원무	그래... 부자 좋지...
길채	(미소) 그럼 더 쉬다 나오세요. 전 부자 되러 갑니다.

하고 총총...나가는 길채. 하지만 그 뒷모습을 보는 원무, 어쩐지 아주 조금... 허전해진다.

S#49. 한양 길채집 별채 은애방 / 낮

꺼칠해진 얼굴로 상소문을 쓰는 연준. 마침 은애가 소반에 다과 따위를 들고 들어오지만, 연준, 은애가 들어온 것도 느끼지 못한다. 썼다가 다시 쓰고, 썼다가 다시 쓰며 온 신경을 집중하는 연준.

연준(N)	포로들을 돌려보낸 일은 저들의 협박에 의한 것이라 어쩔 수 없는 일이오나, 그들의 부모·처자의 경우는 잡역을 감해 주고 별도로 구휼해 주어 성상의 은혜를 보이소서. 또한... 만일 국가에서 속환하는 비용을 마련해 준다면, 후에 나누어 징수하더라도 백성들이 원망하지 않을 것이니, 정명수의 기색을 염탐해 적당한 속환가를 알아내어 우리 백성을 속환토록 하여 주소서.

은애, 뭔가 말을 걸려다가, 몰입한 연준을 보곤 가만... 소반을 내려놓고 나가고.

한참 만에 고개를 든 연준. 문득 돌아보았다가 다과 소반을 보고
은애가 다녀간 것을 알아차린다.

S#50. 한양 길채집 별채 은애방 마루 / 낮

마루에 가만... 앉은 은애. 잠시 후, 연준이 나와 은애 곁에 앉는다.

은애   (미소로 맞으며) 서방님.

연준   왔으면 기척을 하지 않고.

은애   상소문 쓰시는데 방해할 수야 없지요. 헌데 무슨 일을
         고하시려구요?

연준   도망한 포로를 다시 잡아들이고 있어요. 오랑캐들이 노
         리는 것이 무엇인지 아십니까?(점점 흥분한다) 조선인
         들이 같은 조선인과 싸우고, 때리고, 미워하도록 조종
         하고 있어요. 헌데도 아직까지 조정엔 오랑캐와 붙어
         후일을 도모하고자 하는 이들이 많으니...(더 열을 내려
         다 문득 말 멈추고 조금 민망해져서) 물론, 내 상소문
         따위... 이제 기다리는 사람도, 보자는 사람도 없지만...

은애   (가만...연준의 손을 잡아준다) 서방님이 아니면, 누가
         전하께 도망 포로 다시 잡는 일을 그만두시라... 용감하
         게 청할 수 있을까요?

연준   부인...

은애   길채 일은 제가 돕고 있습니다. 그러니 서방님은...(가
         만... 연준의 어깨에 머리를 기대며) 서방님의 길을 가
         셔요... 전 서방님이 나라를 위해 근심하고 애쓰시는 것

을 보면 기쁘고 보람찹니다.

은애, 이 순간 평온하고 행복하지만, 연준 마음 속 무거운 근심의
크기를 짐작하진 못하고.

S#51. 대장간 마당 / 낮
길채가 박대와 집무실에서 나서면, 저편 마당에선 일하고 있는 이,
덕출이다! 덕출, 대장간 도구 따위 닦는 등 잡일을 하고 있는데, 다
짐이 자꾸 덕출에게 붙어 칭얼거린다.

다짐 할아버지, 업어줘요. 업어줘요, 할아버지...
덕출 저리 가서 놀라니까!(눈치 보며 아이를 떼어내리는데)

다짐이 왈칵 덕출의 등에 올라타려다가 그 와중에 덕출의 머릿수
건이 벗겨지고 만다. 옆머리가 바싹 깎였던 흔적! 덕출, 황급히 머
릿수건을 쓰며 주변을 살피다가 길채와 눈이 만난다. 온몸이 굳는
덕출. 하지만 못 본 듯 박대와 얘기하며 무심히 지나가는 길채.

크게 안도하며 다시 삽을 드는 덕출. 하지만 가던 길채, 문득 멈춰
서더니 다시 덕출을 본다. 복잡해지는 길채의 표정. 그리고 대장간
일각, 저편에서 옆 눈으로 덕출을 살피는 이, 야장 염태다.

S#52. 대장간 마당 / 낮

대장간 문 앞에 쪼그리고 앉아서 칵... 바닥에 침이라도 뱉으며 뭔가 초조하게 기다리는 염태. 그때, 저편에서 포졸들이 오자, 염태, 벌떡 일어서더니, 눈짓으로 안쪽 덕출을 가리킨다. 곧, 대장간 안으로 들이닥치는 포졸들.

포졸1   주회인(자막: 포로로 잡혔다가 도망하여 돌아온 사람)을 포박하라!(하며 덕출을 끌어내고)

덕출   (끌려가며) 아, 아니요! 아닙니다!! 마님, 마님!!

다짐   (덕출의 다리에 매달려) 할아버지!!

소란한 소리에 집무실에서 나오는 길채. 보면, 덕출이 끌려가고 있다.

포졸1   (홱 덕출의 머릿수건을 벗겨버린다. 깎였다가 다시 자란 짧은 머리)

길채   ...!!

덕출   마님... 마님!!

S#53. 관아 내실 / 낮

관아 내실, 판관, 형방과 마주한 길채. 길채, 판관이 지켜보는 가운데 형방의 취조를 받고 있다.

형방   마님, 도망한 포로인 것을 알고 숨겨주셨습니까?

길채   숨겨준 게 아니야! 도망 온 포로인 것도 전혀 몰랐네.

형방	만일 주회인을 숨겨준 것이 밝혀지면 죗값을 치르셔야 합니다.
길채	자네, 우리 종사관 나리가 어떤 분인지 알고 날 추궁하는가?(벌떡 일어서며) 죄가 없으니 난 그만 돌아가겠네!

S#54. 관아 마당 / 낮

길채가 관아 내실에서 나오면 관아 마당에 덕출처럼 색출된 주회 인 십수 명이 묶인 채, 꿇려져 있다. 망연자실한 덕출과, 덕출에게 딱 붙어 눈만 꿈벅이는 다짐. 덕출, 길채를 보자 지푸라기 잡듯 무 릎걸음으로 절박하게 나와 애원한다.

덕출	마님, 살려주십시오. 이번에 또 잡혀가면 죽습니다!!
길채	(냉정하게) 나를 속인 것도 모자라 살려달라고? 자네 때문에 내 얼마나 피해를 보았는 줄 아는가?
덕출	저는 죽어도 상관없으나, 우리 다짐이라도... 제발!!
길채	(외면하고 가려는데)
덕출	(악에 받쳐) 알고 계셨지 않습니까!! 우리가 청에서 도 망온 걸 알면서 받아준 거 아니요!!
길채	(...!!) 닥치지 못해!!

그때, 저편에서 길채를 발견하는 친왕의 시종, 맹탄. 길채를 본 맹 탄의 눈이 번쩍 뜨이자, 곁에 서 있던 청역 최도리가 그 반응을 기 민하게 포착한다.

S#55.　관아 일각 / 낮

관아 마당 일각을 걷는 맹탄과 그 옆에 붙은 최도리. 맹탄, 근심 가
득하다.

맹탄　　왕야께서 일전에 도망한 조선 포로 계집을 반드시 잡
　　　　아오라 성화인데, 조선 임금도 못 잡아들이는 걸 내가
　　　　어찌 잡아!

최도리　그러게 말입니다.

맹탄　　그러게 말입니다? 도망한 포로를 잡지 못하면 너는 무
　　　　사할 줄 아느냐!!

최도리　거참... 대인도 참으로 융통성이 없으십니다. 다른 왕야
　　　　의 시종들이 다들 도망한 포로를 진짜루 찾아서 잡아
　　　　가는 줄 아십니까?

맹탄　　허면?

최도리　(쓱... 맹탄 눈치 살피더니) 조금 전에 보았던 그 부인...
　　　　참으로 곱지요?

맹탄　　....그런 여인을 데려간다면 도망간 포로 따윈 다 잊으시
　　　　겠지만...

최도리　방도가 없는 것도 아니지요.(귀에 대고 뭔가 속삭이면)

맹탄　　...!!

S#56.　대장간 집무실 / 낮

길채가 탁상에 앉았는데, 문득 덕출의 말이 떠오른다.

(Ins.C)   **관아 마당** *(11부 54씬 확장)*

덕출(E)   청에 끌려가면 우리 다짐이는 죽습니다!

길채   나랑 무슨 상관이야...(하며 털어냈으나)

S#57.   **관아 내실 / 낮**

관아 내실에 마주한 길채와 판관 그리고 길채 뒤에 선 종종이.

길채   어린아이는 그냥 보내주십시오. 데리고 가봐야 밥만 축
        낼 것입니다.

종종이   (은자가 든 함을 판관 앞으로 내밀고)

판관   (함 열어보더니) 뭐, 어린애 하나쯤... 가는 길에 죽었다
        해도 크게 상관치 않겠지...(하며 쓱... 챙기고)

S#58.   **길 일각 / 낮**

길채와 종종이가 다짐이를 데리고 집으로 향하고 있다. 눈물이 말
라붙어 거지꼴이 된 채 연신 쿨쩍거리는 다짐.

종종이   애는 누가 건사한다구 델구 오신 거예요?

다짐   할아버지... 할아버지...(하며 계속 울면)

길채   그만 울어! 울어도 이제 할아버지 안 와!!

다짐   (꿀럭)

길채   이제 너 혼자야. 씩씩하게 살아야 돼, 알았어?

이제 길채와 종종이, 조금 인적이 드문 길로 꺾어지는데, 뒤편에서 은밀히... 길채와 종종이에게 다가오는 사내들이 있다.

S#59.   납치당하는 조선 사람들
- 길 일각 / 낮

유랑민들이 노숙하는 거리 일각. 그 길을 천천히 가로질러 걷는 맹탄과 최도리. 맹탄, 손에 든 도망친 포로 그린 화상들을 척척 넘기다가, 대충 닮은 사내 하나를 찍는다.

맹탄   흠... 저 놈이 비슷하게 생겼구나.

곧, 부하들이 그 사내를 끌고 가면, 기력이 쇠한 유랑인들, 그 모습을 멍...하니 보고.

- 길 일각 / 낮

앳된 애기씨 승아와 승아의 동무가 쓰개치마를 쓰고 수다를 떨며 가다가, 승아의 동무, 뭔가를 놓고 온 듯 아차차... 하며 뭐라 말하곤 왔던 길로 돌아간다. 서서 동무가 오기를 기다리는 승아. 그때, 승아의 뒤로 다가오는 사내들.

CUT TO

잠시 후, 동무가 뛰어왔을 땐, 바닥에 떨어진 승아의 쓰개치마뿐.

- 길 일각 / 낮 (58씬 연결)

연신 소매춤으로 눈물을 훔치며 몇 발 앞서 걷는 다짐과 그 뒤로 근심 가득한 얼굴로 따르는 길채와 종종이. 그리고 뒤편, 정체 모를 사내들이 길채와 종종이에게 서서히 다가오다가, 한순간, 길채의 입을 틀어막고 끌고 간다.

종종이   마님! 놔, 놔!!(하다 종종이마저 입이 막혀 끌려가고)

다짐이 그제야 돌아보면, 길채와 종종이가 버둥대다 막 눈앞에서 사라진다. 다짐, 눈만 꿈뻑꿈뻑... 하고.

S#60.   심양 장현 여각 / 저녁

탁상 한 자리를 차지하고 앉아 밥을 먹는 장현과 양천, 구잠.

장현   (양천의 밥술 위에 고기를 얹어주며) 우리 성님, 많이 드시우! 나랑 성님이랑은 검은 머리 파뿌리 되도록 알콩달콩, 오순도순 살아야 하니까.

양천   왜 이래, 징그럽게...

구잠   (꼴 사나워... 하는 표정 됐다가) 소식 들었수? 도망한 포로들 잡는다고 조선땅이 발칵 뒤집혔답니다. 조만간 심양으로 끌고 온대요.

양천   (순간 표정 굳어지며 수저라도 놓치면)

장현   (양천에게 도로 수저 쥐여주며 구잠 나무라듯) 밥 먹어!

구잠   아? 아...(얼른 밥 먹으면)

장현	(양천 보며) 이제 성님한텐 그런 일 안 생깁니다. 나 믿으시우!
양천	(피식...)

여전히 두려움이 남은 양천의 애매한 미소. 장현, 그런 양천을 안쓰럽고 애틋하게 보는데.

S#61. 한양 길채집 대청 마당 / 밤

모든 소리가 뮤트된 채, 넋이 나간 얼굴로 대청마루에 앉은 원무의 얼굴이 화면 가득. 곧, 서서히 웅성웅성 시끄러운 소리들이 들리기 시작한다.

카메라 멀어지면, 횃불을 든 시종들이 분주히 드나들며 원무에게 '아니 계십니다!' 따위를 보고하는 등, 또다시 발칵 뒤집힌 길채의 집. 곧, 은애와 연준이 방두네와 영채를 대동하고 들어온다.

은애	(하얗게 질려) 길채가 사라지다니요!
박대	분명 오후 참에 대장간을 나서셨다는데... 돌아오질 않으셨습니다!

당황한 시선을 교환하는 은애와 영채, 연준, 방두네 등.

영채	언니...(울상이 되었고)
연준	저도 찾아보겠습니다. 가지!(하며 박대를 대동하고 나

가면)

은애 (원무에게 간다) 따로 어디 들른단 말은 없었습니까?

원무 (묘한 표정으로 은애 본다)

방두네 종종이! 종종이도 없어졌습니까?

원무 (천천히 끄...덕)

은애, 방두네 ...?!!

S#62. **길 일각 / 밤**

길채를 찾는 연준과 시종들.

연준 부인, 부인!!!

다른 일각, 역시 박대와 함께 길채를 찾는 시종들.

박대 마님... 마님!!!

S#63. **들판 일각 / 밤**

까만 밤하늘, 총총 박힌 아름다운 별들. 그 위로, 덜컹덜컹... 수레바퀴 굴러가는 소리. 그리고,

덕출(E) (숨죽인 소리) 마님... 마님!

보면 수레 안, 정신을 잃은 길채와 종종이, 그 옆으로 함께 납치된

승아 등 다른 여인들! 카메라 멀어지면, 들판 일각, 청으로 가는 사신 행렬의 뒤를 따르는 도망한 포로들의 행렬.

S#64.　　한양 길채집 마당 / 새벽

서서히 동이 트고 있다. 은애, 시종들이 빈손으로 들어올 때마다 더욱 창백해진다.

방두네	이게 뭔 일이야.(했다가 은애에게 작게 속삭) 설마 또... 그 이장현인가... 그분하구...
은애	(매섭게) 닥치게!
방두네	아니, 혹시나...(했다가 입 꾹 다물고)

S#65.　　한양 길채집 사랑채 / 같은 시간

사랑채에 앉은 원무. 밖에선 길채를 찾는 사람들이 드나드는 소리로 여전히 소란스럽고. 원무, 가만... 탁상 위, 길채의 화상을 본다. 원무의 눈빛이 복잡해진다.

S#66.　　한양 길채집 앞 / 새벽

여전히 원무의 집으로 횃불을 든 시종들이 부지런히 드나드는데, 일각에 서서 이를 지켜보는 이, 다짐이다. 눈물이 말라붙은 얼굴로 꿀럭꿀럭... 하며 길채의 집 앞에 선 다짐. 하지만 분주히 드나드는 시종들에겐 다짐이 거추장스러울 뿐.

시종1   저리 가, 왜 얼쩡거려!

이리저리 치이는 다짐, 잔뜩 주눅든 얼굴 되고.

S#67.   길 일각 + 한양 길채집 앞 / 아침

술을 마셨는지, 조금 휘청거리며 걷는 량음. 어쩌다 보니 역시나
또, 길채의 집 앞이다.

량음   (이런 자신이 싫다. 자조적인 헛웃음 작게 내뱉으며 몸
         을 돌리려는데)

횃불을 들고 우르르... 나오는 시종들. 곧, 저편에선 다른 시종들이
바삐 안으로 들어가는 모양이 심상치 않다. 술이 확 깨는 량음. 량
음, 조금 더 가까이 다가가 살피려다 툭, 뭔가와 부딪힌다. 보면, 말
라붙은 눈물로 꼬질꼬질해진 채 쪼그리고 앉은 다짐이다.

량음   ...!!

S#68.   들판 / 아침

종종이(E)   마님, 눈 좀 떠보세요, 마님!!

아침 해가 거침없이 길채에게 쏟아진다. 그제야, 끙... 길채가 눈을

뜨면 저편에서 반색하는 덕출.

종종이   마님... 이게 뭔 일이래요?

길채   (당황하여 보면, 수레 뒤, 길게 이어진 도망 포로들) 이
           게 무슨... 도대체 여기가 어디...!(하는데)

덕출   (조심히 다가와 작게 말한다) 마님! 제발 몸을 보존하
           십시오.(하는데)

채찍질하여 덕출을 몰아내는 청병. 길채, 놀라 숨이 멎는데, 느긋하
게 나타나는 최도리.

최도리   마님도 청군에 포로가 되었다 도망친 적이 있지요? 해
           서 도로 잡아가는 것입니다.

길채   무, 무슨...!! 난, 포로가 된 적이 없다. 그러니 당장 나를
           내려라, 당장!!(하는데)

그때, 끌려가던 포로 사내1, 눈치를 살피다 도망치기 시작한다. 포
로 사내1, 일각으로 필사적으로 뛰는데, 곧, 청병이 창을 던져 뚫어
버리고. 그대로 피를 쏟으며 쓰러지는 포로 사내1.

길채   (턱, 숨이 막히고)

최도리   여기서 내리면... 저리 됩니다. 내려드릴깝쇼?

길채, 종종이   ....!!!

S#69.   심관 편전 / 낮

소현과 대신들이 일별했고, 일각에 대기하고 선 장현과 역관들.

정명수   곧, 돌아오는 칙사 편에 조선에서 잡은 주회인과 향화
인이 옵니다. 이번엔 폐하께서 조선 신하들이 도망한
포로 벌주는 일을 직접 지켜보라 명하셨습니다!

소현과 대신들, 당황하며 술렁이고, 장현 옆, 다른 역관들도 불편한
표정 된다. 장현 역시, 후... 봐야 하는가... 싶은 표정 되고.

S#70.   심관 고방 / 낮

장현이 일각에 서서 장부 따위 보고 있는데, 곧, 언겸이 들어와 말
건다.

언겸   말 들었지? 이번에 조선에서 포로들이 온다네. 헌데 포
로들 벌주는 것을 차마 볼 수 없다는 대신이 있어서...
장현   (여전히 장부에 시선 준 채) 예, 제가 대신 자리를 채우
지요.
언겸   그래 주겠는가!
장현   (피실...) 어려울 게 뭡니까? 안 본다고, 포로들이 벌을
안 받는 것도 아니고...
언겸   그야...(흠흠...) 자넨 아무튼 속을 모르겠단 말이지.

하며 나가면, 장현, 여전히 무심히 장부나 넘겨 살피고.

S#71. 심양성문앞 + 돌판 / 낮

도망한 포로들을 맞기 위해, 청병들이 성 문 앞에 일벌했다. 그리고 뒤편에 선 조선의 대신들, 그리고 다른 역관들과 함께 선 장현. 잠시 후, 여기저기 대신들이 두런거리는 소리. 옵니다, 오는구만... 보면, 저만치 작게 보이기 시작하는 다시 잡혀온 도망 포로 행렬.

그사이 수레에서 내려진 길채, 두 손이 묶인 채, 오랜 걸음으로 지쳐 휘청거리며 심양 성 문을 향해 걷고, 성 문 앞 장현, 웅성거리며 마음 아파하는 다른 대신들과 달리, 저 멀리서 포로들이 오는 것을 무덤한 표정으로 바라본다.

성 문이 가까워질수록 두려워 숨이 가빠지는 길채와 길채가 오고 있다는 것을 짐작도 하지 못한 채 지켜보는 장현. 이렇게 가까워지는 장현과 길채, 두 사람에서.

- 11부 끝

戀人 ——

제
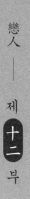
부

戀
人
—

S#1. **들판 / 아침** (11부 68씬 연결)

길채   난, 포로가 된 적이 없다. 그러니 당장 나를 내려라, 당
          장!!(하는데)

그때, 끌려가던 포로 사내1, 눈치를 살피다 도망치기 시작한다. 필
사적으로 뛰는 포로 사내1, 하지만 청병이 창을 던져 뚫어버리고.
그대로 피를 쏟으며 쓰러지는 포로 사내1.

최도리   여기서 내리면... 저리 됩니다. 내려드릴깝쇼?
길채, 종종이 ....!!!

S#2. **한양 길채집 앞 / 아침** (11부 67씬 연결)

눈물이 말라붙어 꼬질꼬질해진 채, 작게 쪼그리고 앉은 다짐. 곧, 툭 누군가와 부딪힌다. 올려 보면, 허옇게 잘생긴 아재, 량음이다.

량음   (의아한 얼굴로 다짐 보다가) 애, 너 길을 잃었니?(하
        는데)

다짐   마님을... 끌고 갔어요.

량음   ...?!!

S#3. **들판 / 아침**

길채와 종종이, 이제 수레에서 내려져 끌려가고, 그 곁에서 한들거
리며 걷는 최도리.

길채   (최도리를 매섭게 노려보며) 여인들을 납치하여 도망
        간 포로라 우기고 끌고 가는 일이 흔하다지만, 난 엄연
        한 양가의 여인이야!

최도리   그래요? 헌데... 청나라 친왕께서 직접 보낸 시종이 마
        님이 도망간 포로라고 우기니 이거 원...

길채   우리 종사관 나리께서 아신다면 가만 계실 듯싶은가?

최도리   아, 대대로 무관을 지낸 집안이라 하셨지요? 헌데... 들
        으셨는지요. 도망한 포로를 잡아들이지 못하면, 조선
        임금을 청으로 끌고 간다 했답니다.

길채   ...!!

최도리   해서 조선 조정에서 도망한 포로들은 사족, 양인 불문

	하고 잡아들이고 있어요. 저항하면 즉결 처분해도 된다고 했다던가. 그런 마당에 종사관의 안사람 따위...
종종이	어디서 허튼 수작이야! 당장 우리 마님을 돌려보내지 못해!!(하는데)
길채	(턱... 종종이 잡는다. 두려움에 종종이를 잡은 손이 가늘게 떨리고)
종종이	(전에 없던 길채의 두려움을 느끼고 그제야 안색 굳으며) 마님...
최도리	(씩... 비열한 웃음을 흘리며 가고)

S#4. 한양 길채집 마당 / 아침

은애가 초조하게 소식을 기다리며 서성이는데, 곧, 연준이 박대 등을 데리고 들어오며 길채를 찾지 못했다는 뜻으로 고개 저으며,

연준	아직 아무 소식 없습니까?
영채	언니...
은애	(다리의 힘이 풀려, 마루에 쓰러질 듯하면)
방두네	아이구 마님!(하며 부축하는데)

곧 드륵... 사랑채 문 열리고 원무가 나오더니, 은애를 본다.

원무	혹... 따로 들은 말은 없으십니까?
은애	(겨우 고개 들어보며) 들은... 말이라니요?
연준	(역시 의아해서 보면)

원무	부인이 사라진 것이 처음이 아닙니다. 혹 이장현 그자가......
방두네	에그머니!(했다 흡 입 막고)
은애	무, 무슨 말씀을!!
원무	(은애 앞으로 한 걸음 나선다. 얼음장처럼 냉정한 얼굴이다) 일전엔 부인께서 직접 배웅까지 했었지요?(하는데)
연준	(원무의 앞을 막아서며 단호한 눈빛) 저와 얘기하시지요.
원무	(적개심으로 이글거리는 눈으로 연준 보고)

S#5. 우심정 내실 / 아침

량음이 물끄러미 뭔가를 보고 있다. 보면, 앞에서 우걱우걱 밥을 먹고 있는 다짐이.

량음	체할라...
다짐	(열심히 먹기만 하고)
량음	웬 사내들이 마님을 끌고 갔다고...?
다짐	(양 볼 가득 음식을 넣고 고개 끄덕)
량음	처음 본 사내들이었어?
다짐	(끄덕)
량음	마님과 사내들은 서로 모르는 사이 같았고?
다짐	(끄덕끄덕)
량음	(뭐지? 혼란스러운 표정 되고)

S#6.   한양 길채집 앞 / 아침

길채집 앞, 여전히 시종들이 드나들며 길채를 찾느라 요란하고, 조금 떨어진 곳에서 이를 보는 량음과, 손에 든 엿을 쪽쪽 빨며 다른 손으로 량음을 잡고 선 다짐. 량음, 길채집 쪽으로 한 발 나섰다가 멈춘다.

량음   내가 왜...?(새삼 냉정해져서 돌아가려는데 불현듯 떠오른 말)

(Ins.C)*   *10부 32씬
장현   *... 넌 몰라. 그 여자가 나한테 뭔지.*

장현의 그녀를 외면할 수 없다는 사실을 깨달은 량음, 결국 질끈... 눈을 감고 만다.

S#7.   한양 길채집 마당 / 아침 (4씬 연결)

연준   속이다니요. 부인을 찾기 위해 밤을 새며 돌아다녔소. 이것이 거짓으로 보입니까?

원무   남수찬을 의심하진 않습니다. 허나...(은애를 본다) 부인께서 이번에도 날 속이고, 내 처가 떠나는 것을 도운 것이 아닌가... 해서 하는 말입니다.(하는데)

은애   그동안... 그런 마음으로 지내셨습니까.(끙... 일어서며) 길채는... 아시지 않습니까? 한 번 정한 마음을 되돌리

는 아이가 아닙니다. 길채가 선택한 사람은 구종사관입니다. 헌데, 그런 길채를 의심하시다니요?(하는데)

연준　(뭔가를 보고 놀란 얼굴) 자네...!!

보면, 량음이 다짐의 손을 잡고 마당 일각에 섰다.

S#8.　**한양 길채집 사랑채 / 아침**

의구심 가득한 얼굴로 윗목을 보는 원무. 가만... 앉은 량음과 어리둥절 긴장한 다짐이 있다. 원무 옆 자리, 은애와 연준, 량음이 전한 말에 황망한 표정인데,

원무　외간 사내들이 끌고 갔다?

량음　예.(다짐 보면)

다짐　마님이랑... 종종이를 끌고 갔어요.

은애　...!!

연준　어디로? 어디로 끌고 갔단 말이냐?

다짐　(량음 보면)

량음　오랑캐 말을 썼다 합니다.

연준, 은애 놀라 얼어붙는데, 오직 원무, 여전히 의심을 거두지 못한 표정.

량음　근래 부녀자를 납치하는 일이 많다 들었습니다. 이는 필시...(하는데)

원무	자네는... 이장현, 그자 사람이지? 이제 모든 것이 확실해지는군.(자리를 박차고 나가버리고)
연준	구종사관!(쫓아 나가고)
량음	(당황스러워 은애 보면)
은애	(현기증에 털썩, 한 손을 바닥에 짚고)

S#9. **한양 길채집 마당 / 아침**

원무가 마당으로 나서면, 다급히 따라 나오는 연준.

연준	구종사관, 어찌 이러시오?
원무	필시... 이장현 그자가 내 처를 데려간 게 분명합니다. 그리곤 저 량음이란 자에게 뒷수습을 부탁한 게지요.
연준	구종사관!!
원무	허면 왜 하필 내 처의 소식을 저 자가 들고 왔단 말입니까?
연준	량음이 말하지 않았습니까? 우연히 이 앞을 지나다 다짐을 만나서...
원무	우연...?(클클클...) 그 말을 믿으십니까?

원무, 배신감과 분노로 실성한 사람처럼 웃고, 연준, 당황스러운데.

S#10. **한양 길채집 사랑채 / 밤**

은애, 쓰러질 듯한 몸을 끌어 겨우 량음에게 간다. 이윽고 량음 앞

에 이르면,

은애	량음, 난... 자네를 믿어. 그리고 이 아이의 말도.
량음	...!!
은애	길채를...(허억... 숨을 쉬기가 힘들다) 길채를 데려와야 해.

그때, 벌컥 문이 열리더니 원무가 시종들을 대동하고 들어온다.

원무	저자를 치도곤해서 마님이 어딨는지 알아내!!
시종들	(우르르... 량음 끌고 가려는데)
은애	나리!!
량음	이럴 시간이 없습니다. 청인들에게 끌려간 것이 분명하니, 시일을 지체 마시고, 지금이라도 사람을 보내 마님을 찾으십시오!
원무	(전혀 동요치 않고)
량음	허면 저를 보내주십시오! 제가... 마님 간 곳을 찾아내어...
원무	그 말을 믿을 듯싶으냐!!(하는데)
연준(E)	내가!

보면, 뒤로 들어와 선 연준.

| 연준 | 량음과 동행하겠소. 설마... 나까지 의심하진 않으시겠지요? |

원무와 연준의 눈빛이 쩽... 만나고.

S#11. 들판 / 낮

심양 가는 길목의 들판 일각. 길채와 종종이를 비롯한 포로들의 처참한 몰골. 형체도 없이 너덜해진 짚신, 맨살이 땅에 닿아 부르터 피딱지가 말라붙은 지 오래고, 목은 마르고, 배도 고파, 다들 정신이 혼미한 채 끌려가는데, 바싹 마른 여인 하나가 걷다가 지쳐 주저앉고 만다.

청병이 다가와 툭툭 차면, 차는 대로 휘청거리며 기운을 차리지 못하는 여인. 곧, 청병1, 여자를 무리에서 떼어 저편으로 굴려버린다. 버려진 여인, 몇 번이고 다시 일어나려다 결국 쓰러져, 그렇게 버려지고. 황량한 들판, 버려진 여인 위로 불길하게 날며 여인이 죽기를 기다리는 새. 이를 보고 겁에 질리는 길채, 옆을 보면, 종종이도 지쳐 몸이 휘청거린다.

길채	종종아...!
종종이	마님... 목이 말라요. 목이...(하면서 또 휘청)
청병1	(저편에서 종종이를 주시하고)
길채	...!!

S#12.   한양 길채집 별채 은애방 / 낮

은애가 먼 길 떠나는 연준의 봇짐을 챙기는데 마음이 황망하다.

은애	길이 험할 터인데 부디 몸 건사하시고, 또... 말린 고기
	랑 빻은 곡식을 넣었고. 발싸개도 넉넉히 넣었으니...
	(하며 중언부언하면)
연준	(가만... 은애 손 잡는다. 걱정 말라는 눈빛)
은애	(연준을 올려본다. 목이 멘다) ...고맙습니다.
연준	고맙다니. 내 일이오. 내가 옥에 갇혔을 때, 유씨 부인이
	나를 위해 해준 일을 생각하면, 내 무엇을 못 하겠소.
은애	(그렁...해서 올려보고)

S#13. 한양 길채집 사랑채 + 마당 / 낮

원무가 사랑채에 무거운 얼굴로 앉았고, 밖에서 연준의 음성 들린다.

연준(E)	구종사관, 이제 우리는 떠납니다.
원무	(굳게 입을 다물고 있다. 원무는 아직 저들을 믿을 수
	없다)

- 마당

마당에 선 연준 그리고 량음. 그 옆엔 은애와 방두네, 박대, 눈이 벌
게진 영채가 섰고. 그리고 저편, 천진하게 놀고 있는 제남이와 대복
이, 옆에서 삐죽거리며 끼고 싶어 하는 다짐. 그리고 아이들 곁에
쪼그리고 앉아 갸웃... 하며 연준과 은애 등을 보는 교연. 무슨 일이
지... 하는 표정.

| 연준 | (교연에게 허리 굽힌다) 스승님, 다녀오겠습니다. |

교연   (눈만 꿈벅이다가 량음 보더니 헤...) 잘생겼구나.

연준, 잠시 은애와 눈 마주쳤다 나가면, 량음, 까닥 은애에게 읍하고 따라 나가고.

S#14.   길 일각 / 낮
말을 타고 한양을 벗어나는 연준과 량음.

량음   청인들이 심양으로 들어가는 길은 제가 잘 알고 있지요. 운이 좋으면, 부인의 흔적을 찾을 수 있을 것입니다.

연준   헌데... 자네는 왜 이장현 그 사람을 따라가지 않았는가?

량음   (얼굴 굳어지면)

연준   아니 그보단... 구종사관의 의심을 사고도 부인 찾는 일을 돕는 이유가 뭔가?

량음   (쓸쓸한 미소) 일전에 저 역시 장현 도련님께 비슷한 질문을 한 적이 있습니다. 왜 목숨을 걸고 그분을 도와주십니까... 하고.

연준   그분을 돕다니? 그분이 누군가?

량음   장현 도련님이 말하더군요. 그분이 죽거나 다치면... 누군가 피눈물을 흘릴 터인데, 그 꼴을 보기 싫다구요. 저도 그렇습니다.(하고 말을 앞서가면)

연준   (알 듯 모를 듯한 표정 되고)

S#15. 다시 들판 / 낮 (11씬 연결)

점점 더 휘청거리며 곧 쓰러질 듯한 종종이. 청병1이 종종이에게 다가오면, 길채의 마음이 더욱 다급해진다.

길채   (다급해져서) 종종아... 종종아! 정신 차려!!

종종이   (퍼뜩 정신 차렸다가 다시 흐물) 더 이상은 못 걷겠어요. 한 달 넘게 가야 한다는데...(울먹울먹) 전 못 해요... 못 해요, 마님...(하며 쓰러질 듯 휘청)

덩달아, 곁에서 우는 승아와 다른 애기씨들. 흑흑...

길채   여기서 쓰러지면 널 버리고 갈 거야. 그럼 까마귀밥 돼. 그래도 좋아?

종종이   하지만... 이제 더 이상은...(하는데)

앞에 펼쳐진 끝도 없이 이어진 들판, 내리쬐는 태양, 쓰러지기 일보 직전 종종이. 결국 길채, 다급하게 최도리를 부른다.

길채   이보시오!

최도리   (슬슬 다가오면)

길채   (제 저고리 안쪽을 가리키며) 안에... 노리개가 있습니다. 내 손을 풀어주면...

최도리   풀어줄 순 없지.

길채   (울컥. 잠시 짧고 굵게 고민하더니) 허면, 직접 손을 넣어 꺼내 가시오.

최도리	(...!!) 에헤... 감히 양가 댁 여인의 몸에 어찌 손을 대겠습니까?
길채	괜찮으니, 꺼내요!
최도리	(결국 손을 넣어 뒤지면)

승아와 다른 포로 여인들, 놀라는 표정. 하지만 길채, 꾹... 감내하고, 이윽고 최도리, 안에서 작은 노리개를 꺼낸다.

길채	이걸 받고, 수레에 태워주시오.
최도리	(빙글...) 이걸론 한 명밖에 못 태우는데...
길채	난 됐소. 이 아이를 태워줘요.
최도리	(묘한 미소) 상전이 종을 태우다니... 별일이구만.(청병에게 눈짓하면)

청병, 종종이를 수레에 태우고. 이를 부러운 듯 보는 승아와 다른 포로들.

종종이	마님...!
길채	버텨, 버티는 거야!!
종종이	(울컥하면)
길채	(애써 미소 지어 보이고)

S#16. 심양 장현 여각 앞 / 밤
심양 인적 드문 밤길 일각에 술병을 들고 선 장현. 두둥... 붉은 달이 떴고, 그 달빛을 안주 삼아 병술을 들이킨다. 문득 떠오르는 길채와의 추억.

(Ins.C)   *한양 우심정 앞 / 낮* (7부 45씬 확장)
한양 우심정 앞에 마주한 장현과 길채.

장현 (자신이 선물한 옷을 입고 있는 길채를 보곤 씩...) 어울리는구만.

길채 뭐... 선물한 정성을 생각해서 입고 왔습니다.(하는데)

장현 헌데, 그 옷은... 은애 낭자에게 선물로 준 것인데...

길채 (...!!) 당장 가서 갈아입겠어요!(하고 돌아가려는데)

장현 (놀림이 성공하자 큭큭 웃다가 턱 잡으면)

길채 나한테 준 거... 맞죠?

장현 (미소로 끄덕) 아주 어울립니다. 고와요.

길채 흥... 그야 뭐, 예쁜 여인이 예쁜 옷을 입으니, 결국 예쁠밖에!

장현 (피식... 웃다가) 낭자, 낭자도 뭐 나쁘진 않지만, 난 낭자보다 예쁜 여인을 아주 많~~이 봤소.

길채 (자신만만하게 피식) 어머! 맘에 없는 소리 마세요. 허면 도련님 눈에 제일 예쁜 여인 말고, 왜 제게 이런 비싼 옷을 선물하셨을까요? 난 그런 사내는 본 적도 들은 적도 없어요!!

장현 왜 낭자에게 비단옷을 선물했느냐? 음... 낭자는 말이지... 처음 봤을 때부터 좀 그랬어.

길채 (어려운 말을 들은 듯 눈 꿈벅꿈벅) 좀 그렇다니, 그게 무슨 말이에요?

장현 나한텐, 낭자가... 쫌 그래.

길채 그러니까, 쫌 그런 게 뭐냐구요?

장현 흠... 다들 기다리겠군, 들어가지.(몸 돌려 계단 오르면)

길채 (발끈하여 쫓아가며 묻는다) 이봐요! 말을 끝까지 해야지요? 뭐가 그런데요? 우리가 처음 만난 게 그래, 그네터! 그네가 왜? 뭐가 쫌 그랬는데, 쫌 그런 게 뭐냐구요!!(하다가 장현 뒤통수에 대고) ...야!!

다다다 하는 길채의 목소리 아련히... 사라지면, 장현에게 쓸쓸한 미소가 뜨는데, 지나던 누군가 장현 곁을 지나가며 툭 장현의 손에 들고 있던 술병이 건드려져 바닥에 떨어진다.

여인 (화들짝) 미안합니다.(하고 얼른 술병을 줍고)

장현 (받으려 손 내밀며 보면, 여인은 너울을 쓰고 있다)

여인 (술병 장현에게 주는가 싶더니 손 거두며) 여기... 사십니까?

장현 ...!! (뭐야... 하는 표정으로 뺏듯 술병 가져오면)

여인 (아예 가지 않고 나란히 곁에 서선) 오늘 달빛, 묘하죠? 헌데... 야밤에 홀로 술 한 병 들고 달구경이라... 한량이오?(쓱 위아래를 보더니) 먹물은 아니고, 혹 부잣집 망나니 아들인가?

장현 (이제 좀 불쾌해져서) 당신 뭔데...(하고 보면, 너울 너머 파란 복면과 닮은 듯한 눈이 보일 찰나)

여인 (살짝 고개 까닥... 하더니 일각으로 사라지고)

장현, 저건 뭐야... 하며 보다가, 다시금 술 벌컥 마시곤 달빛 본다.

장현   그래, 오늘따라 묘하군.(달에 짠하듯 들어 보이며) 그
                대도 이 달빛 아래 있겠지. 부디... 좋은 밤 되시오...

S#17.   들판 / 같은 시간

장현이 보는 것과 같은 달 아래 선 길채. 허덕이며 휘청휘청 걷는
길채, 힘들고 불안하여 미칠 것 같은 심정이 되었고.

S#18.   심관 편전 / 낮

용골대와 소현 그리고 대신들이 섰는데, 당혹스러운 소현과 대신
들. 그에 반해 단호한 표정의 용골대. 정명수, 말 전한다.

소현   갑자기 농사를 지으라니?

정명수   가뭄이 들고, 송산 금주성에 보낼 군량도 부족하니 이
                제 조선관에서 스스로 농사를 지어 식량을 마련하라는
                폐하의 명이십니다.

대신1   무슨 말씀이시오? 볼모로 온 이들을 먹이지 않는 경우
                는 없소이다!

대신2   이곳은 풍토가 조선과 매우 다른데 어찌 조선 사람들
                이 여기서 농사를 짓겠소이까?

용골대   폐하의 말씀이 한 번 나왔으므로 이제 바꿀 수 없습니다.

하고 정명수 데리고 가버리면, 남은 소현과 대신들 당황스러운데.

S#19.　　동장소 / 낮

흠... 골치 아프게 되었다는 표정이 된 장현, 고개를 들어보면, 용골대가 떠난 후, 근심 가득한 표정으로 남은 소현과 대신들.

소현　　　아무래도 저들이... 우릴 조선에 보내주지 않을 모양이
　　　　　야. 농사를 지으라니, 나를 평생 이곳에 묶어둘 요량인
　　　　　게지...

소현의 말에 쿵... 모두의 마음이 내려앉는다. 대신들, 저하... 하며 어쩔 줄 몰라 하고, 누군가는 역시 절망스러워 눈물이 고였다. 강빈, 역시 비통해지고, 일각의 장현, 절망스러워하는 공기를 느끼는데,

소현　　　(애써 기운 짜내어 대신들 본다) 농사일은 누가 맡겠는
　　　　　가?
대신1　　 (난처한) 소신은 농사일은 전혀 알지 못합니다.
대신2　　 조선에 농꾼을 보내 달라 하심이...
소현　　　군량과 군병을 보내느라 조선의 힘이 다했는데, 어찌
　　　　　또 농꾼을 청해?(하는데)
강빈(E)　 소첩이... 조금 아옵니다.

이제 모두의 시선이 강빈에게 집중된다. 조금 민망해져 시선을 내리는 강빈.

강빈	어릴 적, 아버님이 나랏일 하실 때, 어머님이 일꾼들을 부려 농사일 주관하시는 것을 보았지요.
소현, 대신들	...?!!
강빈	(더욱 용기 내어) 일이 이렇게 된 이상 좋은 땅을 받아야지요. 우선 한 달 갈이를 떼어준다 하였다지요? 땅 볼 줄 아는 이를 골라 서둘러 기름진 땅을 받으십시오. 땅갈이를 하자면, 서둘러야 합니다. 그리고... 일머리 좋은 농꾼들이 있어야 할 터인데...(하는데)
장현(E)	농꾼들은 구할 수 있습니다.

이제 장현에게로 옮겨지는 시선들, 당황하여 장현 보는 역관1, 2 등.

소현	구하다니? 어디서?
장현	아주 가까운 곳에 있나이다. 포로시장에 있는 조선 포로들이 모두... 조선에서 농사를 짓던 자들이 아닙니까?
강빈, 소현	...!!!
장현	(문득 소현 보며) 저하께오서 직접... 보시겠나이까?
소현	...!!

S#20. 심양 길 일각 / 낮

소현과 장현, 언겸이 심양궁 성 문을 나서 포로시장으로 향한다. 포로시장 초입에 가까워지자, 소현, 다시 안색이 굳어지며 긴장하면,

장현	이제라도... 길을 돌리시겠나이까?

소현　　　(마른침 꿀꺽) 아니다. 가자.

포로시장의 입구로 들어서는 장현과 소현, 언겸. 이윽고 소현 눈앞에, 심양 포로시장이 활짝 열린다.

S#21.　포로시장 곳곳의 모습
- 포로시장 일각 / 낮

거래가 막 성사되었는지 속환가를 내고 속환되는 포로 사내1. 풀려나는 포로1을 맞아 껴안고 우는 늙은 아버지, 형제의 감격적인 해후.

거간꾼1　　　이제 호부에 가서 증명서만 받으면 넌 자유야!

뒤편 우리 같은 곳에 갇혀 조선 포로들, 속환되는 사내1이 몹시도 부럽다. 사내1과 가족들이 떠나자, 일부 포로들 아우성치며 말을 전하려 한다. '장골마을 이진사를 아십니까?', '송내 만삼이 잡혀왔다고 알려주십시오!' 등등. 소란스러워지자, 거간꾼1이 방망이 끝으로 포로들을 밀어넣고, 어떤 포로들은 맞으면서도 필사적이다. 이를 보며 굳어지는 소현, 언겸. 그리고 그 옆에 담담하게 선 장현. 그사이, 소현 등의 옆을 지나가는 다른 거간꾼2와 포로들.

귀가 뚫린 채 엮어져 거간꾼2에게서 다른 거간꾼3에게 팔려 가는 포로들. 몸을 가린 것이라고는 다 해어진 천 쪼가리들뿐. 특히 찢어진 옷 사이로 여인들의 어깨며, 허벅지, 등허리의 맨살이 드러난 것을 본 소현, 불편해져 외면하는데, 소현이 고개 돌려 시선을 옮긴

곳, 마침, 거간꾼4와 백발성성한 노인이 실랑이를 하고 있다.

- 포로시장 일각 / 낮

노인   보시오. 속환가가 삼십 냥이라 하여 마련해 왔더니, 갑자기 칠십 냥을 내놓으라 하여 다시 조선으로 돌아가 칠십 냥을 마련해왔습니다. 벌써 반년을 오가는 데 썼소. 헌데 이제와 백 냥을 내라니요!

거간꾼4   (옆에 선 조선 포로로 보이는 통역에게 들곤 절레) 그 사이 먹이고 재운 값을 쳐야 할 것 아니야! 자꾸 이러면 백 오십 냥을 받을 테다!

통역   (고개 절레) 자꾸 그럼 백오십 냥 받겠대.

노인   가진 땅을 모두 팔아 이제 더는 돈을 마련할 수 없소. 제발...

거간꾼4   (퍽... 격하게 노인을 밀치며) 안 팔면 그만이야!!

노인   (상인의 바짓가랑이에 매달리며) 제발 내 딸을 돌려주시오!!

노인이 비참하게 매달리는 것을 보고 피눈물이 흐르던 딸, 곧, 독한 얼굴 되더니 거간꾼4의 허리에 찬 검을 빼어 자신의 배를 찔러 버린다.

노인   얘야!!!

딸   아버지... 그 돈 도로 가져가요. 애들 다 굶어 죽어요...

소현   ...!!

- 포로시장 일각 / 낮

소현, 반쯤 넋이 나간 얼굴로 걷는데, 장현, 그 기분 짐작하면서도 담담히 말한다.

장현   운이 좋은 자들은 조선으로 돌아갔지만, 속환금을 마련하지 못한 자들이나, 아예 가족이 찾지 않은 자들은 여전히 여기서 가족들을 기다리고 있습니다. 우리가 저들을 사면 농꾼으로 아주 유용하게 쓸 수 있을 것입니다.

언겸   (욱하여) 자네는 이 광경을 보고도 농꾼으로 부릴 생각만 하는가?

장현   (미소) 수년 전부터 이곳에 있던 자들입니다. 어찌 이제와 새삼스레 슬퍼하겠습니까?

그때 마침, 저편에서 포로 매매가 한창이다. 단 위에 포로를 올려놓고 경매 붙이는 거간꾼 부후치.

부후치   조선 사내 셋, 조선 처녀 둘!(하더니, 다른 여인을 끌어당겨) 이 계집은 이빨이 다 있어.

하며, 조선 여인의 턱을 잡고 입을 벌려 보이는 부후치. 지쳐 보이는 여인, 기운 없이 입을 벌린 채 부후치에게 몸을 맡겼고, 이를 목격한 소현, 수치심에 하얗게 창백해진다. 소현, 결국 홱 몸을 돌려 나가버리면, 언겸이 화들짝 따르고, 장현, 흠... 보다가, 그 뒤를 따르는데.

S#22.　포로시장 일각 / 낮

소현, 시장 구석에서 구역질을 하며 게워내면, 언겸, 어쩔 줄 몰라 하며 등을 다독여준다. 이제 막 장현이 소현 곁으로 당도했는데,

소현　저 여인들은... 어찌 죽지 않고 살아 저런 치욕을 당한 단 말인가. 어찌 조선의 치욕이 되어...(하는데)

장현　(순간, 서늘해진다. 결국 소현에게 뱉어내는 독한 말) 허면 조선의 전하께오선, 오랑캐에게 아홉 번이나 절하는 치욕을 겪고도... 어찌 살아계십니까?

소현　(당황하여 장현 보고)

언겸　(하얗게 질려) 니놈이 미쳤구나!!!

장현　왜 어떤 이의 치욕은 슬픔이고, 어떤 자의 치욕은 죽어 마땅한 죄입니까?

소현　(순식간에 언겸이 허리춤에 차고 있던 검을 빼어 장현에게 겨누며) 내 오늘은 진정 니놈을 죽일 것이다!!!

빈말이 아닌 듯, 소현의 검 끝이 장현의 목덜미에 닿아 핏방울이 떨어진다.

언겸　저, 저하...!!

장현　(여전히 서늘하고 아픈 눈빛으로) 저하, 저들이 참으로 죽음으로... 치욕을 피했어야 한다 생각하십니까? 만약 그리 생각하신다면... 지금, 이 자리에서 절 베십시오.

소현　...!!

검을 잡은 소현의 손이 부르르 떨리고. 결국 소현, 챙... 던지듯 검을 버리고 가버리면, 얼른 검을 주워, 장현을 벌겋게 노려보다 소현을 따라가는 언겸.

S#23. 길 일각 / 해 질 녘

깊은 고통과 슬픔에 휩싸인 채, 목덜미에 흐른 피를 닦지도 않고 터덜터덜 홀로 걷는 장현. 그때 들리는 '현아' 하고 부르는 맑은 여인의 음성. 울컥 눈시울이 붉어진 장현, 천천히 돌아보면, 이제까지와 또 다른 장현의 환영이 열린다.

(Ins.C)   산길 일각 / 낮

어깨가 넓고 단단한 덩치의 사내, 삼도가 어린 소년을 등에 업고 오솔길을 걷고 있다. 일전에 고방 앞에서 아버지를 부르며 절규하던 소년, 어린 현이다. 현, 지금은 말끔한 도련님 차림으로 삼도의 등에 업힌 채 손에 든 대학 따위를 외며 공부에 열중하는데, 저편에서 소년을 부르는 여인의 음성.

여인(E)   현아!!

보면, 저편에 십 대 후반쯤 되어 보이는 여인이 현을 향해 손을 흔들고 있다.

현   누이!!(삼도에게서 내려 뛰어가고)

누이를 향해 환하게 웃는 현. 그리고 소년과 삼도를 향해 마주 함박 미소 짓는 여인. 그 부서질 듯 맑고 환한 미소.

장현, 환영 속 여인과 삼도를 보며 고통으로 심장이 쥐어지는 것 같은데, 그때, 누군가의 기척과 함께 환영이 사라진다. 언겸이다.

언겸   (싸늘한) 따라오시게.

S#24.   심관 편전 앞 / 밤

정원 일각에 선 소현. 곧 언겸을 따라온 장현이 당도해 읍하면, 장현에게 등을 보인 소현, 뼛속까지 냉정한 얼굴. 이윽고 소현의 입이 열린다.

소현   너를 죽일 것이다. 허나, 그 전에! 니놈이 전하께 불충한 마음을 먹고도 날 따라 심양에 온 연유를 알아야겠다. 니놈의 속셈이 무엇이냐?

장현   ...오래전, 소인이 아는 이가, 치욕이 파도처럼 덮치는 것이 두려워, 죽음을 택했습니다.

소현   ...!!

언겸 역시 당황하여 장현 본다. 장현의 음성이 전에 없이 떨리고 있다.

장현   소인은... 그 선택을 이해할 수 없었지요. 화가 났습니다.

소인이 왜 심양에 따라왔는지 물으셨습니까? 소인, 저
하의 운명이 어찌 될지... 궁금했나이다. 버티지 못하실
줄 알았지요.

연겸 네 이놈!!!

장현 허나... 저하께오선 장하게 버티셨나이다. 아주 잘 해오
셨나이다.

순간, 당황하는 소현. 아버지 인조에게 듣고 싶었으나 듣지 못했던
인정과 응원. 소현, 어쩌면 재차 확인하고 싶은 마음이 되어, 외려
큰소리친다.

소현 무슨 헛소리냐! 난, 조선의 전하를 지켜드리지도 못했
고...(하는데)

장현 자식이 아비를 지키는 법은 없습니다. 지키는 것은... 아
비의 몫입니다.

소현 ...!!

장현 저하, 잊지 마소서. 세상이 저하가 오랑캐에 허리 굽혔
다 손가락질해도, (잠시 틈) 조선의 전하께오서 저하의
충심을 의심해도... 끝까지 버티소서. 그것을 보면 소
인, 오래전 삶을 포기한 이를 미워했던 마음이... 조금은
위로받겠나이다.

장현이 충혈된 눈을 들어 소현을 보면, 소현의 눈빛이 격하게 흔들
린다. 그렇게 잠시 마주 보는 두 사람에서.

S#25.   포로시장 일각 / 낮

몹시 못마땅한 눈치로 장현을 노려보는 언겸.

언겸   농꾼을 사랬지, 누가 다 죽어가는 늙은이들을 사라고
            했는가?

보면, 장현의 뒤로 장현이 산 포로 열댓 명이 따라오고 있는데, 죄
다 노인들이다.

장현   심관에 은이 없는데 무슨 수로 젊고 팔팔한 포로를 삽
            니까?
언겸   그렇다고 저런 늙은이들을...!!(하는데)
노인1(열수)   (조심스레 나서 묻는다) 일을 못하면 때리십니까?
노인2(절수)   이놈들은 평생 농사만 지어서 할 줄 아는 것이라곤...
장현   (미소) 그거 아주 잘 되었습니다.

S#26.   심관 마당 / 낮

들판에 선 서른 명 남짓의 포로들. 사내 스물에 여인 열 명쯤. 헌데
젊은 사내는 고작 열 명 남짓이고 나머지는 하나같이 늙은 사내들이
다. 농꾼들을 살피는 소현과 강빈, 대신들과 장현을 비롯한 역관들.

대신1   (당황하여) 이런 늙은 자들로 무슨 농사를 짓는단 말인
            가?
장현   (한 걸음 나서 읍하며) 소인이 태어나기도 전부터 농사

를 지었던 이들입니다. 어떤 토질에서건 반드시 해법을 가지고 있을 것입니다.

강빈이 농꾼들을 찬찬히 보면, 농꾼들 사이에 긴장 흐르는데,

강빈　좋습니다. 농꾼들을 여섯 모둠으로 나누고, 가장 농사 경험이 많은 자를 우두머리로 뽑아주세요. 또한...(언겸 보며) 관중에 남은 면목이 얼마인가?

언겸　백목, 정목이 네 동 스무 필 있습니다.

강빈　홑옷이 민망하니, 그 면목으로 일단 농꾼들 바지, 저고리를 짓게. 그리고... 아침저녁 밥 해 먹을 쌀을 주고, 점심은 에서 지어 먹이도록 하지.

노인1　저하!! 드릴 말씀이...

언겸　무엄하구나!(하는데)

소현　(언겸을 말리는 눈짓)

노인1　(떨리는 음성으로 용기를 내어 겨우 말한다) 농사를 잘 지으면, 참으로... 고향으로 보내주시는 것입니까? 이 늙은 놈이 죽더라도... 고향땅에서 죽고 싶나이다...

노인1의 떨리는 음성. 문득 소현이 장현을 본다. 잠시 눈빛이 만나는 소현과 장현. 이윽고 소현이 입을 연다.

소현　나 역시 언제 조선에 돌아갈 수 있을지 모릅니다. 허나, 이것 하나만은 약속하지요.

노인들　...!!

소현   내 만일 조선에 돌아갈 수 있다면... 반드시 그대들도
         데려가리다.

노인들, 벅찬 얼굴 되어 서로 보고, 장현에게도 옅은 미소가 뜬다.

S#27.   들판 일각 / 낮

심양으로 가는 포로 행렬이 여전히 이동 중이고, 그사이, 한결 더
초췌해진 길채. 수레에 앉은 종종이 잔뜩 미안한 얼굴인데, 주변 살
피다가 얼른 틈을 보아 길채에게 말을 건다.

종종이   마님, 제 생각인데요. 우리가 심양에 가잖아요. 어쩜 장
         현 도련님이 거기...(하는데)
길채   (싸악... 안색 굳으며) 그분 얘기는 하지 마. 그분은 만
         나서도 안 되고, 도움을 청해서도 안 돼!
종종이   (길채의 단호함에 입 다물고)

문득, 행렬 선두가 멈춰 선다. 보면, 길가에 바구니 따위를 늘어선
행상 대여섯. 선두의 청병들이 길을 멈추고, 떡이니 술 따위 등등
먹거리를 거래하고 있다. 이를 보고 눈이 반짝 빛나는 길채. 주변을
살피다가, 속치마를 찢더니, 손가락을 뜯어서 피를 낸다.

종종이   마님!
길채   (눈빛으로 조용히 시키고 찢어진 속치마 위에 편지를
         쓰기 시작하고)

피가 부족해 길채, 다시 손을 깨물려 하자, 종종이, 제 손가락을 깨물어 보탠다.

'숭인골, 종사관 구원무 앞. 길채, 심양...'

까지 썼는데, 저편에서 청병1이 다가온다. 마무리 짓지 못한 혈서를 주먹 쥐어 숨기는 길채. 청병1이 멀어지자 길채, 손에 낀 옥가락지를 빼서 가락지 구멍에 혈서를 꿰어 감싼 후, 꼭 쥔다. 다시 행렬이 출발하고. 행렬이 행상들을 지나가는 순간, 길가 아낙 중 하나에게 가락지에 싼 혈서를 던지는 길채. 혈서가 바구니 따위를 정리하던 아낙 곁으로 떼구르르... 굴러가고. 아낙, 보지 못하고 일어서려는데, 곁에 앉아있던 아낙의 아이가 혈서를 줍는다. 그제야 혈서를 보는 아낙. 짧은 순간 간절하게 아낙을 보는 길채. 다시금 길채의 행렬은 점점 멀어지는데.

S#28.　심양 들판 / 낮

으쌰으쌰... 땀을 뻘뻘 흘리며 땅에서 돌들을 골라내는 노인1, 2를 비롯한 농꾼들. 고생스럽지만 만면에 희망에 찬 미소가 끊이지 않고, 이를 보는 장현, 뿌듯하다. 장현, 저편을 보면 소현과 대신들 등도 만족스러운 표정인데, 곧, 언겸이 다급히 와서 말을 전한다.

언겸　저하, 돌아오는 칙사 편에 조선에서 잡은 도망한 포로도 보낸다 하옵니다.

소현　그래...(착잡해지는데)

언겸	하온데 칸이... 이번엔 조선 대신들이 도망한 포로 벌주는 일을 직접 지켜보라 명했다 합니다.
소현, 강빈	...!!
장현	...!!

S#29.   관아 내실 / 낮

구원무와 판관이 마주했다. 길채의 화상을 보여주는 원무.

판관	(고개 젓는다) 이번에 우리 고을에서 도망한 포로를 잡아 올리긴 했으나, 이 여인은 없었소이다.
원무	분명, 칙사가 올라갈 즈음에 납치되었습니다!
판관	증거가 없지 않습니까? 설사 끌려갔다 한들, 청 왕족의 시종들이 직접 와서 잡아가는 포로를 낸들 어찌 알겠습니까?
원무	모른다고 하면 될 일이요? 백성들이 납치됐습니다!!
판관	청에서 도망한 포로에 관한 일은 얼마나 집요한지 모르십니까? 주상께서 직접 도망한 포로 잡는 일을 서두르라 명하셨소!
원무	...!!
판관	그리 답답하면, 그대가 직접 청나라 칙사에게 가서 말해보시오! 조선에서 노비였던 정명수가 청나라를 등에 업고 조선 당상관 목을 치는 세상이요!!

판관, 나가버리면, 무기력하게 남은 원무. 화상 속, 길채의 얼굴을

안타깝게 보고.

S#30.   조선 궁 편전 / 낮

병색이 완연한 인조와 대신들이 일별했는데, 최명길이 한 걸음 나서 아뢴다.

최명길　　(인조의 안색을 보며 난처한) 전하, 심양에서 장계가 당도하였사온데, 용골대 등이 열두 가지 일로... 크게 꾸짖었다 합니다.

인조　　말하라...

최명길　　(장계 펼쳐들며) 용골대가 찾아와 열두 가지 일을 나열해 말하기를... 전일 군사를 징발할 적에 기한을 어겨서 일을 그르쳤고, 금년에...

S#31.   조선 궁 인조 침전 / 낮

후궁 조씨가 면목 수건으로 인조 이마의 땀을 닦아주고 있다. 보면, 인조에게 번침을 놓는 이형익. 치치직... 살갗을 파고드는 번침. 그 위로 최명길의 음성.

최명길(E)　　배가 바다에서 침몰하였다는 핑계로 일부러 군사들이 늦게 돌아왔으며, 도망쳐 돌아간 사람들을 즉시 찾아서 돌려보내지 않았으며, 국경을 넘어와 삼을 캐는 사람을 금지하지 않았으며...

끝도 없는 질책에 질끈, 눈을 감는 인조. 번침이 살 태우는 소리, 치
치직...

S#32.　길 일각 / 낮

길채의 화상을 들고 사람들에게 묻는 연준과 량음. 그 와중에 연준
은 피폐해진 함경도, 평안도의 땅과 백성들을 보며 괴로워진다.

- 초가집 인근 / 낮

초가집 거리 인근을 지나던 연준과 량음. 마침, 포졸들이 한 초가
에서 쌀 한 가마니를 실어 나오는 것을 시작으로, 각각의 집들에서
쌀이 징발되고 있는 풍경. 저항도 못 하고 망연히 이를 보는 백성
들. 싸리문 앞에 쪼그리고 앉은 아이, 뼈대만 남은 옥수수 강냉이를
빨고 있고.

연준이 시선을 옮기면, 저편, 아이 시체를 거적에 싸서 지게에 지고
가는 무표정한 얼굴의 젊은 여인 보인다. 거적에 싸인 아이의 작은
발이 비죽이 나와 있고, 옆을 따르는 여인의 자식들 서넛. 이를 보
는 연준의 안색이 굳고.

- 길 일각 / 낮

행인에게 화상을 보여주며 묻는 연준과 량음. 량음이 행인들에게
묻는 사이, 길가에 늘어선 부랑자들을 보는 연준. 이를 본 연준의
표정이 창백해진다. 사람들이 지나갈 때마다 뭔가를 달라며 손을
내미는 부랑자들. 연준, 그중 한 노인에게 시선이 멈추자, 노인, 구

원을 바라듯 손을 내밀며,

노인 (감정도 느껴지지 않는 마른 말투) 군량을 나르다 아들
이 얼어 죽고, 전염병이 돌아 딸과 아내가 죽었소. 이제
이 늙은이마저 배에 노 저을 일꾼으로 끌고 간다기에
집을 버리고 나왔소이다. 먹을 것을 좀...

연준이 먹을 것을 건네는 사이, 뒤편, 포졸에게 이끌려 너덜해진 짚
신을 신고 징집되어가는 사내들 대여섯. 과연 걸을 수나 있나... 싶
은 마른 체구들.

- 산 일각 / 낮

먹먹한 표정으로 나무 그늘 아래 앉은 연준. 량음, 그 옆에서 수통
의 물을 마시는데,

연준 백성들이... 흙으로 떡과 죽을 만들어 먹는다더군.
량음 ...메밀 맛이 납니다.
연준 (놀라) 자네도 먹어본 적 있는가?
량음 (피실. 대답 대신 물만 마시는데)
연준 전쟁이 끝난 줄 알았어. 헌데 아니야. 해마다 청나라에
군량과 군병을 보내느라 나라의 골수가 뽑히고 있어.
평안도가 궤멸될 지경이네. 무서워. 이러다 나라가 무
너질 것만 같으이. 난 말이지...(문득 연준의 눈빛에 뜨
는 강렬한 증오심) 조선 땅에서 오랑캐의 흔적을 지울
수 있다면... 내 혼이라도 바치고 싶어.

랑음　　　(온화하던 연준에게 이런 표정이... 하듯 조금 생경한
　　　　　　표정으로 보고)

S#33.　**초가 마당 / 낮**

허물어져가는 초가 마당. 마루에 앉아 흡족한 표정으로 길채가 던
진 가락지를 제 손가락에 끼워 이리저리 돌려보는 행상 아낙. 마당
에선 아이가 길채의 혈서에 흙을 담았다 털었다 해가며 흙장난을
치고 있다. 문득 다가가 아이에게서 혈서를 뺏어 흙을 털고 보는
아낙.

아낙　　　(언문도 읽지 못하는 듯 혈서 거꾸로 든 채) 뭐라고 쓴
　　　　　　거야...

S#34.　**심관 고방 / 낮** (11부 70씬)

장현이 일각에 서서 장부 따위 보고 있는데, 곧, 언겸이 들어와 말
건다.

언겸(E)　　말 들었지? 이번에 조선에서 포로들이 온다네. 헌데 포
　　　　　　로들 벌주는 것을 차마 볼 수 없다는 대신이 있어서...
장현(E)　　(여전히 장부에 시선 준 채) 예, 제가 대신 자리를 채우
　　　　　　지요.
언겸(E)　　그래 주겠는가!
장현(E)　　(피실...) 어려울 게 뭡니까? 안 본다고, 포로들이 벌을

안 받는 것도 아니고...

언겸(E)   그야...(흠흠...) 자넨 아무튼 속을 모르겠단 말이지.

하며 나가면, 장현, 여전히 무심히 장부나 넘겨 살피고.

S#35.   심양성문앞 / 낮

포로들의 행렬이 점점 심양 성 문에 가까워지고 있다. 이제 종종이
도 수레에서 내려 길채 곁에서 걷고 있고, 길채와 포로들, 성 문 앞,
갑주로 무장한 청병들을 보며 더욱 겁에 질린다.

종종이   마님...
길채   (역시 마른침 삼키고)

이윽고 길채 등 포로 행렬이 심양궁 성 문 앞에 당도하자, 청병들이
성큼 다가오더니, 퍽퍽, 포로들을 쳐서 무릎 꿇리면, 이를 본 길채,
당황하는데, 최도리가 길채 쪽으로 다가온다.

최도리   (놀리듯 능글) 마님. 무릎을 꿇으시지요. 조선 세자빈
          께서도 여기선 가마를 타지 못했습니다.

곧, 종종이, 길채를 위해 얼른 때에 절은 손수건을 꺼내 바닥에 깔
아주면, 최도리, 피실... 같잖다는 듯 웃음이 새는데. 그때, 쩌억... 성
문이 열리더니 청병 대장1이 나와 일사분란하게 펼쳐 서고. 잠시
뒤, 조선의 대신들을 비롯한 관원들이 청인들의 뒤편에 선다. 그리

고 그중의 장현!

장현의 시선 끝, 저만치 멀리 바싹 부복한 초췌한 몰골의 포로들. 장현, 그중 한 여인의 부복한 태에 어쩐지 눈이 가는데,

그 위로 타이틀 오른다.

〈몹시 그리워하고 사랑한 **연인**戀人〉

S#36. **동장소 / 낮**

장현이 앞에 선 줄 짐작도 못 한 채, 바싹 부복한 길채와 역시 길채인 줄은 짐작도 못 한 채, 부복한 한 여인을 보고 눈이 가늘어지는 장현.

장현, 여인을 다시금 자세히 보려 한 걸음 나서는 순간, 일각에서 눈물범벅이 되어 고개를 드는 한 포로. 뜻밖에도 장현이 일전에 도망시켜 주었던 '한석'이다! 장현, 놀랍고, 안타까워 한석에게서 시선을 떼지 못하는 사이, 청병 대장1이 한 걸음 앞으로 나서더니 목청 높인다.

청병 대장1　너희 모두 참형을 받아야하겠으나, 폐하께서 은사를 베푸시어 오직 세 명만 죄를 묻겠다.

이윽고 한석과 덕출 그리고 또 다른 포로가 끌려 나오고 곧 큰 칼을 쥔 청병이 그들의 발뒤꿈치를 베어버린다. 한석, 고통스레 비명

을 지르다가 그대로 기절해 버리고.

잘린 뒤꿈치에서 흐른 피가 마른 흙바닥에 스며들고. 놀라 부복한 채 양손으로 귀를 막고 벌벌 떠는 종종이와 역시 종종이의 손을 꼭 잡고 덜덜 떠는 길채. 앞줄에 부복했던 한 포로 사내가 두려워 지린 오줌이 천천히 길을 만들며 흐르고.

그리고 멀리서 이를 지켜보는 장현과 언겸을 비롯한 조선의 대신들. 언겸과 대신들, 차마 제대로 보지 못해 고개를 외면하고, 장현 역시 이번만은 질끈 눈을 감고 만다. 조선 포로에 대한 처벌이 끝나자, 청병 대장1이 몸을 돌려 안으로 들어가고, 그 뒤를 따르는 언겸과 조선 대신들.

이제 즉석에서 원래의 주인들이 와서 포로들을 끌고 가거나 거래를 하는 사이, 장현, 다급히 한석을 향해 간다.

S#37. 동장소 / 낮

일각에서 한석의 주인이 오더니 분풀이를 하듯 한석에게 퍽, 발길질한다. 말리는 주인의 아내. 이제 주인이 한석을 묶더니 끌고 가려는데, 장현이 나선다.

장현   내가 이 포로를 사겠소. 발꿈치가 잘렸으니 이제 쓸모 없지 않습니까?

한석 주인 이놈은 손재주가 좋으니 다리는 상관없어. 이제 도망

못 할 테니 차라리 잘됐지.(하며 끌고 가면)

장현을 보며 애통한 눈물만 주룩... 흘리는 한석. 장현, 이를 보며 안타까워지는데, 그사이, 저편에선 부복한 길채 앞에 누군가 섰다.

덜덜 떨던 길채가 고개를 들어보면, 윤친왕의 시녀, 양쓰다. 양쓰, 길채를 유심히 보면, 옆으로 다가와 선 시종, 맹탄. 맹탄이 양쓰에게 뭔가 귀엣말을 하자, 양쓰... 고개 끄덕 하더니,

양쓰   데려와!

곧, 길채와 종종이가 양쓰의 시종을 따라가고, 장현이 돌아보았을 때, 이미 길채와 종종이가 있던 자리는 비어있다.

S#38.   윤친왕 처소 마당 / 낮
윤친왕 처소 마당에 부복한 길채, 종종이와 다른 포로 셋. 조금 떨어진 곳에서 몹시 못마땅한 표정으로 이를 지켜보는 윤친왕의 애첩 화유.

곧, 일각에서 윤친왕이 오면, 모두 일제히 읍하고, 길채와 종종이도 바싹 굽히는데, 윤친왕, 천천히 포로들을 쓱... 둘러보다가 문득 길채에게 눈이 멈춘다. 시선을 느낀 길채, 고개를 들어 윤친왕과 눈을 맞춘다.

종종이　　(길채에게 속삭) 우리가 포로가 아닌 걸 알아볼까요?

길채, 잔뜩 기대를 품은 표정으로 윤친왕의 시선을 피하지 않고 마주 보면, 그 눈빛에 미소를 짓는 윤친왕과, 질투심에 눈에 불꽃이 튀는 화유. 곧, 윤친왕, 양쓰에게 뭐라 말을 하더니 안으로 들어가 버리고, 다시 일제히 읍하는 양쓰 등 시종들.

양쓰　　(최도리에게) 저 둘(길채와 종종이)은 왕야의 시중을 들게 할 테니 남겨 두고, 다른 자들은 조선관에 보내서 각 백 냥씩 받고 속환하게 해.

최도리　　예예.(최도리, 양쓰가 이른 포로 데려가려 하면)

길채　　(턱, 최도리 잡으며) 이보게, 우리가 포로가 아님을 알아보시는가?

최도리　　이제 저는 모르는 일입니다.(하고 가버리고)

길채　　이보게!!(하는데)

누군가, 길채를 잡는다. 보면, 종종이 또래 윤친왕의 여종, 들분이다.

들분　　나도 조선 사람이야. 시키는 대로 해.

길채　　...?!!

S#39.　　윤친왕 시녀 처소 / 낮

들분의 뒤를 따라서 마치 군대 사병 숙소 같은 시녀들 처소에 들어선 길채와 종종이.

들분	(시종이 입는 의복을 건네며) 갈아입어.
길채	우리는 포로가 아니네. 일이 잘못돼서 끌려왔어. 자네도 조선 사람이라니... 대신 말 좀 해주게!
들분	잡혀온 자가 포로인지 아닌지는 다... 왕야께서 결정하실 일이야.
길채	...!
들분	그리고 포로든 아니든, 여기 있는 동안은 시키는 대로 해. 안 그럼 성질 고약한 애첩이 포로시장에 보내버릴지도 몰라. 포로시장에서 거래되는 포로들이 얼마나 흉한 꼴을 당하는지 모르지?
길채, 종종이	...?!!

S#40. 동장소 / 밤

침상에 나란히 누워서 자는 윤친왕의 시녀들. 길채와 종종이는 가장 끝자리에 누웠는데, 길채가 잠을 이루지 못하고 뒤척이면, 종종이, 길채에게 붙어 작게 속삭인다.

종종이	마님... 아무래도 심관에 이청역 나리가 있는지 알아보는 게...
길채	그분께 도움을 청하느니... 차라리 죽는 게 나아. 알았어?
종종이	...!!

종종이에게 등을 보이고 누운 길채, 말은 단호하게 했으나, 마음이 복잡해지고, 마침, 들어와 그런 길채와 종종이를 쓱 보더니 저 끄트

머리 자리에 눕는 들분.

S#41.　　동장소 / 새벽

들분, 잠이 들었는데, 누군가 툭, 건드린다. 길채다.

길채　　나 좀... 도와줘.

들분　　...?

S#42.　　심양 들판 / 낮

밭갈이를 하는 농부들. 사람이 소 대신 몸에 쟁기를 매어 끌고, 그 뒤로 다른 농부가 밭을 가는데, 땅에 박힌 바윗덩어리 때문에 끙끙거린다. 장정 대여섯이 달라붙어 끌어도 도저히 빠지지 않는 바윗돌. 일각 차양을 쳐서 그늘을 만든 곳에 강빈과 민상궁, 언겸 그리고 장현과 다른 역관들이 서서 농사에 필요한 물자를 어디서 얼마나 구해야 하는지 등등 의논하고 있는데, 다가오는 노인1.

노인1　　아무래도 소가 있어야겠나이다. 농사는 본시 소로 짓는 것이온데...

대신1　　(난감해진다) 농꾼을 사느라 관중의 은을 모두 썼거니와, 설사 은을 장만한다 한들 지금 소를 어디서 구한단 말인가?

언겸　　은 대신 남초와 지삼으로 몽골의 소를 살 수도 있습니다. 허나, 몽골 가는 길이 멀고, 소를 끌고 오는 일은 참으로 번거로워...

강빈　　그래도 사 와야지!

언겸　　허면... 역관 중 하나를 보내심이...(하고 역관들 보면)

역관들　(험난한 몽골길이라 다들 꺼리는 눈치)

장현　　(결국 나서며) 소인이 다녀오겠나이다.

언겸　　(난처) 이청역은!(흠흠...) 심관에서 할 일이 많아!

장현　　(역관들 보면, 몽골에 가게 될까 다들 시선 회피하며 몸
　　　　　사리는 모양) 소를 사는 일도 중하지 않습니까?

S#43.　윤친왕 처소 정원 / 낮

윤친왕이 화유와 맹탄, 최도리 등을 대동하고 마당을 가로질러 가
는데, 윤친왕의 시선이 저만치에 머문다. 보면, 후궁 처소를 청소하
는 시녀들 중, 눈에 띄게 아름다운 길채. 윤친왕의 눈빛에 욕정이
차오르는데, 윤친왕이 온 것을 본 길채, 달려가 부복한다.

윤친왕 등　....?!!

길채　　(양쓰 뒤의 들분을 잠시 보면)

들분　　(긴장하고)

길채　　(곧 결심한 얼굴 되어 입 여는데 뜻밖에 청나라 말이다)
　　　　　왕야를 뫼시게 해주세요... 제 소원입니다.

그 말의 뜻을 알지 못한 채, 간절하게 윤친왕을 보며, 같은 말을 반
복하는 길채. 윤친왕, 길채의 말을 듣곤 흐뭇한 미소만 짓고, 화유
는 더욱 이글거리며 노려본다. 길채, 잘 되어가는 분위기인지 아닌

지, 혼란스러운데,

윤친왕　　(양쓰에게 몇 마디 하다 일각으로 가고)
화유　　　(길채를 쏘아보다 윤친왕의 뒤를 따르면)

길채, 양쓰의 뒤로 가는 들분을 턱, 잡는다.

길채　　　니가 가르쳐준 대로 잘 말한 거지?
들분　　　(잠시 알 수 없는 표정으로 보다가 가버리면)
길채　　　이봐...!!(하는데)

누군가 길채의 머리카락을 휘어잡더니, 그대로 뺨을 후려친다. 화유다. 바닥에 나동그라지는 길채. 놀라, 길채를 감싸는 종종이.

종종이　　마님!!
화유　　　감히 왕야께 꼬리를 쳐! 끌고 와!

S#44.　　윤친왕 처소 후원 / 낮

펄펄 물이 끓는 솥단지와 그 옆 작두. 곧, 속옷 차림 길채가 끌려 나온다. 길채, 작두와 솥단지를 보고 얼어붙고. 이제 시종들이 길채를 솥 안으로 끌고 가려면, 필사적으로 저항하는 길채.

길채　　　놔, 놔! 무슨 짓이냐?
종종이　　마님, 마님!!!

화유	싫어? 그럼 어쩔 수 없지. 니년 손가락을 잘라주마.

곧, 화유가 우격다짐으로 길채의 손가락을 작두에 넣고 자르려는 순간, 턱, 화유의 손목을 잡아채는 이, 양쓰다.

양쓰	왕야께서 점찍은 아이니, 몸에 생채기가 나선 안 됩니다.
화유	도망치다 잡힌 포로를 벌주는 건 내 소관이야!
양쓰	참으로 도망치다 잡혔습니까?
화유	...!!
양쓰	조선 포로들이 다섯이나 도망해서 왕야께서 화가 많이 났습니다. 전처럼 또 조선 포로들을 학대하다 도망이라도 치면... 그땐 책임을 묻겠다 하셨습니다.
화유	...!!

양쓰의 말에 부들부들거리던 화유, 매섭게 길채를 노려보더니, 더는 어쩌지 못하고 내동댕이치고 가버리고. 종종이, 얼른 길채를 일으킨다.

종종이	마님... 마님!!!!(길채를 감싸며 흐느끼면)
들분	(이를 조금 안쓰럽게 보다가 양쓰 따라 가버리고)

S#45. 궁녀 처소 / 낮

떨며 누운 길채, 길채의 식은땀을 닦아주며 펑펑 우는 종종이. 길채를 모신 이래로, 길채가 이런 곤욕을 겪은 적은 없었다.

종종이	(눈물범벅) 마님...

그리고 일각에 쪼그리고 앉아 이를 보는 소녀, 일전에 손가락을 잘 렸던 항이다.

항이	바보 같긴. 들분이 고년이 퍽이나 제대로 알려줬겠다. 니가 한 말은 왕야를 뫼시게 해주세요... 그 뜻이야.
종종이	...!!
항이	포기해. 말 안 들으면 도망치다 잡혔다고 우기곤, 손가 락이든 발가락이든 잘라버려.(하고 손 풀어 보이면, 손 가락이 잘린 뭉툭 손)
길채, 종종이	(경악하면)
항이	전에 조선 포로들 몇 명이 도망쳤는데...(울먹울먹) 나 는 무서워서 못 따라갔어...(하며 후두둑... 울고)

항이의 말을 들으며 더욱 핏기가 사라지는 길채. 점점... 자신감이 사라지고 두려워진다. 길채가 떨고 있다.

S#46. 마을 일각 / 낮

연준과 량음이 길채의 화상을 들고, 행인들에게 묻고 있다. 행인들 저마다 고개를 젓고 가는데, 마침, 저편에서 바구니를 머리에 이고 아이랑 지나는 행상 아낙1. 행상을 진 손에 길채가 던진 가락지를 끼고 있다. 연준과 아낙이 스쳐 지나가고. 아낙, 지나며 연준이 손 에 들고 있던 길채의 화상을 본다. 길채를 알아본 아낙, 한순간 표정이 굳지만, 가락지 낀 손을 감추며 말없이 지나쳐 가버리고.

S#47.　　**윤친왕 처소 마당 / 낮**
들분의 뒤를 쫓던 종종이, 곧 다짜고짜 들분의 머리채를 휘어잡으며,

종종이　　망할 년! 니가 우리 마님을 골탕 먹였지. 오늘 너 죽
　　　　　　고...(하며 패대기라도 치려는데)
들분　　　(밀쳐내며) 이미 틀렸어! 니 주인은 왕야께서 점찍었다
　　　　　　구!
종종이　　점찍었다니...?
들분　　　몰라서 물어?

팩, 가버리는 들분. 종종이, 멍하니 섰고.

S#48.　　**길 일각 / 낮**
막 연준이 건넨 화상을 본 행인 하나가 고개를 저으며 가고, 역시
나 아무 소득이 없는 연준과 량음.

연준　　　혹시 길을 잘못 든 것이 아닌지...
량음　　　(역시 지쳤다) 청인들이 분명 이 길로 지났다 했는데...

그때, 누군가 툭, 연준의 어깨를 두드린다. 보면, 행상 아낙이다. 아
낙, 잠시 머뭇거리다 가락지와 함께 혈서를 내밀고. 의아해하며 열

어본 연준의 안색 굳는다. 길채의 혈서다!

연준   (혈서 든 손이 떨린다) 이... 것은...!!

량음   ...!!!

S#49.   길 일각 / 밤

깊은 밤, 쉬지 않고 말을 달리는 연준과 량음. 그 다급하고 절박한 표정.

S#50.   한양 길채집 사랑채 / 아침

원무 아래, 밤길을 달려와 버석해진 연준이 홀로 앉았고, 그 곁에 조마조마한 심정으로 지켜보는 은애. 원무, 부들부들 떨리는 손으로 연준에게서 혈서를 받아 보더니,

원무   부인...부인...!! 으어... 으아아아아...!!!

그제야, 죄책감에 어쩔 줄 몰라 하며 폭발하는 원무. 은애, 충격을 받아 정신마저 혼미해진다.

은애   (애써 숨을 고르며) 허면...?

연준   가짜 포로라 우기며 끌고 간 것이 분명합니다. 구종사관, 지금이라도 속환가를 마련해서 심양으로 출발해야 합니다.

S#51.   심양 장현 여각 마당 + 내실 / 낮

- 여각 마당

여행 채비를 마친 장현과 구잠이 마당을 가로질러 나가려는데, 땡땡 업은 양천이 마당 일각에 서서 배웅한다.

양천	몽골에 소 사러 간다구?
장현	여기... 잘 부탁하우.
구잠	잘 부탁하우.
양천	이놈이!!
구잠	(헤헤... 피하는 시늉)
양천	너야 말루 가서 볼 살 통통...한 몽골 계집 하나 잘해보고 오라.
장현	잘해보긴 뭘 잘해봐!
양천	계집은... 계집으로 잊는 게야!!
장현	아 놔...!!(하며 뭐라 하려는데)
구잠	(실실 웃으며 끌고 나가고)

두 사람을 배웅하곤, 헤헤... 웃으며 돌아서던 양천, 문득 어디선가 들리는 가느다란 소리. 보면, 내실에서 인옥이 아기를 재우며 자장가 불러주고 있다.

인옥(E)	자장자장 우리 아기, 잘도 잔다 우리 아기. 금을 주면 너를 사냐 옥을 주면 너를 사냐. 금자동아 옥자동아 잘도 잔다 우리 아기...

자기도 모르게 가만... 마루에 앉아 자장가를 들으며, 인옥의 노래 박자 따라 땡땡이를 다독이는 양천. 땡땡이도 솔솔... 잠이 들고, 어쩐지 양천의 마음도 평온해지는데, 문득 자장가 멈추며 문이 열리고 인옥이 나오다가 장단 맞추던 양천을 보고 멈칫 선다.

그제야 퍼뜩, 깨어나는 양천. 벌떡 일어서서 가면, 잠이 깬 땡땡이가 또 울고.

S#52. 소를 거래하는 장현 + 포로 생활하는 길채 교차
- 들판 / 낮
몽골로 향하는 장현과 구잠. 그 뒤로 남초를 가득 실은 수레.

구잠	(쾌재를 부른다) 이번 기회에 그간 쌓아둔 우리 남초 다 팔면 되겠구만! 이래서 냉큼 몽골로 가겠다고 하셨수?
장현	(실실...)
구잠	이번에 번 돈으로 남원 분점 기둥은 세웠수!

- 윤친왕 처소 일각 / 낮
길채와 종종이 등 시녀들이 2열로 서서 이동하는데, 이번에도 길채를 눈여겨보는 윤친왕.

- 들판 / 낮
몽골 들판에 당도한 장현과 구잠. 들판에 방목된 건강한 소들을 보며, 서로 마주 웃는 장현과 구잠.

- 윤친왕 처소 일각 / 낮

길채에 시선을 둔 채, 양쓰를 불러 뭐라 귀엣말하는 윤친왕. 그 모습을 불안하게 보는 종종이.

- 몽골 들판 / 낮

장현이 소 주인들과 마주했다. 소 주인들에게 남초와 지삼을 실은 수레를 열어 보이는 구잠. 장현이 남초를 태워 피워보라며 권해주고.

그때, 소 주인이 눈짓하면, 저편에서 주인의 시종이 젊은 여인을 데리고 온다. 청초하고 맑은 외모의 여인, 장현을 보며 배실... 미소 짓고. 남초에 불 붙여주며 흥정하던 장현, 당황스러운데.

S#53.   몽골 들판 + 막사 / 밤
- 들판

날이 저물었고, 구잠과 소 주인들이 모닥불을 피우고 앉아 서로 안통하는 말로 뭐라 뭐라 하며 술 마시고 고기 뜯으며, 저편 보고 실실... 웃는다. 보면, 저편 막사에 켜진 불.

- 막사 안

막사 안, 술상을 사이에 둔 장현과 젊은 몽골 여인. 몽골 여인, 장현에게 술을 따라주곤, 부드러운 눈빛으로 본다. 술에 취했는지, 달빛에 취했는지, 몽골 여인이 더욱 아름다워 보이고. 손을 들어 가만...

여인의 볼을 쓸어보는 장현. 여인의 볼이 수줍게 붉어진다. 결국 분위기에 끌려 서서히 여인에게 입을 맞추려 다가가는 장현. 그러다 문득,

장현	사실... 나 말이지, 여자가 있었어.
몽골 여인	(조선말을 알아들을 수 없어 그저 보면)
장현	헌데... 다른 것은 버릴 수 없다며, 날 버리더군. 그래, 그럴 수 있지.(쓸쓸하게 여인의 옷고름을 푸는 듯하다, 발끈) 헌데 뭐? 날 연모한 적도 믿은 적도 없다고? 그럼 날 그렇게 보질 말던가. 그 눈으로! 그... 초롱초롱, 반짝거리는 눈으로... 보질 말던가...
몽골 여인	(좀 답답해서 자기가 몸을 밀착하고 입술을 맞추려는데)
장현	(이제 정말 눈을 감고 입을 맞추려다가 또 욱해서) 좋아! 나도 똑같이 갚아줄 거야. 다시 만나면, 뭐, 이젠 만날 일도 없지만, 설사 만나더라도, 절대 눈길 안 줘! 쳐다도 안 봐! 나도 한다면 하는 사내야!!!
몽골 여인	(결국 꿍... 화난 얼굴이 되고)

- 들판

구잠	(벌컥 술 들이켜며 이 바드득) 종종이... 그래, 잘 먹고 잘 살아라! 내가 너 뭘 얼마나 예뻐서 같이 오자고 한 줄 아냐!! 하두 그냥 나한테 종종종거리길래 따라 오고 싶음 오라고 한 거지 뭐...(하면)
소 주인	(왜 저래... 하고 보는데)
구잠	아, 나한테두 예쁜 몽골 여자... 좀 거시기 해 주슈.

소 주인	(뭔 말이야? 하는 표정)
구잠	아 내 취향이 뭐냐고? 나는 일단, 키가 오종종...하고, 눈이 요렇게 쭉... 찢어져서, 데데데 말 잘하게 생겨가지고, 입술은 오통통한 그런 여자 있음 소개 좀...(하다 고개 갸웃) 이건 종종인데?(하는데)

저편에서 소요 소리. 곧, 구잠의 눈이 커진다. 보면, 울면서 막사에서 뛰쳐나오는 몽골 여인. 안에서 멋쩍은 얼굴로 나오는 장현, 구잠에게 작게 고개 절레... 한다.

CUT TO

소 주인이 장현의 멱살을 잡고 싸우고. 그 사이에 서서 막느라 애를 먹는 구잠.

S#54. 윤친왕 처소 / 아침

길채와 종종이를 비롯한 시녀 대여섯이 윤친왕 처소 일각을 청소하고 있는데,

종종이	마님이 안 하심 저라도 이청역 나리를 찾아갈 거예요.
길채	종종아!!
종종이	(지지 않고 받아치며) 그때 왕야 애첩이 뭐라고 했는지 아세요? 마님은 왕야가 점찍은 사람이라고 했답니다. 그게 무슨 말인지... 모르시겠어요?
길채	(서서히 안색이 굳는데)

그때, 양쓰가 시종들을 데리고 들어와 길채 앞에 선다.

길채   ...!!

S#55.   윤친왕 처소 내실 / 낮

양쓰가 길채를 데리고 들어간 곳엔 뜻밖에도 커다란 목욕통이 준
비되어 있다. 시녀들이 길채의 옷을 벗기려 하자, 뿌리치는 길채.

길채   뭐하는 거요. 놔요, 놔!!(하는데)
양쓰   (몸을 찬찬히 살피더니) 흉도 없고 깨끗하군. 총애를
             받게 되면, 내가 다정히 대해준 걸 잊으면 안 된다!

양쓰 등 나가면 들분, 따라 나가려는데, 길채, 턱 들분을 잡는다.

길채   방금 뭐라고 했는지만 말해줘. 다시는 이런 부탁 안 할
             게. 제발.
들분   (잠시 갈등했으나) 몸에 흉도 없고 깨끗해서 왕야의 총
             애를 받을 거래. 그만 단념해. 여기서 왕야의 총애를 받
             으면 조선에서보다 더 잘 먹고 잘 살 수도 있어.(하고
             나가고)

길채, 머릿속이 하얘진다. 그때, 길채의 눈에 들어온 꽃이 담긴 화병.

S#56.   윤친왕 처소 일각 / 낮

눈물범벅이 된 채, 서성이는 종종이.

종종이   마님... 마님...

그때, 저편 윤친왕의 내실에서 막 나오는 맹탄과 역관1. 얼른 기둥 뒤로 몸을 숨기는 종종이. 역관1이 맹탄과 인사를 한 후, 마당을 가로질러 나가면, 종종이, 조심히 역관1의 뒤를 밟는다.

S#57.   윤친왕 처소 일각 / 낮

역관1이 걷고 있는데, 어디선가 들리는 음성.

종종이(E)   나리, 나리!!
역관1   (돌아봤다가 화들짝 주위 두리번) 우리는 사사로이 조선에서 온 시녀들과 말을 터선 안 되네!

저편에서 담소를 나누면서 오고 있는 화유와 시종들. 역관1, 황급히 몸 돌려 가면, 종종이, 다급히 붙잡고 빠르게 말한다.

종종이   혹 이청역 나리 아십니까? 구, 구잠이는요?
역관1   (붙잡힌 손 빼느라 제대로 못 듣고) 뭐?
종종이   (화유가 점점 가까워지자 서두른다) 조선에서 우리 마님... 아니, 유씨 부인... 아, 아니 길채 애기씨가 왔다고 전해주십시오!(하곤 얼른 몸 돌려 가고)

역관1   누, 누구?!!

하지만 이미 멀어진 종종이. 역관1, 낭패스런 얼굴 되고.

S#58.   윤친왕 처소 내실 외경 / 낮
밖까지 들리는 쨍그랑, 유리 깨지는 소리. 놀라는 시녀들의 비명
소리.

S#59.   윤친왕 처소 내실 / 낮
길채의 이마, 길게 찢긴 상처에서 피가 뚝뚝 흐르고 있다. 보면, 산
산조각 난 화병.

길채   (잔뜩 애처로운 표정으로) 발을 헛디뎌서... 그만...(하
            는데)
양쓰   (길채의 뺨을 대차게 올려친다) 얼굴에 흉을 만들다니!

양쓰에게 맞아 쓰러진 길채. 하지만 길채의 입가에, '흥... 그럼 내가
호락호락할 줄 알고!' 하듯 옅은 미소가 뜨고.

S#60.   윤친왕 시녀 처소 / 낮
길채가 시녀 처소에 던져진다. 얼른 받는 종종이. 저편에서 헐레벌
떡 뛰어왔다가 피 흘리는 길채를 보고 입이 떡 벌어지는 최도리.

양쓰	잠자리 시중을 들기 싫어서 얼굴에 흠을 만들었어.
최도리	이...!!(부들거리고)
양쓰	맘 같으면 죽을 때까지 채찍질을 해주고 싶지만... 몸값 이라도 받아야겠어. 이 년을 부후치에게 보내!
길채	...!!

S#61.   동장소 / 낮

종종이가 꺽꺽 눈물 삼키면서 길채 이마 상처를 제 옷자락으로 눌 러주고 있는데, 곧 차가운 표정으로 들어오는 들분.

들분	(조선에서 입던 옷을 던져주며) 내 그리 말했는데.
종종이	(착 째려보더니, 다시 울먹) 다짐이를 도와주지 말았 어야 해요. 그럼 납치되지도 않았을 거구, 아니, 애초에 그 노인네를 우리 대장간에 들이지 않았으면...
들분	(순간 멈칫) 방금... 뭐라고 했어?(하는데)
최도리	(수하들 데리고 들어오며) 끌고 나와!

끌려가는 길채와 종종이 그리고 온몸이 굳은 채, 뒤에 남겨진 들분.

S#62.   윤친왕 처소 일각 / 낮

길채와 함께 묶여 끌려 나가는 종종이.

길채	어디로 가는 건가?

최도리	(보더니 카악... 퉤! 침만 뱉고)
길채	내 조선에 돌아가면 니놈을 가만두지...(하는데)
최도리	닥치지 못해! 니가 여기서도 양반인 줄 아느냐? 여기선 내 너를 죽이고 도망치려는 것을 죽였다 말해도 아무도 탓하지 못할 것이다!
길채	...!!
최도리	살고 싶거든 잠자코 따라와! 에이, 재수가 없으려니...

S#63.　포로시장 / 저녁

심양 궁 문 앞, 심양 포로시장에 들어서는 길채와 종종이. 길채 역시 두렵지만 떠는 종종이의 손을 꼭 잡아주며, 마음을 다잡고.

이윽고 길채와 종종이 앞에 포로시장이 펼쳐진다. 채찍을 맞으며 끌려가는 포로들, 부모와 따로 팔려서 울며불며 어머니, 아버지!! 하며 헤어지는 자식들 등등. 곧, 큰 덩치에 인상이 험악한 부후치가 길채와 종종이를 맞는다. 위아래로 길채를 보더니 쓱... 웃는 부후치.

부후치 　(뜻밖에 조선말로) 이쁘네.

S#64.　부후치 숙소 / 저녁

마치 짐승 우리와 같이 열악한 포로들 숙소. 각 칸마다 차마 볼 수 없는 몰골의 포로들. 감옥 같은 수용소로 들어서는 길채와 종종이, 잔뜩 겁에 질리는데, 그때 누군가 길채를 부른다.

덕출(E)   마님!

보면, 뒤꿈치가 끊긴 채 사슬에 묶인 덕출이다. 길채, 놀라 봤으나,
곧, 부후치에 끌려가고.

S#65. 한양 길채집 앞 / 새벽

새벽 어스름. 봇짐을 꾸려 박대와 함께 출발하는 구원무. 그리고 이
를 배웅하는 은애와 연준, 영채와 방두네, 조금 떨어진 곳에 선 량음.

원무   (영채 보며) 아버님과 제남이를 잘 부탁합니다.
영채   (고개 끄덕끄덕)
은애   걱정 마세요. 제가 잘 살피겠습니다.
연준   혼자... 괜찮으시겠습니까?
원무   (단호한) 이제껏 도와주신 걸로 충분합니다. 이제 제
         안사람은 제가 직접 데려오겠습니다.

원무, 나가기 전에, 저편 량음을 잠시 보다 가고. 원무가 출발하면,
이를 간절히 보는 은애와 연준 그리고 복잡한 심경의 량음.

S#66. 포로시장 / 낮

포로시장, 부후치가 경매하는 자리. 경매단 뒤편, 간이 울타리 안에
길채를 비롯한 다른 포로들 십수 명이 수용되어 있고, 곧 부후치와
수하들이 울타리 문을 열고 들어와 포로 몇을 데리고 나가다가,

부후치	(길채 보며) 다음엔 니 차례야.
길채	(턱 잡으며) 조선에 서한을 쓸 수 있게 해주면, 우리 집 바깥어른이 속환은을 들고 올 것이오!
부후치	뭐? 서방이 데리러 와?(피실...) 자식은 부모를 찾으러 오고, 부모도 자식을 찾으러 오고, 그래, 아내도 서방을 찾으러 오지만... 서방이 아내를 찾으러 온 적은 없어.

길채를 뿌리치고 나가는 부후치. 잠시 후, 저편 단 위에서 포로 경매가 시작되고, 여기저기서 보여달라 어쩌고 하는 소리. 부후치 흐흐... 웃더니 홀렁 사내의 바지를 벗겨 엉덩이를 철썩, 쳐 보이고. 왁자하게 웃는 사람들.

길채, 놀라 시선을 외면하는데, 저편에서 역병이다, 역병이야!! 보면, 길채 옆 울타리에서 거품을 뱉으며 몸을 뒤트는 한 포로, 넙석.

손님들이 역병 소리에 놀라 도망가면, 부후치, 허리춤에서 방망이를 뽑아 쓰러진 자를 뒤집는데, 누군가 퍽, 부후치의 뒤통수를 치더니 곧 댓 명이 달려들어 부후치를 밟아 혼절시키곤, 문을 부수고 우르르... 도망치기 시작한다.

포로들이 도망치자, 청인들, 잡아라, 포로 잡아라!!! 하며 소란해지고. 이를 본 길채와 종종이 놀라서 눈이 커지는데, 곧, 절룩이는 누군가가 나타나더니 길채의 나무 울타리 문을 쳐서 연다. 덕출이다!

덕출	마님! 나오십시오!!

길채   ...!!

S#67. *길 일각 / 낮*

장현과 구잠이 포로시장 인근의 길을 가로질러 심관으로 향하고
있다.

장현   소는 농꾼들한테 잘 보냈지?

구잠   예에~! 걱정 마슈. 것보담도...(흘끗 장현 보며 깐족)
        소 주인이 딸하구 잘해보라는 대두 그걸 못해서 쩔쩔
        매구.

장현   쩔쩔 매긴 누가 쩔쩔 맸다는 게야!!

구잠   비혼 운운해가며 애기씨들 등쳐먹을 땐 언제고, 이젠
        도통 애기씨들하고 그... 소통이 안 돼요?

장현   소통 같은 소리 하네.

구잠   길채 애기씨하고 잘 안 돼서 그래요? 그게 그렇게 속이
        상하구 맘이 아프구... 그래서 거시기가 막 쪼그라들구,
        그래?

장현   뭐, 뭐가 쪼그라들어?

구잠   사람이 이상해졌어. 암만 봐도... 영랑이 말이 맞아. 고
        잔가 봐...

장현   이게!!(하는데)

저편에서 '서라!', '잡아라!!' 외치는 청인들. 보면, 일단의 포로들이
포로시장을 벗어나 우르르... 도망치고 있다. 그때, 일각에 모여 있

다가 이를 본 파란 복면과 포로 사냥꾼들.

파란 복면　　　몸이나 풀까?

곧, 파란 복면과 수하들, 그 뒤를 쫓고, 이를 목격한 장현과 구잠.

구잠　　　저 퍼렁이는 오늘도 바쁘구먼...(하는데)
장현　　　먼저 가 있어!
구잠　　　아, 어딜 가요!!

하지만 장현, 벌써 말에 올라 파란 복면과 같은 길로 달리는데.

S#68.　　들판 / 낮

필사적으로 도망치는 포로들. 저만치 흙먼지를 뿌옇게 날리며 쫓는 포로 사냥꾼들. 그중, 파란 복면, 누군가를 향해 정신을 집중하여 활을 겨눈다. 파란 복면의 화살 끝이 향하는 곳, 길채다! 정확하게 길채를 겨냥한 파란 복면, 이제 활시위를 놓으려는 순간,

장현(E)　　　오랜만이요!
파란 복면　　　(순간 활시위가 엇나가고)

엇나간 화살이 길채 뒤편 어딘가에 박힌다. 파란 복면, 분한 얼굴로 장현을 노려보면, 장현, 실실... 웃으며 파란 복면 곁을 달리고. 도망치던 길채, 문득 화살이 날아온 곳, 장현이 있는 쪽을 돌아본다.

그렇게 길채와 장현이 마주치려는 순간에서.

- 12부 끝

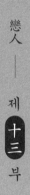

戀人 ——

제
十
三
부

S#1.　　심양 장현 여각 마당 / 낮

오줌 줄기가 양천의 얼굴로 촥~~ 쏴진다. 보면, 막 땡땡의 기저귀
를 갈다가 오줌을 맞은 양천. 양천, 쓱... 얼굴 훔치고, 마침 아이를
업고 지나다가 이를 보는 인옥. 땡땡의 벼락 총소리 같은 울음이
다시 시작됐다.

양천　　배가 고프네? 부르네? 졸려? 왜 그러네, 왜...

양천, 꼬물한 것의 속을 알 수 없어 속이 터지고.

S#2.　　동장소 / 낮

땡땡이의 울음 소리는 계속되고, 양천, 미음을 후후 불며 다급하게
땡땡에게 가려다 멈칫 선다. 보면, 이번에도 인옥이 주변을 살피더

니 땡땡을 안아 옷섶을 젖혀 젖을 먹이려 한다. 신통하게도 인옥에게 안기자마자 울음을 뚝, 그치는 땡땡. 하지만 양천, 성큼 다가가 인옥에게서 아이를 뺏어버린다.

양천　일없다!

인옥　(당황하여 얼른 옷매무새 만지며) 젖이 남아서 그냥...

양천　(조금 미안한 기색, 하지만 곧 단호해지며) 우는 애 달래는 맘은 고맙디만.... 부모 죽인 원수놈 새끼 물리던 젖을, 우리 땡땡이 먹일 순 없디.

인옥　(당황) 원수... 라니요?

(Ins.C)　*산 일각 / 낮*

나무기둥에 기대어 출산하는 산모1. 보면, 저편에서 모여 걱정스레 보는 같은 조선 포로들, 그리고 산모1에게서 두어 걸음 떨어져 산모1이 출산하는 것을 무심히 지켜보는 청병 서넛. 이윽고 산모1, 스스로 아이를 받아내곤, 아이를 안고 옅은 미소가 뜨는데, 청병1, 아이의 탯줄을 끊어 풀숲에 던져버리고, 산모1만 끌고 간다.

산모1　아가... 아가!!!!

비통하게 애원하고 오열하며 끌려가는 산모1. 그리고 넛남 등과 함께 일각에 숨어 있다가 이를 지켜보는 양천.

양천(E)　오랑캐 놈들이 우리 땡땡이 원수다... 이 말이야.

양천	니 새끼... 오랑캐 새끼디?
인옥	(격하게 흔들리는 눈빛)
양천	앞으로 다시는... 우리 땡땡이한테 젖 물리디 말라!

S#3. 심양 장현 여각 내실 / 낮

내실 안에 인옥이 모로 누워 잠든 아가를 토닥이고 있다. 쌔근... 잠든 인옥의 아이.

인옥	우리 애기... 오랑캐 새끼 아네요.

인옥의 눈에서 주룩... 눈물이 흐르고.

S#4. 포로시장 / 낮

포로시장, 부후치의 자리로 나선 길채와 포로들. 경매단 뒤편, 간이 울타리 안에 길채를 비롯한 다른 포로들 십수 명이 수용되어 있고, 곧 부후치와 수하들이 울타리 문을 열고 들어와 길채 곁의 포로 몇을 데리고 간다.

부후치	(길채 보며) 다음엔 니 차례야.
길채	(턱 잡으며) 조선에 서한을 쓸 수 있게 해주면, 우리 집 바깥어른이 속환은을 들고 올 것이오!
부후치	뭐? 서방이 데리러 와?(피실...) 자식은 부모를 찾으러 오고, 부모도 자식을 찾으러 오고, 그래, 아내도 서방을

찾으러 오지만... 서방이 아내를 찾으러 온 적은 없어.

길채를 뿌리치고 나가는 부후치. 잠시 후, 저편 단 위에서 포로 경매가 시작된다.

부후치   (엉덩이를 철썩 쳐 보이면 와자해지는 구경꾼들) 자, 이 놈은 외동아들이었더군. 조선에서 비싼 값을 주고 사러 올지도 몰라! 그리고 이 조선 여자는... 아직 열다섯 살밖에 안 됐어! 맘껏 부리다가 다른 놈들한테 팔아도 남는 장사야!!

구경꾼들   (각각 웃거나, 흥미로워하는 등의 표정들)

부후치   삼십 냥에서 시작한다!!

흥정이 시작되고, 길채, 이제 자신이 저 위에 올라가 팔려갈 생각에 정신이 아득해지는데, 그때, 길채 옆 울타리에서 '역병이다', '역병이야!!' 소리! 보면, 거품을 뱉으며 몸을 뒤트는 포로1. 구경꾼들이 역병 소리에 놀라 도망가고, 부후치, 허리춤에 찬 방망이를 뽑아 들고 벌컥 울타리 문을 열고 들어가 포로1을 뒤집는데, 누군가 퍽, 부후치의 뒤통수를 쳐 쓰러트리더니, 댓 명이 달려들어 부후치를 밟아 혼절시키곤, 문을 부수고 우르르... 도망치기 시작한다.

포로들이 도망치자, 부후치의 수하들, 잡아라, 포로 잡아라!!! 하며 소란해지고. 길채와 종종이 놀라서 서로 붙들며 눈 커지는데, 곧, 누군가 절룩이며 나타나더니 길채의 울타리를 연다. 덕출이다!

덕출   마님! 나오십시오!!

길채   ...!!

S#5.   길 일각 / 낮

파란 복면과 수하들이 마침 포로시장 안으로 들어서다가, '서라!', '잡아라!!' 외치는 청인들을 발견한다. 보면, 벌써 저만치 우르르 도 망친 포로들.

파란 복면   몸이나 풀까?

파란 복면, 옆에 세워둔 말 위에 훌쩍 올라타 쫓으면, 마침 저편에 서 소들을 끌고 오다가 이를 목격한 장현과 구잠.

구잠   저 퍼랭이는 오늘도 바쁘구먼...(하는데)

장현   먼저 가 있어!

구잠   아, 어딜 가요!!

장현, 말을 달려 파란 복면의 뒤를 쫓아가고.

S#6.   들판 / 낮

필사적으로 도망치는 포로들. 저만치 흙먼지를 뿌옇게 날리며 쫓 는 포로 사냥꾼들.

길채와 종종이, 서로 손을 꼭 잡고 도망치는데, 옆에서 뒤에서, 사냥꾼들이 던진 오랏줄에 끌려가고, 화살에 맞아 쓰러지고, 뛰다가 지쳐 넘어지는 등 무수히 잡혀간다. 곧, 길채의 바로 앞에 꽂히는 화살! 길채, 홱 돌아보면, 웬 파란 복면 쓴 이가 길채에게 화살을 겨누고 있다. 파란 복면, 다시 화살을 재어 정확하게 길채의 뒤를 겨냥하고 활시위를 놓으려는 순간,

장현(E)　　오랜만이요!

파란 복면　　(활시위 엇나가고)

파란 복면, 분해서 보면, 장현, 포로를 잡는 척하며 마치 실수인 척, 포로 사냥꾼들을 방해하고 있다. 오랏줄을 화살로 쏴서 끊어지게 한다든가, 활을 쏘려는 사람 옆을 쌩 지나가 화살이 빗나가게 한다든가.

장현 때문에 길채를 놓친 것이 분한 파란 복면, 길채를 향해 다시 화살을 날리려는데, 장현, 파란 복면의 말 바로 앞에 화살을 쏘고, 놀란 말이 두 발을 치켜세우며 흥분하여 파란 복면이 위험해지자, 장현, 몸을 날려 파란 복면을 안아서 떨어진다.

그사이 무사히 파란 복면에게서 벗어나는 데 성공한 길채와 종종이. 길채, 문득 뒤를 돌아보면, 장현과 파란 복면은 이미 시야에서 사라진 후.

S#7. 동장소 / 낮

파란 복면과 엎어진 장현. 두 사람의 거친 숨소리가 엉키고.

장현   미안합니다. 여즉 활쏘기가 서툴러서 원...(하고 일어서
          려는데)

파란 복면   (허벅지에 꽂은 단도를 꺼내 목을 겨누며) 날 방해
          해!!!

S#8. 들판 일각 / 낮

도망치는 길채와 종종이 그리고 다른 포로들, 그 뒤로 추격해오는
포로 사냥꾼들. 그때 한 사냥꾼이 쏜 화살이 종종이의 옆에 꽂히자
놀라 주저앉는 종종이.

길채   종종아!!

길채, 종종이의 손을 잡아 일으켜 세우려는데, 다시금 화살이 종종
이의 치맛단을 뚫고 바닥에 박힌다. 길채, 화살을 뽑으려 하지만 뽑
히지 않고, 치맛단을 찢으려 해도 쉽지 않다.

그사이, 이제 잡았다... 생각한 사냥꾼이 말에서 내려 흥건해진 땀
을 훔치며 천천히 다가온다. 막 종종이의 뒤까지 다가온 사냥꾼, 종
종이의 머리채를 휘어잡는데, 그제야 뽑아진 화살촉. 길채, 화살촉
으로 사냥꾼의 발등을 찍어버린다.

사냥꾼	으아악!!(종종이를 잡았던 손을 놓치고)
길채	뛰어!!

사냥꾼이 비명을 지르며 쓰러지면, 길채, 종종이의 손을 잡고 뛰는데, 뒤편, 발등을 찍힌 사냥꾼, 비명을 지르며 화살을 뽑더니, 분한 얼굴로 등에 매고 있던 조총을 들어 겨눈다. 조총 심지를 잰 후, 길채에게 총구를 대고 방아쇠를 당기려는 순간, 픽... 쓰러지는 사냥꾼. 보면, 일각에서 나타난 덕출이 돌덩이로 청병의 머리통을 쳤다.

덕출	가십시오, 마님!

그 사이 꾸물럭... 꿈틀대는 사냥꾼. 덕출이 덜덜 떨며 사냥꾼을 다시 돌덩이로 노리면,

길채	같이 가!
덕출	(자기 다리를 보며) 어차피 이 꼴로 멀리 못 갑니다. 손주놈을 살려주셔서... 참으로 고맙습니다. 가십시오, 어서!!

진득한 눈물이 고인 덕출과 격하게 동요하는 길채의 눈빛이 만나고.

S#9. 산 일각 / 낮

종종이의 손을 잡고 뛰는 길채. 덕출에게 마음이 쓰여 연신 뒤를 돌아보며 뛰는데, 뒤편에서 총 소리 탕!

얼어붙은 길채와 종종이. 덜덜 떨며 돌아보는 길채의 눈에 눈물이
그렁... 맺히고.

S#10.   들판 일각 / 낮 (7씬 연결)

장현에게 단도를 겨눈 파란 복면. 겹쳐진 채 서로 가깝게 마주한
두 사람.

파란 복면   (죽일 듯 노려보며) 니놈 정체가 뭐야?

장현   글쎄. 복면으로 얼굴을 가린 이에게 내 정체를 말할 필
요는 없지.

장현, 일어나서 파란 복면에게 손을 내민다. 하지만 장현의 손을 탁
쳐버리곤 일어나는 파란 복면.

장현   (으쓱하더니) 다음에 또 봅시다. 어쩐지, 이제 그대가
안 보이면 서운할 것 같아.

장현, 씩... 웃고 사라지면, 파란 복면 그 뒷모습을 한참 동안 바라보
는데.

S#11.   산 일각 / 낮

도망치다가 또다시 막다른 절벽에 몰린 길채와 종종이 그리고 승아
를 비롯한 다른 포로 여인들. 저편에선 다시 사냥꾼들이 쫓아오고,

길채와 포로들, 막막해진다. 마치 예전 강화도에서와 같은 상황.

여인1 잡히면 몸이 더럽혀질 거야. 그럴 바엔 차라리...!

여인1, 뒷걸음질을 치다가 치마를 뒤집어쓰고 그대로 절벽 아래로 몸을 던지자, 연달아 다른 여인 두엇도 몸을 던진다. 놀라, 얼어붙는 길채와 종종이 그리고 여인들. 여인들에게 서서히 체념이 스미고, 이제 승아와 다른 여인들도 치마를 뒤집어쓰며 눈물바다가 된다. 종종이, 역시 울며 치마를 뒤집어쓰려는데, 홱 잡아끄는 길채.

길채 무슨 짓이야!

승아 더럽혀진 몸으로 돌아가면, 부모님께 죄를 짓는 거야.
     그럴 바엔...

길채 (매섭게 승아 보며) 내가 살고 싶다는데, 부모님이 무
     슨 상관이야!!

승아 ...!!

길채 (다시 종종이 보며) 종종아, 일전에 강화도 때 다 뛰어
     내리는데 우린 살았어. 난 살아서 좋았어.

종종이 하지만... 이제 잡히면 오랑캐들한테...

길채 그럴 일 없어. 내가 지켜줄게! 그러니까... 잡아, 잡아!!

종종이 (망설이다 결국 턱, 길채의 손을 잡으면)

길채, 종종이를 홱 잡아끌면, 승아를 비롯 주춤하는 여인들. 길채, 승아에게도 손 내민다. 잡아! 하는 눈빛과 함께. 결국 승아도 그 손을 잡고.

이제 길채를 비롯, 살기를 선택한 여인들이 덜덜 떨면서 서로 바싹
붙어 선다. 그사이 천천히 다가와 이제 완전히 여인들을 포위하는
사냥꾼들.

S#12.　　포로시장 / 낮

사냥꾼들이 길채와 여인들을 양물이 하듯 끌고 오면, 일각에서 부
후치가 처음 탈출을 주도했던 포로1을 피칠갑이 되도록 채찍으로
내리치고 있다. 길채 일행이 다가오자, 부후치, 채찍질을 멈추고 성
큼 다가가더니 들입다 길채의 뺨을 후려친다.

종종이　　　마님!!!

쓰러진 길채의 시선 끝, 피칠갑이 되어 형체를 알아볼 수도 없게
망가진 포로1. 길채, 덜덜... 두려움에 온몸이 떨리는데,

부후치　　　(부하1에게 눈짓하면 곧 부하1이 종종이를 끌고 간다)
종종이　　　뇨, 뇨! 마님, 마님!!
길채　　　　(경악한다) 어딜 데려가는 거냐, 종종아... 종종아!!!

끌려가며 길채를 향해 몸부림치는 종종이와 부후치에 잡혀 종종이
를 보내는 길채의 울음 소리가 엉키고. 그렇게 헤어지는 길채와 종
종이.

S#13.　　주막 외경 / 밤

원무와 등짐을 진 박대가 인적 드문 국경 일각의 주막에 들어선다.
안에서 주인이 나오면,

박대　　　　방 있수?

S#14.　　주막 봉놋방 / 밤

원무와 박대가 봉놋방에 들고, 박대, 구석에 원무의 자리를 만들어
주는데, 일각에 앉은, 역시 사족으로 보이는 사내가 아는 척한다.

사내1　　　심양 가는 길이우? 포로 속환하러?

원무　　　　(어찌 아느냐는 듯 보면)

사내1　　　뻔하지 뭐. 심양에 포로 속환하러 가는 사람들은 다 이
　　　　　　　길로 지납니다. 누굴 속환하시려고? 부모? 자식...?

원무, 더 대꾸하지 않고 짐을 푸는데, 그 와중에 봇짐에서 길채를
그린 초상이 떨어진다.

사내1　　　(주워주는 척 쓱 화상을 보더니) 대단한 미인이구만.
　　　　　　　부인이신가?

얼른 초상을 낚아채서 다시 넣는 원무. 그사이, 자기들끼리 시선 교
환하며 히죽거리는 사내들.

원무	(기분 상해) 왜 웃소?
사내1	몰라서 묻나? 양가댁 마님이 포로로 끌려가다니... 피로 인성책 (자막: 심양에 억류된 포로 명단)은 보고 가시는 거우?
원무	그건...
사내1	(고개 절레 쯔쯔쯔) 심관에서 사고팔았다면 또 모르겠으나, 혹여 포로시장까지 나섰다면 이미 볼 장 다 본 몸일 텐데... 참으로 속환하시려고?
원무	(덥석 멱살을 잡으며) 뭐?
박대	(화들짝 놀라 말리는 시늉)
사내1	(컥컥!!) 사, 살려주시우!!
원무	(팽개치듯 놓고 노려보고)
사내1	(컥컥 숨을 고르는데)

사내1, 숨 고르는 척하며 저편 구석에서 누워 자던 사내2와 눈빛 교환한다.

S#15. 동장소 / 새벽

원무가 구석 벽을 보고 모로 누워 눈을 감고 있다. 심란하여 잠이 들지 않지만 애써 잠을 청하는데, 뒤편에서 자는 척하다가 눈을 뜨고 자기들끼리 시선 교환하는 사내1, 2. 사내들, 원무가 자는 줄 알고 원무 머리맡의 봇짐을 훔쳐 튀어나가면, 번쩍 눈을 뜨는 원무.

S#16.   길일각 / 새벽

도망치는 사내1, 2와 그 뒤를 쫓는 원무.

원무   서, 거기 서!!!

사내들 열심히 달려보지만, 무관 원무를 당할 수 없다. 결국 사내들이 원무에게 따라잡히고, 원무, 품에서 검을 꺼내 이들을 겨누며,

원무   이놈들...!!(검 치켜드는데)

사내1   (바싹 빌며) 살려주십시오, 아들놈 속환할 방도가 없어...(펑펑 울기 시작하고)

원무   ...?!!

사내1   아들놈을 속환하러 가진 전답을 모두 팔아 오십 냥을 마련해 심양에 갔습니다. 헌데, 갑자기 백 냥을 내놓으라지 않소. 다른 포로는 부잣집에서 백 냥을 주고 속환해갔다면서 나한테도 백 냥이 아니면 팔지 않겠다 했소. 내 몸을 팔아도 그 돈을 마련할 방도가 없습니다.

원무   그렇다고 내 안사람 속환할 재물을 훔쳐!

사내1   나리, 부인은 이미 절개를 잃었을 터인데, 속환해 무엇 합니까? 부인은 다시 구하면 될 일이오만, 피를 받은 아들을 어찌 바꾸겠소?

원무   닥쳐!!!

사내1   (바싹 부복하며 펄펄 오열한다) 제 아들을... 살려주십시오. 지금 꾸어주면 반드시 갚으리다. 내 아들이 병들어 죽게 생겼소이다!!

비록 도적질은 했지만, 아들을 구하기 위해 애원하는 사내1의 눈물
이 비통하고. 이를 보며 차마 더 뭐라 화를 내지 못하는 원무.

S#17.　　주막 마당 / 새벽

주막 마당에서 등짐을 진 채, '이를 어째, 어째...' 해가며 초조하게
기다리는 박대.

박대　　　배 시간 다 돼가는데... 왜 안 오시구...(하는데 저편에서
　　　　　　다가오는 원무. 화들짝 다가가며) 아이고 나리! 돈은
　　　　　　찾으셨습니까!!

하지만 원무, 대꾸 없이 박대 앞에 선다.

사내1(E)　부인은 이미 절개를 잃었을 터인데, 속환해 무엇합니
　　　　　　까?!!

S#18.　　한양 길 일각 / 낮

교연이 제남의 손을 잡고 무덤덤한 얼굴로 멍... 하니 걷고 있는데,
마침, 저편에서 뛰어오는 영채와 방두네, 영채의 손을 잡은 제남.

방두네　　아이고 여기 계시네! 애기씨 여기 계세요!!
영채　　　(헉헉 숨 고르며) 아버지, 왜 또 나오셨어요!!(모시고
　　　　　　가려하는데)

제남	(교연 손잡으며) 아부지, 이번엔 진짜루 오랑캐가 우리 누님 잡아갔어요?
방두네	(울먹, 눈물 찍으며) 네, 도련님. 이번엔 진짜루 오랑캐가 마님 끌고 갔...(하는데)
영채	(슛! 방두네 눈치 주고)
방두네	(쿨쩍, 입 닫으면)

마침 지나가던 행인들이 숙덕거리는 소리, 영채에게 들린다.

행인1	오랑캐한테 잡혀갔대.
행인2	여자가 밖으로 나돌 때부터 사달 날 줄 알았지.

영채, 어쩐지 부끄러운 기분이 들어 황급히 교연과 제남을 끌고 가고.

S#19.   대장간 마당 / 낮

대장간 마당 구석, 쪼그리고 앉아 남초를 곰방대에 다지면서 속달거리는 염태와 야장들.

야장1	정말로 오랑캐들한테 납치된 거야?
염태	그렇다니까. 종사관 나리가 헐값에 물산을 팔아 속환 은을 마련해서 떠났다는 거야. 내 말했지? 여자가 빨빨 거리고 돌아다니면서 나대면, 은젠가 큰 사고 친다고.
야장2	거거... 입조심해.
염태	입 조심할 게 뭐야? 알조지...(하는데)

염태 앞에 길게 드리워지는 그림자. 보면, 판술을 비롯한 다른 야장들이다.

판술	니놈 더러운 입에 감히 우리 마님을 올리지 마라!!
염태	...?!!
판술	니놈이 대장간에 든 일꾼을 도망한 포로라 밀고하여, 대장간에 큰 해를 입혔다. 우리는 너 같은 놈을 두고 볼 수가 없어!
염태	무, 무슨 소리요!!

야장1, 2가 얼른 자리 피하면, 곧 야장들이 달려들어 염태를 흠씬 패주고.

S#20.　　한양 길채집 별채 마당 + 은애방 / 새벽
- 길채집 별채 마당

고요한 새벽, 치성 드리는 은애의 음성이 들린다.

은애(E)	천지신명께 비옵니다, 우리 길채... 무사히 돌아오게 도와주세요.

- 길채집 별채 은애방

역시 잠들지 못한 채, 침의차림으로 가만 앉아있는 연준. 연준에게 앉은 자리에서 몇 시간 째 치성 드리는 은애의 음성 들린다.

은애(E) 길채 데리러 간 종사관 나리 걸음을 살펴주시고... 우리 길채, 종종이 상한 곳 없이 무사히 돌아오게 도와주세요...

은애의 간절함만큼 연준의 근심도 깊어지고.

S#21. 관아 내실 / 낮
판관과 마주한 연준, 길채의 혈서를 내 보이며 설득한다.

연준 구종사관의 부인이 청인에게 억울하게 끌려간 것을 확인했습니다. 그러니 이제 관에서 손을 써 주십시오. 구종사관이 다급히 심양으로 갔으나 과연 부인을 찾을 수 있을지 알 수 없습니다. 조정에 이를 알려...(하는데)
판관 이것이 정녕 유씨 부인의 혈서가 맞습니까?
연준 나리!!
판관 뭐? 조정에 알려? 만일 청인이 거짓 포로를 끌고 갔다고 위에 고했다가, 피난길에 잡혔다 도망했던 사실이 밝혀지면 어쩔 셈인가? 일이 잘못되면 청인들이 날 가만 두겠는가? 그리되면 자네가 책임 질 수 있는가 말일세!(벌떡 일어나 나가버리고)

S#22. 관아 앞 / 낮
연준, 상심한 얼굴로 관아 앞을 나서다가 잠시 은애와의 대화를 떠올린다.

연준이 나갈 채비를 하면, 갓을 건네주던 은애, 연준의 안색을 살피
더니,

은애 일전에 서방님이 유배가지 않도록 도와주신 어르신을
기억하시지요? 그분께서 근자에 포로 몇을 속환토록
힘을 쓰셨답니다. 그 어르신을 찾아가 길채의 일을 부
탁해 보면 어떨는지요?

연준 ...내키지 않아. 그분이 선대왕 시절 일등공신을 하사 받
은 가문의 후손인 것은 아시오?*(은애, 의아해지면)* 허
면, 무슨 공을 세워 일등 공신 가문이 되었는지도 모르
겠군.

은애 ...?

연준 그분이 참으로 충신인지, 아니면 명예를 낚으려는 소인
배인지... 알 수가 없어.

S#23. **장철집 대문 앞 / 낮**

들어갈까 말까... 갈등하며 장철의 집 대문 조금 떨어진 곳에 선 연
준. 정갈하게 차려입은 장철의 제자들이 드나드는 모습 보이고. 연
준, 잠시 망설이다 막 장철의 집을 나서던 장철의 제자 도전을 잡
는다.

| 연준 | 말씀 좀 여쭙겠습니다. 오래전 어르신께서 도와주신 남연준이란 자가, 인사를 여쭙고자 왔다... 전해주시겠습니까? |
| 도전 | (놀라보며) 그대가... 명에 절개를 지켜 옥살이를 한 남연준이오? |

도전과 함께 있던 제자들1, 2, 3 등, 서로 놀란 시선 나누더니 반갑고 우러르는 얼굴로 연준 보면, 연준, 당황스러운데.

S#24. 장철집 사랑채 / 낮

장철 앞에 무릎 꿇고 앉은 남연준. 그 뒤로 주르르... 앉은 도전과 제자들. 도전 등, 남연준을 스승님 앞에 데려온 것이 뿌듯하다는 표정으로 미소 지으며 보면,

장철	자네 얼굴을... 이제 보는군.
연준	(민망해진다) 송구하옵니다. 소인, 큰 은혜를 입고 이리 늦었으니...
장철	자네에게 은혜를 내린 것은 내가 아니라 전하시네.
연준	...!
장철	헌데... 이제와 나를 찾아온 이유가 있는가?
연준	(잠시 망설이다) 실은... 일전, 어르신께 인사 올렸던 제 내자의 벗이, 도망한 포로의 누명을 쓰고 청으로 끌려갔습니다.
장철	...!!

도전 등	(안타까운 탄식)
연준	관에 호소해도 소용이 없고, 부인의 남편이 심양에 갔으나 찾을 수 있을지 근심 천만이옵니다. 듣기로, 이번에 어르신과 제자들이 합심 상소하여, 끌려간 포로 중 일부를 속환케 하셨다기에...
장철	(문득 예전에 만난 길채를 떠올린다)

(Ins.C) *9부 63씬*

길채	*종이와 벼루는... 제 아버지에 대한 마음입니다. 받아주십시오.*

장철	참으로 영민한 여인이었는데, 어찌 그런 일이...(진심으로 안타까운 표정 되면)
연준	(간절히 보는데)
장철	우리 서원에서 상소를 올려 포로 몇몇이 속환되도록 돕기는 했지. 허나... 병자년에 산성을 지키다 포로된 자들을 황급히 속환할 것을 청한 상소였어. 나라를 지키다 포로된 자들을 외면하면, 나라의 기강이 무너질 것이기에 한 일이었네. 도망한 포로의 누명을 쓰고 끌려간 자는, 도망한 포로인지 아닌지 증좌를 찾을 수 없으니, 나 역시 도울 길이 없네.
연준	하오나!!
장철	사사로운 인연이 있다하여 우리 서원에서 상소를 올릴 수는 없어. 명분이 없으이.
연준	...!!

S#25.　장철집 대문 앞 / 낮

연준이 의기소침해서 나오면, 따라 나오는 도전.

도전　돕지 못해 참으로 민망합니다.

연준　아닙니다. 어르신을 뵙게 해주어 고맙지요.

도전　혹... 우리와 함께하실 생각은 없습니까? 충절로 명성이
　　　　자자한 남선비가 우리와 함께한다면 큰 도움이 될 것
　　　　입니다.

연준　내가 무슨 보탬이 되겠습니까?

도전　나라가 무너지고 있는데 보고만 계실 것입니까? 관직에
　　　　들진 않더라도 선비된 도리로 나라가 일어서도록 도와
　　　　야지요. 우리 스승님은 그만한 힘이 있으신 분입니다.

연준　...?

(Ins.C)　　***장철집 사당 / 같은 시간***

*장철이 조상들의 위패를 모신 사당에 눈을 감고 앉아있다. 이윽고
눈을 뜨는 장철. 가만... 위패를 본다. 무슨 생각을 하는지 알 수 없
는 눈빛.*

도전(E)　스승님은 전하께 상소를 올려 평안도에 구휼미 보내는
　　　　*일도 이루셨고, 각 도마다 의약품 보내도록 청한 일도
　　　　곧 성사될 겁니다.*

도전　여기선 남선비 같은 사람이 할 일이 아주 많아요.

연준　...?!!

S#26.　심양 논밭 / 낮

튼튼한 소를 보며 저마다 만족하고 기뻐하는 농꾼들. 그리고 차양 아래서 흡족한 표정으로 농꾼들과 소를 보는 강빈과 민상궁, 대신들, 역관 등. 장현이 몽골 다녀온 일을 강빈에게 보고하고 있다.

장현	하명하신 대로 소 25수를 가렸으나, 오는 중에 여위어 병든 것을 도로 보내고 23수만을 가져왔사옵니다.
노인1	(환한 미소) 좋은 소를 골라오셨습니다!
강빈	애썼네!(기뻐하면)
민상궁	(덩달아 뿌듯한 얼굴 되고)

이를 보며, 함께 기뻐하는 강빈 뒤편의 대신들과, 역관1, 2 등.

S#27.　심양 황궁 앞 / 낮

역관1, 2와 장현이 황궁 밖, 담장 일각을 걷는다. 장현에게 고마움을 표하는 역관1, 2.

역관1	자네 덕분에 몽골 가는 고생을 피했어. 고마우이.
역관2	고마우이.
장현	그리 고마우면... 백면지 백 권만 미리 융통해줄 수 있는가?
역관1	(화들짝) 내가 은밀히 백면지를 들인 것은 어찌 알았는가?
역관2	(절레) 이역관 눈은 못 속이지.

장현	(피식 웃는데)
역관2	헌데 당장은 어렵겠어. 포로 속환에 써야 하거든.
역관1	그 유씨 부인 일 말인가?
역관2	응. 글쎄 언제 조선에 끌려왔는지 친왕의 여종이 돼 있더라니까?
장현	(유씨 부인이란 말에 의아) 무슨... 얘긴가?

(Ins.C) *윤친왕 처소 일각 / 낮*

길채와 닮은 듯한 한 조선 포로의 뒷모습. 그 뒤를 쫓아가는 역관2
의 시선.

역관1	응... 한 달 전인가... 내 왕야의 집에 전할 말이 있어 갔는데, 웬 여종 하나가 나보고 조선에서 유씨 부인이 왔다질 않나. 누구한테 전하라는지 제대로 듣질 못해서 역관 중에 유씨 부인을 아는 사람이 있는가... 물었더니, 이 친구가 나서더군.

(Ins.C) *윤친왕 처소 일각 / 낮*

역관2, 이제 여인의 어깨를 돌려 세우면, 길채와 닮은 뒷모습의 여
인, 완전 다른 사람이다.

역관2	어릴 적 날 친자식처럼 키워주신 분의 딸일세. 내 힘써 속환되도록 도와야지.
장현	(뭔가 묘한 기분) 그래...(하는데)
내관(E)	황녀 납시오. 황녀 납시오.

황녀가 길을 지나감을 알리는 환관의 음성. 장현과 역관1, 가장자리에 서서 읍하여 황녀가 지나기를 기다리는데, 어쩐지 황녀 행렬이 지나가지 않고 멈춰서더니, 가마에서 황녀가 내리는 기척. 장현 등, 의아해지는데,

각화	고개를 들어.
장현	(어쩐지 익숙한 음성. 의아해하며 고개 들면)
각화	이제 내 얼굴을 봤으니, 네놈 정체도 말해주련?
장현	...?!!

S#28. 심양 각화 처소 정원 / 낮

산책하는 장현과 각화. 두 사람 뒤로 열 보쯤 떨어져 따라오는 각화의 시녀 라이와 다른 시녀들.

장현	허면... 그간 복면을 쓰고 포로들을 잡은 것이...
각화	그래, 나야.
장현	...!!
각화	(피식) 이젠 말해봐. 포로를 잡아서 뭘 했지?
장현	용골대 장군께서 제게 도망한 조선 포로 잡는 일을 맡기시어 장군의 명을 따랐을 뿐입니다.(작게 조선말로 혼잣말) 성가시게 됐구만.
각화	(조선말) 성가셔? 이 정도로? 진짜 성가시게 해줄까?
장현	(갑작스레 조선말을 하는 각화에 놀라서 보면)
각화	왜, 놀랐나? 난 조선말도, 조선 사람들에 대해서도 아주

잘 알아.

장현   (...?!!)

각화   한 번만 더 내게 거짓말을 하면... 네놈 혀를 잘라버리
겠어. 그러니 말해. 포로를 잡아서 뭘 했지?

쨍 만나는 장현과 각화의 눈빛. 이윽고,

장현   허면, 용골대 장군이 그간 사사로이 챙긴 은자가 어디
서 나왔는지... 직접 물어보시지요.

잠시, 장현과 각화가 서로 팽팽하게 보는가 싶더니, 다음 순간, 웃
어버리는 각화.

각화   황족의 잇속을 챙겨주는 뱀 같은 조선 역관이 있다더
니... 그게 바로 니놈이군.

장현   ...

각화   너를 통하면 황궁에서 필요한 물건을 누구보다 빨리
구할 수 있다지?

장현   필요한 것이 있으십니까?

각화   하나 있지. 니 시간을 내게 다오.

장현   ...?!!

S#29.   부후치 여각 마당 + 내실 / 낮

부후치에게 잡혀 부후치가 운영하는 여각으로 끌려가는 길채.

길채	말해주시오. 종종이를 어디로 끌고 갔습니까? 예? 종종이...(하는데)

부후치, 마당을 가로질러 여각 내실 안으로 길채를 밀어 넣는다. 매섭게 부후치를 뿌리치며 노려보는 길채.

보면, 내실 안 간단한 각상을 앞에 놓고 앉은 대여섯 사내들. 그중 몸이 남 두 배는 되어 보이는 두툼한 청인1, 술잔을 들며 탐욕스럽게 길채를 보고.

길채	...!!
부후치	나도 반쪽은 조선 사람이라... 조선인들에게 야박하게 굴긴 싫지만, 니년은 안되겠다. 이제 니년 팔자는 니 하기 나름이야.

S#30. 심관 대신 집무실 / 낮

심관에서 속환시킨 포로들의 명단이 적힌 명부를 넘기는 대신1의 손.

대신1	유씨 부인...

대신1 옆에 선 이, 길채의 화상을 든 원무다! 오랜 여행길로 초췌해진 원무가 간절한 표정으로 대신1을 보면,

대신1	(화상 보면서 고개 절레) 청에서 속환을 위해 넘긴 포로 명단에 유씨 부인은 없네.
원무	청인들이 납치하여 끌려온 것이 분명합니다. 한 달을 꼬박 걸려 왔습니다. 다시 한번 확인해 주십시오.
대신1	(역시 절레) 이번에 잡혀온 도망 포로들 중 셋은 발꿈치를 깎고 나머지는 주인에게 돌아갔네. 속환을 원하는 주인들은 심관에 명단과 인적사항을 넘기지만, 속환을 원하지 않으면 명단도 남기지 않으니, 우리도 방법이 없어.
원무	(절망스러운데)
대신2	(마침 문서 따위를 가지러 왔다가 흘긋 화상을 보곤) 포로시장에 가보게.
원무	(놀라 보면)
대신2	(조금 미안한 표정) 얼마 전에 한 조선 여인이 포로시장으로 쫓겨났다 들었어. 대단한 미인이라던데... 스스로 이마에 흉을 만들었다지.
원무	...?!!

S#31.   심양성 문 밖 + 포로시장 / 낮

포로시장을 향해 가는 원무와 박대. 원무의 귀에 다시금 쟁쟁히 들리는 사내1의 음성.

(Ins.C)   **13부 14씬**

사내1	심관에서 사고팔았다면 또 모르겠으나, 혹여 포로시장

까지 나섰다면 이미 볼 장 다 본 몸일 텐데...

저편 포로시장의 소음이 점점 가까워지며 원무 역시 두려워지기 시작하고.

S#32.　　**포로시장 / 낮**

포로시장으로 들어선 원무와 박대. 시장 곳곳에 포로들을 수용하고 있는 닭장, 혹은 마소 울타리 같은 곳에 포로들이 십수 명씩 앉아있 거나, 세워져 있고, 그 앞엔 저마다의 포로를 거느린 거간꾼들.

박대가 나서서 거간꾼들마다 붙들고 길채의 화상을 보여주며 물으면, 누군가는 모른다, 혹은 박대를 자신의 포로 울타리로 끌고 가 엉뚱한 여인을 길채라 우기기도 하는 등 혼란스러운데, 그사이, 포로시장을 둘러보는 원무.

각 울타리 안, 넋을 잃고 앉은 포로들, 특히 여인들에게 꽂히는 원무의 시선. 여인들이 때에 절고 찢어진 옷으로 몸도 제대로 가리지 못하고 맨살을 드러낸 채, 여기저기 앉아있거나, 경매에 붙여지거나, 거래가 성사되어 오랑캐 사내에게 끌려가는 모습을 보며, 속이 울렁거리고 숨이 가빠진다.

원무　　(쿵쿵, 심장이 뛰고 숨이 가빠지자 손수건을 꺼내 식은 땀을 닦아내고)

S#33. 심양 호수 / 낮

버드나무가 흐드러졌고, 물결이 잔잔한 호수 일각. 작은 쪽배에 앉은 장현과 각화. 장현이 느리게 노를 젓고, 각화가 자신의 무용담을 펼치고 있다. (두 사람 대화 조선말)

| 각화 | 그래서 내가 한 손으로 그놈 멱살을 잡고 다리를 걸어 넘어뜨린 연후에, 입에 생고기를 쑤셔 박아주었다. |

각화   그래서 내가 한 손으로 그놈 멱살을 잡고 다리를 걸어 넘어뜨린 연후에, 입에 생고기를 쑤셔 박아주었다.

장현   (말없이 웃으면)

각화   (눈을 가늘게 뜨더니) 이상하군. 넌 내가 아무렇지도 않느냐?

장현   예?

각화   그렇지 않고선 내게 이럴 수 없는데. 평범한 사내들은 내 앞에서 말을 더듬거나, 눈을 마주치지 못하거든.

순간, 길채와의 한 때가 떠오르는 장현.

(Ins.C) 2부 24씬

길채   (가만... 장현을 보다가) 역시 소문이 사실인 모양이군. 나와 이렇게 단둘이 있는데도 볼이 붉어지거나, 말을 더듬지 않아.

순간, 자기도 모르게 피실... 웃음이 새더니 곧 큭큭큭 웃음이 터지는 장현.

장현   얼마만인지 모르겠습니다. 이렇게 웃어본 것이.

각화	...?!!

CUT TO

이제 흘러가는 물결에 배를 맡기고, 술잔을 드는 장현과 각화.

장현	조선말은 언제 배우셨습니까? 아니, 그보다... 황녀께서 왜 변복을 하고 도망한 포로 잡는 일로 소일하십니까?
각화	난 어릴 적부터 조선에 자주 드나들었어. 폐하께 조선의 사정에 대해 알려드린 게 나라면... 믿을 거야?
장현	...?
각화	헌데 이제 폐하는 내 도움은 필요 없으신 모양이야. 여자들이 밖으로 나도는 걸 점점 더 싫어하시거든. 이젠 내게 왕부 여인들 단속이나 하라나? 해서 지루하니, 포로 사냥이라도 하는 거야.
장현	....
각화	난 말이지, 설사 내 나라가 전쟁에 지더라도 죽었음 죽었지, 포로는 되지 않아. 포로된 처지로 살고 싶어 안달하는 게 내 눈엔 너무 하찮게 보이거든.
장현	(피실...) 살면서 뜻대로 안 되는 일은 한 번도 겪지 않으신 모양입니다. 세상엔 뜻대로 되지 않는 일이 있지요. 아무리 다짐하고 다짐해도, 끝내 장담할 수 없는... 그런 일.
각화	너에겐 그런 일이 있었던 모양이지?
장현	(대답 대신 쓸쓸한 미소)

이윽고 나루터에 당도한 장현과 각화. 장현이 내렸고, 이제 각화가 내리려는 찰나, 술기운에 취한 각화가 휘청 발을 헛디딜 뻔하자, 얼른 한쪽 팔을 잡아 부축해주는 장현. 순간 장현, 역시 길채가 떠오르고 만다.

(Ins.C) *2부 25씬*

길채를 번쩍 들어 올리는 장현. 순간 붉어진 길채의 볼.
잠시 마주친 두 사람의 눈빛.

각화 (자신을 잡은 장현의 손을 보더니) 비켜! 나 혼자 걸을 수 있어!

각화, 장현의 손을 툭, 쳐내는가 싶더니 더 휘청하고, 결국 장현에게 붙들린 각화. 잠시 두 사람의 눈빛이 만난다.

각화 (피하지 않고 장현 보며) 조선 사람들은 둘 중에 하난 줄 알았어. 우릴 오랑캐라며 무서워하거나, 우리가 오랑캐라고 무시하거나. 헌데 넌 이상해. 무서워하지도 않고, 그렇다고 무시하는 것 같지도 않고.

장현 제가 이처럼 아름답고 총명한 분을 어찌 무시하겠습니까?

하며 장현, 각화를 정중히 뭍에 내려놓으면, 각화, 장현을 보는 눈에 반짝 빛이 들어오더니, 장현에게 왈칵 입을 맞춘다. 당황한 장현이 움찔, 뒤로 물러나고, 이번엔 아예 장현의 멱살을 잡아끌어 입을

맞추려 하는 각화. 장현, 당황스런 실소를 터트리며 각화를 정중히
밀어낸다.

장현	밖입니다.
각화	그럼 안으로 갈까?
장현	(어이없어 웃으면)
각화	너도 내 잠자리 시중을 들어! 황친들이 조선 시녀들에 게 잠자리 시중을 들게 하니, 나도 조선 사내에게 잠자 리 시중을 들게 해야겠다!
장현	(미소) 일단 전 포로가 아니옵고, 황궁의 시종도 아니 지요. 저처럼 보잘 것 없는 조선 역관이 황친과 엮였다 간 목이 달아날 것입니다. 이놈 목숨을 살려주십시오.

장현, 공손히 읍하고 가면, 각화, 분한 얼굴로 장현 보고.

S#34. 심관 편전 / 낮

소현 아래로 재신들이 일별했고, 심각한 분위기.

대신1	농사를 지으라 독촉한 것도 모자라 이제 군량을 신속 히 나르라니요.
대신2	속히 조선에 장계를 올리심이 어떠하올는지요.

소현과 대신들, 근심스러워지고, 옆에 시립한 언겸도 더불어 근심
이 깊어지는데.

CUT TO

이제 소현과 언겸만 남았는데, 곰곰 생각에 잠긴 소현.

소현   이장현을 들라해.

언겸   ...!!

S#35.   심관 정원 / 낮

심관 정원을 걷는 소현과 장현. 소현, 언겸과 장현만을 가깝게 두고, 남은 궁인들은 열 걸음쯤 떨어진 채 소현의 뒤를 따른다.

장현   벌을 마저 내리려 부르셨나이까?

언겸   (눈으로 윽박지르며) 어디서 놓이냐?

장현   (옅은 미소 지으며 읍하면)

소현   청에서... 하루도 빠짐없이 송산 전장에 보낼 군량을 재촉하고 있어. 이미 평안도와 함경도의 힘이 다했는데, 어찌 또다시 오천 석을 나를 인부와 말을 징발한단 말인가?

언겸   (근심 가득하고)

소현   용골대가 또 날 겁박하더군. 넌 내가 버티는 것이 보기 좋았다 했으나, 일국의 세자가 이런 치욕을 참는 것이...(하는데)

장현   저하, 소인은... 포로시장의 조선 포로들이 치욕을 참고 있다 생각하지 않습니다. 저들은 살기를 선택한 자들입니다. 배고픔과 매질, 추위를 이겨내며 그 어느 때보다

기운차게 삶을 소망하고 있나이다. 하루를 더 살아남는
다면, 저 포로들은 그 하루만큼 싸움에서 승리한 당당
한 전사들이 되는 겁니다.

소현   너는... 갈수록 이상한 소릴 하는구나.

장현   조선 선비들이 저하께서 명나라와의 의리를 굳건히 지
키길 바란다 하셨습니까? 허나 저하, 저하께서, 이곳에
서 저들의 비위를 맞추는 것 또한 의리를 지키는 일입
니다. 저하께서 여기 계시니 조선에 또다시 전쟁이 일
어나지 않는 것입니다. 또한, 저하께서 오늘 조선 백성
들의 짐을 조금이라도 덜기 위해 고심하는 것이 바로
백성들에 대한 의리를 지키는 일입니다.

소현   (장현의 말이 소현에게 파장을 일으킨다)

장현   소인, 부족하나마 군량을 나를 수레와 일꾼을 보태도록
최선을 다하겠나이다. 이것이... 저하를 뫼시는 소인의
의리입니다. 저는 저하께, 저하께선 조선 백성에게, 의
리를 지키는 것이지요.

소현과 장현의 눈빛이 만나고, 그리고 저편, 장현을 주의 깊게 살피
는 시선, 라이다.

S#36.   각화 처소 내실 / 낮

각화가 침상에 비스듬히 누워 누군가의 말을 듣고 있으면, 천천히
부채질 해주는 시녀. 그리고 각화 앞, 본 것을 아뢰는 시녀, 라이.

| 라이 | 조선 세자가 가까이 두고 아끼는 듯했습니다. 따로 불러 오래 이야기 나누는 것을 보았습니다. |

라이 조선 세자가 가까이 두고 아끼는 듯했습니다. 따로 불러 오래 이야기 나누는 것을 보았습니다.

각화 조선 사람들은 신분에 엄격하다던데, 세자가 역관을 가까이 불러 오래 대화를 나눈다...? 또?

라이 주변에 어울려 지내는 여인은 없었습니다. 짬이 나면 혼자 술을 마시는 게 고작이었습니다.

각화 사귀는 여인은 없다더니, 거짓말은 아니군. 헌데...날 마다해?

각화, 이해할 수 없다는 표정되어 곰곰... 생각에 잠기고.

S#37. 포로시장 / 저녁

날이 저물도록 화상을 들고 물어물어 길채를 찾는 원무와 박대. 원무, 연신 식은땀을 훔쳐가며 기운을 짜내어 묻는데, 그때, 우리 안에 갇혀 있던 누군가가 틈으로 손을 내밀어 원무의 바지를 잡는다.

보면, 일전에 길채 등과 함께 도망쳤다가 다시 잡힌 넙석이다. 저편, 부후치를 가리키는 넙석. 넙석이 가리키는 곳, 입 안 가득 술과 고기를 먹고 있는 부후치.

원무 ...?!!

S#38.　　포로시장 / 저녁

부후치가 우걱우걱 술과 고기를 먹고, 그 뒤편 울타리엔 포로들이 앉아있는데, 원무가 다가가자, 부후치, 고기를 씹다 보며,

부후치	포로 찾아? 뭐가 필요해?(조선말로) 계집? 사내?
원무	(부후치에게 화상을 내밀면)
부후치	(길채를 알아보곤 씹던 것을 멈추고 원무 본다)
원무	(...!!) 아시오?

S#39.　　장철집 대문 앞 / 낮 ~ 저녁

장철집 앞에서 서서 지켜보는 연준. 젊은 유생들이 삼삼오오 장철의 집으로 들어가고 있다. 무슨 일이지?

CUT TO

이제 날이 저물었고, 그사이, 대문 밖까지 늘어선 유생들. 몇몇은 담장이며 나무 위까지 올라갔다.

연준, 이 수많은 유생들이 몰린 것에 놀라고 당황스러운데, 곧 웅성웅성... 하더니 장철이 나와 대청에 자리 잡는다. 사방에서 머리 숙여, 스승님, 스승님... 하는 유생들.

장철	이 나라는 정묘년과 병자년의 화를 연거푸 당해, 국본이 끌려가고, 백성들이 말라가, 전하의 근심이 하루도 그칠 날이 없소이다. 이러한 때에 우리 사림들이 흩어

진 민심을 하나로 모으기 위해 무엇을 해야겠소? 우리
는 난세를 근심하던 성인의 가르침, 그 근본으로 돌아
가야 합니다.

연준, 문득 무리 중 누군가를 보고 눈이 번쩍 뜨인다. 보면, 두루마
기에 갓 쓴 사족 차림을 하고 유생들에 섞여 장철을 보고 있는 이,
바로 인조를 모시는 내관 만해다!

(Ins.C)   *궁 후원 일각*
인조의 곁에서 긴밀하게 귀엣말 전하는 내관 만해.

연준   ...?!!

S#40.   *한양 길채집 별채 마당 / 밤*
은애가 치성을 드리고 있는데, 마당으로 들어서는 연준. 연준, 여전
히 간절하게 치성 드리는 은애를 보며 마음이 복잡해지는데, 방두
네가 요란하게 뛰어 들어온다.

방두네   왔어요. 왔습니다! 종사관 나리가 오셨어요!!
은애   (벌떡 일어나면)
연준   (역시 벅찬 얼굴 되고)

S#41.　**한양 길채집 마당 / 밤**

은애와 연준, 방두네가 기쁜 얼굴로 길채집 안채 마당으로 들어서
는데, 어쩐지 영채가 당혹스레 제남의 손을 잡고 섰다. 보면, 온 것
은 원무와 박대뿐. 여기저기 막 아물어가는 상처가 보이는 원무와
박대의 얼굴.

은애　　종사관님, 길채는 어디?

원무는 말이 없고, 박대는 난처한 기색으로 짐을 마당에 풀어놓을
뿐. 원무, 별반 대꾸도 없이 안으로 들어가 버리면, 은애와 연준, 당
황스럽고.

S#42.　**한양 길채집 행랑채 / 밤**

박대가 발싸개 따위를 풀면, 그 옆에서 다그치는 방두네.

방두네　　마님을 모시고 와야지, 그냥 오면 어째!!
박대　　아, 종사관님이 가자시는데 내가 무슨 수로 모시고
　　　　　　와!!(하며 발싸개 탈탈 털다가 은근히 방두네 안으며)
　　　　　　우리 수지 보고 싶었수...
방두네　　내 이름 부르지도 마! 이그, 냄새! 저리 가! 뭘 잘했다
　　　　　　고, 저리 가!!

S#43.　한양 길채집 길채방 / 밤

촛불도 켜지 않은 방에 모로 누워 어둠 속에 침잠한 원무. 속을 짐작할 수 없는 원무의 표정.

S#44.　(원무의 회상) 포로시장 / 낮 (13부 38씬 연결)

부후치　(다시 고기 먹으며) 이미 팔렸어. 어디로 팔려갔는지 알려줘?

원무　...?

부후치　헌데... 지금쯤 사내 맛을 잔뜩 보고 노곤해져 있을 텐데.... 흐흐

말이 끝나기도 전에 부후치의 멱살을 잡아 주먹을 날리는 원무. 하지만 곧, 부후치의 수하들이 원무와 박대를 두들겨 패기 시작하는데.

S#45.　(다시 현재) 한양 길채집 별채 은애방 + 마당 / 밤

벽을 보고 누운 연준. 역시나 속이 상해, 잠을 이루지 못하고 뒤척이다 밖을 나선다.

S#46.　마당 / 밤

연준이 마당으로 나서면, 은애가 치성 드리던 정화수 떠 놓은 서안 위에 놓인 서한!

은애(N) 서방님, 제가 심양에 가서 길채를 데리고 오겠습니다. 그동안 부디 스승님과 영채, 제남이를 잘 살펴주세요.

S#47. 길 일각 / 밤

은애와 방두네가 종종걸음을 하고 있는데, 뒤에서 들리는 연준의 음성.

연준 부인!

은애, 더 서둘러 발걸음을 옮기고, 방두네 난처해진다.

방두네 마님...

은애 서두르세!(하는데)

연준 (저편에서 달려오며) 부인, 부인!!

은애 (더욱 잰걸음을 걷고)

방두네 (멈춰 서서 어쩔 줄 몰라 하는 사이)

결국 연준이 은애를 따라잡아 붙잡는다.

연준 부인, 왜 이러십니까?

은애 아무래도 제가 직접 가야겠습니다.

연준 부인!!

은애 (울컥) 허면 길채를 그냥 두란 말씀이십니까? 보내주세요. 저라도 길채를 데려와야 합니다, 길채야... 길채야!!

은애, 철철 눈물을 흘리면, 연준, 그런 은애를 품에 안고 덩달아 피 눈물을 삼키고. 그리고 먼발치에서 이를 보는 시선, 량음이다. 옅은 한숨이라도 뱉는 량음. 량음의 심경이 복잡해진다.

(Ins.C) **10부 32씬**

장현 넌 몰라. 그 여자가 나한테 뭔지.

결국 길채를 외면할 수 없음을 깨달은 량음, 질끈... 눈을 감아버리고.

S#48. **한양 우심정 내실 / 아침**

량음, 길 떠날 채비를 마친 차림으로 짐을 챙기는데, 벌컥 문 열리 며 소야 뛰어 들어온다.

소야 가시다니요?

량음 (미안해져서 본다) 소야...

소야 가지 마세요, 못 가요!!(하고 붙들다가) 그 여인한테 가 는 겁니까?

량음 (아이러니한 상황에 피실... 헛웃음) 그래, 어쩌면.

소야 ...!!

량음 (소야를 가만 보더니) 나는... 아무리 떨어져 있어도, 평 생을 보지 못해도... 그 사람한테 묶인 몸이거든.

소야 (충격받고)

량음 미안해.(결국 소야를 떨치고 일어서서 나가버리고)

소야 안 돼요... 가지 마세요...(하다 주저앉아 흐느껴 울고)

S#49.   한양 우심정 앞 / 아침
말에 오르는 량음. 량음에게 흐르는 다짐.

량음(N)   나도 알아. 그 여자가 너에게 뭔지. 내가 그렇듯... 너 역
시 그녀에게 매였겠지. 만약 부인이 잘못되면... 넌, 미
쳐버릴지도 몰라.

이윽고 량음, 결심이 선 표정으로 이랴! 말을 박차 출발하고.

S#50.   부후치 포로 처소 / 낮
부후치, 막 포로 처소 문을 걸어 잠그고 돌아서는데, 부후치 앞으로
누군가 내동댕이쳐진다. 길채다!

부후치, 놀라 보면, 크게 맞았는지 눈도 붓고, 입술도 터진 길채. 그
뒤로 청인 사내1이 노발대발하며 부후치에게 따지기 시작한다. 보
면, 길채가 물어뜯었는지 귀가 찢겨진 청인 사내1.

청인 사내1   이년이 날 이 모양으로 만들었어! 돈을 물어내!! 당장
물어내!!
부후치   (기가 찬다) 정말 골치 아픈 년이구만...

S#51.   부후치 포로 처소 / 낮
다시 부후치에게 끌려 포로 숙소에 던져지는 길채.

길채	(부후치 붙잡으며) 종종이... 어디로 보냈습니까? 예? 우리 종종이 어딨는지...(하는데)
부후치	(보다가) 니 남편이란 놈이 널 찾으러 왔었어.
길채	...!!

S#52. 황궁 정원 / 낮

사냥복 차림으로 황궁 정원 일각에서 씩씩거리며 서성거리는 각화.
곧, 발끈하여 어딘가로 가려는데, 저편에서 장현이 다가와 읍한다.

장현	(읍하며) 황녀 전하를 뵈옵니다.
각화	감히 날 기다리게 해!!
장현	(자세는 공손하나 전혀 주눅들지 않았다) 이놈이 죄를 지어 꼴 보기 싫으실 테니, 그만 물러가겠습니다.(하고 돌아서려하면)
각화	어림없어! 넌 나와 오늘 사냥을 간다.

S#53. 들판 / 낮

말을 달리는 각화. 시원한 바람을 가르며 말을 달리다 문득 뒤를
돌아보면, 저편에서 막 잡은 듯한 짐승 따위를 등에 지고 심드렁한
표정, 느긋한 걸음으로 뒤를 따라오는 장현. 각화, 장현이 뒤에 있
다는 사실이 흡족한지 씩... 미소 지으며 말을 세우고.

S#54.   들판 / 저녁

들판 일각, 잡은 작은 짐승 따위가 구워지고 있다. 보면, 불 앞에 앉은 장현과 각화. 저편엔 각화의 부하들이 모여 고기를 뜯고. 술을 한참 마셨는지, 각화가 얼큰하게 취했다.

장현	(흘긋 저편 각화의 부하들 보며) 오늘 제가 실수하면 저자들이 절 죽입니까?
각화	응.
장현	이거 무서워서...
각화	흥. 니가 무서운 게 없는 놈인 것쯤은 알아. 그런데도 내가 오라면 오는 걸 보면... 내가 싫진 않은 모양이지?
장현	(순간, 내 마음이 그런가... 잠시 생각하다) 전하를 뵈면... 잠시... 누구 생각이 나기도 합니다.(조금 쓸쓸해지면)
각화	(가만... 그런 장현 보다가) 난 남편이 있어.
장현	...?
각화	(벌컥 술 들이켜곤) 내 남편은 사백 명이나 되는 종들을 데리고 왔어. 황궁 뜰 앞에 막을 치고, 소, 낙타, 안장까지 갖춘 말 수십 수를 폐하께 바치며 날 달라고 했지. 차하르의 왕자였는데, 우리 폐하가 차하르를 정복할 때 유일하게 폐하께 이긴 자라 하더군.
장현	(가만... 들어주고)
각화	칠일 밤낮을 잔치를 벌이곤, 곧 날 데리러 온다며 돌아갔어. 난 그 말을 믿었는데... 수년 동안 날 데리러 오지 않아.
장현	(조금 각화가 안쓰럽다)

각화	본시 황제의 딸들은 정략결혼을 위해 쓰이기 마련이고, 난 내 운명에 불만 없어. 다만... 그날 밤, 내 남편은 진심으로 날 원하는 것 같았는데, 그 눈빛이 거짓이었는지... 그게 궁금해.
장현	(각화에게 술을 따라주면)
각화	(벌컥 마시더니) 난 또 폐하의 뜻에 따라 다른 몽골 왕자 따위에게 시집을 갈 수도 있겠지. 하지만 그 전까진, 맘껏 즐길 거야. 그러니 넌 오늘 내 잠자리 시중을 들어야해.
장현	(웃음이 터진다. 보면, 각화는 진지한 표정. 그런 각화가 떼쓰는 어린아이처럼 귀엽게 느껴져 보다가) 제 몸을 드릴 순 있지만 마음은 못 드립니다.
각화	여자가 있어?
장현	...(피식) 절 버리고 다른 놈에게 시집갔지요.
각화	(더 놀라며) 헌데도 아직 그 여잘 좋아한다고?!!
장현	(피실... 웃으며 나뭇가지를 모닥불에 넣고) 말씀 드렸지 않습니까? 아무리 다짐하고, 다짐해도 마음처럼 안 되는 일이 있지요.
각화	그래서 내 밤시중을 못 들겠다는 거야?(벌컥벌컥 또 술을 들이켜더니) 난 그 여자랑 달라. 절대 널 버리지 않아. 장차 다른 사내에게 시집가더라도 널 데리고 갈 거고... 그러니 오늘 너는...(점점 취기가 돌고) 너는 내 잠자리 시중을...(하며 장현에게 입을 맞추려다가, 그만 풀썩... 장현의 품으로 쓰러져 잠이 든다. 곧 드르릉... 코까지 고는 각화)

| 장현 | (절레... 하며 역시 웃음이 새고) |

S#55.   동장소 / 아침

햇살에 눈을 뜬 각화. 보면, 장현이 곁에서 모닥불이 꺼지지 않게
가지를 넣고 있다가 기척을 느끼며 본다.

장현	(미소 지으며 다가온다) 잘 주무셨습니까?
각화	(발끈) 난 술에 취하지 않아!
장현	(꿀물 건네며) 조선에선 숙취엔 꿀을 탄 물을 마십니다.
각화	(엉겁결에 받으면 장현이 눈빛으로 마시라 청하고, 한 모금 마시다가... 곧 눈 동그래지며 벌컥벌컥...)
장현	(귀엽다는 듯 보고)
각화	(꿀물 다 마시곤 민망해서 내려놓다가 문득) 혹시 간밤에... 너와 내가... 그러니까... 우리가...
장현	(미소) 걱정 마십시오. 아무 일도 없었습니다.(하고 다시 모닥불 쪽으로 가면)
각화	(괜히 서운한 눈빛 됐다가...) 밤새... 불을 지켰는가? 내가 추울까봐?
장현	(미소) 새벽엔 아직 쌀쌀하지요.

하며, 모닥불을 부지런히 살리고. 각화, 그런 장현을 보다 슬몃... 미
소가 뜬다.

S#56. 심양 장현 여각 마당 / 낮

구잠과 땡땡을 등에 업은 양천이 마루에 앉았다. 양천 옆, 쪼롬이 앉은 넛남, 짱이. 구잠과 양천 분위기가 심상치 않다.

구잠　　아니라니까.

양천　　틀림없다.

구잠　　아이구... 큰성님이 못 봤으면 말을 마시우. 장현 성님이 생긴 건 뺀뺀해두, 그 길채 애기씨 일엔 걍 모지리 된대니까.

양천　　에미나이 이름이 길채야?

구잠　　에미나이라니... 양반이우, 진짜 양반.

양천　　뭐... 우리 장현이도 양반 아니네. 돈 주고 샀디만서도.

구잠　　나능 한눈에 딱 알아봤어. 꼬리 아흔아홉 개 달린 백여신데... 그걸 모르고 홀라당 빠져가지구, 간이구 쓸개구 다 내주고도... 에휴, 말해 뭣해.

양천　　설마하니 이장현이가 계집한테? 에헤...(말도 안 되지... 손사래 하는데)

구잠　　진짜라니까! 참... 내 이런 말까진 안 할라구 했는데.(괜히 귀에 대고 속삭)

넛남, 짱이　　(자기들도 궁금한 표정)

양천　　(듣다가 눈 똥글) 메야? 울어?!! 이장현이가 울어!!

구잠　　그렇대니까? 장현 성님 우는 거 첨 봤대두. 말 다했지 뭐.

양천　　(그제야 표정 심각) 그러니 더욱 다른 에미나이를 만나디. 내 장담해. 어제 다른 에미나이랑 외박한 게야!

구잠　　그럴 리 없대두! 내기 할 테유?

양천	이눔이... 장현이 놈 닮아가나. 내기는 무슨?
구잠	자신 없슈?
양천	좋다 이눔아.(하는데)

그때, 조금 흐트러진 몰골로 들어오던 장현, 마루에 나란히 앉은 양천과 구잠 보곤 화들짝 놀란다. 끙... 일어서는 양천, 팔짱끼고 눈 가늘게 뜨며 보는 구잠. 역시 양천 따라 일어서는 넛남, 짱이.

장현	뭐, 뭐야?!!
구잠	뭐하다 왔수?
양천	솔직히 말하라.
구잠	(장현의 주변을 슬슬 돌며 킁킁) ...
양천	(지켜보며) 밤새 쪽쪽 빨린 모양샌데...
장현	빨리긴 뭘?
양천	니 에미나이랑 같이 있었디?
장현	(헉, 어떻게 알았지?)
구잠	아니쥬? 그럴 리가... 성님 걍, 술 먹고 뻗었다 온 게지?
양천	아니야... 밤새 이리업고, 저리업고 그러고 놀다가...(하는데)
장현	뭘 업어!! 그냥 대화, 대화하다 온 거요!(하는데)
양천	(씩... 승리의 미소) 내 말이 맞디?
구잠	(당황) 성님, 참말로 여자랑 밤새고 왔수?
장현	그런 게 아니라니까!!

S#57. 부후치 포로 숙소 / 낮

길채, 망연한 표정으로 구석에 앉아있다. 마치 모든 희망이 사라진 듯, 절망적인 기분.

(Ins.C) **13부 49씬 연결.**

길채 *(벅찬다) 정말 종사관 나리가... 왔었소?*

부후치 헌데 돌아갔어.

길채 ...!!

부후치 니가 다른 사내에게 팔렸단 소릴 듣고 널 포기했다... 그 말이야.*(구시렁대면서 간다)* 일이 틀어지려니 젠장...

모래성이 흩어지듯 길채의 남은 희망마저 무너지고 있다.

S#58. 포로시장 일각 / 낮

부후치 뒤로 끌려가는 길채와 다른 조선 포로들. 길채, 기가 꺾인 채 걷는 모양이, 완전히 다른 사람 같다. 그때, 부후치가 마침 다른 거간꾼을 만나 말을 섞고, 그사이 잠시 멈춰선 길채와 포로들. 길채, 기운 없이 섰다가 문득 뭔가를 보며 굳는다.

보면 저편, 부채를 팔락거리며 상인들을 윽박질렀다가 웃겼다 하며 흥정하는 익숙한 사내의 태, 장현이다! 여전히 유쾌하고, 능청스러운 장현의 모습. 길채, 그런 장현을 보며 심장이 멎는 듯하고.

장현, 열심히 흥정을 하다가 문득 시선을 느껴 돌아보면, 길채, 얼른 다른 포로 뒤로 숨는다. 그사이 대화를 마친 부후치가 이동하면, 이제 무리 속으로 사라지는 길채.

장현, 다시 흥정을 하다가 돌아본다. 어쩐지 장현의 마음속에 뭔가 파문이 남는다.

S#59. (길채의 꿈) **부후치 포로 처소 / 밤**

모두 잠든 깊은 밤. 홀로 잠들지 못하고 구석 벽에 쪼그리고 앉은 길채. 한순간 스르르... 미소가 뜬다.

(Ins.C) 13부 58씬

부채를 활활 부쳐가며 상인을 어르고 달래는 장현의 활기찬 모습.

길채   여전히 열이 많은가 봐...

하며 피식... 웃는 끝에 애달픈 눈물이 고이는데, 곧, 쿵쿵거리며 곧 부후치가 다가온다.

부후치   별일이군.
길채   (기운 없이 보면)
부후치   니 서방이 다시 널 데리러 왔어. 이런 놈은 처음이야.
길채   ...!!

이윽고 천천히 다가오는 발소리, 그리고 길채 앞에 선 이, 뜻밖에 원무가 아니라 장현이다!

S#60. (다시 현재) 부후치 포로 숙소 / 밤

퍼뜩 잠에서 깬 길채. 보면, 앞엔 아무도 없다. 길채, 먹먹해져서 눈물이 그렁... 차오르고.

S#61. 심양 장현 여각 내실 / 낮

탁상에 앉아 장부를 보는 장현.

(Ins.C) 13부 58씬

무리 속으로 황급히 사라지는 한 여인의 뒤태.

잠시 길채를 떠올렸으나, 곧 피식, 고개 저으며,

장현	내가 무슨 생각을 하는 거야.(고개 절레 젓는데)
구잠	(막 들어오며) 아무리 알아봐도 쌀 수백 석을 한 번에 나를 수레를 장만할 길은 없소. 새로 만들지 않는 한에야...
장현	(흠... 골치 아파지고)
구잠	아... 우리 의주 살 적에, 전라도 쌀이 필요하면, 왜관에서 전라도에 은을 보내라고 시키고, 의주 비단을 왜관에 보내가지구, 그냥, 우리 수레 한 짝 없이 입만 나불나불해도, 전라도에서 턱... 하니 수레 그득 쌀을 실어

왔는디...

장현   (순간 번쩍! 하여 구잠 보면)

구잠   왜? 뭐?

장현   너... 이제 보니... 서당개가 다 됐구나.

구잠   (발끈) 뭐?!! 나보고 개라고?!!!(하는데)

S#62.   심양 장현 여각 앞 / 낮

장현의 심양 여각 앞에 멈춰선 발. 량음이다. 량음, 막상 도착해 놓고도 장현에게 길채에 대한 말을 해야 한다는 사실에 잠시 갈등하는 사이, 마침, 안에서 나오다가 량음을 발견한 꼬맹이 정인.

정인   형아!!! (량음 품으로 뛰어들면)

량음   (얼른 안아주곤 눈 맞추며 다정한 미소) 잘 지냈니?

S#63.   심양 장현 여각 내실 / 낮 (61씬 연결)

장현   아니 니가 개라는 게 아니라 서당개 삼 년이면 풍월...

구잠   아니긴 뭐가 아녀!! 개라고 했잖아요!!(하는데)

정인(E)   형아 왔어요!!

장현, 구잠   ...?!!

S#64.   심양 장현 여각 마당 / 낮

정인의 소리에 내실을 나섰다가 당황하는 장현과 역시 놀란 구잠.
보면, 량음이 정인의 손을 잡고 섰다.

구잠	량음이 아녀... 야!!!(하고 반가워 성큼 내려가면)
량음	(웃는 낯으로 구잠을 짧게 보고 다시 조금 차갑게 장현 본다)

잠시 만나는 장현과 량음의 눈빛. 장현, 반가운 건지, 아니면 아직
도 길채의 일로 량음이 미운 건지... 감정을 드러내지 않은 무표정
으로 량음을 보면,

량음	(차갑게) 할 말이 있어서... 왔어.
장현	...!
량음	(말 이으려다 누군가를 보고 눈 커진다) 큰... 형님!

보면, 장현의 뒤로 땡땡을 업고 나타나서 량음을 보곤 눈 커진 양천.

양천	니...!(환하게 웃으며 성큼 다가오는데, 절룩절룩...!)
량음	형님 다리가 왜...(그제야 발뒤축이 잘린 걸 알아보고 충격) 형님, 형님...(안타까워 발치에 무릎 꿇고 앉아 후 두둑... 눈물 흘리면)
양천	에헤... 시끄럽게 왜 울고 기래? 울디 말라!!
구잠	그래, 큰성님 이 다리로 놀고먹고 다 해, 걱정 말어.
장현	(우는 량음을 보니 마음이 안 좋다. 량음의 팔이라도 잡

	아 일으키며) 그래, 큰형님 안 죽었어. 잘 왔다.(하는데)
량음	(탁, 장현의 팔을 치우며 일어서더니) 너 보려고 온 거 아니야. 할 말이 있어서 왔지.
장현	...?
구잠, 양천	(역시 의아하고)
장현	할... 말?

S#65.   포로시장 / 낮

길채의 두려운 들숨과 날숨이 가득한 검은 화면. 검은 화면이 흔들리며 어딘가로 향하고 있고, 점점 더, 소란스레 떠드는 만주어 소리가 가까워진다. 그럴수록 더욱 가빠지는 길채의 숨소리. 이윽고 부후치의 음성!

| 부후치(E) | 자... 기대해!! 이건 아주 귀한 물건이라구. 진짜 조선 양반 여자야! |

곧, 두건이 벗겨지며 길채에게 빛이 쏟아진다. 질끈 눈을 감는 길채. 동시에 사방에서 터지는 '히야...', '여자다...', '예쁘다...' 등등의 소리들! 길채가 드디어 경매단에 올랐다.

눈을 뜨고 구경꾼들을 보는 길채. 길채가 알아들을 수 없는 만주어로, '이를 보여줘', '가슴은 크냐?', '이쁘구만', '정말 하얗다' 등등의 말들을 어지럽게 쏟아내는 구경꾼들.

덜덜 떨리는 길채. 이제껏 이렇게 무섭고 두려웠던 적이 없다.

곧 여기저기 은 서른다섯, 오십... 호가를 외치고, 길채, 겁에 질린 채 구경꾼들이 호가를 외치는 소리, 희롱하는 눈빛, 수군거림 등을 보다, 한순간, 어딘가에 시선이 고정된다.

구경꾼들 사이, 이해할 수 없다는 듯, 혹은 믿어지지 않는다는 듯... 그래서 어쩌면 길채보다 더 겁에 질린 얼굴로 얼어붙은 한 사내, 장현이다! 길채, 처음 놀랐으나 다음 순간, 피실... 웃음이 샌다.

길채 자꾸... 헛것이 보여...(하는데)

환영인 줄 알았던 장현이 길채를 향해 움직인다.

길채 ...!!

경매가 가열되어 가는 사이, 장현, 못 박힌 듯 길채에게 시선을 고정한 채, 사람들을 밀치며 길채에게 다가가고, 이에 소란해지는 구경꾼들. 곧, 부후치의 눈짓을 받은 부하1이 장현에게 다가가 턱, 어깨라도 잡으면, 길채에게 시선을 고정한 채 그 손을 꺾어버리는 장현.

길채 ...!!

이번엔 부하2가 장현에게 달려들지만, 여전히 길채에 시선이 꽂힌 장현, 보지도 않고 부하2를 제압하고.

부후치   (당황하여) 뭐야! 여자를 갖고 싶으면 돈부터 내란...
(하는데)

퍽, 부후치마저 밀쳐 제껴 버린 후, 이윽고 길채 앞에 선 장현. 장현,
눈앞의 길채가 믿어지지 않는다.

이토록 망가진 몰골이 되어, 두 눈 가득하던 생기를 잃은 채 떨고
있는 길채. 곧 왈칵, 앙상해진 길채의 양팔을 움켜잡는 장현. 이윽
고 장현에게서 비명 같은 절규가 터진다.

장현   왜...(폭발한다) 왜!!!!

- 13부 끝

몹시 그리워하고 사랑한 戀人

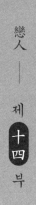

戀人 —— 제 十四 부

戀
人
—

S#1.　　**심양 장현 여각 마당 / 낮** (13부 64씬 연결)

랑음　　(탁, 장현의 팔을 치우며 일어서더니, 눈물 추스르며)
　　　　너 보려고 온 거 아니야. 할 말이 있어서 왔지.
장현　　할... 말?
랑음　　...길채 애기씨, 아니 유씨 부인이... 심양에 있어.
장현　　...!!

S#2.　　**포로시장 / 낮**
장현이 구잠과 함께 포로시장에 나섰다. 거대한 불안을 애써 누른
채, 침착하려 애쓰는 장현. 반면 구잠, 벌써 울상 되어,

구잠　　종종아... 종종아!!

440

아무리 찾아도 길채가 없자, 장현에게 안도하는 미소가 뜬다.

장현   랑음이 잘못 안 게야. 부인이 이런 곳에 있을 리가 없
             지. 부인의 남편이 당당한 종사관인데, 어찌 부인이 이
             런 곳에...(하는데)

부후치(E) 조선 여자, 조선 양반 여자 팝니다! 조선 양반 여자요!

장현   ...!!

S#3.   포로시장 / 낮

부후치가 길채를 세워두고 신나게 호객하고 있다.

부후치   진짜 조선 양반 여자라니까! 맞지? 피부가 하얗지.(이
             마 까 보이며) 흠은 조금 있지만, 다른 덴 멀쩡해! 자,
             서른 냥에서 시작한다!

소리 나는 곳으로 왔다가 경매하는 장소에 이른 장현. 곧, 단 위에
올려진 여인을 보곤 얼어붙는다. 생기를 잃은 채, 체념한 눈빛을 하
고 선 길채!

이윽고, 길채 역시 장현을 발견했다. 길채, 그대로 굳은 채, 잠시...
장현을 보면서도 장현인 줄 모르는 듯한 명한 표정이 되었고, 이제
장현, 사람들을 밀치고 길채에게 향한다. 순간, 길채에게 뜨는 당황
의 빛.

곧 사방에서 온 서른다섯, 사십... 호가를 부르는 사이, 이제 장현, 넋이 나간 듯 사람들을 밀치며 앞으로 나간다. 소란해지는 경매장. 저 사내는... 저 얼굴은...? 하다 주춤, 뒷걸음질치는 길채. 그사이, 더욱 막무가내로 사람들을 헤치며 다가오는 장현.

부후치   뭐야! 여자를 갖고 싶으면 돈부터 내란...(하는데)

퍽, 부후치마저 제낀 후, 이윽고 길채 앞에 선 장현. 장현, 눈앞의 길채가 믿어지지 않는다.

이토록 망가진 몰골이 되어, 두 눈 가득하던 생기를 잃은 채 떨고 있는 길채. 곧 왈칵, 앙상해진 길채의 양팔을 움켜잡는 장현. 이윽고 장현에게서 비명 같은 절규가 터진다.

장현   왜...(폭발한다) 왜!!!!

그때, 퍽, 장현의 뒤통수에 꽂히는 부후치의 방망이.

길채   안 돼...!!!

머리를 맞고 그대로 쓰러지는 장현. 암전.

CUT TO
잠시 후, 장현이 눈을 뜨며 검은 화면이 뿌옇게 열린다. 이마에서 흘러내린 핏물로 흐릿해진 장현의 시야. 장현의 눈앞에서 길채가 안타까이 보였다 사라지고, 다시 보였다 멀어진다.

길채　　　나리!!

장현, 힘겹게 손을 내밀자, 길채가 그 손을 맞잡는데, 거칠게 길채
를 끌고 가는 부후치. 길채의 손을 놓치자, 길채의 치맛자락이라도
잡는 장현.

하지만 부후치가 재차 길채를 끌어가며, 결국 길채의 옷깃마저 놓
쳐버리는 장현. 장현, 이제 그대로 정신을 잃고, 또다시 암전. 그 위
로 타이틀 오른다.

〈몹시 그리워하고 사랑한 **연인**戀人〉

S#4.　　**심양 장현 여각 내실 / 낮**

장현이 다시 스르르... 눈을 뜨면, 저편에서 굳은 표정으로 물수건
을 장만하던 량음, 장현의 기척에 얼른 다가오려다 다시금 찬 얼굴
되어 마저 물수건 꾹... 짜며,

량음　　　이럴 줄 알았지. 그저 유씨 부인 일이라면 물불을 못 가
　　　　　리고...(다가와 장현의 이마 피를 닦아주려는데)
장현　　　(턱, 량음의 손목 잡으며) 부인은?!!
량음　　　(차갑게 장현의 손을 떨쳐내며 마저 이마의 피를 닦는
　　　　　다) 팔지 못하도록 미리 손을 써 뒀으니... 상처라도 치

료하고 가서 만나봐.

장현   (말이 끝나기도 전에 벌떡 일어나 겉옷을 챙겨 나가버
         리고)

남은 량음에게서 깊은 한숨이... 고통스럽게 뱉어지고.

S#5.   부후치 포로 숙소 / 낮

숙소 통로 저편에서 구잠이 뇌물로 준 듯한 고기 따위를 게걸스레
뜯으며 흘끗 이편을 보는 부후치의 수하1. 보면, 구잠이 포로 숙소
문틀을 잡고 길채에게 다급하게 묻고 있다. 저편 구석, 구잠을 외면
한 채 앉은 길채.

구잠   마님... 언제부터 여기 계셨습니까?
길채   누가 니 마님이야? 어서 가!! 이역관에게도 못 본 걸로
         하라 전해.
구잠   ...!!

S#6.   포로시장 일각 / 저녁

날이 저물고 있다. 포로시장 일각 벽에 붙어 앉아 구잠을 기다리는
장현. 장현의 마음에 소용돌이치고 있는 분노, 화, 슬픔. 마침, 구잠
이 다가와 장현 앞에 선다. 장현, 고개 들어보면,

구잠   포로시장 나온 지 한참 됐는데... 한 번 팔렸다가 주인

귀를 찢어먹고 다시 나왔답니다.(울먹) 종종이는... 먼
데로 팔려가구...

장현   (질끈... 눈을 감고)

S#7.   심양 장현 여각 마당 / 밤

양천이 구잠을 배웅하고 섰다. 조금 떨어진 곳에서 이를 지켜보는
장현.

양천   날 밝으면 출발하디 않구.

구잠   얼른 가야, 얼른 델구 오지요.(저편 장현 보며) 갑니다.

장현   (끄덕)

구잠   걱정 마시우. 종종이는 내가 책임지구 꼭... 데려올 테니.

구잠, 깐족거리는 기색 하나 없이, 진지한 얼굴로 꾸벅 인사하고 가고.

S#8.   부후치 포로 숙소 / 밤

여전히 숙소 벽에 기대어 앉은 길채, 속을 알 수 없는 표정인데, 그
때, 기척. 보면, 부후치, 의구심 가득한 눈으로 길채를 보더니,

부후치   나와!

S#9. 부후치 여각 내실 + 마당 / 밤

- 여각 내실 / 밤

길채, 안으로 들어서면 깨끗한 침구와 옷이 마련되어 있고, 일각엔 목욕물이 받아진 커다란 들통. 길채, 당황스러운데, 곧, 밖에서 들리는 장현과 부후치의 대화 소리.

- 마당 / 밤

마당에 마주한 부후치와 장현.

부후치	한 번도 이런 덴 내놓은 적 없는 귀한 물건이야... 그래서 비싸.(슬슬 눈치 살피다가) 열 냥...(음흉하게 실실) 만약 밤새 하고 싶으면 열닷 냥.
장현	(뼛속까지 서늘한 눈빛으로 보고)

- 내실 / 밤

장현과 부후치가 거래하는 소리를 들은 길채, 차갑게 안색이 식는데. 이윽고 문소리, 장현이 들어오는 기척! 이제야 온전히 마주하게 된 길채와 장현. 잠시 서로, 어쩔 줄 몰라 하며 섰다가,

장현	이런 곳에서... 다시 보게 될 줄... 몰랐소.
길채	(획 돌아서며 입술 깨물면)
장현	조선에서 무슨 일이 있었던 겁니까? 잘 살았어야지, 보란 듯 떵떵거리며... 살았어야지! 아니 그보다... 왜 날 찾지 않았소? 내가 심양에 있는 걸 알았으면서, 왜 내게 오지 않고 이런 고초를...(하는데)

| 길채 | 내가 왜 나리를 찾습니까? 난 나리께 도움을 청할 이유가 없어요.(냉정한 표정으로 장현 보며) 우린... 아무 사이도 아닙니다. |
| 장현 | ...!! |

상처받아 여지없이 흔들리는 장현의 눈빛.

길채	혹... 저 오랑캐에게 돈을 내고 오늘 밤 나를 사셨소?
장현	...!!
길채	(피실...) 나리도 별 수 없으십니다. 허면... 뭘 해드릴까요? 술을 따라 드릴까요, 노래하고 춤이라도 출까요? 아...(목욕통 보더니) 다른 걸 원하십니까?
장현	(순간 욱하여 성큼 길채에게 다가가 왈칵 잡는데, 그 와중에 앞머리가 흐트러지며, 길채 이마의 깊은 흉을 보고 만다)

장현의 시선이 이마 흉에 머물자 얼른 잔머리를 내려 흉을 가려보는 길채. 하지만 이미 장현의 마음이 무너졌다. 눈시울이 붉어진 장현, 끝내 후두둑... 굵은 눈물방울이 떨어지고, 길채의 마음도 참담해진다. 하지만 마지막 자존심을 지키고 싶은 길채.

길채	내게 은혜를 베풀어도 난 갚을 수가 없어요. 그러니... 아무것도 해주지 마세요. 부담스럽단 말입니다!
장현	싫어.
길채	...!!

장현   이번 일은 당신 뜻대로 해줄 수 없어. 내 맘대로, 내 뜻
          대로 해야겠어.

장현, 나가버리면, 길채, 피가 날 듯 입술을 깨물고.

S#10.　심양 저자 술집 / 밤 (혹은 부후치 집무실)

장현이 들어서면, 저편에서 부후치가 고기를 뜯다가 장현을 흘끗
본다. 그 앞으로 가 앉는 장현.

부후치   (장현 보더니 씩... 조선말) 좋은 시간 보냈수? 헌데...
          생각이 바뀌었어. 그 여자는 못 팔겠어.
장현   (서늘해지며) 이제 와 안 판다고?
부후치   그거야 내 맘이지. 정 사고 싶으면, 이백 냥! 또... 일전
          에 그년이 도망치면서 내 부하 놈을 크게 다치게 했거
          든. 그 약값을 생각하면 삼백 냥은 족히 받아야 할 텐
          데... 아니, 아니... 아무래도 그년은 팔기 보다는 데리고
          있어야겠어.(만주어) 안 팔아, 못 팔아!
장현   (만주어) ...그래?
부후치   (씩... 비열하게 웃다가 곧 장현 뒤편의 뭔가를 보고 안
          색 굳는다)

보면, 장현의 뒤에서 각자 무기 따위를 들고 천천히 다가와 서는
장현의 사내들.

부후치 (상황 파악하더니 곧 피식, 손짓하면)

부후치 뒤편에서 술과 고기를 먹던 부후치의 수하들도 입가의 기름기 등을 닦아가며 쓰윽... 일어서고.

부후치 (술잔을 들어 벌컥 마시곤 바닥에 던져 깨트리며, 만주어) 죽여버려!!

쩽강! 술잔 깨지는 소리와 함께 패싸움이 시작되고, 부후치, 허리에 차고 있던 단검을 빼서 장현에게 덤비는데, 맨손으로 그런 부후치를 턱, 막는 장현. 불과 서너 합 만에 부후치가 제압되더니, 장현이 부후치의 손을 비틀자, 부후치, 단검마저 놓치고 만다.

부후치가 당황한 사이, 장현, 한 손으로 부후치의 목을 잡고, 다른 손으로 탁상 위 젓가락을 쥐고 그대로 돌진해 부후치를 벽에 쿵 소리가 나도록 밀어붙여버린다. 그리곤 동시에 부후치의 눈으로 젓가락을 내리꽂는 장현. 부후치의 눈알 바로 앞에서 멈춘 젓가락!

부후치 (만주어) 사... 살려...!!!
장현 (죽일 듯 노려보면)
부후치 (부하들에게 만주어) 그만, 멈춰, 멈춰!! 이 쌍놈들아!!!

이윽고 부후치의 수하들이 무기를 내려놓고 무릎을 꿇으면,

장현	(만주어) 나도 장사꾼이야. 니 딴엔 고생해서 번 돈 일 테니, 니놈 돈은 건들지 않겠어. 하지만... 내가 돈을 주면, 넌 포로를 넘겨야 해. 만약 그리 못 하겠다면...(조선말) 니놈 눈알에 돈을 쑤셔준 연후에... 데리고 간다.
부후치	(조선말) 예, 예!!! 누구든 내놓겠습니다. 다.... 다!! 데려가십시오!

그리고 조금 떨어진 일각에서 몸을 숨기고 이를 보는 시선, 각화의 시녀 라이다.

S#11. 부후치 여각 내실 + 마당 / 밤
- 부후치 여각 내실
장현과의 대화 후, 먹먹한 심정이 되어 침상에 앉은 길채. 그때, 밖이 소란한 기척. 길채, 겁이 나서 문고리를 잡고 꼭 붙들면,

- 부후치 여각 마당
장현의 사내들이 지켜보는 가운데, 부후치가 각 내실 문을 열어 안에 있는 청인 기생 차림의 승아 등 조선 여인들이며, 골방에 있던 넙석 등의 포로들을 풀어준다. 어리둥절한 포로들.

부후치	(눈치 보며) 나가도 돼. 나가!!

승아 등 여인들과 넙석 등 포로들, 놀라고 무서워하다가, 장현의 수하들이 이끄는 대로 밖으로 나가면, 이제 부후치가 길채 있는 곳의

문을 열려는데, 들어오는 이, 장현이다.

부후치, 마른침 꿀꺽... 하더니 도로 나가고. 이제 모두 나가고 마당에 장현뿐. 장현, 불 켜진, 길채가 있는 내실을 본다.

- 부후치 여각 내실

소요 소리가 잦아들자 의아해진 길채. 길채, 이제 조심스레... 문을 열려던 순간, 벌컥 밖에서 열리는 문. 문 앞에 선 이, 장현이다.

장현　　　(길채에게 손 내밀며) 갑시다!
길채　　　...!!

S#12.　심양 장현 여각 내실 + 내실 밖 / 밤

장현의 여각 내실로 들어선 길채, 여기가 어딘가... 둘러보는데, 밖에서 기척. 길채, 기척에 문을 열려는데,

장현　　　이상하지? 이렇게 달이 밝은 날이면 꼭 부인과 있으니...

내실 밖, 벌써 조금 취한 장현이 술병을 들고 길채의 닫힌 방문을 가만... 보며 섰다. 길채, 문을 열까... 고민하는 사이, 장현, 문 앞에 잠시 머물더니, 그대로 문에 등을 기대고 앉아 병째로 술을 들이켠다.

길채　　　(자기도 가만... 문 앞에 앉으면)
장현　　　어디서부터 잘못된 건지 모르겠어. 그때... 부인을 남겨

두고 남한산성에 가서는 아니 되었던 것인지, 그때... 부인을 두고 심양에 와선 아니 되었던 건지... 그때, 당신이 날 버렸을 때...(뭔가 말을 하려다 삼키고)

길채 (울컥... 눈시울 붉어지고)

장현 (하지만 다시 쓱... 목울음 삼키며) 날이 밝는 대로 청나라 호부에서 증명서만 받으면 속환이 마무리됩니다. 그러니 아무 걱정 말아요, 아무 걱정...

하다가 그대로 스르르... 옆으로 쓰러져 잠이 드는 장현. 길채, 그제야 문을 열어본다. 눈물자국이 그렁... 한 채 잠이 든 장현. 장현을 보는 길채의 눈에도 눈물이 그득... 차오른다.

S#13.   동장소 / 아침

아침 새소리에 눈을 뜨는 장현, 길채가 있는 내실 앞에 누워있는 것을 알고 화들짝 정신 차리고 보면, 그 앞에 같이 쪼그리고 앉아 졸다가 역시 눈을 뜨는 길채. 길채, 옷매무새를 만지곤, 곁에 있던 자리끼 물을 건네며,

길채 속은...(하는데)

장현 (벅벅 마른세수 하더니) 내가... 실수한 건 없소?

길채 (고개 저으면)

장현 내, 호부에 갈 채비를 해오겠소. 그러니 잠시만... 옷도 새로 준비해올 테니... 그러니 예서 잠시만...(횡설수설하다 서둘러 가려 하면)

길채   ... 고맙습니다.

용기를 낸 길채의 말. 잠시 멈칫 선 장현, 이윽고 입을 연다.

장현   아니야. 내가... 고마워.

장현, 어색하게 미소 짓고 나가면, 길채 먹먹해지고.

S#14.   심관 장현 여각 내실 / 낮

장현이 바리함의 옷을 다 뒤져 헤집으며 길채에게 줄 옷 따위를 찾
는데, 맘에 드는 옷이 없다. 곁에서 속이 타들어 가면서도 애써 담
담한 얼굴로 지켜보는 량음.

장현   이럴 줄 알았으면 조선 비단옷을 좀 들여놨을 텐데...
          (계속 뒤지는데)
량음   (비단 보자기에 싼 옷을 내민다) 조선에서 가져온 옷이
          야. 필요할 듯해서.
장현   (보자기 풀어보면 화사한 비단옷! 단번에 환해지며) 역
          시 넌... 내 속에 들어와 있는 것 같다니까!!
량음   (피실... 쓸쓸하고 기운 없는 미소)
장현   (그런 량음의 마음도 짐작 못 하고 옷을 펼쳐보곤 마냥
          들뜨는데)

S#15.   심양 장현 여각 마당 + 내실 / 낮

량음이 챙겨준 옷보자기를 든 장현이 마당에 섰다.

장현   (설레는) 부인...(기척이 없고) 부인, 들어갑니다.

하고 문을 여는데, 텅 비어 있는 내실 안.

부후치(E)   여자는 다른 데 팔렸어. 좀 전에 데려갔어.

장현   (홱 돌아보면)

부후치   (잔뜩 겁에 질려 움찔했다가, 돈 주머니 주며 마른침 꿀
          꺽...) 이건 돌려 드릴게요...

장현   (왈칵 멱살을 잡으며) 무슨 수작이야!!

부후치   그럼 황족이 사겠다는데 내가 무슨 수로 버텨!!

장현   ...!!

S#16.   각화 처소 내실 / 낮

혼란스러운 얼굴로 고개를 숙이고 선 길채. 길채, 슬몃 고개 들어보
면, 각화다! 침상에 비스듬히 누워 길채를 하나하나 뜯어보는 각화.

각화   (만주어) 별거 없는데... 도대체 왜 너 같은 걸 그 큰돈
          을 주고 사려한 거지?(하는데)

시녀1(E)   전하, 청역 이장현이 왔나이다.

각화   (들이라는 눈짓)

다급히 들어왔던 장현, 길채를 확인하곤 더욱 당황스럽다. 길채 역시 혼란스레 장현을 보면, 그사이 장현의 표정을 유심히 관찰하는 각화. 이제 각화가 눈짓하자, 라이가 길채를 끌고 나가는데,

장현   (마음이 급해져) 전하...

각화   (만주어) 나를 만나러 왔어... 아님, 저 여자를 찾으러 왔어?

장현   송구하오나, 저 여인은 속환시켜 조선에 보낼 요량으로...

각화   (조선말) 이제는 그리 못 하지. 이미 내 시녀인걸. 죽이든 살리든 내 마음이야.

장현   ...!!

S#17.   심양 황궁 정원 / 낮

정원의 꽃향기를 맡아가며, 나비들이 노는 모양을 구경해가며 느리게 정원을 걷는 각화. 장현이 그 뒤를 따라가며 각화를 설득한다. 애써 침착하려 하지만, 절박한 마음을 숨길 수 없다. (이후 두 사람 대화 조선말)

각화   조선 포로들이란 참 가엾기도 하지. 듣자하니 청인의 집에 팔려간 조선 여인들은 안주인들이 시기하여, 뜨거운 물을 부어 얼굴을 망가뜨려 버린다지?

장현   말 잘듣는 시녀를 원하십니까? 제가 구해드리겠습니다. 필요한 것은 무엇이든 말씀하시오면...(하는데)

각화   너답지 않아. 항시 느긋해서 속내를 가늠할 수 없더니,

오늘은 이리도 초조해하다니. 니가 간절하니, 난 더욱 속환시켜주고 싶지 않군. 아! 그 여인을 폐하께 진상하면 어떨까? 그렇지 않아도 얼마 전에 폐하께서 아끼던 신비(자막: 홍타이지의 후궁)가 죽어, 몹시 상심해 계시거든.

장현 (사색이 되어) 전하!!

각화, 이윽고 멈춰서더니, 탐스러운 꽃을 꺾어 향을 맡으며,

각화 옛날 옛적에 위대한 황제에게 아끼던 외동딸이 있었어. 헌데 황녀가 천한 무사와 사랑에 빠지자, 화가 난 황제는 황녀의 사랑을 시험해 보기로 했지. 무사에게 두 개의 문 중에 하나를 선택하게 했는데, 오른편 문 뒤에는 절세 미녀를, 다른 문엔 굶주린 맹수를 둔 거야. 그리고 황녀에게 어떤 문으로 무사를 안내할지... 선택하게 했어. 무사를 살리려거든 미녀가 있는 문을 알려줘야겠지만, 그리되면 황녀는 사랑하는 사내가 다른 여인과 맺어지는 고통을 겪어야 했고, 다른 문을 알려주면 사내는 사자에게 찢겨 죽게 되겠지. 너라면 어떻게 하겠어?

장현 ...!!

각화 난 말이지, 차라리 사자에 찢겨 죽는 것을 볼지언정, 내가 갖고 싶은 사내를 다른 여인에게 뺏길 순 없어.

하고 씩... 미소 지으며 가고, 장현, 당혹스런 얼굴로 남는데.

S#18. **각화 처소 침전 / 낮**

길채가 각화의 다리를 주무르고 있는데, 잠시 후, 라이가 들분을 대동하고 들어온다.

라이   왕부에서 양쪽 말을 제일 잘하는 시녀를 데려왔습니다.

들분   황녀를 뵈옵니다...(했다가 길채를 보고 놀라고)

길채   ...!!

각화   (만주어) 그래. 너는 내 뜻을 저 계집에게 잘 전해야 한다.

이제 길채, 다시 각화의 다리를 주무르면,

각화   이리저리 팔려 다녔다니, 고초가 많았겠구나.

들분   그간 고생이 많았겠다고 하시는구나.

길채   (설핏 보더니) 그래. 고생 많았다.

들분   (길채가 반말하자 당황하면)

길채   (들분 보며) 알아듣지도 못하는데 뭐 어때?

각화   (길채의 조선말을 모두 알아듣고 피실... 묘한 미소)

들분   (대충 둘러서 번역해준다) 예. 큰 고생을 했다 합니다.

각화   조선 여인들은 정절을 중하게 여겨서 포로로 잡히면 목숨도 끊는다던데, 너는 왜 안 죽었지? 용기가 없었나?

들분   왜 포로로 잡혔는데도... 안 죽었는지 물으셔.

길채   내가 죽든 말든 니가 무슨 상관이야.

들분   (피실... 웃음이 나오려는 걸 꾹 참고)

길채   (문득 장현을 떠올린다) 날 살리려고 애쓴 사람이 있어. 그 사람 생각해서라도 악착같이 살 거야. 만약 니가

	날 죽이면...(각화 보곤 미소) 너도 가만 안 둘 거야.
각화	(뭐라 말했는지 궁금한 척 들분 보면)
들분	(둘러대느라 더듬...) 용기가 없어서 죽지 못했으나, 전
	하께서 거두어주시니 참 기쁘답니다.(하는데)
각화	(길채에게 시선 둔 채 조선말) 입이 거칠군.
길채	...!!
들분	(역시 놀라 보면)

라이, 성큼 다가가 채찍으로 길채를 척척, 내리치기 시작하고, 길채, 입술을 깨물며 매질을 감내한다. 들분, 이를 보며 안타까워지는데.

S#19. 각화 처소 정원 / 낮

길채, 목 위에 채찍 자국이 올라온 채, 다른 시종들 서넛과 함께 들 통에 물을 길러 나르고 있는데, 저편에서 잰걸음으로 오는 들분. 들 분, 지나가는 척하며 얼른 붙어 말 건다.

들분	우리 다짐이를 알아?
길채	(...?!!)
들분	알아?!!

S#20. 온천장 홍타이지 막사 안 / 밤

막 온천욕을 마치고 나온 듯, 침의 가운을 여미며 안으로 들어서는 홍타이지. 문 앞에 시립해 있다가 얼른 그 뒤로 붙는 용골대. 홍타

이지, 몹시 불편한 기색으로 자리에 앉으면, 시종들이 찻물을 대령하는 등 분주히 시중을 드는데,

홍타이지	조선의 일은 너에게 맡겼거늘, 어찌 아직도 조선에서 군량이 당도하지 않았는가?
용골대	조선에서 쌀은 준비하였으나, 아직 인부와 수레를 장만치 못하여...
홍타이지	(쿵, 서안 내리치자 찻잔이 뒹굴어 깨지고) 아직 송산을 함락시키지 못했어! 군량이 당도하지 못하면 이 일을 마무리 지을 수 없다. 당장 조선에서 군량을 받아 전장에 보내도록 해!!

흥분하다 코피가 터지는 홍타이지. 시종들이 얼른 달려들어, 피를 닦고 탕약을 올리며 분주하고. 용골대, 이를 불안하게 보며 주먹을 꾹... 쥐는데.

S#21. 심관 편전 / 낮

소현 아래로 대신들이 일별했고, 밤새 달려온 듯, 까칠해진 얼굴로 선 용골대. 그리고 조선 대신들 끄트머리에 선 장현과 역관1, 2, 3 등.

| 용골대 | 폐하께서 서둘러 군량을 보내라 독촉하시는데 어찌 아직도 소식이 없습니까? 혹... 조선에선 청이 이기기를 원치 않는 것입니까? 여전히 명을 섬기는 것이오? |
| 소현 | (...!!) |

재신들	(두려운 시선 나누면)
소현	(부드럽게 타이른다) 지금 당장 오천 석을 나르기가 어렵다네. 쌀 한 석을 나르자 하여도 무명 육십 필이 필요한데 오천 석을 한 번에 나르자면 말이 수백 마리, 수레 수백 대가 필요할 게야. 일전에 군량을 나르다 길에서 얼어 죽은 조선 백성이 수십이요, 기력이 다해 죽은 말이 백 필이 넘는데...
용골대	(그 어느 때보다 단호하게) 폐하께선 기한 내에 군량이 당도하지 않으면 그 후에 당도한들 받지 않겠다 하십니다. ...뒷일을 감당하실 수 있겠습니까?
소현	(말뜻을 알아듣고 안색 굳는다) 또 뒷일 운운하며 나를 겁박하는가? 내가 비록 볼모로 와 있지만 일국의 세자다! 죽고 사는 것은 천명에 달려 있는 것이니 그 따위로 나를 협박하지 말라!
용골대	(맞불 놓으며) 폐하께오선...!!(하는데)
장현(E)	저하, 드릴 말씀이 있사옵니다.

이장현이다! 당황스레 보는 소현과 대신들.

대신1	감히 청역이 끼느냐?
소현	(눈빛으로 말리면)
장현	일단 이주의 쌀을 금주로 옮기고, 나중에 조선의 쌀로 이주에 갚으면 어떨는지요? 그리하면 수레와 소를 절약할 수 있고, 약조된 기일에도 맞출 수 있을 것입니다.
소현	...!!

용골대   ...?!!

S#22.   심광 소현 침전 / 낮

다소 의아한 얼굴이 되어 아래를 보는 소현과 강빈. 보면, 부복한 장현. 옆에 시립한 언겸과 민상궁도, 궁금한 표정으로 장현 보는데.

소현   이주의 쌀을 금주로 옮긴다면... 수레와 말을 절약할 수 있어 큰 근심을 덜겠지만... 이주의 경중명이 그리 하겠는가?

장현   소신이 직접 경중명을 만나 설득하겠나이다. 다만 저하, 청이 한 가지 있나이다.

소현, 강빈   (의아한 시선 나누면)

장현   황녀가 데리고 있는 조선 포로 여인이 있사온데, 저하께오서 그 여인을 속환토록 힘을 써 주십시오. 본시 청나라엔 공을 세운 부하에게 자신의 여자를 상으로 주는 풍습이 있습니다. 군량을 보내는 것과 도망한 포로를 잡아 보내는 일은 칸이 가장 중요하게 생각하는 일입니다. 군량이 제때 도착하면 칸이 무척 흡족할 것이오니, 그때 저하께오서 황녀의 여종 하나를 속환시켜 달라 청하시면 어떨는지요?

소현   여종이라니? 무슨 소릴 하는 겐가?

강빈   (역시 의아하게 보며) 그런 청을 들어 줄 수는 없네. 이 일을 조선의 전하께서 아신다면, 저하가 심양에서 여색을 밝힌다며 나무라실 것이야!

장현	그저 여인 하나를 속환시키는 사사로운 일이니... 조선에 보내는 장계에 싣지 않도록 단속하오시면...
소현	전하께 거짓을 고할 순 없어.(새삼 의아하여) 이역관 답지 않군. 어찌 이리 화급한가?
장현	저하... 그 여인이 누구인지 아시옵니까? 그 여인은... 병자년 강화에서 원손 애기씨를 구해낸 여인이옵니다.

(Ins.C)   *6부 58씬*

추격하는 청군들을 뒤로 하고, 땀범벅, 눈물범벅이 되어 필사적으로 뛰는 길채.

| 소현, 강빈 | ....?!! |

CUT TO

눈물을 찍어내는 강빈. 소현 역시 울컥한 심정이 되었다.

언겸	그날, 원손을 맡긴 내관들이 모두 죽고... 한 여인이 목숨을 걸고 원손을 구해 배까지 갔다 했나이다.
강빈	... 그 여인이 지금 도망한 포로의 누명을 쓰고 잡혀왔단 말인가?
소현	황녀가 그 여인을 칸에게 진상하려 한다고?
장현	예. 청나라 여인들이 조선 포로들을 질투하여 학대하는 일이 흔합니다. 일개 백성의 처첩들이 그럴진대 황제의 후궁들은 어떠하겠나이까? 만일 칸이 조금이라도 그 여인에게 관심을 보인다면... 그 여인은 살아남지 못합

니다.

| 소현, 강빈 | ...?!! |

장현 그러니 칸이 그 여인을 얻기 전에 속환해야 합니다. 다
행히 지금 칸이 송산 전장에서 생긴 병을 치료하기 위
해 온천에서 요양하고 있으니 시간이 있습니다. 저하,
소인이 경중명을 설득하겠사오니, 부디 그 여인을 속환
하도록 도와주소서!!

S#23.　　**각화 시녀 숙소 / 밤**

길채가 예전 윤친왕의 시녀 숙소와 비슷한 각화 공주 시녀 숙소에
서 전처럼, 다른 시녀들과 나란히 잠자리에 들었다. 하지만 잠을 이
루지 못하고 뒤척이는 길채.

(Ins.C)　　**각화 처소 정원 / 낮** *(14부 19씬 연결)*

길채　　*다짐... 덕출 할배 손자 다짐이?*

들분　　*(눈 커지며) 어딨어? 우리 다짐이 어딨어!!*

길채　　*다짐이는 조선 내 집에...(하는데)*

들분　　*(왈칵 껴안으며) 고마워, 고마워!!!*

*뜨겁게 흐느끼는 들분. 길채, 얼떨떨한데, 들분, 얼른 눈물 훔치고
저편을 살피더니.*

들분　　이역관과 너는 어떤 사이지?

길채　　...?!!

다시 뒤척이는 길채. 마음이 복잡해진다.

들분(E)   폐하가 가장 아끼는 황녀가 널 샀어. 황녀께서 이역관
을 마음에 두고 있는 것 같았어. 이역관이 널 싸고돌면
이역관을 망가뜨려 버리겠다고 했어.

결국 자리에서 일어선 길채, 조심히 밖으로 나간다.

S#24.　**각화처소 정원 / 밤**

달을 보는 길채. 마음에 수심이 가득 차오르는데, 일각에서 들리는
음성.

장현(E)   부인!

길채, 놀라 보면, 어둠 속에 선 이, 장현이다!

길채   나리!
장현   (길채를 보고 반가워 담뿍 미소)
길채   예서 밤새... 기다리셨습니까?
장현   봤으니 됐소. 나는 며칠 저하의 심부름을 떠납니다. 그
러니 당분간 내가 보이지 않더라도, 걱정 마세요.
길채   (놀라) 위험한 길입니까?
장현   위험은 무슨. 허면...(하고 가려는데)
길채   (턱 잡는다)

장현	...!
길채	황녀께서 자애로우셔요. 전에 있던 포로시장과 비할 바가 아니지요. 그러니 나리, 날 위해 아무것도 하지 마십시오. 부탁입니다.

잠시, 길채와 장현의 눈빛이 만난다. 하지만 장현의 시선, 길채의 목 위에 남은 채찍 자국에 머문다.

장현	(목이 메지만 애써 웃는다) 그래. 그리하지. 아무 걱정 마시오. 부인은... 아무 걱정 할 것 없어.(뭐라 더 말을 하려다 삼킨다) 허면... 갑니다.(하고 가면)

길채, 불안하고 먹먹한 심정으로 멀어지는 장현의 뒷모습을 보는데.

S#25. 심양성문앞 / 새벽

이른 새벽, 호위병 서넛을 대동하고 다급하게 성 문 앞을 지나는 장현과 용골대.

용골대	경중명은 전부터 조선과 친분이 깊었다지?
장현	예, 장군.
용골대	(끄덕... 하더니) 군량에... 이번 전쟁의 승패가 달렸어. 폐하께서 송산을 얻기 위해 직접 전장에 나서셨다가 큰 병을 얻으셨다. 폐하께 피를 보게 한 전장이야. 그러니 반드시 송산을 얻어야 해. 만일 이 일을 성사시키지

　　　　　못하면...

장현　　（보면）

용골대　　（이글거리며 장현 본다） 너도, 조선의 세자도 무사치
　　　　　못할 것이다.

말을 마친 용골대, 앞서 가면, 장현, 무거운 마음으로 용골대를 보고.

S#26.　　경중명 접대실 / 밤

용골대와 장현 등이 경중명의 접대실에 당도했다. 곧, 경중명이 들어
오면, 크게 읍하는 장현과 적당히 고개를 숙여 예를 갖추는 용골대.

경중명　　군량의 일로 상의할 것이 있어 왔다고?

S#27.　　각화 침전 / 밤

각화의 머리를 빗어주는 길채. 라이, 한 손에 채찍을 들고 길채를
매섭게 주시하고,

각화　　（조선말） 조선에선 신분이 높았다니, 한 번도 남 수발
　　　　　을 해본 적이 없겠구나.

길채　　...

각화　　내가 속환시켜주지 않으면, 이제 넌 평생 이렇게 살 수밖
　　　　　에 없어. 그럴 바엔... 차라리 폐하의 여자가 되는 건 어떨
　　　　　까? 또 알아? 너를 신비처럼 아껴주실지? 내가 너를 진

상한다면... 몸의 흉쯤이야, 폐하께서 참아주실지도 몰라. 폐하께선 날 무척 아끼시거든.(하고 보면)

길채   ...?!!

각화   싫어? 그럼 평생 내 종으로...(하는데)

길채   예. 폐하를 뫼시겠습니다.

순간, 묘한 표정이 되는 각화.

각화   (만주어) 이장현이 안됐군. 이런 보잘 것 없는 계집을 속환시키려 애쓰다니. 너 따위, 폐하께선 한두 번 즐기다 버리시겠지만... 이장현을 단념시키기엔 충분하지.

각화, 씩 미소 짓고, 길채, 각화의 속을 알 수 없어 불안한데.

S#28.   경중명 접대실 / 밤 (26씬 연결)

경중명   (조선말) 우리 쌀을 먼저 금주로 나르고, 나중에 조선의 쌀로 받으라?

장현   (조선말) 지금 장군의 성에 쌓인 쌀 수천 석은 해가 넘어가면 좀이 슬 것입니다. 그러니 쌀이 상하기 전에 금주로 보내고, 차후에 조선의 햅쌀을 받아보심이 어떠신지요?

경중명   송산의 폐하께선 제때에 군량을 받을 수 있고, 나는 조선의 햅쌀을 받을 수 있으니 서로 이익이겠군. 허나...

그리는 못 하겠어.

장현   ...?!!

경중명   군량을 나르기로 해놓고 기일에 맞추지 못하면 그 불
           똥이 나에게 튈 거야. 그리 할 수는 없지.

장현   허면 고방의 쌀을 썩히시렵니까?

경중명   쌀이 썩더라도, 폐하의 미움을 사는 것보단 낫겠지. 난
           명에서 넘어온 사람이야. 당분간 흠 잡힐 행동을 할 수
           는 없어.

장현   (잠시 용골대 봤다가) 장군. 용골대 장군이 왜 따라왔
           는지 아십니까? 조선인인 저를 믿지 못하고, 명에서 넘
           어온 장군을 믿지 못하기 때문입니다.

경중명   ...!!

경중명에게 눈에 띄게 당황하는 빛이 뜨자, 의아해진 용골대.

용골대   (작게 장현에게 묻는다) 왜 저러는 거냐? 왜 놀라는 거
           야?

장현   (하지만 대답도 않고 재차 경중명에게 말한다) 폐하 역
           시 여전히 명에서 온 장군을 믿지 못할 것입니다. 지금
           은 명과 전쟁 중이라 명에서 항복한 장군을 밑에 두어
           과시하는 용도로 쓰시겠지만, 장차 이 전쟁이 끝났을
           때도 장군을 곁에 두시겠습니까?

경중명   ...?!!

장현   군량의 일은 폐하께서 무엇보다 중요하게 생각하는 일
           입지요. 명나라에서 귀화한 장군의 쓸모를 증명할 기회

입니다. 위험을 감수하고 폐하의 신임을 얻으시겠습니까, 아니면, 흠 잡힐 일을 피하다가 기회를 놓치시겠습니까?

경중명   (극히 동요하는 기색)

용골대   (몸이 달아) 무슨 얘길 하느냔 말이다!

장현   (경중명이 동요하는 것을 포착하곤 명나라 말) 이리 하면 어떻겠습니까? 저는 이곳에 온 적도 없는 것으로 하시지요. 장군께서 폐하의 곤란함을 보고 먼저 쌀을 보내겠다 제안을 하신 것입니다. 이 사실을 폐하께서 아신다면 얼마나 기뻐하시겠습니까?

경중명   ...?!!

S#29.   경중명 접대실 앞 / 낮

경중명 접대실을 막 나서는 장현과 용골대. 장현의 마음은 급한데, 용골대, 의구심 가득한 마음으로 묻는다.

용골대   마지막에 명나라 말로 뭐라 했지? 뭐라고 한 게야? 뭐라고 했길래, 식량을 날라주는 것은 물론이고, 나르는 비용 오백 냥도 이백 냥으로 감해주었느냔 말이야?!!

장현   경중명은 본시 명나라 사람이니 중요한 얘긴, 명나라 말로 해야 알아듣지 않겠습니까? 왜? 이번엔 명나라 말도 배워보시겠습니까?

용골대   이게 날 놀려!!

장현   (씩... 웃으며 잰걸음 옮기고)

S#30.   청 황궁 편전 / 낮

편전에 마주한 홍타이지와 소현. 홍타이지 아래에 용골대가 섰고.

홍타이지   이주의 쌀을 금주로 보내고, 의주의 쌀로 갚기로 하였
          다지?(흠... 흡족해하며) 경중명... 명에서 귀화한 자라
          내내 의심했으나... 이제야 대청의 힘을 깨달은 모양이
          군...(만족스러워하면)

용골대   (크게 안도하고 기뻐하고)

홍타이지   조선에서 제때에 군량의 일을 해낸 것을 치하하고 싶
          어. 이번 송산에서 가져온 전리품 중에 원하는 것은 무
          엇이든 말해 보게.

소현   하오면 조선 포로 여인 중 하나를 상으로 주실 수 있겠
          나이까?

홍타이지   (씩 미소...) 이제 보니 세자도 사내로구만. 그래, 어떤
          시녀를 포상으로 바라는가?

S#31.   심관 정원 / 낮

심관 정원 일각에 선 장현. 장현, 당혹스러운 표정이다. 보면, 앞에
선 이는 들분.

들분   이미 늦었습니다.

장현   늦다니요?

들분   며칠 전에 폐하께서 유씨 부인을 직접 만나셨습니다.

장현   ...!!

S#32.　(과거) 홍타이지 침전 / 낮

홍타이지가 지친 표정으로 시종에게 겉옷 따위를 벗어주려는데, 언제 왔는지 어느새 홍타이지 뒤로 다가와 시종 대신 겉옷을 받아주는 각화.

홍타이지	각화...(피곤하지만 미소 지어 보이면)
각화	온천도 다녀오셨사온데 어찌 안색이 어두우신가요?
홍타이지	군량 걱정에 마음이 놓이질 않아.
각화	잠시라도 전장 생각은 잊으셔요. 소녀가 폐하를 위로할 여인을 올리겠습니다.
홍타이지	...?

S#33.　(과거) 통장소 / 낮

각화가 시녀에게 찻잔을 받아 홍타이지에게 올리고. 홍타이지, 차를 마시는 사이, 각화가 저편 라이에게 눈짓하면, 라이가 곧 길채와 통역할 들분을 들인다. 두렵고 떨리는 얼굴로 들어온 길채.

길채	(홍타이지 앞에 바싹 부복하면)
홍타이지	잠자리 시중을 거부하려 스스로 몸에 흉을 만들었다지?
길채	(뭐라 말하는 걸까? 잔뜩 긴장하고)
홍타이지	하지만 나는... 조선 여인들이 정절을 지키는 것을 나쁘게 보진 않아. 조선의 신하들이 임금에게 충성하는 것도 좋다. 일전에 보니 조선 신하들은 전쟁에 진 임금을 위해, 제 머리를 치며 눈물을 흘리더군. 내가 중원을 차

지하면 내 백성들도 그런 점은 배워야 해...(하는데)

길채 (홍타이지가 말하는 사이 긴장한 마음을 다잡으며 저편 들분과 눈빛 나누더니 이윽고) 폐하를 뵈오니 참으로 광영이옵니다.

순간 놀라 보는 홍타이지와 각화.

홍타이지 우리말을 아느냐?

길채 (띄엄띄엄 어수룩하지만 힘주어) 폐하께 말씀을 올리고자 만주어를 익혔나이다.

홍타이지 내게 할 말이 있어서 우리말을 읽혀?(미소) 그래, 하고 싶은 말이 무엇이냐?

길채 폐하! 소인은 포로가 아니옵니다. 소인은 납치되었나이다. 소인의 억울함을 풀어주십시오!

각화 (순간 안색 변하고)

홍타이지 (역시 안색이 굳더니) 도망한 포로가 아님에도 납치되었다?

길채 예, 폐하. 소인은 포로로 잡힌 적도, 포로된 몸으로 도망한 적도 없사온데, 조선에서 납치되어 끌려왔사옵니다. 저뿐 아니라, 억지 포로가 되어 끌려온 자들이 무수히 많사온데, 말이 통하지 않는 이곳에서 무슨 수로 그 억울한 사정을 풀었겠나이까? 또한 심양에 끌려온 조선의 여자 포로들이 안주인들의 학대를 받아 손가락이 잘리고 화상을 입어, 그 고통스런 울음이 하루도 그칠 날이 없나이다. 폐하! 폐하께오선 공명정대하신 분이

오니 이 억울함이 하늘에 뻗쳐 폐하의 영광에 누가 되
지 않게 하소서!!

말을 마친 후, 온몸을 떨며 긴장하는 길채. 각화, 당황하여 홍타이
지 보고, 홍타이지의 안색도 굳어졌다. 잠시 무거운 정적이 흐르고.
이윽고,

홍타이지   맹랑하군. 이제껏 많은 조선 여인을 봤지만, 우리말을
                 스스로 익혀 내게 말을 전한 여인은 없었어.

묘한 미소가 뜬 홍타이지. 길채에게 매력을 느끼는 걸까?

S#34.   (과거) 청 황궁 편전 / 낮
홍타이지 아래로 도르곤과 친왕들이 일별했는데,

홍타이지   너희 부인과 첩들이 조선에서 온 여인들을 학대한다 들
                 었다.
버일러들   (각각 긴장하는 표정)
홍타이지   조선 부녀자는 우리 군사가 힘껏 싸워 얻은 것인데, 뜨
                 거운 물에 담가 가혹하게 고문하고 손가락과 귀를 베
                 어 얼굴을 상하게 하니, 투기하고 잔학함이 이보다 심
                 할 수 없다. 만일 앞으로 또다시 조선부녀자들을 고문
                 한다는 소문이 들리면, 그 여인들은 남편이 죽는 즉시
                 순장시킬 것이니 그리 알라!!

도르곤과 다른 버일러들, 서로 불편한 시선 교환하고. 그리고 이제 홍타이지의 시선, 저편, 윤친왕에게 꽂힌다. 사색이 되어 식은땀을 흘리는 윤친왕.

S#35.   (다시 현재) 심양 성 문 앞 / 낮 (31씬 연결)
망연해진 장현. 들분 역시 안타까운 마음으로 말을 잇는다.

들분   덕분에 조선 여인을 학대하는 일이 금지되어, 다들 얼굴도 모르는 유씨 부인에게 얼마나 고마워하는지 모릅니다. 헌데...

장현   ...!!

S#36.   (과거) 청 황궁 편전 / 낮
홍타이지 아래, 식은땀을 흘리며 선 윤친왕. 그리고 역시 긴장하여 홍타이지 곁에 선 각화. 윤친왕, 홍타이지가 자신에게 어떤 처분을 내릴지 몰라 겁에 질려 있다.

홍타이지   그 계집이 자신은 포로로 잡힌 적이 없으나 거짓으로 끌려왔다 했다.

윤친왕   (덜덜 떨며) 폐하... 소신이 조선에 시종을 보내 도망한 포로를 잡아오라 명한 것은 사실이나, 어찌 거짓으로 포로를 납치했겠나이까!!

홍타이지   (깊게 보고)

윤친왕	(흠칫, 고개 숙이며 덜덜 떠는데)
홍타이지	그래야지. 넌 내 명을 어긴 적이 없어야 해.
윤친왕	...!
홍타이지	설마하니... 짐이 짐을 위해 목숨을 건 니가 아니라, 조선 계집의 말을 믿을 것 같은가?
윤친왕	(바싹 부복하며) 폐하!!
홍타이지	조선 포로는 우리 군사가 힘써 싸워 얻은 재산이다. 누구든 돈을 주고 사는 자가 주인이야.(뒤에 선 각화를 보더니) 이제 그 계집은 니가 알아서 처분토록 해!
각화	...!!

S#37.　(과거) 홍타이지 침전 / 낮

여전히 바싹 부복한 길채. 이제 어떻게 되는 걸까... 한 치 앞도 알 수 없어 불안할 뿐인데, 그때, 우당탕 들어오는 소리. 길채, 화들짝 돌아보면, 라이가 다른 시종들을 대동하고 섰다.

길채	...!!

S#38.　(다시 현재) 심양 성문 앞 / 낮 (35씬 연결)

들분	유씨 부인은... 황녀께서 다시 데려가 생사를 알 수 없습니다.
장현	...?!!

S#39.   한양 길채집 안채 마당 / 낮

안채 마당에서 서성이는 연준. 곧 원무가 들어서다가 연준을 보고
멈춰 선다.

연준   (애써 웃으며) 구종사관!

원무   (왠지 경계하는 눈빛) 어쩐 일이십니까?

연준   다름 아니고... 유씨 부인 말입니다.

원무   (예민하게 보면)

연준   구종사관은 공무에 바쁘시니... 저라도 심양에 가보면
          어떨는지요?

원무   내 부인을 다른 사내가 찾으러 가면 사람들이 어찌 생
          각하겠습니까? 그게... 내 안사람을 돕는 길인 줄 아시
          오?

연준   ...!!

원무   내 집안 사정이외다. 상관치 마시오.(안으로 들어가려
          다가 잠시 멈칫 서서) 심양에 사람을 보냈습니다. 곧 좋
          은 소식이 있을 거요.

S#40.   한양 길채집 사랑채 / 낮

갓이며 의복도 갈아입지 않은 채 홀로 앉은 원무. 깊은 고통에 짓
눌린 얼굴로 입을 다물고 있고.

S#41. 한양 길채집 별채 은애방 / 낮

쇠약해진 은애를 끙... 일으켜주는 연준. 연준, 방두네에게서 탕약을
받아 내밀면,

은애	미안합니다. 요즈음 기력을 차리지 못하니...
방두네	(눈물을 찍으며 보고) 못 자시니 그렇지요. 산 사람은 살아야지...
연준	구종사관이 심양에 사람을 보냈다니, 기다려봅시다. 남편이 있는데 내가 나설 순 없는 노릇이요.
은애	예, 압니다. 길채는 곧 돌아올 거예요.

하곤 다시 멍... 한 표정 되는 은애.

은애	서방님... 예전 능군리 살 때 말이지요. 동무들이 전부 저랑 놀고 싶어 했어요. 하지만 저는 길채랑 노는 게 제일 재미났답니다. 길채는(설핏 미소) 샘도 많고 욕심도 많고... 또 정도 많았지요. 전 뭐든 많아서 싱싱하게 통통거리는 길채가 좋았어요. 그리구...(울컥) 길채는 제 생명의 은인이에요.
연준	그래, 우리 모두 유씨 부인 덕분에 호구했지.
은애	(절레절레) 그게 아니라... 정말로 제 목숨을 구해줬어요.

(Ins.C) 4부 53씬

은애를 겁간하려던 몽골 군병을 퍽, 단검으로 찌르는 길채.

| 은애 | 길채가 아니면 전 이미 죽은 목숨이지요. 길채라면... 아마 절 구하러 직접 심양에 갔을 거예요. 암요, 길채는 그랬을 거예요. 헌데 전... 할 수 있는 게 없습니다.(다시금 멍해지며) 아마 길채는... 죽었을 거예요. |

넋을 놓아버린 은애를 보며 미칠 듯한 심정이 되는 연준.

S#42.   장철집 마당 / 낮

장철이 또 제자들과 함께 마당을 쓸고 있는데, 연준이 들어선다.

도전	(반가워 자기도 모르게 큰소리) 왔는가?(해놓고 민망해서 장철 보면)
장철	(끙... 허리 펴며 연준 보고)
연준	(장철에게 읍하더니, 두리번, 곧 저편에 놓인 빗자루를 들더니 같이 마당을 쓸기 시작한다)
도전	...!!(환해지고)
장철	(그런 연준을 가만 보고)

S#43.   장철집 사랑채 / 낮

장철과 연준이 마주했고, 뒤편에 전처럼 앉은 도전과 제자들.

| 연준 | (바싹 바닥에 부복한다) 소인을 제자로 받아주십시오! |
| 장철 | 내 제자가 되고 싶은 연유가 무엇인가? |

연준	소인... 스승님의 덕과 지혜를 사모하여...(하다가)

말을 멈추는 연준. 뒤편 도전 등 제자들 의아한 시선 교환하고, 장철, 동요치 않고 가만... 연준을 보면,

연준	소인, 기실... 스승님의 힘을 사모합니다.
장철	...
제자들	...?!!
연준	한 해 수천 석 쌀과, 수천 군병이 조선에서 청나라로 보내지고 있습니다. 가는 길에 얼어 죽고 굶어 죽는 짐꾼이 수십이고, 다른 나라의 전쟁에 끼어 개죽음 당하는 군병이 수백이나, 이 전쟁이 언제 끝날지 알 수가 없습니다. 얼마 전 평안도에 갔다가 백성들이 지르는 비명을 보았습니다. 백성들이 쌀을 뺏기고, 가장을 뺏기고도 신음 소리 한 번 내지 않았습니다. 허나 저는 저들이 지르는 비명을 보았습니다.
장철	...
연준	백성의 고통을 보고도 아무것도 할 수 없는 제가, 제 생명의 은인이 화를 당한 것을 보고도 아무것도 못 하는 제가, 밥버러지처럼 여겨져 견딜 수가 없습니다.
장철	....
연준	더 이상은 밥버러지로 살고 싶지 않습니다. 저 같은 자도 쓰일 일이 있다면 무엇이든 하고 싶습니다. 나라와 백성을 위해, 아니 밥버러지가 아니라 사람 꼴을 하며 살 수 있게... 저를 들어 써 주십시오!

잠시, 연준과 장철의 눈빛이 쩡... 만나고.

S#44.   *각화 침전 마당 / 낮*

심장이 터질 듯 불안한 마음을 누르며 각화의 침전으로 향하는 장
현. 혹여 길채가 잘못되었을까 무섭고 두렵다.

S#45.   *각화 침전 / 낮*

각화가 느긋이 침상에 누워있는데, 밖에서 소란한 소리. 곧, 장현이
성큼 들어오면, 시종들이 장현을 끌어내려 하는데, 각화, 손을 들어
시종들을 물린다.

장현	(털썩 무릎을 꿇고 부복하며) 전하, 소인을 대신 벌주소서. 그 여인 대신 발뒤축을 깎으라면 깎을 것이고, 그 여인 대신 종이 되라면 될 것이니, 부디 그 여인을...
각화	(가만 보고)
장현	그 여인이 어디 있는지 그것만이라도...
각화	(라이 보며) 그 여자가... 살아있던가?
장현	(사색 되어) 전하!!(하는데)
각화	내 청을 들어주면, 그 여자가 어딨는지 알려줄 수도 있지. 일전에 나랑 사냥을 나갔을 때 기억나?(한순간, 조금은 순박한 표정 되더니) 그날... 무척 좋았어. 한 번 더, 나와 사냥을 나가주련?
장현	(의외다) 그뿐... 입니까?

각화	(끙... 몸을 일으켜 앉으며) 이번 사냥은 목숨을 건 내기
	사냥이야. 그래도... 하겠어?
장현	...?!!

S#46. 심양 장현 여각 내실 / 낮

창백해진 랑음의 얼굴이 화면 가득.

| 랑음 | 목숨을 건... 내기사냥? |

보면, 장현이 사냥복으로 갈아입고 나설 채비를 하고 있다.

랑음	뭔가 있어. 불길해... 가지 말자!
장현	(대꾸 없이 채비를 마치고 나가려 하면)
랑음	(턱 장현 막으며) 꼭... 이렇게까지 해야겠어? 내가 유
	씨 부인이 잡혀온 일을 전한 걸...(목소리가 떨린다) 평
	생, 죽도록 후회하게 해야겠어?
장현	후회라니? 니가 날 살렸는데. 부인이 잘못되면...
랑음	...
장현	... 난 죽어.
랑음	(쿵... 심장이 떨어지고)

S#47. 심양 장현 여각 마당 / 낮

양천이 가는데, 달려와 양천을 잡으며 호소하는 랑음.

랑음	말려주십시오, 큰형님 말은 들을지도 모릅니다!
양천	소용없다. 장현이 저 물건은 누가 시켜서 하고 누가 하지 말라구 안 하는 놈 아니디 않네.
랑음	잘못되면, 형님은 죽습니다!

그제야 랑음 보는 양천. 양천의 눈빛이 깊어진다.

| 양천 | 니랑 장현이... 첨 봤을 때 생각나누나. 장현이가 니 손을 꼭 잡고 왔댔어. |

S#48. (과거) 의주 양천 안가 마당 / 낮

대청에 선 젊은 양천이 마당을 내려보고 있다. 그 아래로, 역시 젊은 시절의 끗쇠와 특재, 닝구친 등. 보면, 몇 날 며칠 도망치느라 엉망인 몰골로 두 손을 꼭 잡은 어린 장현과 어린 랑음.(6부 등장 시점과 같은 나이) 꾀죄죄한 꼴을 하고선 호기롭게 양천을 똑바로 보는 장현과 달리, 덜덜 떨면서 장현의 손을 꼭... 잡은 랑음.

작은 새처럼 떨고 있는, 그리고 온전히 장현을 의지하고 있는 어린 랑음. 양천, 랑음을 보는 눈이 가늘어지고.

S#49. (다시 현재) 심양 장현 여각 마당 / 낮

양천, 새삼 그때 생각이 나는지 옅은 미소가 뜬다.

양천	니래, 유독 장현이를 잘 따랐다. 장현이가 가자면 가고, 오라면 오구. 장현이두 너를 참 애꼈구 말이야. 기린데... 장현이한테 너는 좋은 아우야.(잠시 안타까워 망설였으나, 결국 단호하게) 욕심내디 말라...
랑음	(순간 얼어붙는다. 알고 있었구나...!!) 저, 저는...(눈이 시뻘게지더니 결국 후두둑...) 감히... 욕심을 내는 것이 아니라... 무섭습니다. 형님이 여자 때문에 저러는 걸 본 적이 없습니다.
양천	기리면 모른 척하디, 왜 예까지 와서 알려줬네?
랑음	... 그 여자가 잘못되면 형님이 정말... 망가질까봐...
양천	기래, 잘 했다. 헌데... 장현이가 그 정도로 애태우는 에미나이라면, 니나 내나... 어쩔 도리가 없어.
랑음	...!!

S#50.   황궁 내실 / 낮

어둑한 곳에서 몸을 옹송그리고 있던 길채. 갑자기 문이 활짝 열리며 빛이 쏟아져 들어온다. 길채, 눈이 부셔 팔로 얼굴을 가리는데, 문 앞에 선 이, 라이와 들분이다.

길채	...!!
들분	(얼른 다가와 길채 앞에 마주 앉으며) 폐하께서 니 억울한 사정을 들곤, 널 속환하라고 하셨대. 이젠... 조선에 갈 수 있어!
길채	정말... 이야?

들분	(벅찬 미소) 응. 대신...(뒤에 선 라이 느끼며) 조건이 있대.
라이	이 길로 곧장 심양을 떠나라. 이장현은 물론이고 조선의 누구도 만나선 안 돼. 만약... 또 이장현을 만나면, 이장현이 큰 고초를 겪게 될 게야!!
길채	...!!

S#51.　심양성문앞 / 낮

들분의 배웅을 받으며 성 문 앞을 나서는 길채.

들분	(작은 봇짐을 길채에게 주며) 조선까지 가는 길이 많이 험할 거야. 이역관 도움도 받을 수 없으니... 이걸 받아.
길채	고마워...
들분	아니야... 내가 고마워. 우리 다짐이 거둬줘서...(왈칵 길채를 껴안으며 펑펑 오열) 무사히 조선에 가야해. 가서, 꼭 전해줘. 엄마가, 우리 다짐이 만나러 간다고. 하루도 내 아들... 잊은 적 없다구...
길채	(눈시울 붉어져서) 그래, 꼭... 전해줄게. 꼭...

들분, 다시금 왈칵 길채를 껴안는데, 멀리 떨어진 곳에서 들분과 길채가 인사 나누는 것을 보는 시선!

S#52.　심양길 일각 / 낮

심양 성 문 밖 길 일각을 타박타박 걷는 길채. 돌아보면, 심양 성 문이 이제 작게 보인다. 문득, 장현을 떠올리는 길채.

길채(N)   이제 떠나면 다시는 못 보겠습니다. 하지만 그 편이...
          나리께는 좋은 일이겠지요?

길채, 눈물을 훔치고 다시 씩씩하게 길을 재촉하는데, 여전히 멀리
서 길채를 보는 누군가의 시선.

S#53.   황궁 앞 / 낮

들분이 길채와 헤어진 여운이 남아 눈물을 훔치며 걷고 있는데, 누
군가에 막혀 선다. 보면, 앞에 선 라이.

라이   니가 따로 돈도 챙겨줬다지? 잘했다.
들분   (...!! 문득 의아하여 턱 잡으며) 제가 돈을 챙겨준 걸...
          어찌 아셨습니까?
라이   (피실... 비웃으며 보면)
들분   ...!!

S#54.   들판 / 낮

들분이 준 봇짐을 꼭 안고 들판을 가로질러 가는 길채. 그리고 역
시 조금 높고 먼 곳에서 여전히 지켜보는 시선.

곧 시선의 정체 드러난다. 사냥복 차림의 각화다. 들판 일각 야트막

한 동산 기슭에서 길채를 내려보는 각화와, 각화 뒤에 선 부하들. 하지만 각화의 함정에 걸린 것을 알지 못하는 길채. 그저 터덜터덜 광활한 들판을 가로질러 갈 뿐이고, 각화, 그런 길채를 서늘한 눈빛으로 보는데, 그때 또각또각 말 걸려 오는 소리. 장현이다.

장현	(말에서 내려 읍하며) 전하를 뵈옵니다.
각화	사냥할 준비는 됐지?
장현	예, 전하.
각화	목숨 걸 준비도?
장현	(잠시 틈) ...예, 전하.
각화	좋아.(하더니 파란 복면을 쓰고)
장현	(순간 놀라며) 사냥을 하자 부르신 것이 아닙니까?
각화	맞아, 포로 사냥을 할 거야. 저기... 저 여자!

장현, 그제야 저편 아래로 지나가는 여자를 본다. 작게 보이는 여자의 뒷모습. 왠지 불길한 예감에 휩싸이는 장현.

각화	저 포로가 주인을 배신하고 재물까지 훔쳐 탈출했어. 도망한 포로를 죽이는 건 폐하께서도 허락한 일이지.

다음 순간, 문득 뒤를 돌아보는 여인, 길채다! 온몸이 굳은 채 창백해지는 장현.

각화	그럼 내기 규칙을 알려줄까? 저 포로를 먼저 잡는 사람이 이기는 거야. 내가 이기면 너도 살고 여자도 산다.

대신, 저 여자는 평생 내 종이 될 거야. 만일 니가 이기
면, 여자를 속환시켜주지. 대신(장현 똑바로 보며) 넌
죽어.

장현   ...!!

각화   둘 다 사는 길을 택하겠어, 니가 죽는 길을 택하겠어?

장현   전하...

각화   내가... 널 죽이지 못할 것 같나?(피식...) 한 가지 말 안한
          게 있어. 날 데리러 오지 않은 내 남편 말이지...

장현   ...?

각화   내가 죽였어.(단검을 뽑아, 장현이 타고 온 말의 허벅지
          를 퍽, 찍어버리면)

히이익... 비명을 지르며 그대로 풀썩... 주저앉아 버리는 말.

장현   전하!!!

각화   (쓱... 칼에 묻은 피를 제 옷에 닦아내며) 먼저 출발해.

장현   ...?!!

S#55.   들판 / 낮

타박타박 걸어가는 길채. 길채 앞, 끝도 없이 이어진 들판. 그때, 멀
리서 들리는 말의 비명 소리. 히익!!

길채 소리 나는 곳을 돌아보지만 저편 야산에서 일어난 일은 보이
지 않는다. 다시금 길을 재촉하는 길채. 그때 저편에서 누군가 부르

는 소리가 작게 들린다.

장현   부인... 부인!!

길채, 돌아보면, 저편에 뛰어오는 한 사내. 누군가... 하여 보는데 사내가 점점 가까워지더니 그 모습이 보인다. 장현이다!

길채   ...!!
장현   ... 부인!!
길채   (장현을 보게 되니 반가워) 나리...!

하지만 라이가 걸었던 조건이 생각나는 길채.

(Ins.C)   **14부 50씬**
라이   *만약... 또 이장현을 만나면, 이장현이 큰 고초를 겪게 될 게야!*

라이의 말에 안색이 굳는 길채. 길채, 뒷걸음으로 물러난다.

길채   오지 마세요...

하지만 저편 장현은 길채를 향해 전력 질주하고 있고, 길채, 단호한 표정으로 돌아서서 가고.

그리고 저만치서 이를 지켜보는 각화. 각화의 시선 끝, 길채가 멀어지자 더욱 필사적으로 길채에게 뛰는 장현 보인다.

장현   부인... 부인!!!(하다가) 길채야!!!

돌아서 가던 길채, 자신의 이름을 부르는 장현의 목소리에 우뚝 멈춰 서 버린다. 여지없이 붉어지는 눈시울.

장현   길채야... 길채야!!!

결국 끝내 외면치 못하고 돌아서는 길채.

길채   (설핏 눈물 섞인 미소 뜬다) 장현 도련님...

길채가 멈춰 서자 매서워지는 각화의 눈빛.

각화   (말고삐 쥐더니) 이랴!!

이제 길채를 향해 말을 달리기 시작하는 각화. 뒤편에서 각화가 달려오는 것을 본 장현, 더욱 필사적으로 길채를 향해 뛴다.

장현   안 돼... 안 돼...!

그사이, 점점 더 좁아지는 각화와 장현의 거리. 울컥하여 장현을 보던 길채, 뒤편에서 파란 복면을 쓴 자가 다가오자 당황스러워진다. 저건... 뭐지?

장현   ...안 돼!!!

길채, 무슨 상황인지 알 수 없어 혼란스러운데, 각화, 말을 달리며 화살을 잰다. 다음 순간, 파박... 길채 앞으로 박히는 화살. 놀라, 주저앉는 길채.

장현   으아아... 으아아아!!!

절규하며 길채를 향해 달리는 장현. 다시금 파박, 이제는 길채의 바로 옆에 박히는 화살.

길채, 엉덩이 걸음으로 흠칫... 물러섰다가 겨우 일어서서 장현을 본다. 이제 각화가 장현을 추월해 길채를 향해 달려오고 있고, 그제야 길채, 파란 복면이 노리는 것이 자신임을 깨닫는다.

길채   !!!
장현   안 돼... 길채야... 길채야!!!

망부석처럼 굳어버린 길채. 이제 각화와 장현의 사이가 한참 멀어졌고, 그만큼 길채에게 가까워진 각화. 각화, 말을 세운 채 길채에게 화살을 겨눈다. 제대로 사정권에 들어온 길채.

장현   안 돼... 안 돼!!!

각화, 이제 화살을 쏘기만 하면 되는데, 장현의 비통한 외침이 귀에 꽂힌다. 결국, 옅은 한숨과 함께 활을 내리는 각화. 돌아보면, 뒤에서 포기하지 않고 필사적으로 뛰어오는 장현. 땀범벅, 눈물범벅이되어, 길채의 이름을 부르며 절규하는 장현의 몸부림.

그 모습을 본 각화의 마음에 화가 스멀거리며 올라오고, 그사이, 결국 장현이 각화를 추월하여 길채를 향해 달려간다. 이 모습에 서늘해진 각화, 결국 다시 활을 들어 어딘가를 겨눈다.

각화　　(길채를 겨누었다가)

장현　　(이제 길채에게 거의 다 가까워지고)

각화　　(길채에게서 장현에게로 화살 끝을 돌린다)

장현　　(길채를 안아 감싸려는 순간)

퍽, 장현의 등허리에 명중한 각화의 화살. 그대로 풀썩... 길채를 안은 채 쓰러지는 장현.

길채　　(놀라 덜덜 떨며) 나리...

그대로 잠시, 실로 오랜만에 가깝게 마주한 길채와 장현. 장현, 길채를 귀하게 보다가 머리카락을 쓸어 주며 잠시 애틋해진다.

장현　　(안도한다. 벅찬 미소) 내가 이겼어. 이젠... 됐어.

하지만 다음 순간, 울컥 피를 토해내며 그대로 혼절하는 장현. 길채, 장현을 안았던 손을 본다. 검붉은 피가 흥건하다.

길채   ...나리!!!

그리고 떨어진 곳에서 파란 복면을 벗으며 이를 보는 각화. 밉고
화나고... 슬프고. 분노와 원망이 휘몰아치고.

S#56.   심양 장현 여각 내실 / 아침

정신을 잃은 채 침상에 누운 장현. 그리고 침상 옆, 각화와 그 뒤에
선 량음이 장현을 보고 있다.

각화   (만주어) 어째서 고작 여자 때문에 목숨을 거는 거지?
           조선인이 이상한 건가, 아니면 이자가 이상한건가?

각화, 잠시 장현을 보다가 찬바람을 일으키며 나가버리면, 량음, 그
제야 장현에게 가까이 다가간다. 뭐라 형언할 수 없는 고통스러운
마음을 꾹... 누르고, 쪽창으로 걸어가 밖을 보는 량음. 새소리는 청
아하지만 량음의 마음이 지옥이다.

량음   무서워. 그 여자 때문에... 꼭 너한테 무슨 일이 생길 것
           만 같아.
장현   (고요히 잠들었고)
량음   내 예감은 틀린 적이 없단 말이야.

S#57. *각화 침전 / 낮*

장현의 피가 고스란히 말라붙은 옷을 입은 채 선 길채. 길채, 넋이
나갔다.

길채   이역관은... 어찌 됐습니까? 살았... 습니까?

각화   (조선말) 좋은 경험을 했어. 처음으로... 내가 원해도 얻
　　　　기 힘든 게 있다는 걸 배웠거든.

길채   (악에 받쳤다) 이역관은 어찌 됐어!!

라이   (채찍으로 치려하면)

길채   (턱, 라이 손목 잡아 막는데)

다음 순간, 누군가 길채를 거칠게 돌려세우더니 철썩 고개가 돌아
가도록 뺨을 후려친다. 각화다. 하지만 길채, 악에 받친 살기등등한
얼굴로 각화를 노려보더니,

길채   만약... 이역관이 죽었다면, 너도 무사하지 못해. 살아선
　　　　니년 가는 곳마다 따라다니며 저주하고, 죽어선 니년
　　　　꿈마다 나타나 저주할 거야. 그러니 이역관은 살아 있
　　　　어야 해. 말해... 이역관이 어딨는지 말해!!!

길채의 폭발. 각화, 욱하여 다시 손을 쳐들고, 길채와 각화의 눈빛,
그대로 쨍 격돌하는데, 다음 순간, 각화가 손을 내려놓는다.

각화   내기에 졌으니... 널 속환시켜주지.

길채   ...!!

각화   내가 약속을 지키는 건... 이장현을 얻기 위해서야. 두고
봐. 언젠가 이장현은 내 것이 될 테니.

S#58.   심양 성문 앞 / 낮

이제 진실로 속환되어 성 문 앞에 선 길채. 어디로 가야할지 막막
한 기분인데,

양천(E)   유씨 부인 되십네까?

보면, 저 편에서 다가오는 사내, 양천이다. 니가 길채구나... 하는 표
정으로 다가오는 양천. 길채, 경계하듯 보면,

양천   이장현이를 아시디요?
길채   (순간 안색 변하면)
양천   따라 오시디요.(하고 앞서가고)
길채   ...!!

S#59.   심양 장현 여각 마당 / 낮

양천이 길채를 장현 여각의 마당으로 안내했다. 여기가 어딘가...
혼란스레 보는 길채. 양천, 저편 장현 처소를 눈짓으로 알려준다.

양천   들어가 보시디요.
길채   ...!!

S#60.　심양 장현 여각 내실 / 낮

침상에 누워 사경을 헤매는 장현. 장현의 몸통에 감아진 붕대, 장
현 옆에 피를 닦아낸 듯 수북한 면목 조각들. 장현, 핏기 하나 없는
얼굴로 혼절한 채 겨우 가늘게 숨만 쉬고 있고, 량음, 애통한 심정
으로 장현 옆에 앉아 장현의 이마 식은땀을 닦아주는데, 그때, 드르
륵... 문소리.

돌아보면, 길채가 두려움 가득한 얼굴로 서 있다. 안색이 굳는 량음.

하지만 량음, 마음을 꾹... 누르고 일어서면, 그제야 길채에게 량음
에 가려졌던 장현이 보인다. 정신을 잃은 장현을 본 길채, 흐읍, 두
손으로 입을 막고.

량음, 자리를 피해주면, 량음이 앉았던 자리에 앉는 길채. 길채, 떨
리는 손으로 장현의 얼굴을 만져보려 손을 뻗는다. 하지만 차마 만
지지 못하고 손을 거두는 길채. 두리번 하다, 량음이 장현을 닦아
주던 수건을 들어 장현의 이마 식은땀을 닦아주고. 나가다 말고, 잠
시, 그 모습을 지켜보는 량음.

S#61.　동장소 / 밤

어느덧 밤이 되었고, 이제 방 안엔 장현과 길채뿐이다. 장현 옆자리
에 꼼짝도 하지 않고 앉아 하염없이 장현을 보는 길채. 눈물 흘릴
자격도 없다는 듯, 터지는 울음을 꾹... 참는 얼굴인데, 그때, 가는
신음 뱉는 장현.

길채   ...!!

장현의 앞, 뿌옇게 보였다가 점점 뚜렷해지는 여인의 모습, 길채다!

장현   (터진 입술을 겨우 움직여) 부...인...?
길채   (그제야 참았던 눈물을 후두둑... 떨구며) 나리, 제가 속
          환되었습니다. 이 모든 것이... 나리의 덕분입니다.

하곤, 장현 가슴에 엎디어 눈물을 흘리는 길채. 장현, 그런 길채의
머리에 가만... 손을 대어본다. 장현에게 그 어느 때보다 행복한 미
소가 뜬다.

드디어 속환된 길채와, 그런 길채를 보며 충만해진 장현, 두 사람
에서.

                                          - 14부 끝

만든
사람들
—

극본 황진영

연출 김성용, 이한준, 천수진

출연 남궁민, 안은진, 이학주, 이다인,
김윤우, 이청아, 최무성, 김종태,
최영우, 김무준, 전혜원, 양현민,
박강섭, 박정연, 지승현, 문성근,
김준원, 김태훈, 최종환, 소유진,
정한용, 남기애, 권소현, 박진우,
오만석, 조승연, 김서안, 이호철,
김준배, 성낙경, 권태원, 배현경,
김은우, 서범식, 신유람, 지성환,
김길동, 김정호, 전진오, 리우진,
손태양, 박종욱, 박은우, 진건우,
김은수, 남태훈, 하규림, 김가희,
최수견, 강길우, 민지아, 황정민,
이수민, 이영석, 윤금선아, 진가
은, 방주환, 천혜지, 장격수, 하경,

이남희, 정병철, 정재진, 홍지인,
백승도

아역 박재준, 문성현

특별출연 유지연, 이미도

책임프로듀서 홍석우

프로듀서 김재복, 윤권수, 김지하

제작총괄 김명

제작PD 한세일, 이룩, 박정태, 최길수

라인PD 배창연, 김미향, 안재홍, 이준형

촬영 김화영, 김대현, 강경호, 전호승

포커스 박유빈, 윤재욱, 정주봉, 김형욱

촬영팀 김민석, 이미래, 박찬우, 임호현,
차민경, 이재국, 천경환, 이제영,
이세용, 조성래, 지지은, 김세윤,
이강욱, 안경민

조명감독 권민구, 김재근

조명1st 임창종, 홍석봉

조명팀 김하진, 고영재, 차천익, 도한빈,
　　　　장은성, 손정원, 방종배, 김영찬,
　　　　이창희

발전차 최동삼, 이인교

조명크레인 박영일

동시녹음 [D,O sound] 조정수, 엄재니,
　　　　이현도

동시녹음팀 이상학, 양관열, 원근수,
　　　　지명헌, 김민섭

Key Grip 김영천, 선지윤

Grip 서사용, 고진명, 이견희, 김기현,
　　　손지환, 이승환, 이재현, 권용환

무술감독 [서울액션스쿨]
　　　　김민수, 장한별

특수효과 [데몰리션] 정도안, 이희경,
　　　　최정욱, 김우진, 이종진
　　　　[아프로플러스] 하승남,
　　　　이재승, 한도희, 문경훈,
　　　　김형욱, 최광호 [FX21]
　　　　김흥진, 김홍석, 김영신

캐스팅디렉터 김량현, 손승범, 백철

아역캐스팅 [배우마당] 임나윤, 엄이슬

보조출연 [나우캐스팅] 위욱태, 천재형,
　　　　이지웅, 김상희, 김병조

미술 [제이브로] 대표 김종석,
　　　상무 양지원

미술감독 최현우, 김혜진

미술팀 장민수, 주현지, 최혜린

소품팀장 심문우

소품팀 윤재승, 서유현, 정진채, 진세이,
　　　　성록현, 이성영

장식소품세팅 노철우, 박성환, 정철회

세트부장 서홍길

세트진행 이창환

세트팀 백상목, 박금성, 김태문, 정의석,
　　　　김성호, 정갑균, 이찬환

작화 정연기

특수소품 정승돈

미술행정 김소영, 이지은, 노경하

의상감독 [HAMU] 이진희

의상현장총괄 이두영

의상실장 배철영

의상팀장 이윤지, 박소영

의상팀 김주호, 설혜원, 박해인, 황규덕,
　　　　임윤진, 박서진, 나성길, 하유미,
　　　　김재민, 이연제, 신채원, 김태연,
　　　　공성은

분장/미용 [타마스튜디오] 대표 김성우

분장 고재성, 오영환, 한철완, 박대현,
　　　이해인, 정희, 이혜연, 신소연,
　　　이가현, 이승윤, 이슬

미용 이유순, 송다영, 김결, 임예나,
　　　유예랑

UHD 종편감독 김현진

UHD 종편보 송소희

내부FD 김은서

Digital Colorist　[MEDIACAN] 이찬원

Assistant Colorist　이온유, 서민경

Color Assistant　이현정, 정다운, 제하영

DIT센터장　김광환

데이터관리　노지웅, 김민수, 임소현,
　　　　　조은비, 김혜미, 이세라

편집　황금봉

서브편집　고은기

편집보　황유정, 김은영, 오진영

VFX감독　박현종

프로젝트매니저　안선영

2D디렉터　김수겸, 이기웅

2D시니어아티스트　진혜진

2D아티스트　강가영, 배소현, 이민규

3D슈퍼바이저　김지환

3D아티스트　박요셉

FX/R&D슈퍼바이저　강병철

매트페인터　안선영, 정호연

컨셉아티스트　최헌영

VFX　[MILK image-works] 타이틀&
　　　모션그래픽 허석연, 양지수

타이포그래피　박창우

음악감독　김수한

OST제작　[도너츠컬처] 고영조, 유경현

작곡　[studio MOJI]

믹싱　[레인메이커] 유석원

Diaiogue&ADR　[리드사운드] 정민주,
　　　　　　　김필수

홍보총괄　여유구

MBC홍보　박원경

MBC브랜디드콘텐츠　최다슬

MBC디지털콘텐츠편집　정예은

외주홍보　[쉘위토크] 심영, 이나래

제작기메이킹　[드림스테이션] 권기수,
　　　　　　김영국, 장서형

제작기포스트프로덕션　조영수

포스터 스틸　[마인드루트] 임용훈,
　　　　　　최성원

iMBC 웹디자인　이경림

iMBC SNS　김하은, 진소희

iMBC 메이킹　양소원, 류동하

iMBC 실시간 클립　최아영, 유이수,
　　　　　　　이주연, 박경민

MBC 제작운영　이민지

MBC콘텐츠솔루션　장해미, 최지원

포스터디자인　[스푸트닉] 이관용,
　　　　　　김다슬, 배은별, 박채영

스토리보드　황혜라

타이틀캘리　전은선

봉고배차　김민성

스탭버스　안학성, 백승현

연출봉고　김경희, 유원준

카메라봉고　강한희, 고재홍

진행봉고　강외찬, 박정숙

카메라탑차　신태성

소품탑차　강호길, 이주열

소품봉고　이래행

의상탑차　박춘식, 서정암, 김원묵,

김완수, 이홍주

분장차 [크레비즈] 김철호

분장봉고 장태영, 정해승

데이터봉고 윤승렬

대본 명성인쇄

역사자문 조경란

만주어자문 김경나

은장도자문 박종군

서예 송미견

국궁 박성완

승마 [킴스승마클럽] 김교호, 김평길,
안민재, Julie Cresson

특수차량 [인아트웍] 심대섭, 박민철,
허성두, 최견섭
[픽스온] 이정우

수레업체 [수레길] 이민우

섭외 임진관, 김종아

구성 최현진

보조작가 윤애

SCR 주예린, 신나라

FD 김기태, 김승아, 한은성, 조명광,
여광현, 강두석, 조소현, 양수연,
이진호, 김연수, 이영훈, 이영광,
홍석진

야외조연출 임명근

조연출 박유신, 권지수, 정동건, 윤영채,
권유운

콘텐츠 사업 최윤희, 윤현혜

콘텐츠 기획 오태훈, 문홍기, 김정혜

기획 MBC

제작 MBC, 9아토

제작투자 wavve